비화야담

백승림 장편소설

一

비화야담 1권

초판 1쇄 인쇄일 | 2020년 04월 01일
초판 1쇄 발행일 | 2020년 04월 09일

지은이 | 백승림
펴낸이 | 박성면
펴낸곳 | (주)동아

출판등록 | 제406-2007-000071호
주소 | 경기도 파주시 문발로 115, 세종출판벤처타운 201-A호
전화 | (031)8071-5201
팩스 | (031)8071-5204
E-mail | bear6370@hanmail.net

정가 | 12,000원

ISBN 979-11-6302-325-8 (04810)
      979-11-6302-324-1 (set)

비화야담

백승림 장편소설

1

동아

차례

서장

황궁을 비호하고 있는 바위산의 절벽 위. 뿌옇게 찬 안개 너머로 금색의 팔각지붕이 고개를 내밀었다.

"낭군, 이 노래 들어 보시었소?"

디링. 여인의 손가락이 가야금 위에서 익숙한 음을 튕겼다. 길거리에 번져 있는 유행가였다.

"그럼."

"슬픕니까?"

"난 그걸 잘 모르겠더구먼, 임자."

턱까지 매만지며 심각하게 말하는 사내가 우스운지 여인은 너털웃음을 흘려보냈다.

그녀의 손이 다시 능숙한 가락을 탔다. 음률을 닮은 목소리에 노래가 미끄러져 갔다.

어찌 그럴까. 내 묻혀 있다, 흘러가는 바람에 무심코 드러나 버리는 묘비명처럼.

가사는 한날한시에 명을 달리한 황제와 그 황후의 서러운 비화를 애도하고 있었다. 그러니 슬프게 들려야 마땅할진대 여전히 무심하기만 낭군에게 여인은 곱살스러운 눈길을 보냈다.

"허면 낭군, 그건 아시오?"

"무엇을?"

"죽은 황후가 예서 시시때때로 궁을 내려다본다 합디다."

"어이쿠, 임자. 그건 으스스하구먼."

안 그래도 산 위는 밑보다 서늘하고 싸했다. 날씨만으로도 소름이 돋는 게, 과히 원혼이 즐겨 찾을 만한 분위기였다.

그래서 슬프게 들리지 않았던 건가? 나름의 연유를 찾은 사내가 절벽 아래의 황궁을 흘깃 쳐다보며 말했다.

"왜, 저 살던 곳을 그리워해서?"

글쎄올시다. 여인이 낮고 고혹적인 웃음소리를 퍼트렸다. 빨간 입술이 위로 쭉 찢어 올라갔다.

"저 죽었던 곳을 지켜보는지도요."

—야화 『효국비화야담』 9권 中 「자안 황후 이야기」 편, 협모락

1. 일곱 달 전

달이 지배하는 어두컴컴한 밤. 청량한 하늘에 고요한 기운이 자욱했다.

그러나 컴컴한 밤하늘과 다르게 땅 위의 세상은 여전히 한낮의 모습을 그대로 간직한 채 북적였다. 거리마다 별빛보다 더 밝은 호롱불이 매달리고, 생기를 띤 말소리와 웃음소리가 찬 공기마저 데워 초봄의 추위에도 쌀쌀함이 느껴지지 않았다.

손님들은 즐겁고 상인들은 입이 귀에 걸렸다. 화려한 야시장의 모습이었다.

"빚 주시오."

손님들을 상대하며 바삐 움직이던 상점의 주인은 대뜸 목적만을 가지고 찔러 오는 목소리에 고개를 돌렸다.

등에 커다란 봇짐을 지고 얼굴 깊이까지 머릿수건을 얹은 젊은 아낙이 손가락으로 빗이 진열된 가판을 가리켰다.

"두 개씩 열 묶음으로. 도합 스무 개."

주인의 눈길이 아낙이 지시한 대로 힐끗 움직이는가 싶더니 전보다 더 서글서글하게 변했다.

"행색을 보아하니 방물장수신가 본데. 저희 집엔 나무 빗도 있고, 옥 빗도 있지요. 어떤 것으로 찾으십니까?"

"발자국이 없는 빗으로."

태세 전환하는 데만큼은 번개였다.

"아하, 옳거니. 주문한 걸 가지러 오신 분이었군요?"

손님의 목적을 뒤늦게 눈치챈 주인이 후다닥 발길을 옮기며 다른 곳에서 별도로 포장된 함을 꺼내왔다. 머릿수건 아래에 가려진 얼굴을 살피려는 행동조차 하지 않았다. 맞춤형 물건이니 어차피 찾으러 올 사람은 한정적이었다.

함을 건네받음과 동시에 아낙은 그것을 짐 속으로 밀어 넣곤 곧바로 등을 돌렸다.

"지불은 추후에."

"예, 그럼요."

잽싸게 답한 주인은 굽신거리는 태도로 고개를 끄덕였다. 아무리 봐도 이상한 모양새인데 값도 제대로 치르지 않은 손님은 개의치 않고 그대로 장소를 떠났다.

　주인은 가게 장부에 '옥 빗 20개'의 매상을 오늘 날짜에 적어 올렸다. 그러곤 가판에서 스무 개의 옥 빗을 재빨리 빼낸 뒤 그것들을 그대로 소각통 속에 던져 넣어 버렸다.

* * *

　"탁주가 입에 맞으십니까?"

　시장의 한편, 주막의 작은 평상 위였다. 밤의 정취와 번잡한 소음을 안주 삼아 술잔을 기울일 수 있는 곳. 마주 앉아 있는 두 사내 중 훨씬 젊어 보이는 선비가 공손히 빈 그릇에 술을 채워 넣으며 물었다. 부드러운 이목구비의 선이 두드러지는 단정한 미남자였다.

　"나쁘지 않은 정도지, 뭘."

　그에 반해 반대편의 사내는 중후한 느낌이 물씬 나는 중년의 남자였다. 심드렁히 대꾸하면서도 한 모금을 더 들이켜는 그의 대답에 선비가 옅게 웃음 지으며 살짝 몸을 숙여 조아렸다.

　"그만 돌아가는 것이 어떠신지요. 장시간 머무시는 것은 위험할 수 있습니다. 밀집된 곳에서는 호위군도 제 역할을 다 하기가 힘듭니다."

　"너는 같이 한잔 안 할 테냐?"

　"마주 뵈는 것만으로도 충분히 분에 넘치는 대우를 받고 있사옵니다."

"그런 것은 아무짝에도 쓸모없는 예의야."

혀를 몇 번 찬 사내는 남아 있는 술을 벌컥벌컥 들이마시더니 골이 난 표정으로 입가를 닦았다.

"내가 어찌 될까 봐 조바심 낼 것 없다. 아직 살 만한 운명이니 죽지 않고 있겠지."

"그런 뜻이 아니오라."

"보아라, 여기 사람들 표정이 그래도 즐거워 보이지 않느냐? 이 만하면 살 만하다고 웃는 모습이……. 지금은 이것이 가장 위로가 된다. 내가 망쳐 놓아도 이들은 문제없이 잘살고 있어. 그것이 얼마나 다행스러운 일인지."

이것은 자조다. 스스로에 대한 책망으로 얼룩져 있는 비웃음, 안타까움, 미안함, 죄책감.

승학은 자조하며 한껏 스스로를 깎아내리는 사내에게 어떤 말을 건네야 할지 망설였다. 변명으로 들릴지라도 이들을 두고 물러설 수밖에 없었던 것은 눈앞의 이가 당장에 취할 수 있는 그나마 합리적인 선택이었다.

"폐……."

"쉿."

조용히. 벙긋거리려는 입을 틀어막으며 사내는 집중하라는 듯 귀를 두드리는 시늉을 했다. 옹기종기 모여 앉은 왼편의 무리에서 말소리가 번져 왔다.

"살 길이 생기니 술도 넘어가는구먼. 해가(家)가 있는 백 리 안에는 굶어 죽는 자가 없다 하더니 그 말이 옳았네. 나도 이제 굶어 죽을 걱정은 안 해도 되겠어."

누군가의 말에 동조하듯 시끄러운 목소리들이 와르르 쏟아졌다. 저마다 한마디씩 보탰다. 나라님보다 더 고마운 분들이라는 등, 그분들이 천년만년 계셔 주면 좋겠다는 둥 누가 이 야밤에 장사를 해 보라고 자기 땅을 내주겠냐는 둥 대부분 특정한 한 가문에 대한 칭송이었다.

"뷀! 제 노릇도 못 하는 황가(家)보다야!"

"이 사람아! 관군이라도 엿들으면 어쩌려고!"

"황실 모독죄로 죽기밖에 더하겠나? 아, 죽이라지?"

커다란 웃음소리가 터졌다. 주막 안의 모든 사람들이 같이 어울려 웃어 젖히는 것 같았다.

승학은 마시지 않겠다고 했던 술을 단숨에 삼키며 아래로 눈을 내리깔았다. 속을 식히고자 한 행동이었는데 식도부터 쓰라린 열기가 타고 올라왔다.

"이만 환궁하시지요."

폐하. 그가 교묘히 음성을 낮춰 말했다.

호소하는 듯한 눈빛까지 더해져 무시하기 쉽지 않은 청탁이었음에도 사내는 능청스럽게 굴었다.

"어째서? 엿듣는 재미가 쏠쏠한데."

"저자들이."

"저들이 말하는 제 노릇 못하는 황가(家)의 주인이 나 아니냐? 그럼 내 얘긴데 마저 듣고 가야지."

그러면서 더 철퍼덕 바닥에 엉덩이를 깔고 앉았다. 승학은 차분히 숨을 내쉬었다가 사내의 상한 마음을 염려하듯이 조심스럽게 말했다.

"해가의 덕행은 한두 해가 아니질 않사옵니까."

예로부터 부와 자비로 명성이 드높은 가문이다. 그들은 여러 나라에 걸쳐 거상들을 거느리며 궁핍한 자들을 보살펴 왔다.

사실 그들이 유명세를 치르게 된 이유는 따로 있었지만, 평민들에게는 주로 그러한 이유로 입에 오르내렸다. 훌륭하고 측은지심이 강하며 귀족답지 않은 집안이라고.

"그래, 그렇지. 그들은 아주 오랫동안 이 나라의 보배가 되어 주고 있지."

중년의 사내는, 아니 황제는 싸구려 술맛을 음미하며 옴쳐 드는 웃음으로 상체를 들썩거렸다. 손등에 튀어 버린 몇 방울의 탁주를 대강 소매로 쓸며 그가 가늘게 눈가를 좁혔다.

"하지만 야시장이라니 이번 건 조금 특별해. 그림자처럼 내내 물밑에서나 돕고 말던 그들이 모처럼 존재감을 드러낸 큰 공사가 아니냐? 아니면 뭔가, 이제부터는 적극적으로 나서겠다는 태도이려나?"

"……."

"그래서 궁금하다는 게다. 이 일을 벌인 놈이 당최 누구인지."

이전과 다른 일을 벌였다는 것은, 이전과는 다른 사람이 왔다는 증거다. 제비가 봄을 몰고 오듯이.

"흐, 나의 허물을 덮어 준 자에게 약소한 성의라도 보여야 할 터인데. 그래야 날 또 도와줄 것이 아니냐?"

황제가 재미있다는 듯이 바람 소리 빠지게 실소했다.

거리낄 것 없는 호탕한 말투에 승학은 더더욱 마음이 좋지 않아졌다. 지금 자신이 할 수 있는 최선의 것이란 눈앞의 주군을 어서 모시고 돌아가는 일뿐일 터. 그가 다시 한번 환궁을 청했다.

* * *

야시장의 번잡한 거리를 벗어나 재게 걸음을 놀렸던 정윤은 어느 대가댁의 주인을 발 사이로 대면하고 있었다.

그녀가 서두르지 않는 손길로 봇짐 속에서 열 개의 묶음 중 하나를 꺼내 앞으로 밀었다. 고개를 숙였을 때 머릿수건 밑으로 새 나온 콧날이 매섭고 날카로웠다.

"어째서 이것뿐이냐? 얼마라도 전부 산다고 하질 않았느냐?"

"맞는지 확인부터 해 보십시오."

귀족의 호통을 듣고도 떨림 한 점 없다. 감투를 쓴 남자는 순간적으로 이성을 잃은 것처럼 헐레벌떡 상자를 뜯어 자신의 손가락 하나를 그 속에 푹 찍어 넣었다. 어두워 알아보기 힘들었지만 결단코 그 내용물이 '빗'이라고는 생각하기 힘들었다.

이윽고 손가락을 따라 묻어 나오는 가루를 혀로 핥는 소리가 들렸고 거친 헐떡임이 일었다.

만족스러운가. 희열이 퍼지는 상대의 얼굴을 보며 정윤은 비웃음을 삼켰다. 혀로 맛본 것이 제 뼛가루인 줄도 모르고 기뻐하는 자의 꼴이 가히 쾌락 끝의 고통을 기대하게 했다.

"소인이 가지고 있는 물량의 전부를 급사중 어르신께 넘겼습니다. 가격은 주시는 대로 받지요."

"또, 또 구할 수 있느냐?"

"너무 급하십니다."

"돈은 원하는 대로 줄 터이니 반드시 구해 오거라."

급사중은 자신의 금고 속에 숨겨 둔 금괴와 은전을 넘기며 애가 닳은 목소리로 명령했다. 당장은 이것만 더 얻을 수 있다면 세상에 못 할 일이 없을 것 같은 기분이었다. 곤란하다며 난색을 표하는 아낙을 그는 몇 번이고 다그치며 애걸복걸했다.

그가 처음부터 이랬던 것은 아니었다.

저 수상한 치가 이곳에 드나들기 시작한 지 약 두 보름 전부터. 귀한 집에만 들러 은밀한 물건을 중개하는 자라며 소개받았던 것이 발단이었다.

머릿수건으로 얼굴을 반이나 가린 채 그에게 올 한 해 운수가 드셀 것이라 속삭였던 여인은 신비로운 이야기를 들려주었다. 효국에서부터 까마득하게 멀리 떨어져 있는 이름 모를 고원에서 기이한 꽃이 자라는데, 그 꽃의 유액을 말리면 천상의 가루를 얻을 수 있다고 했다.

　- 한 번 맛보시겠습니까?

　그 한 마디에서부터 이 모든 것이 시작되었다.

　"이렇게나 간절히 부탁하시는데 미천한 쇤네가 어찌 거절할 수 있겠습니까. 구하는 대로 들르겠으니 기다려 주시지요."

　정윤은 이마가 거의 바닥에 닿을 정도로 머리를 숙였다. 그렇게 지극히 대접하지 않으면 표독하게 일그러진 입가를 숨기기 어려울 것 같아서였다.

　혹시 알까. 네 혀 밑에 녹은 쾌락이 사람을 어떻게 침몰시키는지에 대하여.

　중독이란 무서운 것이다. 그것도 희락에 취해 모든 것을 잊게 만드는 중독은.

　'부디 당신의 집안이 고통과 슬픔으로 가득 차 오르기를.'

　한 왕조를 멸국에까지 이르게 했었다던 기쁨의 가루다. 흥미에 이끌려 고서의 기록을 본떠 재연해 봤을 뿐인데, 불행을 초래하는 것은 그저 이것만으로도 순조로웠다.

　"무엇을 하는 자이냐?"

　그녀가 공손히 절을 올리고 뒷걸음으로 방을 나왔을 때였다. 방 밖에는 뜻밖의 인물이 오만한 태도로 기다리고 있었다. 정윤은 순간적으로 꿈틀거리는 입술을 통제하지 못할 뻔했다.

　오늘 무슨 날이려나. 한 번의 채찍질에 두 마리나 걸려 왔다. 흥분된 마음에 대답이 바로 나오지 못하자 앙칼진 물음이 연이어 쏟아졌다.

"내가 누구냐고 묻질 않았느냐? 행상도 지저분한 것이 어찌 그 방에서 나오는 것이야?"

"이 댁 아씨이십니까. 소인은 그저 장사치일 뿐이지요."

"내가 누구인 줄은 어찌 알고?"

"어찌 모를 수 있겠습니까."

애초에 잊은 적이 없는데. 순식간에 동요를 잘라 낸 정윤은 두 손을 바르게 모으고 허리를 굽혔다.

"멀리서도 나는 고운 향에 당연히 귀한 분이신 줄 눈치챘습니다."

입에 바른 칭찬에 기분이 우쭐해진 급사중의 여식이 새침하게 고개를 돌렸다. 제법 보는 눈은 있는 자라며 속으로 곱씹은 그녀 가 새빨간 치맛자락을 휘날리며 정윤의 어깨를 고의적으로 치고 안채로 들어갔다.

무심한 얼굴로 대문을 나온 정윤은 부딪혔던 부위를 성의 없는 손길로 툭 털어냈다. 은근한 기대가 서렸던 얼굴에 순식간에 만연 한 웃음이 퍼져 나갔다.

'아, 저렇게까지 잘 자라주다니.'

살이 오른 먹잇감이 눈앞에서 팔딱팔딱 살아 움직이는 것을 보 니 좀체 표정 관리가 되질 않았다. 들썩였던 수건을 벗어 패랭이로 바꿔 쓰며 정윤은 곧바로 다음 집으로 향했다. 그렇게 여러 채를 같은 수법, 다른 모습으로 돌았다. 만난 이들이 찔끔찔끔 구렁텅이 로 빨려 들어가는 소리가 들렸다. 잔혹한 이야기의 끝물이었다.

* * *

몹시 호화로운 공간이었다.

칠보 장식이 된 책상 위를 이색적인 색감의 주전자와 찻잔이 굴러다녔고, 바닥에는 몇 장의 호피가 이어서 깔려 있다. 창가에 놓인 금향로에서는 용연향을 닮은 냄새가 연기에 섞여 올라왔다.

다시 말해, 뭐라도 하나 잘못 손댔다간 몇 달 치의 월봉이 날아가기 딱 알맞은 곳.

'으어, 조심해야 돼.'

창희는 과하게 몸을 사리며 책상 앞에서 마작 패를 이리저리 옮기고 있는 주인에게로 뛰어왔다.

"저 왔습니다."

"응."

책상 한구석에는 읽다 만 소설집이 수북이, 중앙에는 떡하니 마작판. 긴 머리를 묶지도 않고 풀어 내리고 있는 것을 보니 일어나자마자 이러고 있었던 게 분명했다.

"저 왔다니까요."

"그래, 안다고."

"일어났으면 우선 좀 씻으시죠?"

한껏 한심함을 담아 핀잔을 날렸는데도 정윤은 쳐다보지도 않고 손만 내밀어 까닥까닥 흔들었다.

"잔소리하지 마. 부탁한 거나 줘."

깔끔히 정리된 간결한 명단이 그녀의 손으로 넘어갔다. 쥐고 있던 마작 패 대신 종이를 쥐고 훑던 정윤의 뺨이 금세 기분 좋은 홍조로 물들었다.

얼핏 보면 살생부로 착각할 만큼 여러 명의 이름이 줄을 맞춰 적혀 있었다. 얼마 전에 보고 온 급사중과 그 딸의 이름도 포함되어 있었고, 이름 밑으로는 인적사항과 그들이 현재 지고 있는 빚의 액수가 소상히 정리되어 있는 상태였다.

"아가씨."

"응."

"거기 그 사람들 정말 다 누굽니까? 제가 아직 이 나라 사정은 잘 모르지만요, 그래도 다들 한자리씩 하는 집안이라는 건 보면 알거든요."

뭘 하는 건지 언질이라도 줬으면. 나중에 뒤처리하기라도 쉽게. 창희가 더는 못 참겠다며 캐물었지만 평소와 마찬가지로 돌아오는 대답은 수상한 웃음뿐이었다.

'그냥 원래 하던 대로 놀고먹으시는 게 더 안 불안하겠네!'

그가 이 의문스러운 여주인의 곁을 지킨 지는 대략 오 년쯤. 본래 그는 효국 건너에 있는 섬나라 사람으로, 이 집 곳간을 털다가 붙잡힌 좀도둑 출신이었다. 현장에서 붙잡히는 바람에 노비 아닌 노비 신세로 묶여 이놈의 이 '해 씨 집안의 아가씨'라는 사람의 수발을 들게 되었는데······.

'진짜 이상한 인간이지.'

그녀는 성실한 이 가문의 평판과는 완전히 다른 부류의 종자였다. 일에는 아예 관심이 없는 데다가 가끔 흥미를 끄는 게 생겨도 얼마 못 가 질리기 일쑤였다. 차가운 외모와는 달리 짓궂은 장난을 즐겼고 말도 없이 혼자 괴짜다운 사고를 치고 다니기도 했다. 그럴 때면 반드시 험한 결과가 뒤따라 왔기에 창희는 초조하게 발을 굴렀다.

"대체 뭘 하시는 거죠? 그 사람들한테 의도적으로 빚을 지우고 계시잖아요."

보면 팔았다는 물품도 갖가지였다. 어느 날은 값비싼 비단이었고, 또 어느 날은 고급 식기였다. 지난번에는 빗과 각종 장신구를 팔았다고 기록되어 있었다. 말은 되는데 이해는 되지 않았다. 양에 비해 가격이 엄청나게 뻥튀기되어 있었으니까.

"그 사람들이 자진해서 그 가격에 샀을 리가 없다고요."

"그럼 내가 멱살 잡고 억지로 가져다가 팔았니?"

"그러다가 걔들 곧 풍비박산 나겠던데요?"

"그거야 남의 집 사정이고."

말간 눈알을 끔뻑대는 정윤은 뭐가 잘못됐는지 전혀 모르겠다는 투였다. 특별한 소리가 아닌데도 뻔뻔하다고 생각되는 것은 평소와는 달랐던 그녀의 행보 탓이었다.

십 년간 외국 생활을 했던 일가가 고국으로 돌아온 지는 이제고작 몇 달이다. 이제껏 일이라면 거들떠도 안 보던 정윤은 이곳에 오자마자 무척이나 열성적으로 상단 일에 참여했다.

고향 땅에서 유행하는 최신 동향과 떠도는 입소문들, 시장의 규모와 물가, 상법, 거래의 경위까지 책 속에 코를 박고 며칠씩이나 공부하는 기적을 보였다.

이제 와 새삼스럽게 게으른 심성을 고쳐먹고 새사람으로 거듭나겠다는 각오일 리는 없으니 정도가 과한 수상함으로 간주될 뿐이었다.

"걱정하지 마."

"제가 뭘 걱정하는 줄은 아시고요?"

"일단 불법은 아니야."

"그 말은 나쁜 짓을 하긴 했지만 교묘히 법망은 피해갈 수 있다는 아주 더러운 사기꾼의 말로 들리는데요."

"우리말이 정말 많이 늘었네."

"여기 나라 말 말고 다른 나라 말도 잘합니다."

"여긴 너희 나라 아니잖아."

"말 돌리지 마시고 제대로 말씀하시죠?"

"별 건 아니야. 그냥 내가 뒤끝이 있어서 그래. 이걸 안 닦아두면 두고두고 찝찝할 것 같거든. 그러니까 어떡해? 닦아야지."

원수를 용서하지는 못해도 고이 보내지는 말자. 그것과 비슷한 개념이라고 정윤은 부연했다. 역시나 괴짜다운 논리인데 말하는 눈빛은 진지했다.

"네가 모르는데, 내가 여기 뒤통수 쪽에 흉터가 있어. 깊게 찔린 건 아니고 밀쳐서 넘어지는 바람에 살짝 좀 찔린 정도? 이게 딱 십 년 됐거든. 근데 아직도 따끔거려서 새벽에도 자다가 일어날 때가 있단 말이야."

이게 말이 되니, 응? 다 나았는데 통증이 느껴진다는 게. 정윤은 어이없다는 식으로 창희를 붙잡고 토로했다.

"어떻게 하면 이 지병이 나을까. 이걸 십 년이나 고민했단 말이야."

곤란한 듯 머리를 흔들던 그녀가 한순간에 살가운 눈웃음으로 돌변했다.

"그래서 지금은 그 치료를 위해 노력하는 중. 따지고 보면 양질의 삶을 위한 몸부림이지."

"무슨 소린지 전혀 알아듣지 못하겠는데요."

"응, 당연히 몰라야 해."

뒷공작이라는 게 뭔데. 남들이 모르니까 뒷공작이다. 정윤은 잔뜩 쌓아놓은 마작 패를 한꺼번에 무너뜨리며 빛이 안 닿는 음지 속으로 몰아넣었다.

"그러니까 넌 시킨 일이나 가서 빨리 좀 해 주라. 난 놀아도 되지만 너는 일을 해야 밥이 나오잖아."

"아윽!"

지적과 동시에 비스듬히 세워져 있던 곰방대가 창희의 복부 정중앙을 쿡 하고 찔렀다. 이어서 두 번, 세 번 연속으로 더 찌르자 그가 배를 열나도록 문지르며 잽싸게 거리를 벌려 물러났다.

창희를 좇아내고 정윤은 한껏 등받이에 몸을 기대고 누워 두 다리를 모두 책상 위에 걸쳤다. 버려두었던 종이를 다시 느긋하게 흔들며 몇 번이고 읽는데 읽을수록 비실비실 웃음이 새어 나왔다.

'일이 어쩜 이렇게 된담.'

똥이고 된장이고 구분 없이 발라 놓으면 개중에 몇 놈은 반드시 피를 보겠지 싶었는데 이렇게 깡그리 손아귀에 잡힌 건 기대치 않은 수확이었다.

와자작 종이를 구겨 아무렇게나 던져 버리고 정윤은 서랍을 당겨 '반납일 준수 필'이라는 딱지가 붙은 책 한 권을 꺼냈다. 열심히 공들이고 있는 그 일을 제외하면 독서는 요즘 그녀가 가장 심취해 있는 여가 활동이었다.

최근에 푹 빠진 책은 그중에서도 꽤 자극적인 작품으로, 귀족가의 장남이었지만 화류계의 꽃에게 마음을 앗겨 비렁뱅이가 된 남자와 그런 남자를 밀어내는 여자의 이야기였다. 비극으로 끝날까, 행복한 결말을 맞이할까. 종이 속 연인들이 보여 주는 아슬아슬한 줄타기와 남자의 절절함이 마음에 들었다.

아, 나도 이런 남자 갖고 싶다. 음률을 타듯 발을 까닥까닥 움직이며 한 장씩 정독하고 탐독해 넘긴다. 그녀의 순수하고 유일한 즐거움이었다.

그때 쿵쿵, 동창을 두드리는 울림이 들이쳤다. 방주인의 허락도 없이 밖에서 쓱 창이 밀리더니 그녀와 닮은 눈매를 가진 남자가 얼굴을 내밀었다.

"아주 신났구나."

"오라버니?"

"오늘도 역시 독서 중?"

"아, 글 선생에게 연애를 배우는 중이지."

"누차 말하지만 그런 남자는 없다고."

"있을지 어떻게 알아."

"있어도 너랑은 인연이 없을 거야."

"일단 배워야 인연인지 아닌지 확인하지."

"그런 선비같이 착하고 훌륭한 남자가 잘도 너 같은 애를."

도윤은 동생의 허황된 꿈을 꼬집다가 툭 하니 말을 전했다.

"할아버님이 부르시는데."

아, 왜 하필 지금. 딱 남자주인공을 벗기려는 대목에서. 정윤은 미간을 와락 구기며 책을 덮고 일어섰다.

* * *

나이가 들어 머리가 하얗게 센 노인과 인자한 인상의 부부, 그리고 그들의 두 자녀까지 가문의 모든 구성원이 각자의 자리에 앉았다.

가장 상석의 노인은 숨을 고르듯 그들을 고루 살피다가 시큰해지는 눈가를 비볐다. 이렇게 다시 모이기까지 꼬박 십 년이 걸렸다는 것을 실감할 때마다 목구멍이 뜨거워졌다.

그의 시선이 꼿꼿하게 자세를 잡고 있는 도윤에게서 멈췄다. 누가 보아도 차기 가주다운 모습이라 한결 마음이 놓였다. 흐뭇했던 시선이 옆으로 이동했다. 눈에 넣어도 아프지 않았던 손녀가 어느새 어여쁜 여인으로 성장해 있었다. 이 자리가 따분한지 발끝을 톡톡 치며 장난치더니 눈이 마주치자 급히 허리를 세우고 점잔 빼는 시늉을 보였다.

아직은 철없는 구석이 조금 있는 녀석. 그가 빙긋이 웃으며 물었다.

"정윤이는 지재(知材: 정보) 관리 일은 잘 도맡아 하고 있느냐? 요즘 열심이라는 얘기를 들었는데."

"아…… 예, 할아버님. 뭐…… 하고는 있습니다만."

그녀는 슬그머니 눈길을 피한다. 성년이 되면 가문의 일원으로서 중요한 업무를 전담하는 건 당연한 일이라, 외국에서 돌아온 후부터 정윤에게는 상단의 정보를 관리하는 지재일이 맡겨졌다.

하지만 차마 그것을 잘하고 있다고는 솔직히 답할 수가 없는지라. 사심을 채우기 위해 사사로이 이용해 먹은 게 전부 아니던가. 다행히 노인은 더 추궁하지 않았다.

"도윤이는 후계자 수업을 게을리하지 말거라. 내가 죽으면 이 가문은 네 아비가 아니라 네가 이끌어가야 한다. 차기 가주의 자리도, 상단주의 자리도 모두 네가 넘겨받아야 한다."

할아버지에게서 아버지가 아닌 손자에게로 다음 자리가 넘어간다. 도윤은 말없이 아버지의 헐렁한 한쪽 소매를 잠시 눈에 담다가 이내 확고한 의지가 서린 얼굴로 고개를 숙여 보였다.

"명심하겠습니다."

"우리는 사람들에게 큰 은혜를 입은 집안이다. 그것을 대대손손 갚아야 하는 것이 가문의 숙명이니라. 상단은 결코 돈벌이가 아니다."

그 말에 모두가 숙연해지는 분위기였다.

다만 정윤은 숙연해지는 척을 했다. 일평생을 만백성에게 봉사하며 사는 것이 이 집 주인의 숙명이라니. 참 의미 없고 갑갑한 소리였다. 대체 우리가 뭘 잘못했다고. 아, 한숨을 억누르며 그녀가 불편한 엉덩이를 살짝 들썩거렸을 때였다. 노인이 심오한 침음을 흘리며 마른 입술을 움직였다.

"사실 이렇게 모두를 불러 모은 것은 물어볼 것과 당부할 이야기가 있어서다. 특히 도윤이, 그리고 정윤이 너희 둘은……"

여럿의 시선이 한 데에 모아졌다. 눈을 지그시 내리감은 노인은 무릎 위의 무언가를 손안에 꽉 쥔 채 이야기했다.

"혹 근래에 낯선 누군가가 접근해 오거나 만남을 청한 적이 없었느냐?"

정윤은 순간 뜨끔해서 잠시 숨을 참았다. 내가 뭘 하고 있는지 눈치를 채셨는가? 하지만 철저히 입단속을 시켰다. 행여나 계획의 골자까지 새어 나갈까 직접 움직이고 있는 참인데 그럴 리가 없었다.

'아니, 딱히 낯선 이가 내게 접근한 적은…… 없었지. 그 반대의 상황이라면 해당되겠지만.'

생각해보니 질문은 비슷해도 다른 이야기였다. 그녀가 고개를 가로젓고 도윤도 아니라는 대답을 올리자 노인이 곧장 방향을 바꿔 질문했다.

"그렇다면 알지 못하는 자에게 서찰을 받은 적은?"

"없습니다."

"저도요."

"누군가 너희의 주변을 맴돌거나 관찰한다는 느낌도?"

"아닙니다."

"전혀요."

"그래…… 그렇구나."

확인하고 싶었던 사실에 모두 부정의 대답을 들은 노인은 눈에 띄게 안도하는 기색을 보였다. 황망히 마른 손으로 얼굴을 쓴 그는 앞으로도 그런 일을 주의해야 한다며 어리둥절해하는 손자와 손녀를 서둘러 밖으로 밀어 내보냈다.

"아버지."

아버지. 내내 침묵을 지키던 진영은 아이들이 모두 나가자 무거운 몸을 끌어 노인에게 다가왔다. 가까이로 오자 노인이 줄곧 무릎 위에서 감추고 있던 것의 정체가 훤히 드러났다.

황금색 비단 봉투.

겉만 보아도 누가 보낸 것인지 짐작할 수 있는 서찰이었다.

그것을 확인한 것과 동시에 진영의 몸이 파르르 떨려오기 시작했다. 그런 아들의 어깨를 노인이 힘주어 잡으며 진정시켰다.

"침착하거라."

"언제 온 것입니까? 그들이 보낸 것입니까? 또 그들입니까?"

또다시 그들이.

진영은 바닥으로 무너지다시피 했다. 휘청거리는 몸의 중심을 바로 잡기 위해 팔을 뻗었지만 왼팔만이 벽의 모서리에 닿아 그를 지탱했다. 노인은 그런 아들의 외팔을 슬픈 눈으로 바라보았다.

"옛일이 생각나는구나. 그때에도 이렇게⋯⋯."

"절대 안 됩니다."

어떤 내용인지, 무엇을 요구하는지 들을 여지조차 주지 않는다. 진영은 입을 꽉 사리물고 강하게 고개만 가로저었다.

이 집으로 돌아오기까지 꼬박 십 년이라는 세월이 걸렸다. 숨을 죽이고 몸을 낮춰 과거로부터 눈과 귀를 멀게 해 겨우겨우 예까지 기어왔는데.

그런 제 앞에 또다시 과거의 발끝이 어른거리려는 것을 그는 죽기보다 더 참지 못하는 것 같았다.

"일단은 생각할 시간을 달라 그리 말해놓았다."

"안 됩니다!"

짐승이 울부짖듯이 소리쳤다.

"단칼에 잘라 내야 합니다. 거절하고 간청하고 그래도 안 된다 하면 협박을 해서라도⋯⋯!"

십 년이 지났다. 틀림없이, 이번에는 제 아이들을 달라 하겠지. 선량한 얼굴에 아량 넓은 팔을 펼치며.

"비극은 저 하나로 충분합니다."

이 나라를 위해 도와 달라고.

                          * * *

《매달 말일 달빛이 고인 강가에서 뵙겠소.》

　허겁지겁 방으로 돌아온 정윤은 책의 마지막 문장을 확인하고
서둘러 옷을 껴입었다. 매달 말일이라는 단어는 책의 신간이 나오
는 날짜를 은유로 가꾼 문장이다. 이 책은 늘 저 문장으로 끝이
났다. 그리고 오늘은 바로 그 매달 말일이다.
　하필이면 거기서 끝맺을 게 뭐람. 당장 달려가야 한다. 다음 권,
다음 권이 필요했다.
　뛰기 편하게 바지를 껴입고 머리는 하나로 묶어서 둘둘 말아
올린 뒤 상투 비슷한 모양새로 틀어 대충 얼굴을 가릴 모자로 눌
러 버렸다. 나가기 직전 잠시 거울을 들여다본 그녀는 입으려던
자기 옷을 내던지고 도윤의 겉옷을 훔쳐 어깨 위에 둘렀다.
　문까지 돌아가기도 귀찮아 담장을 타고 올라 한달음에 도착한
곳은 세책업으로 가장 융성한 거리였다.
　수많은 세책방에서 뿜겨져 나오는 쾌쾌한 종이 냄새가 코를 찔
렀다. 희귀 고서부터 타국서 들여온 화첩까지 갖가지 상점들이 즐
비했지만 정윤은 그 멀쩡한 상점들을 모두 제치고 으슥한 곳에
자리한 좁은 길로 들어섰다.
　꼬불꼬불하게 갈림길이 엉켜 있어 아는 사람이 아니고서야 만
만히 들어왔다가 봉변을 당하기 십상인 듯한 골목이었다.

미로 같은 갈림길을 지나쳐 마침내 막다른 길에 도착한 그녀는 가장 안쪽에 위치한 나무 문을 요란하게 두드렸다.

두드리는 소리에 열린 것은 문이 아니라 그 위로 사람 얼굴만 하게 뚫린 작은 창이었다. 눈만 빼꼼히 내민 사람이 귀찮아하며 툭 던지듯 말하였다.

"비화야담 8권 없소."

그러고는 쪽문을 냉정하게 닫으려 했다. 정윤이 닫히려는 문틈으로 재빠르게 손을 넣어 막았다.

"직접 확인해 봅시다."

"사람 말을 뭐로 듣고!"

요즘 그 책 구하기가 부처님 사리 공양보다 더 힘들다. 간판도 걸리진 않은 책방의 책쾌는 혀를 차다가 안을 빤히 쳐다보는 또렷한 시선에 어쩔 수 없이 안으로 들였다.

들어서자마자 그녀는 맹수가 먹잇감을 찾는 것처럼 쌓여 있는 책 더미를 거침없이 뒤적거렸다.

"내가 단골손님에게 설마 거짓말을 할까 봐. 8권은 아직 나오지도 않았단 말이오!"

"오늘이 매달 말일인데."

"어째 보고 싶은 구절만 읽었소? 작가가 매달 말일 달빛이 흐르는 강가에서 뵙자 하지 않소?"

"'흐르는'이 아니고 '고인'이요."

"흐르든 고이든 달빛을 보려면 적어도 해는 져야지!"

"그게 무슨 소리요?"

"뭔 소리긴. 와도 저녁에 온다는 소리지."

우르르르-

험한 손길로 뒤적여지던 책 더미가 허탈한 멈춤에 우르르 쏟아져 내렸다.

아이고, 하고 앓으며 책쾌가 정윤의 옆에 쪼그리고 앉아 떨어진 책들을 다시 한 권, 한 권 쌓아 올리면서 딱한 얼굴로 말을 이었다.

"보시오, 도령."

"도령 아니오."

"도령이 아니면 아씨인가?"

"성별로 따지자면."

"참 딱합니다. 내가 자식이 있어서 하는 말이니 곡해 말고 들으시구려. 나이도 어린 사람이 보아하니 귀한 댁 자제 같은데 이런 곳에는 발길 끊고 좀 더 영양가 있는 서책을 읽는 것이 어떻겠소?"

이 장사로 밥 벌어 먹고살기는 하지만 푸릇한 젊은이의 미래를 생각한다면 왠지 이리 두면 안 될 것 같다. 귀족이거든 차라리 과거시험이라도 준비해 보라며 책쾌가 성심껏 조언을 했다.

그러나 정윤은 중간에 뚝 말을 잘라 끊었다.

"당장 뒤편을 읽지 못하면 죽을 것 같은 기분이 드는데."

"무슨!"

"숨통이 조이고."

"그거 중증이오!"

"필시 다음 권에 반전이 나올 것 같아. 읽다가 긴장해서 마저 못 보고 방 안을 돌아다니면서 호흡도 정리해 보고, 다시 또 조금 읽다가 서성거리고 그랬단 말이오."

"심각하구먼."

연애를 글로 공부한 햇수가 꽤 되어 정윤은 독자로서의 촉이 매우 발달했다. 그 와중에 모처럼 만에 만나게 된 명작이라고나 할까. 샅샅이 뒤져 없다는 것을 확인한 그녀가 짜증을 내며 바닥에 주저앉았다.

"그만 번듯한 책 사 읽으시오."

"이런 책이 뭐 어때서."

"내가 왜 이 뒷골목에서 장사를 하겠소?"

"그럼 떳떳이 나가서 장사하든가. 나도 이 냄새 나는 구석까지 찾아오기가 여간 번거로운 게 아니니."

아주 막무가내인 사람이다. 책쾌는 한숨을 남발하다가 책장 사이로 들어가더니 손에 얇은 책 한 권을 들고나왔다.

"들어오면 제일 먼저 빌려줄 터이니 그동안 이거라도 가져다 읽으시오. 작년 것이긴 한데 중간에 삽화가 많이 들어가 있어서 보는 재미가 쏠쏠하다오."

정윤은 재빨리 빼앗아선 빠르게 넘겨보았다. 과연 훌륭한 그림이었다.

"군데군데 내용이 매끄럽지 못한 부분이 있지만 그래도 삽화가 참으로 좋다오. 작년에는 그놈이 아주 불티나게 나갔지."

"과연. 장사를 할 줄 아는군."

정윤은 두말없이 그의 손에 돈을 쥐여 주었다.

책을 돌돌 말아 나서는 발길이 가벼웠다. 좁은 골목을 빠져나가는 속도가 들어왔을 때보다 더 빨라졌다.

"이 손 놓거라! 썩 꺼지란 말이다!"

뭐지?

막 큰길로 빠져나가려는 순간 앙칼진 고음이 발목을 붙잡았다. 눈썹 한쪽을 찡긋하고 올린 정윤은 솟아오르는 호기심에 목소리가 들린 쪽으로 고개를 틀었다.

"놓으라고 그러면 예이 알겠습니다, 하고 놓아줄 것 같아? 악! 이게 지금 날 물었어? 안 놔 이거?!"

"아가씨! 도망가세요! 얼른!"

타닥타닥-!

다급히 뛰어오는 발소리가 들렸다. 간간하게 숨넘어가는 소리도 섞여 오는 것을 보니 누군가를 피해 도망 나오고 있는 것이 틀림없었다.

그 발소리는 곧 정윤이 있는 쪽을 향해 점점 더 커졌다. 그러곤 어찌해 볼 틈도 없이 곧장 달려와 대차게 부딪히고 나자빠졌다.

까아악! 다시 새된 비명이었다.

정윤은 자신의 어깨에 부딪히고 바닥에 주저앉아버린 자를 내려다보았다. 별로 세게 부딪히지 않았는데 마치 상대를 거부하듯이 양손으로 상체를 가리고 온 힘을 다해 소리치는 여인이었다.

"저기."

"까악!"

또 한 번의 청각 공격이었다. 도움의 손길 비슷한 것을 무심결에 내밀려 했던 그녀는 그만 동작을 정리했다.

'괜한 참견인가.'

딱히 정의의 사도가 꿈은 아니었다. 복수의 화신이라면 몰라도. 일단 잘 알지도 못하는 일에 정의를 운운하는 것 자체가 과하다 여겼고. 힐끗 여인을 내려다본 정윤은 그렇게 미련 없이 발을 떼려 했다.

"잡았다!"

"이것 놔! 놓으라고!"

뒤쫓아 온 우락부락한 장정이 한 손에는 몸종으로 보이는 여인의 머리를 우악스럽게 잡고 다른 한 손으로는 바닥에 주저앉은 여인의 멱살을 움켜쥐었다. 비단옷으로 치장한 여자를 보는 눈길이 험상궂었다.

"제발!"

여인의 두 발이 땅 위로 떠선 애처롭게 흔들렸다. 매달린 채로 벗어나려 온 힘을 다해 소리치는 탓에 정윤은 움직이려던 다리를 도로 땅에 붙일 수밖에 없었다.

'저거는 조금 그런데.'

섣부른 판단은 금물이지만 저 광경은 보기가 거슬렸다. 개인적인 취향과 감정의 문제였다.

갈까 말까 망설이며 제자리에서 우물쭈물하는 사이 거친 소리가 내리쳤다.

"어이, 거기 계집애 같은 놈! 쓸데없이 참견하지 말고 얌전히 꺼지도록 해!"

'으으, 저 발언도 진짜 별론데.'

"너도 애들처럼 노리개 꼴로 만들어 주랴?"

'아, 방금 건 최악이다.'

구역질 난다. 비위도 좋으면서 정윤은 괜히 토하는 시늉까지 하며 위협하는 사내 앞으로 천천히 다가섰다. 몸집의 차이가 월등히 나서 한주먹거리도 안 되어 보였다.

"뭘 보느냐. 네가 와서 낀다고 나 혼자 어찌 못 할 줄 알아?"

그 말에 정윤의 눈이 슬며시 즐거운 모양으로 가늘어졌다.

'나 혼자. 음, 그러니까 지금 여기에 너 하나밖에 없다는 소리네?'

같은 편이 여러 명이면 여러 번 손을 써야 한다. 하지만 혼자면 한 번만 써도 되지. 편하다. 책을 겨드랑이에 낀 그녀가 양어깨를 으쓱해 보였다.

"입 싹 닫고 돌아서기에는 양심적으로 켕기는 상황이라. 뒤에서 구경하면서 어떻게 해야 할지 생각 좀 해 볼까 하는데 괜찮겠죠?"

잡혀 있는 여인이 몸부림치며 제발 도와 달라 소리쳤지만 전혀 다른 대화들이 오고 갔다. 나 구경 좀 할게요. 그 소리에 음충맞은 입술 속 누런 이가 드러났다.

"그래, 거기서 잘 보거라. 이런 구경도 흔치 않지."

"아, 보기완 달리 친절하시네요."

산뜻한 눈웃음을 보내고 정윤은 거한의 뒤로 돌아섰다. 그리고 돌아가는 동시에 다리가 올라갔다. 힘을 실은 발이 놈의 무릎을 뒤에서 걷어차 꿇리고 소매 춤에서 뽑아낸 번쩍이는 무언가가 무릎 꿇은 그의 목덜미, 맥박이 뛰는 위치를 정확하게 꿰뚫었다. 아주 얇고 미세한 바늘이었다.

"커흑!"

뒤로 가도 된다는 말을 쉽게 하면 이 꼴이 난다. 보통 인간은 뒤에 가면 구린 짓 할 준비를 하니까.

정윤은 바늘을 뽑아 회수하며 시퍼렇게 변한 세침 끝을 햇살에 비춰 보았다. 맹독이 빠르게 핏속으로 도는지 사내는 목을 잡고 침을 질질 흘리다가 땅바닥에 엎어져 맥없이 허우적댔다.

상태를 점검하듯 그녀가 다리로 톡톡 가볍게 치며 말했다.

"지나가는 여자를 상대로 깡패 짓을 하려는 것 같던데 왜 그런 짓을 하나, 살짝 궁금했어요. 그래서 일단 앉혀 둔 다음에 차근차근 들어 보려고 했죠? 그런데 막상 눕혀 보니까 하-나도 안 궁금해."

정말 신기하다. 사람 하나를 이렇게까지 눕혀놨는데도 그 사정이 전혀 궁금하지가 않다니. 난 약간 인성이 맛 간 건가? 아니면 도덕성이 벌써 바닥을 쳤나? 그녀가 장난치듯이 헤실거렸다.

"뭐 구경하고 얘기 들어 봤자 네가 날강도에 납치범에 끽해야 폭력배밖에 더 되겠어요? 그런 생각을 하니까 아마 하나도 안 궁금한 것 같아요."

"너, 죽인⋯⋯!"

"입 닫아. 침 튀긴다."

사내가 분을 못 이겨 들썩이자 정윤은 옆구리에 꼈던 책을 똘똘 말아 그대로 그의 정수리에 내리꽂았다. 독극물에 이어 급소에 강한 타격을 받은 사내는 순식간에 별을 보더니 그대로 풀썩 쓰러졌다.

"갔네, 갔어."

그렇게까지 가공할 만한 파괴력이었나? 알 수가 없다. 내가 맞은 게 아니라서.

정윤은 시선을 돌려 남자의 손아귀에서 벗어난 여인과 몸종을 쳐다보았다. 그들이 흠칫거리며 움츠리는 것이 느껴졌지만 무시했다.

"이걸 치워야겠네요."

"네, 네?"

"이거요. 그대로 두면 보기 안 좋으니."

그녀가 지칭하는 것은 쓰러진 거한의 몸뚱이였다. 혼자서 옮기기는 좀 힘들고 같이 거들었으면 했다.

"어느 부위를 드실래요? 위, 아래?"

선택지를 주자 여인들은 심약한 눈동자만을 떨 뿐 섣불리 나서질 못했다. 어, 혹시 이거 시체인 줄 아나? 정윤은 아쉽게도 그가 죽은 게 아니라 잠만 자는 것이라고 해명한 뒤 그들에게 남자의 머리를 들 것을 부탁했다.

"웃차."

구석으로 커다란 몸뚱이를 구겨서 처박은 후에야 개운한 기지 개를 켰다. 팔을 들며 위로 쭉 늘어진 옷을 누군가가 살며시 잡아 왔다. 얼굴에 눈물 콧물이 범벅된 비단옷의 여인이었다.

"구해주셔서 감사합니다, 의인."

의인? 정윤은 흠칫하곤 정색했다.

"절대로 그런 사람은 아닙니다."

거한을 이렇게 만든 건 순전히 개인적인 불쾌감을 해소하기 위 함이었다. 재미 삼아 해 본 의적 놀이에 가깝다.

"그래도 은혜를 입었습니다. 실례가 안 된다면 어디 사시는 누 구라고 존함이라도 알려 주시면 꼭 보답하고 싶습니다."

"별로 상관없는데……."

"저 때문에 소중한 서책도 그리 망가지셨는걸요."

"책이요?"

내 책이 왜? 라는 얼굴로 정윤은 무심코 고개를 떨어트렸다.

"아……."

그리고 이어지는 절망 어린 탄식. 으아, 아, 아, 아니야, 이럴 순 없어……. 반신반의하는 표정으로 한 장씩 종이를 넘기는 손끝 이 충격으로 경련을 일으켰다. 타격을 받아 우그러진 부분부터 구 겨진 선들이 분량의 반 이상을 차지했다. 앞장에는 조각이 덜렁대 어 찢어지거나 아예 낱장이 분리되려는 곳도 있었다. 특히 색색으 로 입혀 칠한 삽화들이 성한 구석이 없었다.

걱정으로 흘긋 훔쳐봤던 여인의 얼굴은 호기심으로 물들었다.

글의 일부를 섬세하게 묘사한 인물화가 화려했다. 항간에서 유행한다는 정분 소설이나 패관이란 게 저런 것일까. 대갓집 규수의 체면을 의식해 외면하려고 하는데 정윤이 그런 그녀를 흔들어 깨웠다.

"소저! 저기, 소저님?"

"예, 예?"

"보답하시죠."

"네?"

"보답. 이거랑 똑같은 책으로."

"무슨 말씀이신지."

"무슨 말이긴. 구해달라는 소리죠. 이 책의 반납일인 모레까지 부탁드리겠습니다."

"제가 어떻게……?"

"방금 빌린 물건입니다. 이 꼴로 가져다줄 순 없고 따지고 보면 이게 다 소저 탓이지 않습니까?"

"그건…… 그렇지만."

여인은 망설였다. 보답하겠다고 직접 나섰고 제 탓이라는 상대의 말도 어느 정도 옳았다. 하지만 무슨 수로 저것과 똑같은 것을 구해 온단 말인가. 치기 어린 마음으로 이 골목에 발을 들였지만 그녀는 그저 곱게 자란 아가씨일 뿐이었다.

어찌하지 못하고 발만 동동 구르는데 불쑥 머리 위로 손이 지나갔다. 정의심은 조금 있는 것 같아도 자비심은 없을 게 분명한 의인의 손바닥이 그녀의 머리칼에서 값비싼 뒤꽂이를 훔쳐 빼갔다.

"이건 담보."

"아!"

"혹시 그쪽이 그냥 튈지도 모르니까 그때를 대비한 서책 값 포함이에요."

"아니, 그래도 저기……!"

"나루 근처에 비홍각이라는 객잔이 있어요. 그곳에 테이린이라는 사람 앞으로 맡기시면 됩니다. 그냥 맡기고만 가요. 불필요하게 다시 얼굴 볼 일까지는 아니니까."

"테이린……. 왜인이십니까?"

"그런 게 중요합니까?"

"아, 아니요."

"그리고 혹시나 해서 말하는데 길을 잘못 들어서 온 게 아니라면 책임지지 못할 용기는 가슴 안에만 넣어 두는 게 현명할 겁니다. 객기 부리다가 사람 인생 불행해지는 거 한순간이거든요."

구겨져 망가진 책을 거의 떠넘기다시피 여인의 품에 갖다 안기며 정윤은 빠르게 말했다.

움찔하는 모습에서 그 '혹시'가 사실이라는 것을 깨달았지만 특별히 그 이상의 조언은 얹지 않았다.

어차피 그녀는 의인이 아니었다.

* * *

"아씨. 정말 큰일 날 뻔했습니다. 도련님께서 이 일을 아시면."

"유모, 절대 말하면 안 돼. 절대로!"

"흥, 만나 뵙기만 하면 쇤네가 당장 달려가 아뢸 것입니다."

"그러지 말고 말 좀 맞춰. 서툴게 하기만 해봐!"

심호흡을 크게 하고 지민은 안채로 통하는 쪽문을 열었다. 얼른 인사만 하고 잽싸게 돌아갈 요량이었는데 때마침 마당을 서성거리던 청지기와 마주쳤다.

"이제 오십니까. 나들이는 즐거우셨는지요."

"오, 오라버니 안에 계시지?"

재미있었냐는 말에 지레 주춤한 지민은 어색한 투로 말머리를 돌렸다.

"예, 그렇긴 한데 안에 손님이 계십니다."

"손님?"

"상장군 어르신과 그 댁 따님이……."

"뭐어, 또? 정말 질리지도 않나 보네."

"오늘 도련님이 일찍 퇴청하신 것은 어찌 안 것인지 제가 봐도 놀랄 지경인지라."

"그럼 지금 문안은 못 드리겠네. 말씀 끝나면 나 왔다고 전해줘."

청지기는 괜한 걸음을 하셨다며 연신 아쉬워했지만 지민은 오히려 다행이라 여기며 재빨리 돌아섰다. 골목에서 봉변을 당할 뻔했던 일이 생생해 가슴이 아직도 벌렁거리는 참이었다.

'지금 오라버니를 보면 들킬지도 몰라!'

원체 눈썰미가 좋은 사람이니 자연스럽게 넘어가려면 연습할 시간이 필요하다. 만일 오늘 있었던 일을 들키기라도 하는 날에는 앞으로의 외출이 더욱 까다로워질 것이 자명했다.

유모의 따가운 잔소리도 듣는 둥 마는 둥 하며 지민은 제 방으로 들어와 등 뒤에 숨기고 있던 훼손품을 서안 위에 올려 두고 관찰했다. 차마 혼자서는 표지를 넘길 대범함이 없어 유모의 눈치를 슬슬 봤다.

"저기, 봤지?"

"뭐가요?"

"이거 안에 말이야."

"무엇을요?"

전혀 모른다는 투다. 손짓, 발짓으로 뭉뚱그려 어떻게든 설명을 하려던 지민은 한참 만에야 포기하듯 제 입으로 토설했다.

이렇고 저런 이야기에, 그렇고 저런 그림들이 막 같이 어울려서 뒹굴뒹굴하는……! 막상 말문이 트인 후부터는 생각보다 거리낌이 없었다. 그러나 그녀의 흥분된 말소리에 응해 돌아온 대답은 그와는 정반대의 정갈하고 차분한 문지방의 밀림이었다.

"의인이 누구이고 저 서책은 무엇인지 전부 설명해 보거라."

드륵거리는 무거운 끌림을 만들며 창호지 너머의 문이 열렸다. 성큼성큼 가까워져 오는 깔끔한 음성에 지민은 다급히 문제의 책부터 숨기려 하였다. 그러나 승학은 빠르고 단호했다. 넝마가 된 책이 그의 손에 매달려 올라갔다.

"세책방에 간다 하더니."

"오라버니. 그런 것이 아니에요. 그건 제 것이 아니라 다른 분의!"

"다른 누구?"

"누군지는 모르는데……. 의인이세요! 은인이고요!"

밖에서 우연히 조우한 자가 의인, 그러나 성별은 불분명하고 그를 통해 획득한 물건은 항간에서 꽤나 유행한다는 남녀를 주인공으로 하는 소설책이다. 두서없는 설명에 승학은 책망이 담긴 날카로운 눈을 유모에게로 넘겼다.

성품이 온유한 자가 종종 드러내는 가혹성은 오금을 저리게 한다. 눈빛을 마주하자마자 유모는 일말의 망설임도 없이 밖에서 있었던 불경스러운 일을 토시 하나 빠트리지 않고 모두 고해 바쳤다.

"그래서 온전한 상태의 책을 구해다 갚기로 했다고."

"예……."

지민은 기어들어 가는 목소리로 대답했다.

"마땅히 갚아야 할 것이다. 큰 신세를 졌구나. 네가 구하기는 어려울 테니 내가 구해 대신 가겠다."

"네?"

"너를 구해 주신 분이 아니냐. 가서 제대로 감사 인사를 드리겠다."

분명 맡기라고만 했던 것 같은데……. 왠지 일이 커지는 것 같아 지민은 입술을 잘근잘근 씹었다. 그다지 유하지 않았던 의인의 성격이 아른거린다. 하지만 이 시점에서 남을 걱정하는 건 부질없는 짓이었다.

"그리고 앞으로 너는 자중하며 얌전히 지내거라. 당분간 집 밖으로 나갈 생각은 꿈에도 꾸지 말고."

제 코가 석자였다.

"그런 게 어디 있어요!"

"위험한 줄도 모르고 돌아다니니 조금 더 주의시킬 필요가 있겠다."

"과보호라니까요!"

외출 금지라는 생각지도 못한 말에 지민이 펄쩍 뛰었지만 아버지가 없는 집에서 오라버니의 존재는 절대적이었다. 그는 유모에게 엄한 당부를 준 뒤 그대로 나가 버렸다. 지민이 뒤늦게 던진 베개는 그 닫힌 문을 빗맞고 떨어졌다.

또 갇혔어. 또!

지민은 그대로 엎어져 억울한 소리를 냈다. 하나뿐인 오라비는 늘 이렇게 과한 보호를 하지 못해 안달이었다. 정확히 말하면 늘은 아니고 아버지가 불현듯 집을 나가 버리신 그 옛날부터 줄곧 그랬다.

세인들에게 알려지기에는 인품이 너그럽고 군자 같다고 소문이 나 있을 것이다. 그러나 그 군자는 가족에게만은 아주 엄격했다. 가장 역할을 제대로 해보려는 것인지 어린애가 아니라고 항변해도 그의 보호주의는 달라지지 않았다.

"대체 왜 이러는지 이유라도 알면 덜 답답하지."

효국에서는 여인도 출셋길에 나갈 수 있고, 예술 활동도 할 수 있으며, 재가도 가능하다. 물론 그 법대로 여성이 남성과 비슷한 수준의 바깥 활동을 하고 있다고는 말하기 어렵지만 어찌 되었든 이 나라는 정계의 높은 위치에 여인이 올라가거나, 불세출의 여류 문학가가 등장하는 등의 별난 일이 희박하게라도 어쩌다 가끔은 일어나는 곳이기는 했다.

그래서 지민은 더욱 답답하고 알 수가 없었다. 적어도 제 오라비는 그런 일을 저어하는 좀생이는 아닐진대 왜 이리 자신을 두문불출 못 시켜서 안달인 건지.

'대체 왜 이러는 거냐고.'

구속하는 연유라도 좀 들으면 덜 속 터지겠다. 애꿎은 화풀이로 옆에 있던 이불을 발로 격하게 쳐 버렸다. 그것이 자신 때문인 줄 알고 유모가 슬그머니 기어서 도망갔다.

* * *

객잔의 가장 큰 대외적인 업무는 여숙이지만 알고 보면 각양각색의 역할을 도맡아 한다.

항구 근처에 몰려 있는 게 일반적이고 개중에 규모가 큰 곳들은 상단이 직접 운영하는 경우가 많은데, 그들은 여관을 물류창고로 쓰기도 하고, 돈을 맡기고 보관하는 은행으로 써먹거나, 국외의 분점, 환전소, 교역 거점 등으로 활용하기도 했다.

그리고 그중에는 '비홍각'이라는 특별한 객잔도 있었다. 왜율국에서 온 왜인들이 자주 머물러 타칭 '왜관'으로 통하는 곳이었는데, 소유주가 알려지지 않아 그저 어느 왜율국의 상인이 가졌겠거니 추측만 하고 있었다.

"현재 상황은?"

정윤은 그 꼭대기 층에서 창희를 독대하는 중이었다.

"말도 못 합니다. 정말 뭘 하시려는 건지 모르겠지만 이건 외상의 수준을 넘었습니다. 이제 그만 하시죠."

창희는 얼마 전 주었던 것과 똑같은 명단을 다시 그녀에게 가져왔다. 고객의 명단은 바뀌지 않았지만 그들의 밑에 달려 있던 빚은 눈덩이처럼 불어나 있었다. 천정부지로 치솟아 오른 금액에 억 소리가 나올 정도였다.

"이게 다 얼마나 되는 거지?"

"그 집 족보를 뿌리까지 캐다가 팔아도 회수하지 못할 기함할 액수죠. 이제 어쩌실 겁니까? 이런 게 다 저희 손해로 잡힌다는 거 모르십니까?"

상인은 값을 치를 능력이 없는 자에게는 물건을 넘기지 않는 법이다. 넘겨 봤자 제 손해고 껄끄러운 일만 생긴다. 하지만 정윤은 지불 능력이 바닥인 자들에게 끊임없이 뭔가를 가져다줘 이 사단을 만들었다. 실제로 그녀가 팔아 치운 것이 글자 그대로 그 물건들이라고는 순진하게 믿진 않았지만 창희는 이래저래 불만이 많았다.

"대체 이 외상값을 어떻게 다 받아내실 겁니까. 손실 처리를 하는 것도 정도껏이죠."

"돈 떼일까 봐 걱정하는구나? 책임감 있네."

"사람이 얘기하는데 좀 진지하게……."

"걱정하지 마. 이 특별관리 고객들, 오늘부터 거래 싹 다 끊을 게. 더 작업할 것도 없을 것 같고. 이만하면 충분하지."

이렇게 되기까지 불과 한두 달 정도 공들였을까. 직전에 다녀 온 곳에서의 일을 떠올리며 정윤은 코웃음을 쳤다. 제발 그 가루 좀 내어달라며 바짓가랑이를 붙잡고 매달리던 꼴이란. 금오위의 중랑장이라고는 도저히 상상할 수 없는 한심한 작태였다. 지불 능력은 속수무책으로 망가졌고 손목을 잘라 내지 못하는 이상 그 수렁에서 빠져나오기는 힘들 터였다.

"전부는 힘들겠지만 부족한 돈은 내가 걔들한테 받아서 메꿔 놓을게. 그러니까 너, 시키는 거 하나만 더 할래?"

불현듯 서늘한 미소 자락이 눈가에 드리워졌다. 왠지 모를 한 기. 창희는 소피를 누고 나왔을 때처럼 몸을 부르르 떨었다.

* * *

─ 의형대에 재판을 준비해. 별수 있어? 힘도 없는데 법에 호소 해야지.

터덜거리는 걸음으로 계단을 밟고 내려오며 창희는 손으로 머리를 벅벅 긁었다. 웃전의 명령이니 안 따를 수도 없고 딱히 틀린

지시도 아닌데 왜 이렇게 구린 냄새가 나는 건지 모를 일이었다.

게다가 보면 매일같이 팡팡 노는 것 같은데 뭘 그렇게 바삐 쑤시고 다니는지.

과로로 뻐근한 어깨를 돌리며 창희는 정윤의 미심쩍은 행보에 대해서 고심했다. 이걸 어르신께 말을 올려야 할지 말아야 할지 망설였다. 물론 올렸다간 정윤의 손에 잡혀 반 토막이 날 것 같긴 했지만 뒷맛이 영 개운치가 않았다.

"엉?"

계단의 중간쯤에서 그가 문득 내려가다 멈췄다. 시야가 높은 곳이라 아래층의 전경이 훤히 내려다보였는데 눈길은 이제 막 여관 안으로 들어서는 사내에게로 꽂혀 버렸다. 누구라도 자연스레 그렇게 될 수밖에 없었다.

왜율국 사람들만 득실거리는 곳에 번듯한 효국 복장을 하고 있는 데다 두르고 있는 옥빛의 장포가 그의 큰 키, 훤칠한 외모와 어울려 잠깐 후광처럼 빛을 반사했다.

모두의 시선이 제게 쏠린 것을 아는지 모르는지 사내가 주변을 두리번거리다가 지나가던 여급을 붙잡았다.

"말씀을 좀 묻고 싶습니다. 사람을 찾고 있는데."

"누구를 찾으시는 거죠?"

"혹시 여기 테이린이라는 왜인이 머무는지요. 성은 알지 못합니다."

누구? 멍하니 보고 있던 창희는 그 말에 반사적으로 퍼뜩 정신이

들었다가 '아, 아니다. 뭐 그럴 수도 있지'라는 표정으로 삐쭉 섰던 어깨를 도로 내렸다.

"아이, 깜짝이야. 괜히 놀랐네."

여기가 비홍각인 것을 잠시 잊고, 아가씨 이름을 아는 웬 낯선 남자인가 해서 놀라 버렸다.

밖에서 저 얘길 들었다면 당연히 수상하게 봐야 하겠지만 이곳은 돌아다니는 사람의 열에 아홉이 왜인인 외국인 여곽이다. 그리고 테이린이라는 단어는 왜율국에서 몹시 흔하디흔하게 사용되는 여자 이름이었다. 굳었던 발이 움직이며 다시 계단을 성큼성큼 두세 개씩 건너서 뛰어 내려갔다.

"어쩌죠. 지금 그런 왜인 분은 묶고 계시지 않는데."

"다시 한번만 살펴봐 주시겠습니까. 전할 물건이 있습니다."

"없대도 그러시네요. 제가 여기 계시는 외국인분들은 다 아는걸요. 혹시 잘못 아신 거 아니에요?"

한 명도 없다는 소리에 남자는 굉장히 곤란한 기색이었다. 창희는 별생각 없이 그 뒤로 지나치려 했다.

"그럼…… 혹시 그런 이름을 가진 효국 사람은 없습니까? 아마도 여성일 것 같은데."

끼익. 질러나가려던 발꿈치가 마찰음을 일으키며 붙잡혔다.

지금 뭐라고 그랬지? 그런 이름을 가진 효국 여성? 여종과 사내 사이로 창희가 불쑥 끼어들어 왔다.

"무슨 일이시죠?"

"아, 그분을 아십니까?"

차 떼고 포 떼고 대뜸 이유부터 들이밀었는데 사내는 그를 '테이린을 아는 사람'으로 정확하게 해석해냈다. 뭐야, 이거. 바짝 경계하는 창희에게 사내가 정중한 태도로 용건을 부탁했다.

"물건을 전해야 해서 잠시 뵈었으면 합니다."

이놈, 우리 아가씨가 그 사람이라는 걸 아는 걸까? 하지만 그가 알기로 정윤은 효국에 와서 테이린이라는 가명을 사용한 적이 없다. 쓴다 해도 국적이나 성별은 밝히지 않았을 것이다. 그게 가명을 쓰는 목적이니.

"만나기는 힘듭니다. 용건이 있으면 제게 말씀하시죠."

어쩔까 하다가 창희는 거짓으로 부재중을 전했다. 유달리 숨겨야 하는 사실은 아니었지만 되도록 주인의 거처와 신상은 외부로 유출되지 않는 편이 좋았다. 더욱이 정윤은 상단의 지재를 관리하는 사람이니 조금 더 그럴 필요가 있다고 판단했다.

사내는 그 말에 곧바로 의복을 다잡더니 깍듯한 예의를 갖춰 자신을 소개했다.

"영훤서 소속의 비서교랑 이승학이라고 합니다. 제 동생이 은인께 도움을 받아 감사 인사를 전하러 왔습니다."

뭐, 뭐야, 그러면 공무원? 창희는 정체를 듣고 멈칫해 뒤로 물러섰다. 그리고 보니 상대가 시종일관 유지하는 청아한 언행에서 이상적인 관리의 모습이 떠오르기는 했다.

"너무 늦지 않으신다면 직접 뵙고 인사를 드렸으면 합니다."

"늦으실 겁니다. 아예 오지 않으실 수도 있고요."

관리라는 직업에 창희는 더 격하게 만남을 거절했다. 정윤과 관리의 만남이라니 세상 그런 불협화음이 없었다. 그냥 대보지 않아도 알아서 그렇게 생각하게 됐다.

"그렇다면 아쉽지만 이것만 전달하고 가야겠군요."

승학은 더 부탁하는 대신 책이 쌓인 보자기를 내밀었다.

"망가진 책은 다시 깨끗한 것으로 구해 놓았습니다. 다녀가신 세책방의 책쾌에게 사정 또한 미리 설명해 두었으니 이 일로 은인께서 불편해지실 일은 없을 겁니다. 또한 맡아 두신 뒤꽂이는 돌려주실 필요 없이 답례로 받아 주시면 감사하겠다 전해 주십시오."

"알겠습니다."

"그럼."

정중한 묵례 후 여관을 나섰다. 왜관에 머무는 정체불명의 외국인이라. 승학은 갸웃거렸지만 곧 빠르게 갈 길을 나섰다. 그가 큰길로 접어드는 것을 뒤따라 붙인 녀석들에게 확인받은 창희는 뛰어가듯 곧바로 밀실로 들이닥쳤다.

자신이 들어온 것도 모르고 즐거운 듯 종이에 무언가를 열심히 쓰고 있는 정윤의 앞에 보자기가 떨어졌다.

"뭐야?"

"키 큰 남자가."

"뭐라고?"

"전해 주랍니다. 테이린에게."

잠시 눈을 껌뻑껌뻑하던 정윤은 보자기를 풀어헤쳐 보더니 그제야 알았다는 시늉을 해 보였다.

"맞아, 받아야 할 물건이야. 어떻게 제대로 잘 구해왔네."

사실 떠넘기면서도 버거울 거라 여겼던 임무였다. 애초부터 구해 올 거란 기대를 하지 않았기에 보상을 몇 배로 챙겨 그 여자의 값비싼 뒤꽂이를 압수해간 것이었다. 그런데 이건 또 의외의 상황이었다.

"그 책이 아가씨 거였습니까?"

"아니, 그건 아니고 빌린 거."

"그렇죠? 그 남자가 책방에 뭐 미리 사정설명을 해 놓았으니 심려 말라 하던데요."

"남자가 왔었어?"

"제가 한 말을 어디로 들으셨습니까. 키 크고 훤칠한 관원이 와서 전해 주고 갔다니까요. 그리고 뭐라더라, 아 뒤꽂이는 답례이니 돌려주지 않아도 된다 했습니다."

의아함에 찌푸렸던 눈은 그 말에 동그랗게 커졌다. 뭐랄까 계속해서 작은 반전의 연속? 수준 이하의 결과를 점치고 있던 상황이었는데 꼬투리 하나 잡기 힘든 말끔한 사후처리가 배달되었다.

물품의 완벽한 원상 복귀, 현장 정리를 위한 뒷수습, 보상을 잊지 않는 사례금. 게다가 모든 것은 기한 내에 이루어졌다.

'내가 그 책방을 이용한다는 건.'

해당 서책을 대여해 주는 세책방을 사건이 벌어진 지점에서부터 뒤져 시간과 대조해 보며 찾았을 것이다. 예상되는 일 처리의 경로에 정윤은 호오, 하는 감탄사를 흘렸다. 보자기 밑에 깔려 있던 봉투를 뜯어 그녀가 빠르게 읽어 내려갔다.

"이야, 반듯반듯."

내용은 정석적이었다. 자신이 누구이며 여동생을 구해줘 감사하다는 말, 일을 어떻게 수습했는지에 대한 설명, 그리고 더 원하는 사례가 있다면 기탄없이 말해 주길 부탁한다는 마무리. 어디 획 하나 삐져나가지 않은 서체와 수려한 문장이 글쓴이의 수준을 짐작하게 했다.

"이게 뭔 줄 알아?"

"감사편지요."

"아니, 일 잘하는 사람의 특징."

이런 건 인재다. 기억해 둘 만한데. 서간에 담긴 글자들을 입안에 담고 발음해 보자 시원한 향기가 혀끝에 달게 감겼다. 의식하기도 전에 본 적도 없는 낯선 사내의 모습이 눈앞에서 그려졌다.

큰 키에 넓은 어깨. 바른 몸가짐. 부드럽고 온화한 인상에 두루두루 친절하지만 자신이 정한 선을 지키는 남자.

겉보기에는 다가가기 쉬워 보여도 진짜 내 사람으로 꼬드기기는 어려운 부류일 것이다. 아무나 섬기지도 않을 테고 필시 잘 배운 집안에서 태어나 올바르게 자란 선량한 쪽일 것 같았다.

다시 말해서 자신과는 전혀 다른 성향의 사람. 정윤은 혼자 이런저런 상념에 빠져 있다가 한 박자 늦게 현실로 빠져나왔다.

"……씨!"

"응? 뭐라고 했어?"

"어떻게 아는 사이냐고요."

"모르는 사인데?"

어쩌다 길 잃은 어린 양을 구출해 버렸는데 그 오라비라는 새하얀 학 같은 남자가 자신을 찾아왔을 뿐이다. 물론 그 양도, 그 학도 전혀 모르는 사이였다. 정윤이 멀거니 머리를 저었다.

"그럼 모르는 사인데 테이린[庭輪]이라는 이름을 알려 줘 버리면 어떡합니까?"

"옆 나라에 가면 테이린이 몇 명인 줄이나 알아? 시장 한복판에서 테이린! 하고 부르면 여자 수십 명이 뒤돌아볼걸?"

"그게 중요한 게 아니죠. 테이린을 오래된 효국 문자로 바꿔 쓰면 결국 아가씨 이름이 된다는 게 중요한 거죠."

"하, 두 글자 다 사어잖아."

"머리 좋고 책 많이 읽은 놈이 어딘가에 한둘쯤 있다면요?"

"시치미 떼지, 뭐."

잽싸게 말을 낚으며 정윤은 도로 시선을 아래로 내렸다. 그들과 다시 만날 일이 있을 거라고는 생각되지 않았다. 만나도 알아보는 쪽은 자신뿐일 것이었다.

"어차피 만날 일도 없어. 얼굴도 모르는데."

그녀가 으쓱 어깨를 들어 올렸다 내려놓았다.

* * *

사위가 시꺼먼 한밤중이었다. 야음을 틈타 검은 형체가 저택의 높은 담을 몇 번이나 빠른 몸놀림으로 넘었다. 가볍게 마당에 착지한 그림자는 이미 가야 할 곳을 파악해 두었는지 헤매지 않고 집안 깊숙이 있는 별당 쪽으로 숨어들었다.

잘 훈련된 보폭으로 기척마저 숨긴다. 창호지 너머에는 아직 방 주인이 잠들지 않아 훤히 불빛이 켜져 있었다.

'시간이 몇 신데 아직도 안 자. 추워죽겠는데.'

봄을 목전에 두었지만 동장군은 완전히 물러가지 않았다. 덕분에 밤에는 날씨가 제법 쌀쌀한데도 저 안에 든 사람이 잠들 때까진 꼼짝없이 밖에 숨어 있어야 하는 실정이다. 투덜대던 복면인은 손에 입김을 호호 불고는 기둥과 서까래를 밟고 몸을 튕겨 별당의 지붕으로 가뿐하게 올라섰다.

전체를 삥 둘러본 후 대 자로 뻗어 딱딱한 기와에 머리를 대고 눕는다. 목표물에 대해 사전 조사한 것들이 쭉 머릿속에서 나열됐다. 이 고루거각의 손녀딸에 대한 정보였다.

'일가가 외국을 떠돌다가 돌아온 지 채 일 년이 되지 않았어. 제 오라비와 다르게 눈에 띄게 상단 일을 도맡아 하고 있지도 있고, 해가(家)의 직계손이라는 점을 빼면 별다를 게 없는데.'

그간 나름대로 털어본다고 턴 것인데 별로 건진 것이 없었다. 보기와 다르게 장사꾼들은 대부분 입들이 무거웠고, 상대는 활동

반경이 극히 좁았다.

차라리 움직임이라도 많으면 동태나 성향을 살피기라도 쉬울 텐데 좀체 외부로 모습을 드러내질 않으니 무언가를 유추하기도 어렵다.

"휴."

잠복 중인 것인 것을 아는지 모르는지 사내는 얼굴을 가리고 있던 복면을 벗고 한 손을 머릿속에 넣어 벅벅 긁었다.

체격이 듬직하고 탄탄한 것에 비해 달빛에 드러난 이목구비는 의외로 소년 같은 구석이 많았다.

"그 여자, 초상화라도 구할 수 있으면 좋겠는데."

오늘은 뭐라도 소득이 있어야 했다. 일도 끝났는데 집에도 못 가고 이렇게 야근인 데다, 그 야근을 도둑놈처럼 멀쩡한 남의 집 지붕 위에서 하고 있다. 주워 갈 정보가 없어도 너무 없어서 생긴 일이었다.

때마침 아래에서 문이 열리는 소리가 들렸다. 설마 나오는 건가? 그렇다면 운이 좋다. 허둥지둥 복면을 다시 뒤집어쓴 그림자 사내는 숨을 죽이고 몸을 바짝 엎드렸다.

곧 소복 차림에 긴 머리를 늘어뜨린 정윤이 이리저리 찌뿌둥한 몸을 틀며 마당으로 내려섰다. 사위는 고요하고 그녀의 걸음걸이는 그보다 더 조용했다. 몸을 움직이고 있는데도 바스락거리는 비단 소리만 날 뿐 자갈을 밟는 소음이 울리지 않았다.

어두운 밤에 하얗게 빛나는 형체가 또렷했다.

'보법이?'

지붕에 딱 달라붙은 채로 사내는 그녀의 걸음걸이를 주시했다. 고수처럼 출중한 것 같지는 않지만 제법 단련된 무인의 자세가 언뜻 보였다. 그가 조심스럽게 기어 지붕 가장자리로 가깝게 이동했다.

잠시 몸을 푸는가 싶었는데 불쑥 허리를 숙여 바닥에서 반들반들한 자갈을 잡는 모습이 보였다. 그리고 불시에 휙 몸을 틀어 별당의 정면을 향해 돌아섰는데 하필이면 그가 몸을 숨기고 있던 방향이라 사내는 황급히 몸을 낮춰야 했다.

'들켰나?'

노출된 건 극히 짧은 시간이었고 대처는 신속했다. 더욱이 하늘은 눈썹보다 더 가느다란 초승달이 전부라 몸을 은닉하기에 최적의 밝기다. 상식적으로 발각되었을 리는 없다는 판단이 들었지만 입안의 침은 바싹 말랐다. 갈증을 억누르며 그가 다시 천천히 고개를 들었다.

그리고 바로 그 순간 포탄처럼 튀어 오른 자갈돌이 머리통을 향해 날아왔다.

'들켰구나!'

직감적으로 깨달은 그는 찰나에 선택의 기로에 섰다. 몸을 굴려 피해 정체를 자백할 것인지, 고통을 감수하고 끝까지 버틸 것인지 골라야 했다. 하지만 정통으로 날아오는 돌의 속도와 세기를 자각한 순간 본능은 맞서기보단 회피하는 쪽으로 알아서 움직였다.

우당탕거리며 지붕의 기와가 소란스럽게 들썩이고 그는 간신히 머리를 보호할 수 있었다.

"애꿎은 기와 망가뜨리지 말고 그냥 내려오는 게 어때요?"

젠장. 나긋한 여자의 목소리에 그는 낮게 욕지거리를 뱉었다. 어떻게 알아차렸을까. 제 본업이 자객이 아니니 매복과 침투에 그만큼 미숙하다 쳐도 설마하니 이렇게 간단히 들통날 줄은 몰랐다.

역시 아까 얼굴을 좀 더 자세히 보겠다고 자세를 바꿨던 것이 화근이었다.

"어? 안 내려오고 버티네?"

그가 우물쭈물하자 마당에 있던 정윤은 난처하다는 듯이 볼을 살짝 긁었다. 흠, 어떡하지. 그런 혼잣말이 울리더니 그녀가 곧 안으로 들어갔다가 다시 무언가를 챙겨 밖으로 나오는 모습이 잡혔다.

그리고 이어지는 소름 끼치는 위협.

끼익.

"……!"

고요한 밤, 또렷이 울리는 활시위 당기는 소리에 사내는 경기를 일으키며 벌떡 일어났다. 아래에서 위로 발톱처럼 번뜩이는 화살촉이 정확히 자신을 향해 겨눠져 있었다. 아까는 돌이었지만 지금은 화살이다. 어떻게 할지를 곤란해하던 여자가 들고나온 것은 살상용 대활과 화살통이었다.

'저거 미친년이다, 미친년이야.'

피융.

생각이 끝나기도 전에 화살 한 대가 귓가를 아슬아슬하게 스치고 지나갔다. 사내는 식겁해서 엉덩방아를 찧었다.

"아, 실수."

"이 정신 나간! 실수 아니잖아!"

"잠시만요. 하나만 더……"

"쏘지 마! 내려가! 내려간다고!"

보따리에서 짐 찾듯 주섬주섬 새 화살을 꺼내 드는 정윤을 보고 사내는 기겁하며 단숨에 지붕 위에서 뛰어 내려왔다.

정윤은 한 손으로 자갈밭에 활대를 꽂고 선 채 다가오는 그를 주시했다. 이 자가 지붕에 올라섰을 때부터 침입자가 있다는 것은 일찍이 눈치챘다. 저택에는 습격에 대비한 여러 장치들이 설치되어 있었고, 외부인의 접근을 알리는 몇 가지 신호들이 있었다.

정윤이 머무르는 별당의 지붕과 마룻바닥은 사람의 체중이 실리면 이음새에서 특유의 소리를 내도록 설계되어 있었다. 미리 방문을 예고한 손님이 없었으니 이 시간에 올 자는 보나 마나 불청객이었다.

서로 피하지 않고 버틴 두 사람이 마침내 달빛 아래에서 부딪혔다.

"미친 거 아냐? 좀 숨어들었다고 사람을 쏴? 살인미수야, 이거!"

"너야말로 미친 거 아녜요? 남의 집에 기어들어 와서 당당한 척을 해?"

"아무것도 안 훔쳤으니까 당당하지!"

난 청렴결백하다고! 너야말로 잔인하다고! 사람을 쏴? 죽여? 사내가 억울한지 손바닥으로 가슴을 탁탁 치며 소리쳤다. 복면으로 동여맨 얼굴에서도 씩씩거림이 느껴질 정도였다.

어디서 이렇게 생긴 게 굴러들어왔어. 정윤은 한 손에 쥐고 있던 활대를 두 손으로 움켜쥐었다. 대화는 더 서슴없어졌다.

"뭐 이런 천박한 쓰레기가 다 있지?"

"뭐, 천박?"

"불량한 주제에 정의로워. 바보 주제에 신념이 있단 말이야."

가차 없는 평가에 사내는 말을 잇지 못하고 격정적인 손동작으로 본인의 황당함을 표현했다. 그는 생각했다. 이 계집애 아주 막돼먹은 성격이고, 인격과 품성은 더 좋지 않으며, 성정은 잔인하고, 태도는 불량하다고. 현장검증 나오길 아주 잘했다.

그리고 그것이 빌미였다. 방어가 전혀 되어있지 않은 노출된 몸뚱이를 단단한 활 막대가 후려쳤다.

"아악!"

사내는 정말 깜짝 놀라 소리쳤다. 헉, 날 때리다니! 아픔보다 충격이 더 컸다.

"사람을 패?"

"활도 쐈는데."

상상을 뛰어넘는 상상. 정윤은 화살통을 내던져 버리고 활대만을 목검처럼 움켜잡았다. 예사롭지 않은 준비 자세가 뭘 뜻하는지는 달려드는 몽둥이를 보고 알 수 있었다.

"으읏!"

쏟아져 들어오는 막대기를 사내는 커다란 손아귀로 막아냈다. 동시에 손바닥 안으로 퍼져 나가는 통증과 압박, 그리고 전달되어 오는 힘에 몸이 먼저 경악한다. 그가 잡아챘던 활대를 놓고 뒤로 빠르게 물러섰다.

다시 부웅-하고 바람을 가르는 위협적인 음률이 코앞을 스쳤다. 위험천만했다. 회피하지 않았다면 콧대가 아작 났을 빠르기였다.

"뭐 하는 거야!"

"묵사발."

간단한 대꾸와 함께 뺨 옆으로 굵직한 것이 훅 찌르고 들어왔다. 아까는 저격수 지금은 추노꾼.

귀한 곳에 누추한 분이 들어섰으니 정윤은 그에 걸맞은 대우를 해 준다. 이제 사내는 필사적으로 방어할 수밖에 없었다. 뒤로 갔다가 옆으로 피하기를 반복하며 그가 휘둘러지는 흉기를 다시 한번 낚아챘을 때였다. 잔뜩 인상을 쓰고 으르렁거렸더니 정윤이 콧방귀를 뀌었다.

"분한가 보네? 그럼 같이 때리든가."

"아, 진짜! 남자가 여자한테 어떻게 그러냐?"

"응?"

그건 또 이상한 정의감이었다. 자객 주제에 웬 쓸데없는 보호 본능일까.

'멍청한 거 보니 따로 사람을 부를 필요는 없겠네.'

그래도 여자는 때리지 않겠다고 하니 밖에 구원요청 할 필요는 없어서 편하겠다. 정윤은 신념을 가진 바보 덩어리를 열심히 팼다. 상대의 몸놀림과 맷집이 둔하지는 않아서 실제 유효타는 적었지만 어쨌든 일방적인 처단이었다.

"그만! 악! 따가워! 아파! 아프다고! 그만 때려!"

빈틈만 보이면 정윤은 손을 뻗어 상대의 복면을 벗겨 내려고 했다. 그때마다 사내는 제 신체 어딘가를 희생하면서도 악착같이 정체를 지키려고 애썼고 맞는 부위는 늘어났다.

'너무! 너무 아파! 이건 도저히 안 되겠다!'

상황을 바꾸려면 반격을 해야 하는데 차마 여자에게 손을 올릴 수는 없고, 그렇다고 계속 맞고 있자니 인간적으로 너무 아픈 데다 자칫하면 신상 공개의 위험까지 도사리고 있다.

더 이상 미적거릴 수 없다는 판단이 서자, 사내는 품속으로 손을 집어넣어 바닥으로 작은 연막탄을 터트렸다. 순식간에 희뿌연 연기가 차올랐다. 정윤은 그를 놓치지 않기 위해 잽싸게 옷자락 끝을 잡았지만 그가 빠르게 몸을 던지면서 북하고 찢어진 천 쪼가리만 손아귀에 남았다. 올가미에서 벗어난 그가 발바닥에 열이 나도록 도망치며 소리쳤다.

"우리 또 보게 될 거다! 언젠가 내가 오늘 일 복수할 줄 알아!"

뭐랄까. 참 한심한 대사였다.

정윤이 찌꺼기만 남은 천 조각을 휙 던지며 대꾸했다.

"입 다물고 얼른 뛰기나 해."

                                    * * *

 헉헉. 거의 네 발이 되어 계단을 기어오르며 해경은 턱 끝까지
차오른 숨을 삼켰다. 가슴 안쪽이 뻐근할 정도로 아파 몸이 크게
들썩였다. 마지막에 고 계집애가 빨리 도망가지 않으면 뒤통수를
쪼개러 간다는 말에 너무 놀라서 허겁지겁 달아난 결과였다.

 "두고 보자……!"

 대쪽 같은 자존심에 금이 갔다. 해경은 이를 악물며 집 마당에
들어서자마자 어설프게 뒤집어쓰고 있던 복면과 너덜너덜해진 옷
가지를 분풀이하듯 벗어던졌다. 신발도 아무렇게나 내던져 여기
한 짝, 저기 한 짝 서로 제 짝을 잃고 처박혔다.

 때마침 지나가던 머슴이 반 벌거숭이 차림의 그를 보곤 달려
나왔다.

 "도련님 왜 또 이렇게 귀가가 늦으셨……"

 "아, 황명 받잡다 왔다, 황명!"

 어디서 또 천덕꾸러기 짓을 하고 온 건 아닌지 염려하는 얼굴이
다. 이것들이 내가 얼마나 열심히 일하는 줄도 모르고! 툇마루에
맨발을 올리며 해경은 온 집안이 쩌렁쩌렁하도록 소리를 질렀다.

 "내가 밖에서 놀고 오는 것 같아? 이 시간까지 죽도록 일하다
온 거 아냐! 오늘은 정말 죽을 뻔했다고! 너희들이 뭘 알아?!"

 어디 가서 뺨 맞고 여기 와서 화풀이다. 머슴은 내 참, 하는 표
정으로 그의 엉망진창인 차림새를 가리켰다.

"제가 보기엔 어디서 흠씬 두들겨 맞고 오신 것 같은데요."

바지는 군데군데 먼지로 얼룩진 데다 공격을 받았다는 증거로 허벅지 부근에 야담한 발자국까지 떡하니 찍혀 있다. 그런 와중에 머리는 산발, 목덜미는 땀으로 흥건, 팔뚝에는 약간의 생채기도 남아 있었다.

그 황명이 혹시 멍석말이였던 건 아닌지 강하게 의심이 되는 장면이었다.

"이거는 맞은 게 아니라 맞아 준 거 아니야!"

"예, 그러니까 어떻게, 의원을 불러올까요?"

"맞아준 거라니까?"

"연고는?"

"안 아파."

"붕대는요?"

"안 아프다고!"

그제야 창피한 꼴을 내보이고 있다는 걸 깨달은 건지 해경은 문이 떨어져 나가도록 밀어젖히고는 방 안으로 튀어 들어갔다.

그 여자 주변이나 뒤져 보면서 어떤 인물인지 살펴볼 계획이었는데, 탐색은커녕 싸대기나 맞고 돌아온 꼴이 돼버렸다.

그가 씩씩대며 거칠게 촉에 불을 붙인 뒤 먹물을 쏟은 벼루에 꾹꾹 붓을 욱여넣었다. 검은 물이 줄줄이 흐르는데, 정돈도 하지 않은 그 붓을 그대로 흰 종이 위에 옮겨 올렸다.

《성격과 사상이 불건전.》

그것이 개발새발 휘갈긴 장문의 첫 줄이었다. 격투하면서 관찰한 여인의 초상화도 곁들였다. 분노의 감정이 서려 현실을 한껏 왜곡한 형상이었다. 해경은 쉬지 않고 사적인 의견이 담긴 평가를 빽빽하게 담아 넣었다.

《해가의 차녀 정윤. 가정환경으로 인한 엇나감을 충분히 반영하더라도 이자는 이미 단단히 사회성과 태도가 글러 먹었기 때문에 황제 폐하라고 해도 다스릴 수 없을 것이다. 고로 등용 추천 의사 없음.》

최악의 혹평이 담긴 최후의 총평이었다.
"흥. 내가 널 추천할까 보냐."
봐라, 내가 틀림없이 두고 보자고 했다. 분명히 복수한다고 했다. 가만 안 둔다고 장담했다. 만족스럽게 글을 훑으며 그가 하단에 자랑스럽게 필적을 남겼다.

《영훤서 주서 신해경 올림.》

2. 여섯 달 전

의형대 정문에 값비싼 마차가 멈춰 섰다. 그 안에서 정윤은 뺨에 백분을 두드리고 허리까지 내려오는 긴 머리를 빗질한 뒤 귀걸이 한 짝을 밀어 넣고 있었다. 치장을 마치고 속이 흐릿하게 비치는 흰 면포를 코와 입 주변에 두르자 서늘한 눈매가 확연히 도드라졌다. 낯설고 차가운 이방인의 느낌이었다.

단장을 마치고 밖으로 내려서자 창희가 옆으로 시립하여 뒤따랐다. 눈이 시릴 만큼 푸른 청색 치마가 의형대의 문턱을 쓸고 넘어갔다. 굳이 이른 아침에 여기까지 무슨 일인가 한다면 떼인 돈을 받으러 온 길이라 할 수 있을 것이다.

손님에게 물건을 팔았는데 몇 달이 지나도 값을 받지 못했으니, 바른 순서대로 법의 손길로 넘어가는 게 맞았다. 사적인 매질과 협박으로 해결 보는 방법도 있겠지만 이쪽의 채무자는 귀족. 정윤은 어쩔 수 없음을 가장해 스무 명에 가까운 이들의 상세한 빚 목록을 이미 의형대에 제출했다.

연통을 받고 기다리고 있던 현령이 그녀를 안으로 인도했다.

면포 너머의 얼굴이 보고 싶어 이리저리 목을 움직이는 그의 앞에 정윤은 의도적으로 풍성한 속눈썹을 내리깔며 그윽하게 시선을 낮췄다.

그녀의 정체는 타국에서 온 작은 상단의 소행수 정도로 처리해 두었다. 이국적인 향기와 어우러진 슬픈 미인계가 제법 쓸모가 있어 현령은 짤막한 사연으로도 즉각 반응해 주었다.

"잘 오시었소. 속히 그 밀린 값이 얼만지나 좀 봅시다."

어디 떼먹을 것이 없어 왜소하고 힘없는 여인네의 돈을 꿀꺽한단 말인가. 보기 드물게 솟은 의기에 현령은 건네받은 장부를 부릅뜬 눈으로 살폈다. 그리고 곧 얼굴빛이 흑색으로 굳어졌다.

급사중 송세진, 금오위 중랑장 장필영, 밀직제학 김서겸······. 끝도 없이 쏟아져 나오는 그들은 황도 곳곳에서 나름 한 자리씩은 차지하고 있는 간부들이었다. 빚이라곤 절대 지지 않을 것 같은 그들의 이름에 한 번 놀라고, 그들이 진 어마어마한 빚의 액수에 한 번 더 놀랐다.

"믿을 수가 없군. 이게 다 사실이오?"

"어찌 거짓을 지어내겠습니까. 높으신 분들께서 줄 돈이 없다며 버티고 계시니 보잘것없는 저로선 어찌해야 할지……. 나리께서 부디 제 처지를 가엾이 여기고 도와주십시오."

현령은 머리가 아찔해지는 것을 느꼈다. 장부에는 물건을 넘긴 날짜와 가격, 개수가 세세히 적혀 있었다. 눈대중으로 계산해 스물한 명의 남은 재산을 모두 긁어모아도 한 사람분의 빚도 청산할 수 없을 것 같았다.

'대체 어쩌자고 이런 큰 빚을 지었단 말인가?'

이 모든 외상에 동의한다는 양측의 친필 인장을 마지막으로 현령은 깊은 한숨을 토해냈다.

"끄음."

이들을 압송해와 재판을 벌이게 되면 황성의 화젯거리가 되는 것은 시간문제일 터다. 현령은 고민하는 듯하며 눈치를 보았다. 여인의 사정이 안타깝긴 했지만 추문의 한 가운데에 서게 되는 것이 달갑지 않았다. 있는 듯 없는 듯 사는 것이 제일이라는 것을 그는 잘 알고 있었다.

"크흠, 우선 사람을 청해 자진출두를 권해보고 차일 다시 논의해 봅니다."

"그러다 도망이라도 가면 어찌합니까?"

콧대 높은 귀족이라도 체면을 유지할 수 있을 때나 말이 통하는 것이다. 빈털터리가 된 그들이 야반도주하지 않을 거라고 어떻게 자신하나? 정윤이 미려한 음성으로 지적하자, 현령은 애꿎은 헛기침을 캐어 올렸다.

"정녕 도와줄 방도가 없으신가요?"

"당장 다그쳐서 받아낼 수 있는 돈도 아니고, 괜한 소란부터 피워 좋을 게 무엇이오."

어물쩍 시선을 회피한 현령은 감당할 수 없는 일을 친 귀족들을 속으로 맹비난했다. 기가 막혀선. 대체 어쩌자고 이리 대책 없이 큰 빚을 지어선 문제를 일으키는지. 어떻게든 구제를 해 주고 싶어도 눈앞이 캄캄했다.

그가 골치 아픈 이마를 짚은 사이 가려진 새빨간 입술에 비소가 머금어졌다.

"허면 제가 어찌하면 좋겠습니까?"

"으음, 절차대로 따른다면 우선 이들이 가진 재산은 모두 값으로 환산되어 소저의 몫이 될 것이오. 그렇게 감하고도 처리가 안 되는 것들은 차후에 갚아나가야 할 것이고."

"그분들은 지금 가진 재산도 얼마 없는걸요."

"그건…… 아량을 좀 베풀면 어떻겠소."

현령의 말에 정윤은 난처한 표정을 지어 보였다.

"안타까운 일이지만 제 사정도 박합니다. 저는 외국의 상인이고 자금을 융통하지 못하면 이곳에서 상행위를 지속하기가 어려워지지요. 제게도 상단의 존속이 걸려있는 문제입니다."

"그러니 속히 그들이 가진 가택과 노비부터 팔고 급한 불을……."

"노비요?"

"그렇소. 좋은 집에서 일했던 노비들이니 비싼 값에 되팔 수 있을 것이오."

드디어 나왔구나, 노비. 옆머리를 슬쩍 넘기는 곱고 하얀 손끝에 희열감이 차올라 꿈틀거렸다.

"노비라, 그렇군요. 사람까지는 미처 계산에 넣지 못했는데⋯⋯. 어째서 그것을 놓쳤을까. 참으로 지혜로운 조언이십니다. 사람만큼 값나가는 것이 어디 또 있으려고요. 이들의 재산이 모두 제 것이 된다면 그 집에 딸린 가솔 또한 전부 해당되는 것 아니겠습니까."

"그렇소. 물론이요."

"그럼 그들의 여식도 해당되겠지요?"

"⋯⋯여식이라니?"

"모두 따님이 계신 것 같던데."

현령이 설마, 하는 마음에 침을 꿀꺽 삼켰다. 절로 끔찍한 상상이 짐작되기 시작했다.

빚을 사람으로 갚는 일.

그런 사례가 드문 건 아니었다. 아니, 오히려 빈번히 일어나는 축에 속했다. 빌려 간 돈을 갚지 못하면 대신 팔아치울 수 있는 아들이나 딸을 끌고 가기도 하니 새삼 대단한 일은 아니다. 하지만 눈앞의 상황에 적용하기엔 큰 무리가 있었다. 여인이 말하는 여식들은 보통 집안의 딸들이 아닌 귀족 가의 핏줄이었다.

"저는 그 따님들을 대가로 받겠습니다."

우려가 현실이 되어 튀어나오자 현령의 안색이 파리해졌다.

"노비의 출신은 귀할수록 값이 올라가는 법이니 귀족의 혈육은 더더욱 좋은 값을 받을 수 있겠지요. 그 정도 신분의 노비라면 저 역시 이 빚을 청산해 드릴 수 있을 듯하고요."

"잠시만! 다시 생각을……."

"그것 말곤 돈을 회수할 길이 없지 않습니까?"

야리야리한 자태와는 사뭇 대조되는 목소리로 말끝을 쳐올리자 싸늘한 기운이 피부를 스쳤다. 입을 떠벌리던 현령은 어쩐지 기가 죽어 변명하듯 이야기했다.

"귀, 귀족의 자제들이란 말이오."

"예, 그러니까요. 귀족이라서요."

"뒤탈이 생길지도 모르는데……."

"현령께서도 참, 제가 불한당도 아닌데 무작정 일을 진행하겠습니까."

귀한 곳의 따님들을 어찌 그냥 데려갈까. 감히 토를 달거나 반론을 제기할 수 없을 정도로 말끔하게 문서 처리해서 손아귀에 넣을 것이다. 그러자고 이제껏 물밑 작업을 해 온 것이고. 정윤은 눈웃음을 띤 채 흰 종이에 서슴없이 글을 써 내려갔다.

이변 없게도 계약서였다.

빚진 금액을 그 자식을 넘겨받음으로써 변제해 주겠다는 인신매매 계약서. 그 하단에 인장을 찍고 앞으로 쓱 밀어내자 어깨

위에 수놓아진 모란꽃이 풍염하게 펼쳐졌다.

"이것으로 합의가 된다면 빚은 모두 갚은 것으로 하겠습니다."

강제성은 없었다. 유혹적이기는 해도.

현령은 식은땀이 고이는 것을 자각하며 멈칫거리는 손으로 새 계약서를 받아들였다. 제정신이라면 결코 도장 찍지 않을 문서라고 판단되었다. 아무리 궁핍해도 귀족이고, 자기 핏줄인데 성사되기는 어렵겠지. 그가 상식적인 생각들을 곱씹으며 고개를 끄덕였다.

"관군을 보내 전달하도록 하겠소."

"부디 원만한 조율로 일이 풀리기를 바랍니다."

고혹적인 미소가 떠오르고 정윤이 한쪽 뺨을 기울였다. 그들이 승낙한다면…… 속삭임이 요사스러운 본색을 드러냈다.

"그 여자들을 제게 끌고 오셔야 합니다."

"……!"

날름. 하얀 치아 사이로 움직이는 것은 사람의 말이 아니라 뱀의 가느다란 혀가 아닐까. 아니면 파국을 예고하는 지저귐이거나.

서늘한 눈이 고요히 지켜보다 본래 자리로 물러났다.

* * *

낱장의 계약서를 가지고 떠난 남자들이 돌아온 것은 땅거미가 내려앉을 즈음이었다.

소식을 듣고 헐레벌떡 달려 나온 현령은 앞마당에 모인 스물한 명의 처녀들을 목도하고 암담한 결과를 직감했다.

'집안이 풍비박산 날 때가 되니 실성들을 한 것인가!'

그 정도의 통첩까지 받았으면 당사자들이 손발을 걷어붙이고 나서서 일을 해결하려 들 줄 알았다. 그러나 병사들이 가져온 전언은 전혀 달랐다.

스물한 명의 가주들은 마치 서로 약속이라도 한 것처럼 초라한 행색에 생기 없는 얼굴을 하고는 꼭 무언가에 중독된 몰골들을 하고 있었다. 눈동자에는 초점이 나가선 '없던 것으로 해 주겠다'는 조건에 재고도 하지 않고 비틀거리는 손가락을 종이에 눌러 찍었다고 한다.

딸이 노비로 팔려 가는지도 모르고! 혀를 차는 현령의 옆으로 살랑거리는 바람이 일었다. 꽃 냄새가 묻어나는 향기였지만 뒤통수부터 소름이 쫙 끼쳤다.

"결국 이렇게 되었군요."

"무언가 착오가……."

"이제 다 제 노비인 건가요?"

흐느끼거나, 두려움에 떨거나, 아비를 저주하는 듯한 여자들. 그 무리를 단상 위에서 지켜보는 정윤의 표정은 대조적으로 곱고 편안했다.

안타까워하는 것도 고소해하는 것도 아닌 비로소 안식에 젖어든 듯한 분위기였다. 다른 감정이 있다면 보일 듯 말 듯 알 수 없는 열기가 일렁인다는 것. 그런 것들이 정체 모를 공포를 불러일으켜 현령은 한 발 두 발 쭈뼛대며 그녀의 곁으로부터 멀어졌다.

곧 끔찍한 소리가 위형대 마당을 처절하게 기어 다녔다. 발악하고 애원하는 울음소리와 땅에 질질 끌린 옷이 찢겨 나가는 소리다.

정윤의 손짓과 눈빛으로 이루어진 지시에 손발을 묶인 여자들은 거칠게 수레 안으로 밀어 넣어졌다. 그 사이를 가로질러 앞장서는 그녀의 몸가짐은 처음과 마찬가지로 완벽한 형태였다. 치마 끝을 올린 손가락은 가지런하고 뺨을 가린 면포는 규칙적으로 흔들렸다.

화려한 마차가 선두로 출발하고 비명 가득한 수레가 뒤이어 어둠 속을 달렸다. 끔찍한 조화였다.

* * *

마차 안에서 통증을 호소하는 중얼거림이 여러 번 들려 창희는 안 그래도 불안했던 심리가 더욱 가중되는 것을 느꼈다. 이게 다 뭐란 말인가. 간단한 재판을 기대하고 왔는데 끔찍한 결말을 맞닥뜨렸다. 아니면 이런 결말을 유도한 건가? 일찍이 정윤을 말리지 못한 것을 자책하는데 불현듯 굴러가던 바퀴가 멈춰 섰다. 그가 재빨리 들썩거리는 창으로 다가가 섰다.

"아가씨?"

신음은 환청이 아니었는지 창가에 기댄 정윤은 한 손에 뒷머리를 기대고 있었다. 좀 전까지는 그리도 화사하고 거리낌 없어 보이더니 면포를 걷어낸 맨얼굴은 완전히 죽어 있었다.

"저것."

저것? 그녀가 힘없이 낸 발음에 갸우뚱했지만 그것이 곧 수레 안의 여자들을 지칭한다는 것을 깨달았다.

"외진 곳에 가둬 두고 넌 여기서 빠져."

"예?"

외진 곳이라 하면 역시 내부는 아닌 것이다. 대체 어디까지 함구해야 하는 건지. 물어볼 틈도 없이 다음 말이 이어졌다.

"그리고 외곽의 노예시장이 언제 열리는지 은밀히 알아보고 오도록 해."

그다음에는……. 창백한 입술이 공백 후 뜨였을 때였다.

툭. 투둑.

나뭇잎을 푹 꺾고 물방울이 떨어졌다. 가느다란 빗물이 마차의 지붕을 두드리다 벽을 타고 창틀에 고였다. 절기에 어울리는 봄비였다. 주변에선 허둥지둥 가림막을 만들며 소란스러운데 하늘을 무심히 올려다보던 정윤이 갑자기 문을 열고 나왔다.

"비 오는데 들어가세요!"

"걸어갈게."

"예?"

눈이 휘둥그레진 창희를 젖히고 정윤은 추적거리는 빗길을 홀로 나섰다. 뒤에서 그가 뭐라고 소리치는 것 같았지만 철벅거리는 빗물에 덮였다. 의식적으로 여자들이 있는 수레 쪽과는 등을 지고 걸으며 그녀는 구덩이 같은 밤 속으로 빨려 들어갔다.

으, 잇새로 갈려 나온 것은 내장을 뒤트는 신음이었다. 뒤통수에서부터 눈알을 뽑아내는 것 같은 허상의 통증이 계속해서 이어졌다.

빗물로 더럽혀진 치맛자락에 막 움트기 시작한 새싹들이 밟혀 고꾸라졌다. 발밑으로 펼쳐진 봄을 알리는 듯한 그 푸른빛에 정윤은 가쁜 숨을 몰아쉬며 주먹을 움켜쥐었다.

그때도 이런 봄이었다.

– 더러운 오랑캐가!

정원 안쪽의 담벼락 밑에서.

– 이거 다 너희 아버지가 꾸민 일이지?

어른들은 모르는 아이들만의 소란이.

– 오갈 데 없는 걸 폐하께서 받아 주셨는데 그런 분을 배신해?

한 명의 소녀와 그를 둘러싼 또래 아이들이.

– 너희 가족은 이제 다 끌려가서 죽고 말걸?

평소보다 더 고통스러웠던 그날에.

때리던 힘도, 가시 돋친 말도 더는 견디기 힘들어 기어코 주저앉아야만 했던 날. 그때에도 이런 비를 맞았었다.

물기 어린 봄날의 하늘은 아름다웠지만 아이들의 세상은 더러웠다. 뿌옇게 올라온 매캐한 흙먼지 속에서 샛노란 치마는 밟히고 망가졌다. 잡아 뜯겨 밀칠 것이 동났을 때에는 뒷머리에 가시보다 더 독한 돌덩이가 내리쳐졌다.

아프고 묵직하고 둔탁한 것들이 쏟아지듯이 수십 개. 매일같이 퍼부어지는 돌 세례에 목 뒤로 피가 줄줄 흘렀다.

누구든 빨리 데리러 와 주기를 빌었는데.

속눈썹에 고인 빗물을 주먹으로 털어 낸 정윤은 말없이 까마득한 앞길을 응시했다. 입술이 찬기에 젖어 파르르 떨렸다. 비를 맞아 한기가 도는 몸을 감당하기 힘들었는지 체력이 급격히 떨어졌다.

무거워진 다리를 억지로 끌어 지붕이 덮인 정자에 올라섰다.

들이치는 비를 피해 안쪽에 앉을 법도 했지만, 그녀는 정자의 뒤로 돌아가 비좁고 불편한 자리에 등을 기대 웅크렸다. 바닥에 펼쳐진 치마를 손으로 끌어모아 정리하자 너비가 넓은 기둥 뒤로 정윤의 흔적은 자취를 감췄다.

비는 어느새 시꺼먼 먹구름을 드리우고 굵직하게 몸집을 불렸다. 그 모습이 제법 사납기도 해서 자신을 꾸짖는가 싶어 슬쩍 비웃기도 했다.

그래도 멈출 수 있는 게 아니었잖아. 정윤은 소리 죽인 목소리를 다짐처럼 흘렸다.

야속했던 날들이 지나가고 아무 일도 없었다는 듯 매년 봄은 변함없이 찾아왔다. 그러나 그것은 죗값을 치르지 않은 봄이고, 죽은 이들에 대한 애도가 부재한 봄이며, 넋을 달래지 않아 원한만 축적된 봄이다.

그 신산한 세월을 보상해 주기 위해선 역시 마찬가지로 누군가의 절망을 갖다 바치지 않으면 안 된다고 생각했다.

한참이나 하늘을 바라보던 정윤은 고개를 숙여 무릎 사이에 파묻었다. 아무도 올 수 없는 곳에 고립되었다는 사실이 내면의 악독함을 부추기는 동시에 외로움을 키웠다. 충동적으로 벼랑 끝에 선 장수처럼 감정이 위태롭게 휩쓸리고 있었다.

"……!"

발소리.

울렁이는 마음을 갉작대고 있을 때였다. 본능적으로 호흡을 멈추고 감각을 곤두세웠다.

누군가가 정자 위로 올라왔다.

끓어올랐던 마음이 차갑게 가라앉으며 손이 저절로 발목에 묶어 둔 단도로 가닿았다. 금속의 서늘함에 이성은 다시 한번 자기 자리를 되찾았다.

'상황이 좋지 않은데.'

똑같이 비를 피해 찾아온 이라면 경계할 것 없지만 혹시라도 지난번과 같이 낯선 자의 침입이라면 제압하기 힘들지도 몰랐다. 심신이 이미 지칠 대로 지쳐 있었으니까. 아무리 비로 인해 기척이 쉬이 지워진다고 해도 낯선 자가 지척에 들어설 때까지도 알아차리지 못했다는 것은 스스로의 몸 상태가 최악임을 방증한 것이다.

'목덜미로 단번에.'

공격을 앞두고 긴장도가 최고조로 치솟았다. 숨을 죽이고 감각을 확장시킨다. 칼끝은 손아래에서 바깥을 향해 위협적으로 돋아나 있었다. 누각 위로 올라선 발소리가 점점 더 가까워져 온다. 서글픔으로 벌겋게 익었던 눈이 살기를 가득 담고 빛났다.

자극은 등 뒤에서 끊겼다. 정확히는 정윤의 몸을 가리고 있는 기둥 앞에서 멈춰선 듯했다. 칼자루를 쥔 손아귀에 더욱 악력이 쏠리려는 찰나 털썩하며 체중이 실린 움직임이 기둥의 맞은편에 기대앉는 것이 느껴졌다.

사람이었다.

바로 뒤에 누군가가 있다고는 생각하지 못하는지 그 사람은 어깨를 덮고 있던 비 가리개를 옆으로 벗어두고 물기를 손으로 탁탁 털어 내기까지 했다. 갑자기 쏟아지는 비를 피해 들린 행인이 맞았다.

휴우. 정윤은 소리 없는 한숨을 삼키며 단단한 나무기둥에 머리를 지지듯이 기댔다. 단시간에 극한까지 끌어올린 긴장이 풀리면서 팔다리에 피로가 누적되었다.

'조금, 따뜻하다.'

사람 하나 뒤에 앉아 있다고 어렴풋이 온기가 번지는 것도 같았다.

낯선 자가 베푼, 뜻하지 않은 적선이었지만 정윤은 허리를 세워 조금 더 기둥에 붙어 앉았다. 바깥은 찬데 그 자리는 그나마 아늑한 것 같아서. 등 뒤를 감싸는 체온이 빗속에 떠는 어깨를 조금이나마 데웠다.

'잠시만.'

거기 앉아 있어 줬으면 좋겠다.

그런 바람을 떠올리기가 무섭게 빳빳했던 경계가 느슨해지면서 작은 유혹이 얕게 첨벙거렸다. 속눈썹이 처연하게 떨어지더니 움츠리고 있던 어깨가 스르르 가라앉았다. 그칠 생각을 하지 않는 빗소리를 귀로 들으며 한 호흡, 두 호흡 들이마시는 사이에 정윤은 서서히 나른함에 취해갔다.

땅을 두드리는 물방울은 규칙적이고 등 뒤로 전달받은 온기는 가슴까지 번졌다.

빗속을 헤치고 찾아온 수마가 가느다란 손가락마저 간질이자, 손가락에 톡 힘이 풀리면서 그러모았던 치마가 아래로 펄럭거리며 펴져 나갔다.

* * *

이제야 비가 좀 잠잠한가.

점점 잦아드는 비를 보며 승학은 옆으로 벗어두었던 비 가리개를 주워들었다. 아버지의 행적을 발견했다는 소식을 듣고 급히 나왔다가 맞닥뜨린 소나기였다.

'슬슬 떠나지 않으면 시간이 지체되겠구나.'

그가 다시 비 가리개를 꼼꼼히 여미고 상체를 일으켰을 때였다. 어디선가 둔탁한 것이 바닥을 울렸다. 하얀 손목이 기둥 너머에서 빠져나와 있었다. 뒤이어 그와 대비되는 푸른색 비단이 배경처럼 나부끼는 것이 보였다.

영문을 몰라 잠시 그 손을 바라보던 승학은 천천히 자리에서 일어나 흰 손목을 따라 기둥을 돌았다.

'……언제부터.'

여기에 사람이 앉아 있었던 건가.

무심코 거기까지 생각이 나왔다가 물방울이 가볍게 터지는 소음에 끊겨 버렸다. 다물린 속눈썹에 아슬아슬하게 고여 있던 방울들이 무게를 감당하지 못하고 여인의 무릎 위로 작게, 크게 떨어지고 있었다.

그 가벼운 무게에 반응이라도 하는 것처럼 여인이 잠결에 몸을 뒤척였다. 본인이 깨운 것도 아닌데 승학은 자신도 모르게 그대로 사고를 멈춰버렸다.

그냥 우연히 맞닥뜨린 것뿐이지 않은가. 하지만 어째서인지 상대를 몰래 훔쳐보는 있는 듯한 기분이 들었다. 들켜서는 안 될 것 같고, 깨워서는 더더욱 안 될 것 같았다. 여인의 잠을 방해하고 싶지 않았다.

움직임을 더 죽이고 감각에 집중하자 얕고 고르게 내쉬어지는 숨결이 느껴졌다.

뒤척임에 놀랐으면서도 물러선다는 행동 대신 그는 여인의 눈높이에 맞게 조심스레 한쪽 무릎을 굽히고 앉았다. 인기척을 느끼지 못했는데 언제부터 서로 등을 맞대고 있었던 건지. 확인하고 싶은 충동이었다.

'사람…… 이겠지.'

당연히 살아 있는 사람이리라 짐작이 되면서도 눈앞의 기묘함이 실체로 느껴지지 않아 이상한 고집을 피우게 된다.

망설이던 손끝이 느릿하게 앞으로 뻗어 나갔다. 주저하듯이 허공을 배회하다가 잡티 없는 뺨으로 느릿하게 다가섰다.

호기심으로 이끌던 손끝이 어느 지점에서 보드라운 솜털을 살짝 스쳤다. 동시에 승학은 화들짝 놀라며 어깨를 뒤로 잡아 뺐다.

진짜다. 진짜 사람이다.

그것을 실감하게 되자 우습게도 급하게 꿈에서 현실로 끌어당겨진 사람처럼 가쁜 호흡이 새어 나왔다.

처음 본 여인의 얼굴에 허락도 없이 손을 대다니. 무엇으로 해석해도 실례고 무례였다. 뒤늦게 정신이 들었다. 정말 사람인지 알 수가 없어서 만졌다는 솔직함은 변명으로도 치기 힘들었다. 어쩌자고 이런 실수를. 승학은 난감한 시선을 돌리다가 편안하게 오르내리는 여인의 어깨에 눈을 고정했다.

곤히 잠들었는지 여인이 내는 움직임은 그 미세한 반복이 전부. 그것을 눈으로 좇다가 그는 제 어깨를 덮고 있었던 비 가리개를 그녀의 몸에 조심스럽게 얹어 주었다. 눅눅한 비를 머금은 채 지쳐 쓰러지듯 잠든 모습이 어쩐지 가련해서였다.

낯선 이의 단잠이 깨지 않도록 발소리를 죽여 가며 그는 본래 있었던 자리로 되돌아갔다.

축축한 하늘을 쳐다보곤 처음의 모습 그대로 같은 자리에 등을 대고 앉았다. 달라진 것이 있다면 옆에 벗어 둔 비 가리개가 사라졌다는 것 정도였다.

소나기는 금세 그치는 법이니 같은 자리에 조금 더 머무른다고 해서 크게 지장이 있을 것 같지는 않았다.

여전히 한편에 떨어져 있는 손목을 바라보던 그는 앉은 상체를 움직여 기둥을 가렸다.

자신이 그랬듯 누군가가 또 이곳으로 와 여인을 발견하게 될 수도 있었다. 늘어뜨린 가느다란 손목을 치워주면 그만이지만 차마 또 손을 댈 수는 없어 그는 묵묵히 제자리를 지키는 방법을 택했다.

난생처음 본 여인의 잠자리를 지켜주게 되었다니. 생경한 기분을 느끼며 승학은 가볍게 눈꺼풀을 내렸다.

* * *

빗장이 밀리는 신음 소리에 나뭇가지에 앉아 있던 새가 푸드덕 날개를 흔들며 도망갔다.

아직 어스름이 가시지 않은 새벽길. 대문을 열고 나선 이는 머리에 전모를 쓰고 너울을 드리운 정윤이었다.

발끝까지 시꺼먼 색으로 뒤집어쓴 그녀의 행색은 어떻게든 제 흔적을 들키지 않으려는 노력으로 엿보였다.

검은 천 자락을 불편해하면서도 꾹 참고 고요한 공기를 가로질렀다. 전모를 짓누르며 습관처럼 뒷머리를 쓰다듬던 그녀가 뺨을 긁는 찬바람에 너울 너머로 눈을 빛냈다.

지난밤에도 이렇게 쌀쌀했던가.

아마도 그랬을 터였다. 그러나 정자에서 누렸던 알 수 없는 따스함이 있었다.

뒤에 누군지도 모르는 사람이 앉아 있었는데 무방비하게 자다니…… 정신머리가 없다며 자신을 나무랐지만 통증으로 잠을 설친 것에 비하면 꿀맛 같은 단잠이었다. 그만큼이라도 자두었기에 지금 이 새벽에 멀쩡한 상태로 길을 나설 수 있는지도 몰랐다.

누구였을까.

눈을 떴을 때 몸을 보호하고 있던 건 세밀하게 손을 보아 덮어준 비 가리개였다.

대가 없는 호의에 정윤은 비가 그친 길에서도 그 가리개를 꽉 여미고 집으로 돌아왔다. 버리지도 못하고 고이 모셔 두지도 못한 채 구석에 놓여 있을 그것을 생각하니 가던 걸음이 느려지다가 결국 고개가 집 쪽으로 돌아갔다.

제대로 치우고 올 걸 그랬나.

대충 버려두고 온 것 같아 마음이 쓰인다.

그러나 이내 딴 길로 샌 잡념을 몰아내듯 매몰차게 고개가 다시 가야 할 방향으로 되돌아왔다.

이 순간 명심해야 할 것은 누군지도 모르는 자의 선행이 아니라, 오늘 성 외곽의 노예시장이 열리는 시각이다.

정오 즈음.

시간에 맞추려면 지체할 여유가 없었다.

*　*　*

규모는 크지만 서까래에 거미줄이 쳐진 다 쓰러져가는 폐가였다.

오랫동안 손보지 않아 나무가 썩어 빠져 버린 마구간에 말의 고삐를 묶어 두고 정윤은 가장 어둡고 깊숙한 곳에 자리한 광 앞에 섰다.

당장 귀신이라도 튀어나올 것 같은 을씨년스러운 광문을 철근 같은 걸쇠가 단단히 동여매고 있었다.

그것을 해체해 고리를 당기자 경첩이 괴괴한 비명을 지르며 마찰을 일으켰다. 문이 열리는 것과 동시에 역한 곰팡이 냄새가 피어 나오고 입에 먹이를 문 쥐새끼들이 어둠 속으로 도망쳤다.

더러운 광 속에는 밧줄에 꽁꽁 묶여 있는 젊은 처녀들이 갇혀 있었다.

"간밤에 별일은 없었고?"

귀하고 귀한 나의 노비들. 비음이 섞인 음성은 참혹한 몰골을 보면서도 사랑스럽다고 여기는 듯한 태도였다. 활짝 열린 문 너머로 몇 명이 그 목소리를 분간하려 애썼지만 어제부터 물 한 모금 마시지 못했던지라 시야는 흔들리고 찢어졌다.

"갇혀 있느라 얼마나 힘들었을 것이야. 무척이나 허기도 졌을 터."

미리 준비해 둔 바구니를 한 손에 얹고 오물을 버리듯이 광 속으로 던졌다. 맨밥으로만 꽁꽁 뭉쳐진 주먹밥이 땅바닥을 뒹굴었다.

나온 순간부터 흙먼지를 뒤집어쓴 음식이다. 갓 노비가 된 이들은 정윤을 향해 분노 어린 씨근덕거림을 뿌리며 아무도 그것을 주우려 하지 않았다.

"음? 어째서? 아, 더러워서 입 대지는 못하겠다?"

곧바로 명백한 경멸이 떨어졌다.

"노비 주제에."

거짓으로 꾸며 놓았던 상냥함이 씻겨 나가고 보란 듯이 다음 보복이 이어졌다. 물이 입구까지 차 있던 물통의 마개를 열어 엎어진 바구니 위로 내던졌다. 쿵 소리를 내며 떨어진 물통에서 흘러나온 물이 더러운 바닥을 축축하게 적셨다.

이래서야 누구도 굶주린 배에 물과 식량을 채울 수가 없었다.

"준비한 식사가 입에 맞지 않아서 어찌한담. 싸움을 시작하기 전에는 배를 든든히 채워야 하는 법인데."

손바닥 뒤집듯 다시금 친절해진 말투였다.

싸움. 그 단어에 거무튀튀한 눈동자들이 우르르 제게 쏠렸으나 정윤은 당황하는 법 없이 계속해서 이야기했다.

"미리 말하지만 처지가 이렇게 된 것을 두고 나를 원망하지 않았으면 한다. 너희의 목숨을 판 것은 네 부모지 내가 아냐."

참 심술이었다. 아주 악질이었다. 정윤은 그녀들이 팔려 온 경위를 소상히 속삭이며 미소를 곁들였다. 자신이 얼마나 무력한지, 어떻게 희생될 것인지를 들으며 두려움에 떨었으면 했다.

목덜미의 뻐근함과 통증을 느끼며 정윤은 차갑게 눈을 내리깔았다.

"이대로 끌려가면 어떻게 될지는…… 음, 제각각이겠지. 재수가 좋으면 남의 아궁이에 불이나 지피며 살다가 조금 늦게 얼어 죽을 수도 있고, 그보다 나쁘면 노역장에서 채찍을 맞다가 훨씬 더 일찍 눈감을 수도 있지. 네가 나르던 돌덩이 밑은 네 무덤이 될 것이고."

노비로 전락한 이들이 맞게 될 최악의 결말은 나열하는 것이 의미가 없을 정도로 비참함의 연속이었다. 상상이 달콤한 목소리를 거쳐 현실로 체감될 때마다 여자들은 금방이라도 숨이 넘어갈 것 같은 울음을 깨물었다.

"나한테 왜 이러는 거야……."

"대체 뭘 원해서!"

발광하듯이 터진 질문을 정윤은 건성으로, 성의 없이 대충 받았다.

"그냥 거대한 계획의 일부라서?"

계획했던 일을 실천에 옮기는 중이다. 하고 싶었던 일을 마침내 저지르는 것뿐이고.

그러려면 눈앞의 족속들을 찢어서 멀리 치우는 것부터 시작해야 했다.

"좀 심한가? 그래, 그렇게 느낄 수도 있어. 내가 화가 나 있으니까 예상했던 것보다 너희에게 더 감정적으로 대하는 것 같기도 하고."

인정하지 않는 바 아니다. 정윤은 화가 났다. 줄곧 화가 나 있는 상태였다.

"그래…… 화가 났지. 난 기억하는데 너희는 모르니까 어떻게 화가 안 나겠어? 보여 주려고 열심히 준비했는데 왜 이러냐는 질문이나 하고."

알아보지 말라고 변장하기는 했지만 막상 정말 못 알아보니 배 알이 뒤틀렸다.

누군가를 해쳤다면 언젠가는 나도 똑같이 당할 수 있다는 걸 평생 유념하고 살았어야지. 왜 그걸 몰랐어? 왜 그걸 잊었어? 어떻게 그렇게 편하게 살았어? 이들의 안일한 사고에 정윤은 비틀린 심사를 감추지 않았다.

"어, 그러니까 난 응징하러 왔어. 그러니 지금부터 불행해져도 그냥 그러려니 해."

도살장 앞에서 볼만해진 이들의 면면을 감상하며 그녀가 환한 미소를 들이댔다.

"아니지, 이건 좀 너무한가? 그래도 자비를 베풀어야 할까?"

주사위가 돌아가듯 변덕이 날뛰었다. 그래도 귀한 손들인데 죄다 노비로 내다 파는 건 너무 싱거운 결말인지도 모르겠다고.

불구덩이 앞까지 남은 건 고작 몇 보. 여기까지 그녀들을 끌고 오는데 이들 아비의 손을 빌렸다. 그렇다면 이번에도 타인의 수고로 종결지을 수 있을 것 같았다.

아주 약간의 자비만 베풀면.

입술이 옆으로 늘어지면서 정윤이 품에서 무언가를 꺼내 어둠 속에서 흔들었다. 짐작만으로도 정체를 확신할 수 있었다. 아직

먹이 채 마르지도 않은 노비 문서였다. 병자 같은 눈길들이 그쪽으로 쏠렸다.

그래그래, 알겠어. 내가 베풀게. 놓아 줄게. 살려 주도록 할게. 단…….

정윤은 턱을 얕게 끄덕이며 검푸른 치마를 한 손으로 잡아 살며시 들어 올렸다. 미미한 동작이었다. 그 틈새로 여러 색실로 장식된 선홍색 당혜가 슬며시 내보였다가, 광 입구에서 한 뼘 떨어진 곳에 내리 찍혀 일직선을 그었다.

"두 발로 여길 넘어온다면 이 계약서, 불에 태워서 없던 걸로 해 줄게."

대신 딱 한 사람만이야.

음산한 조건이 붙었다.

마지막 생존자에게만 베풀어지는 자비. 자비의 탈을 쓴 도륙질이 이기심을 들쑤셨다.

자, 얼른. 나는 여기에 서서 자비를 베풀 테니 너희는 서로를 물어뜯으며 피 칠갑하렴.

정수리까지 타고 올라가는 짜릿한 쾌감에 정윤은 손을 쥐었다 폈다.

"살고 싶다면 증명을 해 보여야지. 대가를 치르고 자격을 얻어야지. 보여줘 봐, 살고 싶다는 너희들의 의지."

끼익- 쾅!

광을 가려 주었던 두 개의 문짝이 거칠게 닫혀 잠겼다.

* * *

　타인을 잔인하게 짓이기고 나면 그 안에서 살아 나오더라도 오늘 밤의 일이 평생 저주처럼 박혀 따라다닐 것이다.

　굳건히 맞물린 나무 틈을 노려보며 정윤은 고요히 이를 악물었다.

　광 안에서 사람 비명 소리가 나기까지는 그리 오랜 시간이 걸리지 않았다. 남의 목숨을 취해 제 살길을 도모하고자 하는 얄팍한 욕심은 적막으로 가득했던 광 안을 아비규환으로 만들었다.

　살려달라는 절규가 문틈 사이로 터져 나왔다. 정윤은 자신이 그어 놓은 선 앞에서 허리에 악착같이 힘을 준 채 버티고 서 있었다. 모아 놓은 두 손이 벌벌 떨렸지만, 결기가 맺힌 눈동자는 스스로가 만든 모진 상황으로부터 도망치는 법이 없었다.

　아마 하나하나 만나 진솔한 이야기를 나눠 보면 저 중에는 뉘우치는 사람도 있을 것이고, 용서를 빌고자 하는 사람도 있을 것이다. 그때는 미안했다고, 어려서 잘 몰랐다고, 실수했다고, 철이 없었다고. 누구라도 납득할 수밖에 없는 타당한 연유를 늘어놓을 것이다.

　그래서 일부러 그들의 사정을 헤아리지 않았다.

　자칫 귀를 기울였다간 그래, 그럴 수도 있겠다고 스스로 이해하게 돼 버릴까 봐. 이해하게 되면 필연적으로 동정하게 될까 봐. 그리고 그 동정이 모든 것을 그르칠까 봐.

　그래서는 안 되었다. 그렇게 피곤한 관계가 되어서는 안 된다.

밝혔듯 이들의 희생은 거대한 계획의 시발점이 되어 주어야만 했다.

자신이 그날을 잊지 않고 있다는 것을 공표하는 행위. 그런 목적이었다.

'버텨야 해.'

정윤은 그 한 문장을 몇 번이고 곱씹었다. 귀를 파고드는 울부짖음이 커질수록 손아귀에 고문에 가까운 악력이 쏠렸다.

"까아아악!"

억지로 꾸역꾸역 다져 놓은 생각이 역겹게 목구멍 안에서 맴돌던 그때, 닫아 두었던 문이 거칠게 들썩이면서 찢겨 나가는 비명이 하늘로 치솟았다. 그 강도가, 그 세기가 정도를 넘어서 소름 끼치는 지독함에 이르고 나서야 사방에 죽음이 휩쓸고 지나간 듯한 적막이 찾아왔다.

턱. 터벅. 터벅. 터벅.

발소리가 귀에 닿는다. 정윤은 경직된 턱을 움직여 문틈으로 기어 나와 발을 질질 끌고 있는 형체에게 인위적인 환영의 미소를 건넸다.

선을 넘은 자의 추한 몰골이 코의 윤곽부터 서서히 달빛에 드러났다.

"나…… 나는 이제…… 풀어, 풀…어줘…….”

"아, 너."

상대를 손쉽게 알아보고 아는 척하려다가 정윤은 인상을 찌푸렸다. 이것 참, 응원하던 후보가 아니라니. 유달리 살려 보내 주고 싶었던 대상이 있는 건 아니었지만 얘가 나올 줄을 몰랐다.

난투로 갈라지고 뒤집힌 손끝이 제 치맛단에 달라붙으려는 걸 정윤은 질색하며 내쳤다.

"매달릴 것 없어. 약속은 지키니까."

여러 장의 노비 문서 중에서 그녀가 정확하게 맞는 것을 뽑아 확인시켰다. 이거지? 이게 네 거지? 하고.

송시현. 제 이름을 말하기도 전에 들이밀어진 글자를 보고 시현은 피범벅이 된 채로 혼란스러워했다. 넌 대체 누구야? 질문해야 했지만 마지막 힘까지 짜내어 세운 무릎이 더 이상 버티지 못하고 무너졌다.

"축하해. 그래, 친우들을 밟고 나온 소감은?"

정신을 놓으려 하기에 얼굴에 냉수를 끼얹으며 정윤은 그녀를 할퀼 수 있는 가장 아픈 말을 골랐다. 시현이 대답하지 못하고 바들바들 입술을 떠는데도 개의치 않았다.

"조금만 더 버텨봐. 이건 처리해야지."

근처 횃불을 얹어 놓은 화로에 이름 석 자가 적힌 문서가 위협적으로 펄럭거렸다.

"약속했으니까 이건 없던 것으로."

간단한 말을 끝으로 이리저리 흔들리던 종이가 입을 벌리고 있던 화염 속으로 먹혀들어 갔다. 노비가 될 뻔했던 제 운명이 재가 되는 것을 지켜보던 시현은 그 이상 쓸 기력이 없었는지 고개를 바닥으로 떨구고 땅에 머리를 박았다.

돈 몇 푼이 담긴 주머니가 머리맡으로 던져졌다.

"이건 포상금이고."

약간의 나긋함마저 느껴지는 목소리에는 조금도 파괴적인 구석이 없었다. 기복 없고 평탄하며 온화했다. 말처럼 화가 난 것 같지도, 그렇다고 즐거운 것도 아닌 평범하고 일반적인 모습이었다. 그래서 그다음 일을 감히 예측하지도 못하게 했다.

포상을 내리자마자 정윤은 화로 속에 담겨 있던 이글거리는 꼬챙이를 빼 들었다.

왜, 무엇을 하려고? 그런 의문이 스치기도 전이었다. 시뻘겋게 달아오른 인두가 엎어져 있던 시현의 뒤통수에 지긋이 내리눌렸다.

"이건 전리품이야."

역시 전과 다를 바 없는 음색이었다.

"끄아아아악!"

몸부림치며 사지를 뒤트는 목덜미 위에 종 '노(奴)'라는 선명한 글자가 피부를 지지고 들어가 찍혔다. 정확히 목에서 두세 손가락 위의 높이에 위치한 자리.

복수인 것 같았지만 아니었다. 이것은 정윤이 선택한 죄의 유대감이었다. 둘 다 이렇게 손을 더럽히게 되었으니 같은 자리에 상처를 입자는 거였다.

우리가 죄를 지은 사람이라는 걸 잊지 않기 위해.

"이겼으니 두 개 다 챙겨가야지. 흉측하구나."

낮게 구르는 비웃음은 깔깔대는 농락보다 더 비참했다. 살타는 냄새가 고약스럽게 진동하는 가운데 정윤은 절망하는 자의 손가락을 비단신으로 짓밟았다.

* * *

승학은 새벽녘부터 바른 자세로 앉아 책장을 넘기고 있었다. 잡념을 떨치겠다고 펴고 앉은 자리인데 그대로 꼼짝 없이 얼마를 앉아 있었는지 그렇게 한 권, 두 권 쌓인 책이 한편에 수북하게 쌓였다.

'대체 어디에 계신 건가.'

의미 없이 글자만 흘려보낼 뿐 들어오는 내용은 없다. 그는 계속해서 다른 생각을 하고 있었다.

그의 아버지가 세상으로부터 종적을 감춘 지 꼬박 십 년이 되는 해였다.

존경을 한몸에 받던 일국의 승상이자, 가족에게는 누구보다도 충실했던 이라 그가 예고도 없이 갑자기 증발해 버렸을 때, 한때 커다란 혼란이 일었다.

그의 부재에 대해 여러 가지 억측과 가설이 난무했다. 암살당한 선황에 대한 충심이 깊어 그 뒤를 따라갔다거나, 실은 그가 암살의 배후라 일찍부터 꼬리를 감췄다는 등의 비방과 모함도 들끓었다.

승학은 어느 쪽도 해당될 리 없다고 믿고 있었다.

하염없이 넘어가던 종이가 펄럭이는 것을 그쳤다. 손등 위에 턱을 권 시선이 열린 창가를 응시했다.

방방곡곡으로 사람을 뿌려 아버지에 관한 수소문을 한 끝에, 그중 하나와 간밤에 접촉했다. 승상으로 의심되는 이가 해가(家)의 저택 주변에서 어슬렁거리는 것을 보았다는 제보였다.

'해가라…….'

그들이 돌아왔다는 것은 일찍부터 알고 있었다. 정확히는 팔 한짝을 잃고 도망치듯 떠났던 '그'가 돌아온 것이다.

아버지와는 막역한 사이였던 그 가문의 장자. 자식들의 나이마저 엇비슷해 어릴 적에는 그 집의 막내 손녀와 자신의 혼담이 장난처럼 빈번히도 오갔던 것으로 기억한다. 비록 그것이 농담에서 실제가 되기 전에 참극이 벌어졌지만.

해가를 찾아가 봐야 하는 것인지 번민이 들었다. 서로 그만큼이나 기꺼운 사이였으니 친우가 돌아왔다는 소식에 아버지가 스스로 모습을 드러낸 것일 수도 있었다.

깊어지는 고민을 따라 아래로 가라앉았던 눈길이 창틀에 고인 물 자국에 머물렀다. 곱씹고 있던 생각들이 파스슷 흩어지면서 전혀 다른 중얼거림이 불쑥 흘러나왔다.

"잘…… 들어갔으려나."

대신 머릿속에 떠오른 것은 물기에 젖은 어떤 느낌이었다.

비 내리던 정자에서 우연히 목격하게 된 누군가의 단잠과 그것을 훔쳐보고 말았던 부끄러운 제 실수를.

지쳐 잠든 모습에는 무작정 그 사연을 궁금하게 하는 분위기가 있었다.

멀리서 아침을 깨우는 대종 소리가 번졌다. 그 소리에 뒤늦게 시간 감각이 돌아온 사람처럼 승학은 펼쳐져 있던 것들을 차례차례 치우고 자리에서 일어났다.

하룻밤을 앉은 채로 꼴딱 새다니. 이마를 누르며 문지방을 밟고 나오는데 이번에는 쾅쾅쾅, 거칠게 대문을 두드리는 소리가 귓가를 찔렀다.

아침이 밝아 올 시점이지만 그렇다고 손님이 찾아올 만한 시각은 아닐 터. 이른 동은 아직 완전히 트지 않았다.

대강 의복을 갖춰 입고 뛰는 걸음으로 마당을 나왔다. 요란스럽게 두드리는 문소리에 이미 몸종들이 대문의 빗장을 벗기고 있었다.

"부인! 안에 계십니까! 접니다! 시현 어미입니다! 문 좀 열어 주세요!"

달려오며 쓰러지듯 주저앉은 나이든 여자는 승학이 어렴풋이 인식할 수 있는 얼굴이었다. 아마도 모친과 친분이 있을 터, 그녀를 부축해 일으키며 그가 안채에 소식을 전하라고 지시했다.

찬 바닥에서 손님방으로 옮겨질 동안에도 여자는 쉼 없이 도와달라는 얘기만을 반복했다. 뛰어다니느라 치맛단은 해어질 대로 해져 있고 고왔던 손은 긁힌 상처로 거칠고 투박해졌다. 그런데도 연신 매달리며 딸을 구해달라며 애원했다.

소식을 듣고 달려온 안부인은 기겁한 얼굴로 그런 그녀의 사정을 챙겨 들었다. 부군은 광인이 되어 사리 분별을 못 하고 식솔들은 모조리 거리에 내앉았으며 종내에는 딸까지 팔아 치웠다는 끔찍한 이야기를.

"부인, 제발 도와주세요. 제 딸이 노비로……!"

헛구역질을 하면서도 고백은 피를 토하고 있었다. 이대로 노예 장수에게 팔려 가면 어디로 끌려갈지 모른다고, 제발 도와 달라고, 애끓는 통곡이 치달았다.

곁에서 듣던 승학은 침통한 얼굴로 입을 다물었다.

노예를 매매하는 곳이라면 어디인지 알 것 같았다. 북문 외곽의 봉루 주변이겠지. 원래는 죽은 이들의 상여를 내보내기 위해 세운 문이었지만, 지금에 와서는 굳이 죽은 자가 되지 않아도 나갈 수 있는 부류들이 생겼다. 발에 족쇄를 차고 돈에 팔려 가는 경우다. 그런 건 살아 있어도 산 사람이라고는 하지 않으니까.

북문의 봉루는 노예시장이 열리는 장소로 유명했다.

그런 곳에 딸을 보내게 된 어미라니. 몇 번이나 손으로 제 가슴을 치는 마님을 이불 속에 누이고 승학은 모친의 말에 수긍했다.

"수고스럽겠지만 네가 다녀와야겠구나."

"어떻게 된 상황인지 알 수 없으니 급한 대로 돈을 주고 되사오는 방법밖엔 없겠습니다."

"그래, 부디 찾을 수 있어야 할 텐데……."

늦지 않게 도착해야 구할 수 있을 것이다. 승학은 실신한 마님의 얼굴에서 그 딸의 인상을 어렴풋이 떠올려 냈다. 종종 마주친 적도 있었지. 이름도 생각났다. 시현, 송시현.

서둘러 보낸 심부름꾼이 궐로 서찰을 전달했다.

《집안에 급한 사정이 있어 조례에 참석지 못할 것 같습니다. 일을 끝내고 속히 입궁하도록 하겠습니다.》

승학이 보낸 서찰이었다.

* * *

하나, 둘, 셋, 넷, 다섯…… 스물. 정확히 맞는군.
"수고했네."
짤랑.
떨어지는 돈 소리가 경적처럼 울렸다. 돈이 수중에 들어오자마자 의원은 당장이라도 여길 떠나고 싶었다는 듯 챙겨 온 여장을 싸서 속히 뛰어나갔다.
'이만하면 제값을 받을 수 있으려나.'
정윤은 새벽에 타종소리가 울리자마자 의원을 불러 다친 이들을 치료하라 일렀다. 노비가 말을 듣지 않기로서니 매질을 좀 하였다 했는데 믿지 않는 것 같은 눈치였다. 믿지 않아도 상관없어서 따로 해명하지도 않았다.
어두컴컴한 광 속에서 다시 수레 안으로 구겨 넣어진 여인들은 망가진 인형처럼 다친 팔다리에 붕대를 칭칭 감고 있었다.

정윤은 그들이 담긴 수레를 말에 묶어 끌며 쏟아지는 햇빛을 손바닥에 받았다. 비가 그친 하늘은 구름 한 점 없이 화창했다. 팔려가기에 딱 좋은 날씨였다.

동틀 무렵부터 출발한 수레는 해가 머리 위로 올라설 즈음 북문에 올라섰다. 이 근방의 암기란 암기는 죄 빨려 오는지 음산한 기운이 성문 초입에서부터 늘어졌다.

"멈추시오. 신분을 밝히시오."

의례적인 절차로 병사가 길목을 막아섰다. 힐끗 뒤를 쳐다보는 것이 방문 목적을 짐작하는 분위기다. 정윤은 말 가까이로 다가온 병사에게 허리춤의 호패를 꺼내 보여 주었다.

"효국 사람이 아니오?"

"왜율국에서 왔습니다."

"여길 나가려는 연유가."

"네, 보시다시피."

턱짓으로 뒤에 끌려오는 수레를 가리키자 병사가 알 만하다는 얼굴로 대수롭지 않게 일지를 작성했다.

통솔자의 이름, 일행의 총 명수, 방문 목적 순으로.

"통과."

문이 열리고 수레가 성곽 밖을 향해 달그락 소리를 내며 빨려 들어갔다.

* * *

"좀 생채기가 나긴 했어도 저 정도면 상(上)품입죠."

"조심히 다루시오. 기껏 치료까지 해서 손봐 놓았으니."

"아이고, 한 푼도 못 깎고 사 가는데 막 굴리면 안 되지요. 근데 이 처자들은 전부 어디서 데려온 것인지……."

"알면, 사 가지 않을 거요?"

"보통 댁 노비들은 아닌듯해서 그러지요."

"언제부터 이곳에서 출신과 운명이 함께 갔소. 호기심은 접어두고 댁은 하던 대로 돈이나 벌면 될 텐데."

지그시 밟고 들어오는 경고에 노예 장수의 태평했던 낯짝이 경직되었다.

여자가 서슴없이 박아 대는 목소리가 싸늘한 탓이었다. 어서 수확물이나 챙겨서 꺼지라는 듯 방향을 지시하는 턱짓도 오만했다. 그가 낮게 욕지거리를 하더니 곧이어 쇠고랑끼리 마찰하는 소리가 나고 바퀴가 굴러갔다.

정윤은 떠나는 마차 쪽으로 시선을 두지 않으려 노력했다. 애써 잠가놓은 결심을 흩트리고 싶지 않았다. 이제 저들은 새 주인을 따라 새로운 곳으로 떠나게 될 것이다. 얼마 지나지 않아 곳곳에서 구미에 맞는 거래가 이루어졌고, 채찍질에 말들이 길게 울부짖었다.

멀어져가는 그들의 모습을 정윤은 봉루에 기대어 하염없이 바라보다가 터덜터덜 걸어 나갔다. 제대로 된 방향으로 가고 있는지 아닌지도 살피지 못했다. 그저 부지런히 발을 놀려 이곳을 벗어나고 싶은 갈망뿐이었다.

'나는…… 원망받아도 괜찮아.'

미움받아도 괜찮았다. 원한을 사고, 저주를 받는 일쯤이야 일찍부터 각오한 일이다. 그만큼이나 지독하게 상대의 불행을 빌었잖은가. 당연히 따라오는 업보였다.

'그러니까 난 괜찮아야지.'

자기 연민을 할 필요도 동정을 받을 짓도 아니었다. 그런데 자꾸만 눈앞에 뿌연 막이 차올랐다.

정윤은 선 채로 울고 있었다.

* * *

벌써 시장이 파했다.

판 사람도 사 간 사람도 알 수가 없어 추적은 거기에서부터 곧바로 난관에 부딪혔다.

승학은 함께 온 하인들을 각기 찢어 다른 방향으로 보내고 누구라도 비슷한 무리를 발견하면 자신의 이름을 대고 찾아올 것을 지시했다.

각자 뿔뿔이 퍼져 나가자마자 그는 곧장 멀지 않은 곳에 자리한 봉루로 뛰었다. 주위에서 가장 지대가 높은 곳이라 북문 근방을 한눈에 내려다볼 수 있는 곳이었다.

천천히 고개를 돌려가며 눈가를 좁혔다.

왼편에 모여 있는 저 집단인가? 잠시 눈이 커졌지만 그 속에 젊은 나이대의 노비는 섞여 있지 않았다.

그가 찾는 것은 귀족 출신의 스물 초반의 여인. 가장 걸맞은 사람은…… 조건을 가르며 탐색하던 눈길이 문득 한곳에서 멎었다. 사방을 파헤치던 초점이 저만치서 홀로 비틀거리는 작은 등에 맞춰졌다.

쓰러질 듯 힘겹게 나아가는 걸음걸이. 어딘가 몸이 불편한 듯 꾸준히 걷지 못하고 덜거덕거리듯 여러 번을 멈춰 선다.

혹시 자신이 찾는 사람이 아닐까 생각했지만 멀리서도 부각될 만큼 티끌 하나 묻지 않은 옷차림이 그 생각을 가로젓게 만들었다.

노예가 돼서 끌려왔다면 성한 차림새를 유지하기는 힘들었을 터. 무엇보다 여자는 제재하는 이 하나 없이 홀로였다.

'아니다.'

넋 놓고 사로잡혔던 뒷모습에서 의식적으로 관심을 거두려던 찰나였다. 아니라는 생각이 드는 것과 동시에 승학은 언덕에서 풀썩 뛰어 내려왔다.

비틀대며 나아가던 여인이 땅으로 고꾸라지더니 간신히 손을 뻗어 바닥을 짚었다. 머리가 바닥을 향해 꺾였다.

승학은 올라왔을 때보다 더 빠르게 달리기 시작했다.

* * *

무릎이 무너졌을 때 정윤은 기가 찬 헛웃음을 흘렸다. 휑한 바람이 가슴을 들썩이며 터져 나왔다.

참 꼴 보기 싫은 모습이다. 죄를 짓고 영웅이 되려면 뭔 짓을
해도 당당할 줄 알아야지. 어설픈 나약함이야말로 최악 아닐까.
자신의 한심함을 힐난하며 그녀가 앞으로 흘러내리는 전모를 손
으로 받았다.

"아윽……."

귀 옆으로 식은땀이 흘러내렸다. 통증이 느껴지는 부위는 보나
마나 그곳이다. 흉터가 낙인처럼 남아 있는 자리. 뒤통수가 사정
없이 당겨지는 듯한 감각이 들었다.

정윤은 일어서려 했던 허리를 도로 굽혔다. 고통에 저항하기보
단 땅에 이마를 처박으며 그것이 잠잠해지기를 기다린다. 숨쉬기
가 갑갑해 턱 밑의 끈도 잡아당겼는데 순간 어깨가 강하게 위로
잡혀 들렸다.

"괜찮으십니까?"

전모가 완전히 벗겨지면서 미풍에 너울이 커다랗게 펄럭였다.
사람이 묻혀 온 바람이라는 걸 느끼기가 무섭게 다급하고 세찬
숨결을 마주했다.

"……!"

자신을 몹시 걱정하는 듯한 눈길이다. 뭐야? 무심코 그 눈동자
속에 비친 제 모습을 들여다보게 된 정윤은 도움의 손길을 홱 밀
쳐내 버렸다. 큰일 날 것처럼 붙잡았던 것에 비하면 체중은 허무
하게 떨어져 나갔다. 덕분에 밀치는 대로 고스란히 타격을 받아

상대도 바닥에 같이 주저앉게 되었다.

"아니, 왜……."

그거 조금 민 거 가지고 저렇게까지 넘어져 버리는 거지. 무안하게. 남자의 비단에 뿌옇게 번진 흙먼지 자국에 괜히 눈길이 갔다.

'좀 쌀쌀맞았나?'

그렇지만 누구라도 놀랄 만한 상황이 아니었나. 게다가 엉망진창인 제 얼굴을 투명하게 반사 시켰던 그 깨끗한 동공은 또 어떻고.

넘어진 채로 멍한 표정을 짓고 있는 사내에게 정윤은 황당한 표정을 감추지 않았다. 자신을 바라보며 뭐라 달싹이는 입술에 귀를 기울이자, '어제……'로 시작하는 음절이 아주 작게 들려왔다.

"어제요?"

귀신같이 잡아채 되물었다. 남자가 황급히 깨어나며 단칼에 부정했다.

"아니요."

"아니?"

"아닙니다."

"뭐가요?"

"방금 한……"

"어제?"

"정말 아닙니다."

"뭐라고 하시는 겁니까."

장난하자는 건가. 언짢음과 짜증을 한꺼번에 드러내자 사내는 빠르게 나서서 사태를 정돈했다.

"죄송합니다. 결례를 범했습니다. 혹시 어딘가 불편하신 게 아닌가 하여 걱정하였습니다."

아, 역시 맞았다. 아까 부딪친 눈빛. 걱정하던 눈.

착각이 아니었다.

모르는 사람의 꽤나 다정한 염려에 정윤은 대꾸할 말을 잃었다. 뭐, 옆에 지나가던 행인이 갑자기 쓰러져도 놀라서 살피기는 하는 법인데……. 그 사이 승학은 다시 한번 격식 있는 사과의 말을 전하곤 굴러다니고 있던 전모를 주워 건넸다.

"소저의 것인 듯합니다."

아, 그렇지. 정윤은 그것을 받아 머리에 툭 얹었다. 어색함을 타파하고자 한 무의식적인 결과였는데 정리도 안 하고 대충 올려 두었다 보니 전모에 달려 있는 너울이 이리 엉키고 저리 쏠려서 꼭 머리가 산발 한 것처럼 보였다.

"아……."

본인은 모르겠지만 정말 이상하다. 진짜 이상하다.

승학은 어찌해야 할지 손을 움찔거리다가 양해를 구하곤 너울의 가장 끝자락에 살며시 내려앉았다.

"잠시만 실례를."

정윤은 커다랗게 변한 눈알로 그의 동선을 따라갔다. 흉하게 뒤죽박죽이었던 너울이 가지런히 풀리면서 찰랑이는 머릿결처럼 부드럽게 떨어졌다.

윽. 그제야 상황 파악이 됐다. 너울이 제대로 내려앉으니 사내의 얼굴은 한 꺼풀 가려진 채로 보인다. 그래도 맑고 깨끗하다는 인상이라는 건 잘 알겠다.

'뭔가 부끄럽네.'

부끄럽고…… 수치스럽다.

불현듯 그런 자조적인 생각이 극단적으로 치밀었다. 너무 대조적인 사람을 대면하고 있어서일까? 아니면 이 순수한 호의가 어색해서?

이유는 알 수 없었지만 순간 심사가 고약하게 뒤틀리려 했다는 것만은 확실하다. 걱정했다는 뜻 없는 말조차도 아니꼬운 것으로 밀어붙이고 싶어질 만큼 못된 충동이 극에 치달았다.

'내가 방금 저지르고 온 일을 알아도……'

과연 그걸 알고도 이와 같은 호의를 유지할 수 있을까.

'이 근처에서 어슬렁거리는 인간이면 어차피 분류가 뻔한 건데.'

착한 아이 옆에 서면 나쁜 아이는 이유 없이 더 나쁜 아이가 되는 법이다. 남자의 선량하고 차분한 분위기도 이 애먼 돌팔매질에 한몫했다.

회의적인 눈빛이 스치고 정윤은 고개를 외로 돌려 피했다. 사람을 면전에 두고 썩 바른 행동은 아니었지만 어차피 오다가다 만난 사람. 상냥하게 대하지 않았다고 해서 세상이 망하는 것도 아니라고 멋대로 결론지었다.

"어딘가 편찮아 보이시던데 정말 괜찮으십니까."

아프다고 하면 사내는 당장에라도 부축의 손길을 내밀 준비가 되어 있는 것 같았다. 뒤통수에 여전히 미세한 통증이 머무르고 있었지만 정윤은 무시하며 조용히 코웃음쳤다.

"전혀요. 아주 멀쩡합니다."

"다행이군요."

"알지도 못하는 사람에게 이렇게 붙잡혀야 할 입장도 아니고요."

"제 실책입니다. 불쾌하셨다면 정중히 사죄드리겠습니다."

승학은 자세를 바르게 고쳐 잡고 깊숙하게 목을 숙였다. 날을 세워 일방적으로 툭툭거림에도 두말하지 않으니 정윤은 할 말이 없어졌다. 혼자만 얄미운 년이 되었다.

그냥 감으로도 느껴졌다. 이 남자가 얼마나 선비 같은 사람인지. 스스로 얼룩 한 점 없어 주위에 그릇된 것이 꼬이지 않는 부류의 인간. 이런 사람은 어쩌다 우연히 지나가다가 더러운 것이 옆에 붙더라도 알아서 떨어져 나가게 된다.

지금의 자신처럼 말이다.

'참 편한 재주네. 그래, 떨어져 줘야지. 긁어서 나오는 것도 없는데.'

그렇게까지 훤히 들여다보고 나니 정말로 그가 고까워졌다.

"볼일이 끝났으면, 이만."

먹고 떨어질 것도 없지만 정윤은 여기서 깔끔히 먹고 떨어지기로 했다.

툭.

가벼운 빗방울이 어깨 위로 떨어지지만 않았다면 완벽한 퇴장이었다.

"어?"

어깨에 하나, 정수리에 하나, 손바닥에 하나. 종국에 하늘을 노려봤다가 알밤 맞듯 미간에도 콕 물방울이 박혔다.

몸 상태가 좋지 않았다. 어제도 비를 맞고 들어온 데다 미열까지 있어 또다시 비를 맞으면 앓아눕지 않을 거라고 보장할 수 없었다.

어디로 피하지.

치렁치렁한 치마를 양손으로 감아올리고 두리번거리는데 다시금 다정한 목소리가 와 닿았다.

"금방 그칠 비 같지가 않은데 저 나무 밑에서 몸을 피하고 가시는 게 어떠십니까."

……안 그래도 그 나무를 생각하고 있었는데. 정윤은 너울 아래서 얼굴을 찡그렸다.

주위에는 품이 커 보호 반경이 넓은 커다란 나무가 서 있었다. 이 와중에 그나마 합리적 대안이라 할 수 있는 장소.

하지만 또다시 쓸데없는 시기심과 알량한 자존심이 고개를 든다. 바르고 번듯한 사람, 무조건 질투의 대상이었다. 그녀는 단칼에 거절했다.

"아니요, 괜찮은데요? 별로 많이 오지도 않고……"

그렇게 말하는 정윤의 전모 위로 주르륵 살찐 빗줄기가 흘러내렸다. 승학이 애써 정돈해 준 너울이 도로 축축하게 젖었다.

"……."

"……."

푸학. 입술에 달라붙은 천 조각을 정윤은 조용히 퉤, 하고 뱉어 냈다. 뻗대기는 무리였다.

그래도 착한 남자는 제 일도 아닌 것을 점잖게 수습해 주었다.

"예, 폭포수같이 쏟아지는 비는 아닙니다. 그래도 몸이 찰 때는 가랑비라도 조심하셔야 합니다."

"전 하나도 안 추워서."

"보기에 미열이 있으신 듯한데."

달려와서 살폈을 때 그녀의 얼굴에 식은땀이 맺혀 있는 것을 보았다. 그리고 간간이 관자놀이를 짚는 행동에서 약간의 현기증 이 있다는 것도 예상했다. 펄펄 끓지는 않아도 필시 약한 열감이 있을 터였다.

곧은 눈이 말없이 응시해오자 정윤은 부산스럽게 딴청을 피웠 다. 와, 뭐 위협적인 것도 아닌데 저 분위기 진짜 뭐냐고 속으로 툴툴대며 구시렁거렸다. 차가운 비를 대책 없이 맞으며 그녀가 거 드름을 피웠다.

"무슨 근거로 그런 말씀을 하시죠? 전 열 같은 거 없습니다. 사 람이 몸에 열이 나면 뭐, 으슬으슬해서 떨든가, 으아……, 기침이 나오거나 엣, 취."

……해야죠. 마지막 말은 삼켜졌다.

승학은 대답이 없고 정윤은 얼굴로 모든 피가 쏠렸다.

아, 그래. 아무리 포용력이 넓다고 해도 이것까지 처리해주긴 힘들겠지. 절로 고개가 꺾인다. 제 입으로 자초한 실언을 마구 발길질하고 싶었다.

남자의 말이 맞았다.

자신은 지금 열이 났다. 열이 아주 펄펄 났다.

결국 치졸한 변명이 굴러 나왔다.

"비 맞아도 안 아팠는데요……."

"어제는 운이 좋았던 것이고."

"어제요?"

"……아니요."

"아니?"

"아닙니다."

"아까도 이런 대화를 나누지 않았나요?"

흐지부지 넘어갔던 것을 제대로 지적하자 남자의 눈빛이 순간적으로 흔들거렸다. 그가 눈을 깜빡이면서 흠뻑 젖은 얼굴을 큰 손으로 쓸어내렸다.

정윤은 기이한 촉이 발동했다.

봐봐, 이거 진짜 이상해. 분명히 처음 마주쳤을 때도 어제라고 했었잖아.

그녀가 쓰윽 수상한 눈초리를 가까이 들이밀려 했다. 그러나 간발의 차로 우르릉, 하는 굉음이 귓전을 때리더니 곧이어 번개가 하늘에서 작렬했다. 머리 위로 거센 물줄기가 콰르르 쏟아져 내렸다.

……으핫, 차가워! 추워!

장담하는데 속옷까지 싹 다 물 먹었다. 얼음을 씹은 것처럼 달달 떨며 위를 쳐다보자 곧 자신과 똑같이 꼴로 쫄딱 젖어 버린 남자의 모습이 눈에 들어왔다.

뭔가 굉장히 미안해졌다.

"저기, 늦었지만."

정윤은 쭈뼛거리는 손가락을 들어 그가 말했던 나무를 가리켰다.

흠뻑 젖은 남자는 말없이 그녀가 가리킨 방향으로 고개를 돌렸다. 그의 옆모습으로 턱선을 타고 쉴 새 없이 떨어지는 빗물이 보였다.

무심결에 정윤은 침을 꿀꺽 삼켜버렸다.

"그래도…… 갈래요?"

이제까지 남의 호의를 뻥뻥 찬 주제에 막상 먼저 꺼내놓고 보니 거절할까 조마조마했다.

남자는 대답하는 대신 고개를 크게 끄덕이곤 입술에 흐르는 빗물을 손등으로 닦으며 자신이 앞장서겠다는 뜻의 작은 미소를 띠었다.

'뭐, 뭐야, 저건. 미남계야 뭐야.'

비 맞고 청초해진 남자가 제공하는 친절이란, 정말이지……. 정윤은 두 손으로 뺨을 짝짝 가볍게 두드렸다.

* * *

굵기가 오락가락하면서도 비는 생각보다 더 끈질기게 지속되었다.

이미 머리끝부터 발끝까지 흠뻑 적셔졌기에 덜 맞는다고 큰 의미는 없었지만, 넓게 펼쳐진 나무의 밑이 두 사람분의 자리를 넉넉히 마련해준 덕분에 제법 운치 있는 풍경을 감상하게 되었다.

승학은 물기에 녹는 세상을 바라보다가 곁에 선 여인에게로 소리 없이 눈길을 내렸다.

멍청한 생각이었지만 숨죽여 자던 모습에 혹시 사람이 아닌 존재가 아닐까 의심했었는데, 이렇게 옆에서 커다란 눈알을 굴리고 있는 것을 보니 알 수 없이 마음이 들떴다.

처음 봤을 때는 그 감긴 눈만 보아도 구슬퍼 보여서, 그 속도 슬픔으로 잠겨 있을 거라 지레짐작했었다. 하지만 실제로 목격하게 된 여인의 눈망울은 깊고 반짝이는 우물이었다. 고집도 있고 엉뚱한 구석까지 엿보였다.

빗물이 나뭇잎을 타고 발치로 침범한다. 승학은 말없이 한 발자국을 앞으로 나아갔다.

바깥쪽에서 튀던 빗물이 줄어들고 태산 같은 등판이 나타나자 정윤은 눈꺼풀을 끔벅였다.

'막아 주는 건 고맙긴 하지만.'

넓은 등이 가로막으면서 쌩쌩 부는 바람까지 차단되어 보온 효과도 있었다. 하지만 이런 조건 없는 선의가 좀체 익숙지가 않았다. 그다지 빨리 뛰는 것 같지도 않은 심장 소리마저 거슬릴 지경이었다. 정윤은 사춘기 무렵의 소녀 같은 심정이 되어 목덜미를 굵적였다.

이런 비슷한 상황을 책에선 주로 뭐라고 묘사했더라.

남자가 숙맥인 것처럼 보일 때는 그 주도면밀함을 의심하라 했던가. 하지만 이 사람은 그렇게 부도덕한 자로 보이지는 않는다. 딱히 의심할 만한 징후가 포착된 것도 아니고. 정말 모르겠다. 정윤은 넓은 등을 노려보며 갈팡질팡했다.

마침내 고민을 끝낸 그녀가 남자의 팔꿈치 쪽 옷을 아주 찔끔 잡아당겼다.

"옆에 계셔도 되는데요. 그렇게까지 앞에 나가 있지 않아도."

작은 손짓에도 그는 곧장 뒤돌아보았다.

"아닙니다. 괜찮습니다. 제가 좋아서 나와 있는 것이니 소저께선 심려치 않으셔도 됩니다."

그러더니 왜 그런 말을 했는지 안다는 듯 부드럽게 웃으며 사양한다. 말할 때마다 예의를 갖춘 작은 미소를 짓는 건 그의 습관인 것 같았다. 특별한 감정이 담긴 것도 아닌데 꽤나 사람의 마음을 심란하게 했다.

역시, 나와는 부류가 다른 종자. 정윤의 미간에 꾹 홈이 파였다.

"우중충한 날씨가 취향인가……."

"예?"

"습하고 축축하고 뭐가 좋다고……."

구시렁대며 한 혼잣말이었지만 승학은 들어 버렸다. 무엇 때문인지 슬그머니 꼬여 있는 듯한 표정까지도 목격했고.

그가 슬쩍 웃으며 쳐다보자 그녀는 무슨 정화의 빛이라도 받은 사람처럼 황급히 시선을 옆으로 빼 도망쳤다.

부끄러워하는 게 보여서 입가가 느긋하게 펴졌다.

"취향은 아니지만 조금…… 예, 조금 그런 것 같습니다. 제가 좋아하는 것 같군요."

비 때문에 의도하지 않았던 인연을 두 번씩이나 마주친 건 아주 특별한 일이었다. 나쁘지 않았다. 그는 다시 만나게 된 그녀가 까닭 없이 반가웠다.

"좋아하는 것, 같다고요?"

어느 곳 하나 그늘지지 않은 얼굴이 거리낌 없이 속내를 고백하며 멋쩍게 웃자, 정윤은 불시에 귀 끝에 불이 붙었다.

미쳤나 보다, 진짜. 이 사람 정말 미남계가 맞았나 보다.

어쩜 사람이 눈 하나도 깜박 안 하고 똑바로 쳐다보면서 좋아한다는 말을.

그에게 의심할 만한 점이 없다고 생각했던 건 완전히 오판이었다. 그는 요주의 인물이었다.

정윤은 꾹 입을 다물었다.

* * *

비는 그쳤지만 해는 여전히 구름에 가려져 있었다. 바람이 불면 살갗에 비벼지는 기온이 서늘하다. 정윤은 축축한 팔뚝을 문지르며 뒤를 의식했다. 가까운 것과 먼 것 사이의 적정한 간격을 유지하며 그 사내가 뒤따르고 있었다. 멀찍이 동행하는 수준이랄까. 어차피 가는 길도 이것 하나뿐이었지만.

그렇게 애매한 상태로 얼마간 같은 길을 걷다가 예고 없이 갈림길을 마주했다. 그것이 불시였던 건 당연히 이번에도 따라올 거라 생각했던 정윤의 짐작이 깨졌기 때문이었다.

북문 앞에서 승학은 정윤과는 다른 길을 택했다. 도성 안으로 되돌아가는 그녀와 달리 그는 이미 시장이 파해 한산해진 공터로 목적지를 잡았다.

"바래다 드리지 못해 죄송합니다."

일정하게 유지되던 간격에서 몇 보를 좁혀 다가온 그는 미안한 표정으로 말했다. 그러더니 부산스럽게 옷 속을 뒤적여 이내 무언가를 그녀의 손에 안겼다.

따뜻하게 데운 콩으로 가득 찬 귀주머니였다.

"이걸 가지고 가십시오. 제 일행에게서 얻은 것이니 편히 쓰셔도 됩니다."

"일행이 계셨습니까?"

"예, 함께 온 사람들이 있습니다."

"아아……."

멋대로 착각했으면 큰일 날 뻔했다. 같이 온 사람이 있었구나.

정윤이 멀거니 끄덕일 뿐 섣불리 받지 못하자 승학은 다시 한번 확실하게 그것을 그녀의 손아귀에 넣어 주었다. 내내 조심스럽게 대했는데 마음이 급하니 행동이 앞섰다. 이렇게 허무하게 헤어지는 것에 대한 아쉬움도 있었던 듯했다.

손바닥 안쪽에 주머니를 밀어 넣고 꼭 말아 쥐게 하자, 새 나온 열기가 겹쳐진 두 사람의 손을 동시에 따뜻하게 달궜다.

"연일 비를 맞으셨으니 몸을 따뜻이 하셔야 합니다. 그럼 살펴 가십시오."

연일? 무심결에 주운 단어에 정윤은 멍해 있었던 정신이 깨어났다. 때를 놓치지 않고 물었어야 했는데 고개를 들었을 때 승학은 벌써 발길을 재촉한 다음이었다. 그녀는 반사적으로 팔을 내밀어 스치는 옷자락 끝을 잡아당겼다. 손가락에 걸린 사소한 이끌림에도 다행히 그는 돌아봐 주었다.

"저기요……"

"도련님!"

그를 부르는 상반된 목소리가 짧은 순간에 교차했다. 그를 기다리는 수십의 사람들이 뒤편에서 어른거리는 것이 보였다.

오래 붙잡아선 안 된다는 걸 바보라도 알 수 있었다. 어떡하지. 어떡하지. 고민하는 사이에 빠르게 말이 튀어나왔다.

"댁을 알려 주시면 돌려 드릴게요!"

몇 마디 섞었던 것 중에 가장 큰 목소리로 외쳤던 것 같았다. 머무르는 시선에 구김 없는 온유한 빛이 일렁이더니 그가 명료한 발음으로 답했다.

"세운동의 첫 번째 곁골목 집입니다. 저는 이승학입니다."

그는 그러지 않아도 된다거나, 필요 없다는 식으로 거절하지 않았다. 자신을 밝히는 것도 망설이지 않았다.

그리고는 자연히 돌아올 정윤의 소개를 기다리는 듯 거기에서 또 잠시 귀한 시간을 지체해 주었다. 정윤은 '저는' 하고 입을 벙긋하려다가 뒤늦게 무언가를 깨달아 턱을 숙여 회피했다. 기대와 다른 침묵을 물고 있다가 결국엔 다른 대답을 뱉어내야만 했다.

"예, 그곳으로 돌려 드리겠습니다. 고맙습니다. ……공자."

그래, 공자. 남자는 귀족이었다. 행동거지만으로도 이미 알았는데 이름을 들은 순간 완전히 확실해졌다.

나는 해가의 사람. 아래로는 우러름을 받고 위로는 동족의 혐오를 받는 대상.

정윤은 친절했던 그의 태도가 제 소개를 듣는 순간 일그러지는 것을 보고 싶지 않았다.

"조심히 가십시오."

후일을 기약할 수 있었던 인연을 단절한다. 떠올랐던 의문 역시 묻어 버렸다. 그가 준 호의에 대한 최선의 답례였다.

* * *

"으드드드."

이상한 신음으로 기지개를 켜던 정윤은 습관처럼 뒷머리를 쓱 문지르다 그대로 돌처럼 굳었다.

어? 이상한데? 힐끗, 눈동자가 재빠르게 움직였다. 창가에서 스며들어온 햇빛의 길이를 눈대중으로 재어 보니 방의 절반이나 환하게 물들어 있었다.

왜지? 이해할 수가 없다. 정윤은 확인 차 이불을 젖히고 동창으로 걸어가면서 연신 뒤통수를 손으로 턱턱 쳐 댔다.

"하나도 안 아픈데. 이상하다."

그녀의 아침은 늘 뒤통수의 당김으로 시작되었다. 정확히는 그 당김이 늘 눈을 뜨게 했다. 하지만 오늘은……. 밀어낸 창밖에는 분주히 움직이는 일꾼들이 있었다. 태양의 위치는 정수리 꼭대기. 누군가가 부스스한 머리의 정윤을 보곤 대단도 하다며 말 걸어 왔다.

"이제 일어나신 겁니까? 어제는 들어오자마자 주무시더니 그렇게 오래 자면 허리 안 아프십니까?"

"응, 안 아픈데. 왜지."

"저한테 물으셔도 어찌 압니까."

"왜 안 아플까."

"예예. 안 아프셔서 좋으시겠습니다."

"진짜 안 아프다고. 장난하는 거 아니야."

"안다니까요. 늦잠 주무셨으면 그만 부지런히 일어나세요."

"그래, 나 늦잠까지 잤지?"

세상에, 아픈 구석도 하나 없는데 영광스럽게도 늦잠까지 잤다. 이 무슨 완벽한 조합이람. 정윤은 손바닥으로 입을 가리며 말을 잇지 못했다.

통증 하나 없이 늦잠이라는 호사를 누리다니. 이런 완벽한 기상을 믿을 수가 없다. 족쇄가 사라지니 보는 눈도 달라지고 코로 들어오는 공기도 상쾌했다.

늦게 일어난 세상이 이렇게나 아름다웠다니.

"……해방됐잖아."

드디어 해방됐다. 알 수 없었던 끈질긴 병마와의 종전이었다.

* * *

양팔을 팔랑팔랑 흔들고 걷는 탓에 넓은 소매가 날개처럼 움직였다. 모자란 사람처럼 실실 쪼개고 다니다가 넘치는 기쁨을 주체하지 못하고 외출에 나선 길. 자축도 할 겸 전처럼 세책방이나 들러 볼까 하는 충동이 들었다.

아, 늦게 시작하는 하루는 이렇게 행복한 것이로구나. 기회가 없어서 그동안 확인을 못 해봤지 자신은 역시 게으르고 나태한 생활이 몸에 딱 맞는 체질이었다.

정윤은 폴짝거리는 걸음걸이로 내리막길을 뛰어 내려왔다.

그 고개 너머에서 '조심하세요!'라는 새된 외침이 울렸다.

고삐 풀린 달구지가 덜컹대며 경사면을 미끄러져 내려오고 있었다. 실려 있었을 짐은 몇 개 떨어져 나가 위협적으로 구르고 있다. 무게감이 있어 정통으로 부딪히면 치명타였다.

그나마 인적 드문 길이란 게 다행이었을까. 주위에는 그녀를 제외하면 멀리 지나가는 아낙과 지팡이를 짚은 노파 하나뿐이었다.

아낙은 거리가 있어 위험하지 않고 노파가 있는 뒤편까지는 속도가 줄어서 도달할 것이다. 위험에 노출된 것은 그녀의 위치가 유일했다.

달구지가 쏟아질 지점을 가늠하며 정윤은 가볍게 몸을 날려 피했다. 잠시 후 묵직한 것들이 엉켜서 박살이 나고 뿌옇게 먼지가 피어올랐다. 아이고! 하며 아픔을 호소하는 신음이 지척에서 고막을 찔렀다.

"언제 이쪽으로……"

정윤은 고개를 갸웃거렸다.

"내 허리!"

노파가 쓰러진 채 허우적거리고 있었다. 마지막으로 봤을 때 이것보다 훨씬 더 뒤에 있지 않았던가? 그리고 무엇보다 부딪히지도 않았는데!

"이건 내가 잘못한 거야?"

황당한 혼잣말이 튀어나왔다. 그걸 어떻게 받아들였는지 할머니는 발끈했다.

"고얀 녀석! 네가 갑자기 내 앞으로 펄쩍 뛰어온 바람에 내가 놀라 나자빠지지 않았느냐!"

"말도 안 돼, 이걸 내 탓을 한다고?"

이후부터는 '나 죽네'로 시작하는 드러눕기 식 통곡이었다. 어쩔 수 없다는 듯 짧게 탄식을 내뱉은 정윤이 상태를 보고자 몸을 숙였다.

턱. 대뜸 투박한 손이 팔 위로 올라왔다.

······뭐 어쩌라고. 정윤은 딱 그런 눈빛으로 쳐다봤다. 그러나 노파는 그런 의문 따위 안중에도 두지 않으며 나뒹굴던 지팡이를 다른 쪽 손에 잡은 뒤 낑낑대며 바닥을 짚고 일어나려 했다.

한 손에는 정윤의 팔, 다른 손에는 지팡이. 엉겁결에 지지대로 사용된 팔뚝으로 부지불식간에 빠개질 듯한 압박이 실려 왔다.

"아야야."

무슨 노인이 이렇게 힘이 세. 눈물이 찔끔 고인 눈으로 째려보자 노파는 그보다 더 버럭 화를 냈다.

"제대로 부축해야지!"

"아니, 내가 왜······."

억울해서 한순간에 공경의식을 버렸다. 도의상으로 대접했던 배려, 그것도 조금 버렸다. 다음으로 제게 걸쳐진 이 몸뚱이만 버리면 되는데 떨쳐내려는 순간 팔 위에 있던 손이 어깨 위로 올라가 꽈악 그녀를 옭아맸다.

"아····· 아악!"

전과 비교도 안 되는 아귀의 세기였다.

이건 부축이 아니라 결박이다. 뒤늦게 도달한 결론에 뒤통수를 얻어맞은 것 같았다.

높은 확률로 사기꾼 아니면 날강도이려나.

물에 빠진 걸 구해 놨더니 턱주가리를 얻어맞았다는 게 이런 기분일 것 같았다.

"뭐야, 멀쩡하잖아."

심지어 아프다고 떼쓰던 얼굴도 아니었다. 뭘 당당히 요구하는 뻔뻔한 낯짝이었다.

"얼마 내놓으라는 그런 시시한 소리는 안 한다. 그냥 바래다줘라. 혼자는 못 가. 누가 부축해줘야 가지."

"웃기지 마. 힘이…… 으윽."

정윤은 다시 한번 내팽겨치려 했지만 자신보다 더 강력한 힘 아래에 탈주하지 못하고 도로 원상 복귀했다.

"아픈 노인네를 버리려고 했냐? 이 가시나, 인성."

노파의 상태는 완전히 호전되어 있었다. 아니, 호전된 게 아니라 그냥 호전적이었다.

누가 아픈 노인이라는 건가. 헛소리를 한다. 정윤은 지지 않고 대들었지만 억지 배웅은 이미 발을 뗀 순간부터 타의적으로 실행에 옮겨지고 있었다. 할머니는 한사코 집에 간다고 했고, 정윤은 한사코 거부했지만 최종적으로는 그녀가 질질 끌려가게 됐다.

도중에 틈이 생길 때마다 빠져나가려고 했지만 어떻게 알아차리는 건지 귀신같이 잡아다가 구속했다. 아주 기가 막힌 강도였다.

"친한 척 어깨 잡지 말지그래."

"꿍얼꿍얼. 웅얼웅얼. 조용히 좀 가면 안 되겠니?"

"허튼짓하지 마. 당신 누구야?"

"너한테 부축받고 있는 사람이지."

"부축해 주는 사람을 이렇게 대하나? 고맙다는 느낌이 전혀 없는데."

"물건 받기 전에 돈 주는 손님 보았니? 값은 일 끝나고 치르는 거란다."

뭐지, 이거 진짜. 굴욕적이지만 체력적으로 뒤집기가 안 돼서 정윤은 입으로 쉬지 않고 쏴댔다. 어디로 끌려가는지 두 눈 시퍼렇게 뜨고 길을 외워가며 어르신에게 하기에는 다소 좋지 않은 악담도 두어 마디 했다.

노파는 그런 걸 어린아이 간지러움 정도로 치부했지만 그래도 꼬박꼬박 응대해 주었고 간간이 칭찬 비슷한 얘기를 던지기도 했다. 그래도 철없이 '내가, 어? 누구 집 딸인데! 어? 감히, 어?! 내가 누군 줄 알고!' 적어도 이런 소리는 안 한다고.

"그만 좀 나불거려라. 다 왔으니까. 저기다."

거의 허물어져 가는 초가집 앞에서 노파는 싸리문을 턱짓으로 가리켰다. 정윤은 주변을 훑으며 수상한 흔적이 있는지부터 살핀 후 매복이나 함정은 없다는 것을 확인했다. 평범한 동네에 평범한 인가다. 실제로 사람도 살고 있는지 부엌에는 연기가 나고 있었다.

"이런 것도 집인가?"

와하하. 그러고 나선 신나게 비웃었다.

그녀로 말하자면 부유한 집안의 유복한 가정의 딸로 형편으로 사람을 무시해선 안 된다는 윤리를 부모에게 귀에 박히도록 들어왔지만, 알게 뭐람? 싹 다 무시했다. 그녀는 노파의 빈정이 팍팍

상하도록 끼룩대며 비웃었다.

"이 못된 가시나가…… 아이고!"

그리고 그런 제 반응에 노파가 쌍심지를 치켜세울 때 기회를 놓치지 않고 있는 힘껏 무거운 몸뚱이를 바깥으로 돌진해 쳐냈다.

"세상에! 노인네를 땅바닥에 패대기쳐!?"

과연 튼튼함을 예상했던 대로 노파는 금방 자리를 털고 일어섰다. 심지어 굴러간 지팡이를 주워 정윤의 이마를 콩 하고 찍었다. 반발하려던 정윤은 가뿐하게 멀어져 가는 지팡이의 존재를 인식하곤 순간 터트리려던 성화를 목구멍으로 삼켰다.

그보다 더 중요한 의문을 목격했기 때문이었다.

"……허리를 폈어?"

"그래, 폈다. 망둥이 같은 네놈 등짝이랑 이 쓸모없는 지팡이를 잡고 오느라 내가 진이 다 빠질 지경이다."

노파는 대수롭지 않게 대꾸했다. 들통난 김에 구부정했던 허리마저 빳빳하게 펴더니 몸을 의탁해 온 지팡이를 자기 손으로 먼저 버렸다.

할멈이, 연기를 했다.

정윤은 삽시간에 날카로운 방어태세를 갖추며 물러섰다. 가장 먼저 출구부터 수색했고 주변에 무기로 응용 가능한 물건이 있는지를 살폈다.

상황이 이렇게 됐는데 경계를 하지 않는 게 더 이상하다. 의도적인 접근이었다는 건 알았지만 범인이 지나치게 노골적으로 굴고 있었다. 쫙 펴진 척추의 노인이 안으로 들어서며 손짓했다.

"뭘 그러고 서 있니. 들어와라."

장난하나. 이러고서 날 초대한다고. 정윤은 묵묵부답으로 일관
하면서도 노파의 정면으로 겁 없이 진격했다. 당연히 초대에 응하
려는 건 아니고 뒷덜미를 쳐 기절시킨 후 어디론가 데려다 캐물
을 생각이었다.

휙! 턱!

……이익.

"왜, 너 내 머리통이라도 후려치려고 하니?"

잡힌 손목이 허공에 막혀서 부들부들 경련했다. 그 바람에 소매
춤 아래로 감춰져 있던 독바늘이 고스란히 노출되어 버렸다. 사람
을 빠르게 기절시키는 예리한 독침이었다.

정윤은 몸을 꺾어 벗어난 뒤 크게 숨을 들이켰다. 급습을 막아
놓고도 노파는 혀만 찰 뿐이었다.

"그런 장비는 항상 갖추고 다니는 거냐? 딱하다고 해야 할지 독
하다고 해야 할지. 쯧."

노인은 별일 아닌 것 마냥 다시 안쪽으로 걸었다.

대체 저따위 무시는 뭐고, 저런 태연한 말투는 또 뭐란 말인가.

흔들린 호흡을 정돈하고 정윤은 감췄던 독침을 이번엔 대놓고
손가락 틈에 끼웠다. 망설임 없이 한 걸음, 두 걸음을 전진한다.
속도는 전보다 더 빨랐고 조준은 몇 배나 더 세밀해졌다. 기어코
그것이 맨살에 도달하려는 찰나 집 주변으로 여러 명의 기척이

집중되는 것을 느꼈다.

"……!"

날카로운 무언가가 바람을 가르는 소리를 듣기 직전에 앞으로 포복하듯이 엎드렸다. 촉이 반짝이는 화살이 등허리 위로 한 뼘을 띄우고 지나갔다. 바로 몸을 굴려 일어나 방향을 뒤집어 뛰었다.

더 많은 인원과, 더 빽빽한 집중과, 더 견고한 포위가 밀려온다. 아까까지는 전혀 느껴지지 않았던 그물망이다. 정윤은 그 즉시 노파를 포획하려던 계획을 버리고 안전한 탈출로 목표를 전환했다.

초가지붕 위에서부터 갑주를 걸친 장정들이 일렬로 내려왔다. 포위에 앞서 퇴로부터 봉쇄하겠다는 훈련된 자들의 움직임이었다.

그저 칼을 쓰고 활쏘기를 조금 능숙히 한다는 것뿐 정윤은 무림의 고수 따위가 아니었다. 날고 긴다고 해도 뚫고 나가기 힘든 상황에 일은 자꾸만 어려운 쪽으로 굴러갔다.

상대의 의중을 파악하며 기회를 엿봐야 할까. 아니면 소란을 일으켜서 이목을 집중시켜 볼까. 가짓수를 점치던 그녀는 일단 달리기를 그치고 힘을 비축하는 노선을 골랐다. 그러자 노파가 느긋하게 다가와선 다시 그녀의 어깨에 손을 짚었다.

"아무리 봐도 안 되겠지? 그래, 근력이 부족하면 그렇게 전략이라도 짤 줄 알아야 난투에서 살아남는 거란다."

이 순간에는 별로 듣고 싶지 않은 평가였다. 이 망할 사기꾼이. 험한 언어를 구사하며 매섭게 노려봤지만 뒷덜미를 잡혀 억지로 콱 눌려졌다.

사방에서 조여들던 움직임들이 군데군데로 퍼져 나가더니 곧 각자의 자리에 붙박인다. 뭐지, 잠잠해졌는데? 그런 생각이 스쳤을 때 한가한 말발굽 소리가 귓등을 두드렸다.

"오, 잘 데려왔는가?"

굵직한 음성의 남자 목소리였다. 정체를 확인하고자 정윤은 숙여진 머리통을 치켜들려 했다. 하지만 반쯤 올라왔다가 도로 확 짓눌렸다. 울컥해서 고개를 트니 저와 마찬가지로 노파가 옆에서 상체를 깍듯하게 굽히고 있는 것이 보였다. 심지어 어조도 공손했다.

"예, 데려왔습니다. 근데 이거 성질이 아주 개차반인 가시나입니다. 우리 손자 놈이 두들겨 맞고 왔다고 해서 제가 직접 보러 왔는데 이 늙은이에게도 숭한 짓을 서슴지 않더군요. 몇 번이나 위협을 받았는지, 원."

예는 갖췄지만 어디로 봐도 고자질이었다. 말에서 내린 사내가 저런, 하고 노파를 걱정하는 것도 가증스러웠다.

아니, 지금 위협을 받고 폭력에 억압된 건 너희들이 아니라 나인 것 같은데? 정윤은 어금니를 깨물며 땅바닥을 노려보았다. 쪼들리는 상황이라 참고 숙여야만 했지만 이 알 수 없는 집단의 짓거리를 용납할 수가 없었다.

머리 앞까지 고급스러운 신발코가 다가왔다. 정윤은 그를 노리기로 했다. 진짜 실세는 이놈이라고 신경이 펄떡대며 폭주하고 있었으니까.

정강이를 걷어차서 바닥에 꿇리면 턱 밑에 독침을 꽂아서 포로로 삼아야지. 한 발만 더, 거기서 한 발만 더 다가와라.

거리를 재는데 입안이 바짝 말랐다.

마침내 다리를 올려 그대로 걷어차려 한 순간이었다. 하지만 사치스러운 신발이 조금 더 빨랐다. 화려한 무늬의 가죽신이 그녀의 들썩거리는 치마 단을 밟고 있었다.

"허허, 들은 대로 숭하구만."

나올 길이 막힌 다리는 애꿎은 제 치마만 부풀리고 말았다. 신발의 주인은 그녀의 발칙한 짓거리를 즐거운 웃음으로 넘기며 사뿐히 발을 뗐다.

"내가 그대를 만나고자 술수를 꾸며본 것이니 너무 노여워 말라."

* * *

밖에 최소 서른에 가까운 군사들이 무장해 있을 줄로 아는데 느끼기에는 외딴섬이나 다를 바 없었다. 독 안에 든 쥐보다 더 몸을 사리는 기민한 고양이의 잠복에 정윤은 진저리를 쳤다.

"언제까지 그렇게 멀뚱히 서 있을 텐가?"

다담상 위에서 찻그릇이 달깍였다. 구멍을 기운 방에 단둘뿐인데 그녀가 우두머리로 지목한 사내는 경계심이 없었다. 정윤은 그가 엄격한 다례를 지켜 차를 한 잔씩 우려내는 과정을 선 채로 주시했다. 심장은 터질 듯이 세차고 몸은 정반대로 차갑게 식는다. 손짓으로 착석을 권유하는 상대의 팔목에 샛노란 금색

안감이 슬쩍 보였다가 사라졌다.

……황제가 자신을 찾아왔다. 궁 밖에서 사적으로.

왜?

비 오는 날의 지렁이처럼 최악의 가정들이 머리를 들고 불쑥불쑥 솟아났다. 목에 칼이라도 댄 사람처럼 창백한 낯으로 자리에 앉자 황제가 허심탄회하게 웃었다.

"내가 누군지 아느냐?"

알지, 그럼. 알아 달라고 이러는 거 아닌가? 정윤은 삐딱한 시선을 치켜올렸다.

"궁에 거하시는 분인 듯합니다."

"그래, 그곳을 집으로 삼고 있지. 별로 놀라지 않는군."

"놀라기보단 화가 났습니다만."

황제의 권위가 무소불위의 힘이라고는 생각하지 않는다. 그 자리는 찬탈당하는 자리다. 그가 원한다고 만날 수 있는 상대가 아니듯이 그도 원한다고 누군가를 멋대로 만날 수 없다.

멋대로.

건방지게. 정윤은 무엄한 속사정을 숨기지 않았다.

"저를 만나고자 하신듯한데 동원하신 수법이 아주 불쾌했습니다."

"감히. 네가 누구 앞에 있다고 생각하는 거냐. 언사를 가릴 줄 모르는구나."

황제는 크게 헛기침을 했다. 상극되는 기운이 힘겨루기를 시작하면서 잔잔했던 차의 수면이 파동을 일으키며 덜컹거렸다. 사족을 떼고 먼저 종이 쪼가리를 집어던진 건 그였다.

정윤은 힐끔 보았다가 흙빛으로 굳었다. 서체를 구분하는 데에 큰 재능은 없었지만 이 불안정한 필체의 흔적이 누구의 것인지는 잘 알고 있었다.

오른팔이 잘려 뒤늦게 왼팔로 익힌 글씨체였으니까.

"제 아버지께 무슨 짓을 했습니까?"

또, 당신들이 또 내 아버지에게. 흔들리는 물음의 끝이 불같이 타오르기 전에 황제가 동요 없이 찬물을 끼얹었다.

"긴히 전한 말이 있어 서한을 보냈을 뿐이다. 한데 아주 몹쓸 답이 돌아왔더군. 처음엔 생각할 시간을 달라기에 그러마고 하였더니 결국엔 이런 고약한 거절을 가져왔어."

황제는 던졌던 서찰을 도로 회수해 다시 눈으로 살피는 듯했다. 구구절절 피를 바른 듯한 촌철살인의 문장들이다. 거기에 담긴 건 진노가 섞인 거부였다.

그를 바라보는 정윤의 머릿속으로는 일전에 할아버지께 들었던 하문이 스쳐 지나갔다.

― 혹 근래에 낯선 이가 접근해 오거나 만남을 청한 적은 없었느냐?

― 그렇다면 알지 못하는 자에게 서찰을 받은 적은?

― 누군가가 너희의 주변을 맴돌거나 관찰한다는 느낌도?

이거였구나. 실수를 자책하는 새에 황제가 얼굴을 바꿔 이야기했다.

"그러니 유인한 수법이 불쾌했을지라도 이해를 하도록 하라. 짐도 불쾌했던 건 마찬가지니."

"저를 회유하고자 오셨습니까?"

"호."

직설적인 화법에 황제가 웃었다.

"통할까?"

"통촉해 주십시오."

"뭘 통촉하라는 거냐? 너나 통촉해라."

그녀의 감정 상태가 요동치고 있는 게 보이는지 그가 찻잔까지 밀어 주며 너스레를 떨었다. 마음을 좀 다스리고 차 한 모금이라도 입에 대 보라면서.

"꽤 재밌는 일을 저질렀더군."

재미있는 일? 정윤의 눈썹은 움찔했지만 손은 태연히 찻물을 들이켰다.

"규수의 삶에 재미있고 없고가 어디 있겠습니까. 그저 소소한 일거리나 즐길 뿐이지요."

"소소하다고 하기엔 결과가 너무 과한 것 같던데?"

쪼르륵. 황제가 비지 않은 찻잔에 새로운 찻물을 따라주었다. 뜨거운 물이 범람하는데도 그는 계속해서 부었다. 시선이 아래가 아닌 서로의 눈동자를 직시하고 있기 때문이었다.

네가 벌인 일을 알고 있어. 그래, 여기서부터 시작할까? 그런 도발하는 음성이 눈앞에 선연했다.

마침내 물이 뚝 그치며 흥건한 찻상에 주전자가 내려놓아졌다.

"짐에게는 신하들을 보살펴야 할 의무가 있다. 이건 하기 싫어도 어쩔 수 없이 해야 하는 것이지. 군주가 되었으니 말이다."

"그렇습니까."

"그래, 그러니 그들 수십이 한꺼번에 반병신이 되어 버리면 내 처지가 얼마나 곤란해지는지 알기나 하느냐?"

"뭐, 그러실 것 같기는 하군요."

"그 일할 수 없는 병신들을 쫓아내는 데에도 눈치를 봐야 하는 게 임금의 노릇이다. 쫓아낸 다음의 일도 문제지. 하루아침에 생겨버린 그 많은 공석들은 이제 어찌할 것이며 당장에 구멍이 생기는 일들은…… 가만. 자네는 지금 짐의 수심에 전혀 관심이 없구나."

너라면 있겠냐.

그야말로 남의 사정이니 알 바 아니다. 황제가 나 때문에 고생을 하든 말든 역시 관련 없는 일이고. 황실과는 서로 사이좋게 지낼 만한 관계가 아니었다. 적어도 그들에게 염치란 것이 있다면 말이다.

"어려운 사정은 누구에게라도 있는 법입니다. 허나 각자 자신의 일이 제일 고달프게 느껴질 터이니, 폐하께서도 당연히 수고가 많으시겠지요. 일을 그만두게 된 자들이야…… 글쎄요, 그들에게도 뭐 사정이 있지 않았겠습니까?"

"인생이 그렇게까지 두 동강 날만큼 큰일이었을까?"

"송구합니다. 역시 규방 여인으로만 살아 나랏일에 대해서는 잘 알지 못합니다."

냉소적으로 끊어 먹는 정윤의 대답에 황제는 또 그래, 하고 가볍게 대꾸했다. 모른다 하니 더 캐묻지 않겠다는 식으로. 다만 질문의 방향을 틀었다.

"허면 같은 규방의 여인으로서 그 여식들까지 감쪽같이 사라진 것은 어찌 보느냐."

답이 돌아오기까지 잠시의 공백이 있었다. 텅 빈 무심한 얼굴로 정윤은 입을 열었다.

"그건 처음 말씀하신 일보다는 좀 더 안타까운 사연이군요."

"진심이겠지?"

"그렇습니다."

황제는 쓴웃음을 지었다. 뒤로 젖혀 있던 자세가 앞으로 무너지듯이 쏠리면서 정윤의 귓가에 그의 은밀한 목소리가 스며들었다.

"진심이라 하니 비난하지는 않겠네."

곧바로 때려 오는 단단한 눈빛을 그가 유한 어조로 상대했다.

"짐의 생각을 말해 보자면, 짐은 이 일이 무척이나 의도적이라고 여겨져. 한 명이야 그럴 수 있지. 두 명도 그럴 수 있어. 세 명도, 네 명도. 하지만 스무 명은 아니야. 그런 허황된 우연을 믿기엔 짐은 상식적인 인물이란 말일세."

그러면서 '간도 크지, 구중궁궐을 건드리다니.' 하고 정윤을 보며 중얼거렸다.

"이 일에는 분명한 목적이 있어. 여러 명을 동시에 제거하면서 일부러 이목을 집중시킨달까. 어떻게 보면 시위를 하는 것 같기도 하고. 그렇지 않다면 날 좀 봐 달라고 그렇게까지 기를 쓰면서 악악댈 필요 없잖은가."

또다. 황제는 또다시 도발하고 있었다. 웃으면서, 정윤을 바라보면서. 전부 그녀에게 하는 말이었다.

"예, 그럴 수도 있겠죠. 그럼 짐작하신 대로 그것이 정말 보여주기식 행사였다면 구경꾼들을 떠보려 했던 걸까요?"

"그건 모르지. 떠보는 게 아니라 아예 움직이게 만들려 한 걸 수도 있지 않은가. 두더지를 꺼내려면 어쨌든 구멍을 쑤셔야 하는 법이니."

정윤은 이번에는 쉽게 응답하지 않고 입을 잠갔다. 황제가 모르고 화두를 꺼냈으리라고는 애당초 꿈도 꾸지 않았다. 외려 모르는 것이 더 이상했다. 그의 말마따나 좀 알아 달라고 그렇게나 공을 들였으니까. 하지만 직접 찾아와서 꼬치꼬치 따지려 들 줄은 몰랐다.

숨을 죽이고 저의를 살피고 싶었는데 그가 멈추지 않는 기세로 달려들었다.

"근데 그러다가 다친다?"

"예?"

"겁 없이 아무 구멍이나 찌르고 다니다가 독사라도 걸려 나오면 어쩌려고 그리 활개를 치나? 그땐 혼자 힘으로 감당 못 할 텐데. 짐과 같이 든든한 조력자라도 있으면 또 모를까."

흡사 습격과도 같은 말이었다.

마지막 덧붙임에 황제의 가슴 쪽으로 시선을 낮추고 있던 정윤의 눈이 치솟듯이 그의 눈높이까지 올라왔다. 미동 없이 응시할 뿐인데 서릿발 같은 기운이었다.

"필요 없습니다."

이 갈리는 소리가 흘러나왔다.

"그렇다면 우리의 적수가 같다는 것을 진지하게 되새겨 봐야겠지."

"아쉽게도 우리는 뜻하는 바가 다릅니다."

"짐의 수족이 되면 어떻겠는가."

"……!"

물밑에서 들끓던 위태로움이 드디어 문을 부수고 폭발했다. 정윤은 주체할 수 없는 감정들을 끌어안으며 씹어 뱉었다.

"나는 당신의 개가 아닙니다."

"허, 신랄하구나. 수족이 되라 했지 개가 되라 한 적 없다. 짐은 인재를 구하고 있다."

"제게 이런 제안을 하시는 본심을 알 수가 없군요."

"네 진심이 겉에 배어났으니까."

그가 냉철하게 끊었다가 다시 피식거리며 웃었다.

"너 하고 다니는 짓이 보통이 아니라 사람도 붙여 보았지. 다녀온 놈에게 그 녀석 내 수하로 가져다 쓰려 하는데 어떠하냐, 물었더니 차라리 네 오라비 쪽이 때깔이 낫다며 그쪽을 추천하더군.

널 여기까지 데려온 북진무사도 네 인성이 영 별로라 했던가?"

정윤이 할멈이라 서슴없이 비하했던 그 인물을 가리키는 듯했다. 어쩐지. 황제를 호위하는 무인 출신의 상궁이었다.

"두 사람 다 반대했지만 짐은 그 정도 기개는 괜찮다고 생각한다. 또 때깔이 좋을수록 뺏어오기도 어려울 터."

그래서 실제로는 정윤을 염두에 두었으면서도 해가에 보낸 편지에는 그 집 아들이 탐난다고 언급해 놓았다. 아마 해 씨들은 아들만 열심히 방어를 하느라 딸 쪽의 수비는 소홀히 했을 것이다.

"속된 말로 밑장빼기라고 하지."

황제가 낮게 웃음을 흘렸다.

"짐의 의지와는 상관없이 오른 황좌이다만 허술하게 할 생각은 없다. 내 형님을 사지로 몰고 간 자들이 결국 네가 찾는 그들이 아니냐? 아비의 명예를 복권하고 싶다면 함께 하지 않을 이유가 없을 텐데."

"전 계집이라 써먹기 어려우실 텐데요."

"그게 또 그렇지가 않지."

황제가 호언장담하듯 손사래를 치더니 으슥한 말투를 걸쳤다.

"전쟁의 승리를 결정짓는 게 무엇인가. 얼마나 준비되어 있는가. 그런 준비성 아니겠는가. 나는 자네를 준비시킬 거야. 계획은 짐이 다 세워 놨다. 작전세력은 이쪽이니 걱정할 것 없어. 현장에 투입할 인물이 하나 비어서 구하러 온 것일세. 아, 당연히 충군까진 바라지 않아. 협조만 하도록 하게."

제게 불신이 가득할 게 뻔한데 입안의 혀처럼 굴릴 수 있는 거라고는 기대도 하지 않았다. 그래도 황제는 꼭 이 아이를 데려가고 싶었다.

정윤은 기세 좋게 그를 비웃었다.

"형과 아우가 모두 저희 가문을 무너뜨리려 하시는 겁니까."

"틀렸다. 그 형과 아우가 모두 너희 가문을 필요로 하는 것이다."

"폐하의 얄팍한 양심에 경의를 표하옵니다."

예의를 갖춘 가운데에 다시 시퍼렇게 날 선 기운이 서렸다. 그 한기를 느끼면서도 황제는 물러서지 않았다.

"너희는 살아남았다. 그것이 무엇을 의미한다고 생각하느냐."

"살아남았다 해서 정말로 사는 것처럼 살았다고는 생각하지 마십시오. 겨우 붙든 제 아버지의 목숨줄, 이번에야말로 확실히 끊어 보려 하시는 게 아니라면."

참으로 고약한 아이다. 황제는 끓는 마음으로 눈을 감았다. 처참히 던져진, 버림받은 자의 아이이기 때문에 이리도 고약하게 자랐을 것이다. 아이가 자라 오는 내내 무엇을 보고 느끼며 컸을지 가슴 안에서 선했다.

과거에는 그가 아닌 그의 형이 황위에 앉아 있었고, 그 형이 가신으로 등용했던 인물 중에 바로 이 아이의 아버지가 포함되어 있었다. 임금의 총애가 쏠리면서 잠시 세력이 번창하기도 했었지만 그의 독살과 함께 물거품이 되어 사라져 버린 일가였다.

"지켜주지 못한 것은…… 미안하구나."

"애도는 사양하겠습니다."

"하지만 내 형님의 뜻은."

"과대망상에 젖은 무력한 욕심이었죠."

"……!"

염통을 찌르는 과격한 말이었다. 정윤은 포부에 차 있던 젊은 선황제의 열망을 허튼 꿈이라고 비하했다. 그 꿈에 희생된 것이 내 가족이니, 선황은 감히 죽음으로도 그것을 용서받지 못한다고.

"이……! 이 고약한!"

그 말에 침통했던 황제의 얼굴이 삽시간에 매서운 칼바람으로 가득 차올랐다. 주거니 받거니 하며 맞받아치던 소소한 언쟁은 어느새 승패를 가릴 수 없을 정도로 폭발해 서로의 목을 향해 비수처럼 겨누어졌다.

"치기 어린 녀석 같으니라고! 지난날의 고통 속에서 너희만 불행했다고 생각하느냐? 짐에게도 지난날은 지옥이었다! 감히 선황을 모욕치 말라! 일국을 위해 지혜와 힘을 구하려 하셨던 것뿐이다!"

황제의 말이 끝나자마자 정윤이 독기를 품고 달려들었다.

"일국을 위해? 자기 사람도 제대로 지키지 못하는 황제가 무슨 수로 일국을 위한답니까. 지키기도 전에 다 죽어 버린 걸로 아는데요."

제 앞길 하나도 제대로 치우지 못해 고꾸라진 자가 선황이다. 책에서 주운 낡은 감성을 주워들고 와 겨우 성군 흉내나 내보려다가, 모시던 자들까지 형장의 이슬로 사라지게 한 악귀가 바로 그다. 그럼에도 그는 동정을 받았고, 추앙되었으며, 고이 안식에 잠들었다.

"제 아버지는 살아남아 불명예를 지었습니다."

"……."

"고국의 땅을 밟기까지 우리는 십 년을 돌아왔습니다. 여전히 죄 없이 고개를 숙이게 되더군요. 피폐한 삶이었습니다. 그걸 보상할 수 있으십니까? 어떻게요? 그걸 어떻게?"

당신이 어떻게? 가능할까? 될 거라 믿지도 않는다.

고개를 숙이는 정윤을 보고 황제는 주먹을 쥐었다. 그의 머릿속에 몇 장의 그림들이 스쳐 지나갔다.

제 형님이었던 선대 황제, 황제의 부고를 알리던 그 밤의 북소리, 목을 매단 황후, 의문투성이였던 추국, 그리고 도착한 칙서…….

정윤의 머릿속에도 다른 그림들이 스쳤다.

나무판자로 못 박힌 대문, 화마에 휩싸인 기와, 궁 앞을 가득 메웠던 사람들, 피범벅이 되어 나온 아버지, 말을 잃은 어머니…….

과거를 들추며 서로를 맹렬히 할퀴던 두 사람이 공허한 눈으로 허공에서 마주쳤다. 눈물은 나지 않았다. 어차피 서로는 다를 것 없는 패잔병이었다. 이 자리는 진 사람들이 모여 만든 참회극이다.

"바보 같은 녀석."

자기 자신에게 돌을 던지듯 황제가 고요히 내뱉고 입을 다물었다.

＊ ＊ ＊

- 내 손을 잡거라.

위험한 제안이 있은 지 수일이 흘렀다. 그 후로 더 이상의 만남
은 없었지만 주변에 감시하는 눈이 붙었다는 것은 또렷하게 느낄
수 있다. 권유하는 것처럼 제안했지만 사실상 선택권이 없는 외길
이라는 걸 압박하는 것이다.

정윤은 집 주변을 서성거리는 첩자들을 무시하며 무심하게 문
을 닫았다. 동시에 무채색이었던 얼굴에 찡그림이 올라섰다.

'남은 기한이 보름 정도지.'

황제의 권한 안에 들어가는 방법은 단순히도 하나뿐이다. 과거
를 치르고 등용문에 입성하는 것.

면식도 없고, 이름도 알지 못하는 관리에 의해 천거받은 그녀는
이미 소과를 거치지 않고도 최종 관문인 대과에 응시할 수 있는
자격을 부여받은 상태였다. 당사자인 그녀와는 사전에 논의되지
도 않았던 절차였다.

'막무가내군.'

그렇게 중얼거리며 정윤은 저택 안으로 깊숙이 걸어 들어갔다.

돌아다니는 사람의 수가 점점 적어지고 한적한 기운이 감돌았
다. 정돈되지 않은 발걸음이 소담한 정원을 가로지르고 무성한
수풀가를 지나쳤다.

'우선 짐부터 챙기고…….'

해야 할 일들을 머릿속으로 나열하던 걸음이 서서히 느려졌다.

좁아지는 산책로에 어울려 있는 부모님의 모습이 보였다. 무심코 나무 뒤로 숨었다. 함께 발을 맞춰 걷던 어머니는 아버지의 손바닥에 글자를 써 말을 전한다. 보통 사람들보다 더디게 대화가 오갔다.

처음 보는 광경도 아닌데 목이 메어 왔다.

죽음의 문턱에서 돌아온 아버지는 그 충격으로 말을 잃은 어머니와 두려움에 떠는 자식들을 데리고 죄인처럼 이 땅에서 도망쳤다. 본인의 상처는 꽁꽁 감아 둔 채 밤마다 뒷머리의 통증으로 잠을 설치는 어린 자식을 안고 등을 토닥여야 했었다.

정윤은 그 매일, 매일의 밤들을 기억하고 있었다. 물기 묻은 자장가를 들을 때면 더욱 그 품으로 파고들었다. 아버지는 밤이 무서워 그런 줄 알고 더 꼭 끌어안으며 무한히 노래를 불러 주었지만 그것은 어린 그녀의 원한이 빚어낸 행동이었다.

더 이상 자신을 두 팔로 안아줄 수 없는 아비를 대신해 무언가를 하고자 했던 결심. 도망칠 수밖에 없었던 부모를 대신해 하루하루 악의를 먹었던 새까만 마음.

정윤은 뒤통수를 나무 등치에 짓누르듯이 기대고 턱 막혀오는 가슴을 억눌렀다.

알고 있었다.

제 부모가 바보라서 그리 살았던 게 아니라는 것을.

자식들에게 증오심으로 더럽혀진 모습을 보여 주지 않으려 했던 것이었다. 적어도 자식들의 가슴에만큼은 한 맺힌 응어리를 지어 주지 않고자 애썼던 것이다.

하지만 그 악착같은 노력을, 그녀는 이제부터 무참히 짓밟을 예정이었다.

'믿지 않지만.'

그녀는 황제의 약속을 믿지 않는다. 그러나 황제가 지껄인 말은 실로 옳았다.

정윤은 처음부터 그의 제안을 거절할 수 없었다. 궁으로 들어와도 좋다는 윤허는 그녀가 적의 심장에 침투할 수 있는 유일무이한 기회였다. 오히려 제 쪽에서 넙죽 엎드려 부탁했어야 했을 일이었는지도 모른다.

─ 일국을 위해 지혜와 힘을 구하려 하셨던 것뿐이다!

발을 떼는데 문득 그 외침이 떠올랐다.

일국을 위해.

다시 생각해도 고리타분했다. 발밑에서 짓이겨지는 풀 비린내를 맡으며 정윤은 차올랐던 회상을 털어낸다. 헛소리와 다를 바 없는 들뜬 이상이었다. 현실성이라고는 조금도 없는 괴변이었다.

그러니 그 역시도 믿지 않았다.

그날 저녁 정윤은 제집 담장을 쉽게 타고 넘어 가출했다. 밤낮으로 공부에 매진할 수 있지만 가족들에게는 들키지 않을 만한 장소를 찾아서.

짐을 바리바리 싸 들고 창희의 아담한 보금자리에 쳐들어갔을 때, 그가 울부짖으며 항쟁했지만 부하의 입 하나 다물게 하는 것도 역시나 쉬운 일이었다. 집안이 발칵 뒤집혔다는 소식은 후에나 들을 수 있었다.

- 그렇게 하셔서 붙겠어요?

책 속으로 파고 들어갈 기세인 그녀에게 고기며 과일이며 온갖 좋은 것들을 보양식으로 갖다 바치며 창희는 시시때때로 불신의 목소리를 냈다.

노력은 가상하지만 달성이 요원해 보인다나. 어쨌든 남들은 몇 년씩 준비해서 겨우 가는 길이니까. 하지만 돌아오는 대답은 언제나 확고했다.

- 응, 붙어.

- 세상에는 아가씨 마음대로 되지 않는 일도 있는 거예요.

- 그렇긴 한데 이번 일은 확실하게 내 맘대로 된다니까.

창희는 대체 그녀가 뭘 믿고 저렇게나 기고만장한 것인지 알 수가 없었다. 자기만의 믿는 구석이 있는 듯했는데 도무지 그 구석을 이해할 수가 없었다.

- 어떤 문제가 나올지 이미 알거든.

아니, 그러니까 그걸 무슨 수로요? 몇 번이나 물었지만 그 질문에 대한 설명은 없었다.

3. 다섯 달 전

먼 곳에서 오는 응시자들까지 배려하기 위해 큰 거리의 상점들은 오전 영업을 포기하고 길을 한적하게 비웠다. 평소라면 갖가지 인파로 와글거렸을 장터는 수험자들로 가득 찼다. 다양한 화젯거리가 오갔을 대화 역시도 한 가지의 사건만이 화두에 올랐다.

등용문의 마지막 관문, 대과 당일이었다.

"7소……"

정윤은 7소(所) 3번 자리를 배정받았다. 전날 미리 와서 자리를 확인했는데 막상 당일이 되니 엄청난 인원이 몰려 공기가 벌써부터 후덥지근했다. 응시한 남자가 백 명쯤 되면 개중에 여자는 하나,

둘에 불과할 뿐이라 쏠린 눈초리도 불편했다.

고사장의 첫 번째 문을 넘는다. 이 문을 지나면 소지품 검사가 있다. 붓 뚜껑 속에 숨겨진 쪽지라든가, 예상 답안지가 쓰인 돗자리 같은 부정행위의 물품들은 모두 여기서 압수된다.

곧 이변 없는 확률로 부정입학생이 될 주제에 정윤은 뻔뻔하게도 당당히 신체검사에 응했다. 어차피 물증도 없는 거, 마음대로 뒤져보시라는 듯 봇짐 속에 든 문방사우와 치마 주머니에 넣어둔 부적까지 모조리 선반 위에 꺼내 놓았다.

수색을 하던 하급관리가 4등분으로 접힌 부적을 폈다. 기괴한 그림이었다.

"이게 뭡니까?"

"해탐노화도요."

문자 그대로 두 마리의 게가 갈댓잎을 붙잡고 있는 그림이다. 보기엔 평범한 초충도지만 그림이 가진 상징성 때문에 큰 시험을 준비하는 사람들에게는 부적처럼 여겨지는 그림이었다.

별것도 아닌데. 하지만 관원의 얼굴은 정윤의 태연함에도 불구하고 '이게?' 하는 듯한 표정이 강했다. 마치 이런 괴발새발식 그림을 품고 있으면 액운이 오진 않을까 걱정하는 것 같기도 했다.

"전혀 그런 그림으로는 분간이……"

"아, 그건 내가 직접 그런 거라서 그런 건데."

그래 봤자 미신. 있으면 좋고 없으면 그만인 것에 딱히 소비의 이유를 못 느꼈다. 왜 사? 그리지. 정윤이 돌려 달라며 손을 내밀었다.

"안됩니다. 반입 금지입니다."

그러나 에누리 없이 압수해 갔다. 아무리 봐도 해탐노화도로는 도저히 보이지 않고 그렇다고 정체를 알 수 있는 것도 아니니 의심이 되면 우선 제거한다. 관리의 안전주의 심보에 정윤은 쳇 하고 삐죽거렸다.

허, 참나. 자체 부적, 왜 안 돼?

그녀가 한껏 아니꼬운 얼굴로 입장했다.

* * *

많은 사람들이 일찍부터 도착해 자리를 잡고 앉아 있었다. 정윤은 주변을 대강 정리한 뒤 가부좌를 틀고 쿵쾅대는 가슴을 다스렸다.

이상하다. 긴장한 건 아닌데 그래도 시험이라고 떨리는 걸까. 기묘한 흥분에 주먹을 쥐었다 폈다 하며 밖으로 호흡을 내쉬었다.

어쩐지 신기하고 설레는 기분도 들었다. 이 사람들 사이에 섞여서 과거를 치르고 궐로 들어가게 되면 나도 나랏일을…… 해 보게 되는 것일까. 의미 있는 사람이 되는 걸까.

'아, 맞다. 나 부정입학이었지.'

의미는 무슨. 망상을 키우다가 정윤은 허둥지둥 머리를 내저었다. 보통 사람들의 순수한 열망과 달리 이 시험은 그녀에게 수단에 불과할 뿐이다. 황제 역시 너무 잘하지 않아도 된다고 했고 면치레 정도로도 충분하다고 했다.

'그래, 뭘 기대하는 거야.'

기대할 건 아무것도 없다. 이뤄야 할 목적만 있을 뿐. 제멋대로 부풀어 오른 망상을 힐난하며 문방사우를 나열해 정돈했다. 자극적이지 않았던 아침 식사 덕에 속은 적당히 포만감으로 찼고 더 부룩하지도 않다. 선택한 의상도 편하며 날씨도 선선한 편이었다. 계획대로만 하고 나가면 다 잘 될 일이다.

벼루에 먹 가는 것을 그치자, 종소리가 울리고 과장의 사방 문이 철통같이 닫혔다. 사람들은 약속이라도 한 듯이 모두 허리를 세우고 정좌했다. 곧 키가 높은 관모를 쓴 관리가 황금빛 두루마리를 가져와 조리에 걸었다.

대과의 시제는 전통적으로 황제가 낙점하는 것이 관례. 답안지 역시 황제의 눈을 거친다.

침 넘어가는 소리와 함께 육중한 두루마리가 펄럭이며 펼쳐졌다. 시제가 공개되자 과장 안이 짧은 탄식으로 술렁거렸다.

정윤은 피식 웃었다.

'뭐, 완전 사기꾼은 아니네.'

귓전에 황제가 남기고 간 말이 메아리처럼 울렸다.

- 대과시험의 시제를 짐이 미리 일러주지. 자네의 아비와 나의 형님을 무릎 꿇린 발칙한 것. 그것이 이번 대과의 시제이니라.

정윤은 도장이 찍힌 시권 위로 바로 붓을 들었다. 다른 이들은 몇 번이나 단상 위의 시제를 곱씹으며 되뇌고 있지만 그녀의 머릿속에는 이미 글귀가 박혀 있었다. 보지 않아도 알고 있다. 짜고 치는 부정입학이니까.

《타오르는 해는 새장 안의 새요, 귀밑머리 묶은 아이 바람 앞의 등불이니. 달빛 드는 집 꿈꾸기 어려워라.》

길지 않은 문장은 왠지 손에 만져질 것도 같았다. 그건 가장 높은 자리에서 읊조려졌던 죽은 자의 목소리이자, 그를 추모하는 산 자의 복수심을 닮았다.

정윤은 첫머리에 붓을 누르며 냉소적인 웃음으로 입 끝을 밀어 올렸다.

'두 황제께서 퍽이나 많이 닮으셨네. 그럼 고리타분한 당신들께. 어떤 비책을 마련해 드릴까.'

흰 종이 위에 흘러가는 글자로는 만들지 못할 세상이란 없었다. 그런 것이라도 보여 달라는 그들의 애원을 그녀는 딱하고 가소롭게 여겼다.

들뜬 손이 날 듯이 움직였다.

* * *

각 소를 돌며 매의 눈으로 감시를 하고 있는 해경은 신경이 매우 날카로운 상태였다. 별 볼 일 없는 관아 소속이라고 이런 일에 차출된 것도 짜증 나 죽겠는데 벌써 부정행위를 저지른 놈을 두 명이나 잡았다.

으르렁대는 야만적인 기운에 사람들은 그가 지나가기만 해도 움찔거렸다. 그런 마음을 아는지 모르는지 해경은 조금이라도 수상한 동작이 보이면 득달같이 달려가 상대를 취조하듯 샅샅이 노려보았다.

그가 뒷짐을 지고 조용히 7소(所) 안으로 들어왔다. 찬찬히 시선을 분산시키며 주변을 훑자 머리를 박고 쓰는 이, 반포기 상태로 널브러진 이, 이마를 감싸고 시름에 찬 이 등 다른 곳과 비슷한 광경이 눈에 들어왔다.

'뭐야, 형까지 여기 끌려온 거야?!'

좁은 통로로 나아가다가 불현듯 반대편에서 자신과 똑같은 감독관 복장을 한 승학을 발견했다. 나쁜 새끼들. 미간이 확 구겨지며 낮은 욕지거리가 새어 나왔다.

어김없이 차분한 분위기의 승학은 손을 들고 추가 종이를 요구하는 선비에게 시권을 가져다주고 있었다.

열불이 터진다. 같은 영원서 소속이라도 승학은 이런 일에 잡혀와 부려질 만한 인재가 아니다. 해경이 성마른 걸음으로 따라붙었다.

"형!"

쉿. 그를 알아본 승학은 대답 대신 목소리를 낮추라는 동작을 취했다. 해경이 이를 악물고 복화술로 속닥거렸다.

"왜 여기 있어! 왜 형님이 여기 있냐고!"

"감독관으로 가라고 새벽에 하달이……"

"깡패 자식들이!"

순간적으로 터진 노성에 하얀 종이에 집중돼 있던 눈들이 단번에 와르르 몰렸다. 승학은 크게 질책하는 눈빛으로 해경의 입을 막으며 상황을 재빠르게 마무리했다. 장내의 가장자리로 질질 끌려가며 해경은 거친 숨을 쉬었다.

"우리가 자기네들 봉이야? 하기 싫은 일이나 처리하라 이거야?"

"제발, 제발 조용히 좀 해라."

무작위 선별로 뽑혀오는 감독관에 영훤서 관리가 둘이나 껴 있다. 누가 봐도 고의적이고, 악의적이며 이쪽을 무시하고 깔아보는 태도다. 새삼스러운 일은 아니었지만 해경은 분노했다. 적어도 승학은 여기 있으면 안 되는 사람이었다. 그가 축생들이들만 간다고 소문난 영훤서에 배정된 것은 황제의 의지 때문이었지 그의 능력 부족이 아니기 때문이었다.

"놔 봐, 이것 좀 놔 봐. 가서 따지게."

"제발 가만히……."

날뛰려는 해경과 그를 잠재우려는 승학 사이에 억눌린 실랑이가 벌어지는 와중이었다. 다시 잠잠해진 과장의 한 가운데에서 누군가가 우뚝 일어섰다. 아옹다옹하던 두 사내의 시선이 동시에 그곳으로 내달렸다.

일어나면 부정행위인데? 라는 생각이 들기 무섭게 응시자가 자리를 정리하고 봇짐을 등에 챙기는 것이 보였다. 손에 들린 것은 멀리서 보기에도 꽉 채워진 답안지였다.

둘은 현재 시각을 가늠했다. 이렇게나 빨리? 하는 의문이 들었지만 응시자의 행동은 의심할 바 없이 퇴장을 준비하는 자세였다.

곧 단상 앞으로 향하는 치마가 나풀거리며 즐겁게 흔들린다. 빽빽하게 채워진 시권이 돌돌 말리더니 함 안으로 던져졌다. 통, 하고 작게 부딪히는 소리가 신호탄처럼 들렸다.

"어, 쟤!"

"소저?"

멍하니 눈길로 쫓아 붙던 두 사람은 정윤이 출구를 향해 돌아선 순간 무의식적으로 반응했다. 그리고 아차 한 얼굴로 서로를 바라보았다.

"형이 아는 여자야?"

"알기는…… 안다만. 너는 어떻게?"

"아니, 나도 알기는 아는데."

이걸 친분이 있다고 해야 할지 없다고 해야 할지. 오다가다 스치듯이 만난 인연이기는 한데. 두 사내는 마땅한 해명을 찾지 못해 거기서 입을 다물었다.

그 사이에 벌써 정윤은 거침없는 발걸음으로 과장의 대문을 나서고 있었다. 오늘의 첫 번째 통과자였다. 미련 없이 사라지는 뒷모습을 지켜보던 해경이 퍼뜩 떠오른 듯 옆을 돌아보며 삐죽였다.

"아, 근데. 나더러 조용히 하라더니?"

승학은 여전히 닫힌 문을 바라보고 있었다.

* * *

길거리에 합격자 방이 붙은 지 45일째. 가장 마지막 줄 끝자락에 정윤의 이름 석 자가 올랐다.

예고에 없었던 해가의 출현에 한때 엄청난 소란이 일었고 당연히도 본가는 발칵 뒤집혔다.

한 번 조정에 나갔다가 가문이 박살 나다시피 했는데 그 아비에 이어서 그 딸이 다시 똑같은 소굴에 들어간다. 가문의 입장으로선 용납이 되지 않는 처사였다. 그녀의 비행에 일가의 모든 이들이 경악했고 특히 그 아비인 진영은 졸도와 분개를 반복하며 당장에 찾아 잡아들이고자 했다. 그리고 그때마다 창희는 제집에서 뒹굴뒹굴하고 있을 문제의 인물을 떠올리며 새가슴을 움켜쥐었다.

다행히도 정윤은 그런 가족들의 눈에 발각되지 않고 무사히 첫 입궁에 성공한 상황이었다. 합격자들의 정식 입궁일이라, 외궁에는 합격증인 홍패와 사령장인 교지를 양쪽에 낀 사람들이 한데 뭉쳐 있었다. 그들은 서로 축하를 건네며 덕담을 주고받았지만 그 사이에 정윤을 끼어 주지는 않았다. 자기들끼리 모여 그녀의 배경에 대해 쑥덕거렸다.

들었어? 저 계집애가 해 씨라네. 무슨 낯짝으로 여길 기어들어오나?

바로 뒤에서 자신을 헐뜯는데도 정윤은 들리지 않는 것처럼 하품만 해 댔다.

대수로울 것도 없었다. 해 씨 일족에 대한 우러름이나 애정은 민초들 사이에서나 유효한 것. 망명 출신 가문에 대한 귀족들의 깔봄은 기백 년을 넘게 이어져 온 전통이었다. 겨우 이런 것도 그들의 전통이라 할 수 있다면 말이다.

해서 신분을 유지하되 세상에는 나서지 않는 것이 가문의 신조였지만 그 중립은 정윤의 아버지에 의해 최초로 깨졌다.

하지만 기껏 깨트린 그 중립은 얼마 못 가서 파국을 맞이했고, 그가 모셨던 황제가 죽임을 당함으로써 이제 해 씨에 대한 편견은 단순한 비하에서 미움의 대상으로까지 변질되어 버린 상태였다.

그 아버지에 그 딸. 누군가가 뒤에서 속닥거린 어구가 우스워 정윤은 하품을 하다 말고 픽 비웃었다.

그럼 당연히 부모 자식 간인데. 뭐 별다를 수 있을 거라고 여겼나.

그러나 같은 행보라도 아버지의 뜻과는 다른 심보라는 건 아마 모를 것이다. 제 쪽은 가혹한 쪽이고 악에 받친 쪽이며 목적에 치중한 쪽이다.

정윤은 출사에 기념을 두지 않았다. 그딴 건 그녀에게 아무런 의미가 없었다. 심지어 황제가 내린 주과는 입만 적시고 버렸다. 그런 태도가 더욱 주변의 공분을 샀지만 그리하지 않아도 결과는 별반 다르지 않았을 것이라고 생각했다.

차례가 되어 앞으로 나선 그녀에게 관리는 가시 돋친 눈으로 교지를 전달하다가 힐끗 내용을 확인하곤 숨김없이 고소해하는 표정을 지었다.

"합격을 축하하오. 두 손으로 교지를 받드시오."

정윤은 미동 없는 표정으로 둘둘 말린 사령장을 펴 확인했다.

《영훤서 정구품 급사 해정윤.》

아하. 왜 비웃었는지 알겠다. 정윤은 제게 낙점된 조직의 명칭을 인식하고 쉽게 끄덕였다.

영훤서라니. 쓰레기 관서라고 악명이 자자한 곳 아닌가.

재능 있는 신입을 빼 가기 위한 옥석 가리기 전쟁에서 너도 싫고 나도 싫고 누구도 싫어하는 애들이 떨어지는 곳이다. 한마디로 꼴등 중의 상 꼴등인 떨거지들만 간다 이거다. 그곳으로 발령 나면 승진은 꿈도 못 꾼다고 해서 좌천보다도 더 좋지 않은 조당의 뒷방으로 불렸다.

그런데 관료의 첫 시작을 영훤서에서부터.

비웃은 이유를 알 만했다. 하지만 정윤은 그마저도 개의치 않았다. 그저 든 생각이라곤 귀찮음이 현실로 다가왔음에 끙, 하고 앓았을 뿐.

와, 나 아침에 나올 때도 나오기 싫어서 관복 꾸역꾸역 입었는데.

뒷방이고 나발이고. 집에서도 하지 않았던 일을 이제 여기 와서는 해야 한다. 대신 부려 먹을 창희도 없고 꼼짝없이 독박이었다.

"흐잉."

정윤은 머리를 쥐어뜯으며 영휘서를 찾아 무거운 엉덩이를 움직였다. 이러나저러나, 첫 사진(仕進)은 해야 했다.

* * *

"하?"

현판을 올려다본 정윤의 입에서 김빠지는 소리가 튀어나왔다.

"너무 구린 거 아니야?"

차마 다듬지 못한 속마음도 나왔다.

설마, 여기가 진짜 관부란 말인가. 정말 내궐에 속한 중앙 관서가 맞단 말인가. 썩어 빠진 나무 문턱을 발로 툭툭 쳐보며 정윤은 한숨을 내쉬었다. 아니 뭐, 탄탄대로를 바랐던 것도 아니고 각오도 다 하고 왔는데 내궁 구석에 처박혀선 다 기울어져 가는 문을 보고 있자니 막막함부터 터졌다.

시설도 허름해, 입지도 불안정해. 같이 큰일을 해 보자면서 이런 데다 쑤셔 넣으면 뭘 어쩌란 말인지.

황제의 얼굴을 짓밟듯 문지방을 밟고 들어서며 그녀가 전각 내부에 발을 들였다.

"계세요?"

예상대로 공간은 협소했지만 그나마 안은 정갈하고 깔끔한 편이다.

"아무도 안 계세요?"

그런데 어떻게 이렇게까지 조용할 수가 있지. 방문객이 왔는데 어째 나와 보는 인간이 하나 없단 말인가. 적어도 누가 온다는 연락 정도는 받았을 것인데.

정윤은 주변을 두리번거리며 살폈다. 그리고 곧 사람의 흔적이 적은 것은 단순히 건물이 낡아서가 아니라 여길 드나드는 인원 자체가 소수여서라는 걸 짐작할 수 있었다.

기둥에 걸려 있는 출근부의 기록은 다섯 줄뿐. 공식적으로 다섯 명의 관원이 소속되어 있다는 뜻이었다. 하지만 그나마도 윗줄의 두 명은 그냥 관함만 가진 책임직인지 한 번도 이곳으로 사진과 퇴진을 했다는 기록이 없었다.

'그럼 실제로 사무를 보는 놈이 세 명밖에 없다는 거잖아?'

정윤은 어떻게 할지 고민을 하다가 마침내 결단을 내리고 무작정 첫 번째 방문을 열고 들어갔다.

여기저기 서류 더미가 바닥에 굴러다니는 매우 지저분한 방이라고 생각했는데, 거기서 불쑥 머리통이 튀어나왔다.

"아씨! 깜짝이야! 누구야?!"

황급히 책상에서 일어난 관리는 턱을 괴고 혼자 졸고 있다가 갑자기 나타난 정윤을 발견하곤 버럭 성을 냈다. 서둘러 일어나느라 비대칭으로 기울어진 관모가 그의 너저분한 분위기와 아주 잘 어울렸다.

"아마도 저는 이런 사람일 것 같은데."

그녀가 주섬주섬 교지를 꺼내 배정받은 관청의 글자를 보여 주었다. 그러자 상대의 얼굴이 미묘하게 틀어지더니 잠시 후 정윤의 이목구비를 뜯어보곤 경악스러운 비명을 내질렀다.

"아앗! 너는!"

"너는?"

저를 아십니까? 한 발자국을 다가서며 묻자 그는 즉시 두 발자국을 물러서며 도리질을 쳤다.

"아니, 나는 전혀 너를 알지 못하는데!"

"흠, 그런 장문의 대답은 수상하군요."

혹시 우리 구면이던가요? 그녀가 다시 거리를 좁히며 묻자 아예 후다닥 뛰어 다른 방향으로 도망을 간다. 그러곤 몰라, 하고 같은 말을 반복했다.

먼지가 쌓인 책상을 손가락으로 쓱 쓸며 정윤이 말했다.

"그런데 말씀에 격식이 너무 없군요."

초면인만큼 서로 불편하게 대해 줬으면 좋겠다. 날 편하게 생각하지 말고, 만만하게 생각하지 말고, 우습게 생각하지 말고. 우리 하나도 안 친하니까.

옆구리를 찌르는 그녀의 발칙한 발언에 상대의 눈동자에 빠르게 초점이 돌아왔다. 그는 순간 욱해서 '야, 너 나랑 동갑이거든? 동갑한테 존대하라?' 하고 반박하려다가 훨씬 더 그럴듯한 대꾸를 찾아냈다.

"이제 막 석갈한 신참 주제에 건방이 하늘을 찌르는구나. 나는 너보다 품계가 높다. 9품인 급사보다 무려 한 품계나 위인 주서라고. 그리고 먼저 들어왔으니까 당연히 선배 대접해야 하는 거 아냐?"

"아, 그렇긴 하군요."

뭐, 예상했던 대로 아주 평범한 대답이네. 싹 다 망해 버려라, 빌어먹을 관료주의 사회 같으니라고.

출세에 티끌만 한 애정도 없는 정윤은 건성으로 수긍해 줬다.

남자는 등을 보이고 돌아서선 아직 졸음기가 남아 있는 표정을 재빨리 가다듬으며 중얼거렸다.

"에이씨, 불시에 단속이라도 나온 줄 알았잖아."

어느 정도 면이 설 만큼 의관을 정돈한 뒤 그가 한결 자신감 있는 표정으로 되돌아왔다. 양손을 허리에 올리고 어깨너비 만큼 발을 벌리고 선다. 위압감을 주고 싶은 모양인데 정윤은 조금 귀엽게만 봤다.

"이번 과시에 합격자가 52명인데 우리 관서엔 결국 네가 왔단 말이지."

"예, 제가 꼴등이거든요."

"자랑이냐?"

"아니요. 여긴 다 꼴등만 온다고 하던데요."

"야, 그거 아니거든?!"

남자가 발끈해서 곧바로 목에 핏대를 세우는 것이 보였다. 정윤은 자신과 마찬가지로 어느 해의 꼴등이었을 그를 빤히 응시하다가 먼저 자신을 소개했다. 이미 임명장을 보고 제 이름 정도는 알았을 테지만.

"해가 정윤입니다. 영훤서 급사로 배정받았습니다. 본관은 굳이 밝히지 않아도 아실 테고. 제 일신에 대하여 더 궁금한 것이 있으시다면 무엇이든⋯⋯."

"없어. 나는 신해경."

상대는 이번에도 놀라울 정도로 격조와 예식을 생략했다.

"그럼, 신 주서⋯⋯."

"님이라고 불러."

"그러죠."

쉽게 끄덕이는 그녀를 해경은 정말 마음에 안 든다는 식으로 노려보았다.

'아, 진짜! 내가 얘는 안 된다고 그렇게나 말씀을 드렸는데!'

폐하는 기어코 이곳으로 그녀를 보냈다. 신입이 올 거라고 알고는 있었지만 이 애가 온 건 황제의 뜻이었다.

"너 말이야, 네가 왜 영훤서로 배치됐는지 알고는 있냐?"

"꼴등이라서?"

"아, 그거 아니라니까!"

생각도 안 해 보고 쏜살같이 내뱉으며, 그런 주제에 착실하게도 오답이다. 아무런 총기도 보이지 않는 정윤의 맹한 눈동자에 해경은 괴로운 신음을 흘리며 손바닥으로 제 이마를 쳤다.

"일단, 저기 가서 앉아 있어."

그가 먼지가 쌓일 대로 쌓인 책상 하나를 소리 나게 끌어 자신의 왼편으로 붙였다.

안 쓴지 한참 됐는지 책상다리에는 거미줄까지 군데군데 보였다. 그 위에 잔뜩 올려져 있던 서책 중 몇 권은 그의 자리로 옮겨졌고 어질러져 있던 서류는 괴팍한 손에 밀려 바닥으로 와르르 떨어졌다. 마지막으로 이제껏 그의 다리를 올리는 용도로 써 왔던 의자를 한 손으로 들어 가볍게 놓아 주자 어쨌든 자리라는 것이 만들어지기는 했다.

해경이 손으로 팡팡 의자를 쳤다.

"앉아!"

"……."

정윤은 미동도 하지 않았다. 그가 주먹으로 내리친 바람에 공중으로 부유하게 된 희뿌연 가루만을 흐린 눈으로 좇았다.

저기 말이지. 내가 아주 부잣집 아가씨라고. 어디 이런 더러운……. 정윤은 유치하게 이런 항변까진 하고 싶지 않았다. 다만 이제 막 선배가 된 자가 청소를 하기는 하는지, 어떻게 하는지, 얼마나 하는지 그의 위생관념에 대해 불만스러울 뿐이었다.

"매번 이런 식으로 청소를 하십니까?"

"청소를 왜 하는데?"

……과연 꼴등. 여기는 확실히 꼴등만 오는 관서임이 확실하다. 정윤은 더 이상 묻지 않고 시선을 군데군데로 나누어가며 현장을 점검했다.

발에 치일 정도로 굴러다니는 종이 더미들, 그것과 어우러져 이미 고리짝부터 한 몸이 되어버린 솜뭉치들, 그에 못지않아 보이는 이 방의 주인.

이대로는 일 못 한다. 답은 나왔다.

해경이 껄렁대는 동작으로 그 먼지투성이인 책상에 한쪽 엉덩이를 걸쳤다.

"단도직입적으로 말하는데 솔직히 나는 네가 여기 온 거 마음에 안 든다. 해가 출신이란 게 폐하께서 널 여기에 꽂아 넣으신 큰 이유겠지만, 난 오히려 그래서 더 수상하고 더 믿음이 안 가. 그래도 일단 황명이니까 두고는 볼 거야. 내가 널 지켜볼 거라고. 우리 동료들이 다 돌아오면 소개할 테니까……"

"질문이요."

정윤이 팔을 반쯤 귀 옆으로 올리며 말했다.

"질문 하나 하고 싶은데요."

"하지 마."

해경은 단칼에 거절했다.

"왜요?"

"그냥 가만히 앉아 있어."

"조직에서는 질문을 많이 하는 신입의 첫인상을 높게 친다고 하던데요."

"어차피 네 첫인상은 이미 폭력배로 굳어졌어."

폭력배? 어째서? 정윤은 이해할 수 없다는 동작을 취하다가 이내 가감 없이 제 의견으로 맞장구쳤다.

"신 주서님도 제게 첫인상은 더러웠습니다."

"뭐야?"

"여기 좀 더럽다고 느껴져서요."

"어감이 안 좋잖아!"

놀림받은 아이처럼 해경은 읏! 하고 입술에 힘을 주었다. 그러나 알게 뭐냐. 정윤은 원하는 목적을 향해 돌진했다. 그녀가 손가락 하나를 폈다.

"하나만 할게요."

"후……그래. 대체 뭐가 그렇게 궁금한 건데?"

"걸레는 어디에 있습니까?"

* * *

"걸레 찾으셨나요……?"

빈방에 우두커니 서 있던 정윤은 화들짝 고개를 돌렸다. 그녀의 위생 관념에 꼴값이라며 고함을 왁왁 내지르던 해경이 걸레를 찾으러 나간 사이, 다시 밀린 문 사이로 고개를 들이민 건 의외로 조심성이 짙은 여자 목소리였다. 정윤은 큰 보폭으로 단숨에 다가가 자그마한 틈을 널찍이 벌려 맞이했다.

"예, 드디어 도착했군요. 맞습니다. 제가 찾았습니다. 감사합니다."

영업에 버금가는 환한 미소를 내걸었다.

반대편에서는 헉, 하고 숨을 집어 먹더니 두어 걸음을 물려 떨어졌다. 번개 같은 속도였다.

문지방 건너의 여자는 해경과 같은 무늬의 흉배가 그려진 관복을 걸치고 있었다.

'여기 관원이군.'

대강 신분을 짐작할 수 있어 자연스레 외양을 살피게 됐다. 자신보다 훨씬 어려 보이는 듯한 나이에 왜소한 체구를 지닌 소녀에 가까운 얼굴이었다.

본인의 머리통보다 더 큰 관모가 이마 위에서 덜거덕거리는 것도 재미있었고, 그 아래로 얼굴의 반을 차지하는 크고 동그란 안경이 귀엽게 걸쳐져 있어 더욱 웃음이 났다.

정윤이 먼저 다가가 손을 내밀자 이번에는 하악, 하는 거친 숨소리가 들렸다. 왠지 상대가 흥분했다는 듯한 느낌을 받았지만 일단은 예의부터 차렸다.

"처음 뵙겠습니다. 오늘부터 이곳에서 근무하게 될 급사 해정윤이라고 합니다."

"하얀 고양이……."

"고양이? 어디?"

휙 뒤로 고개를 돌렸다. 어디? 어디? 짐승 같은 반응속도에 상대는 후다닥 이성을 차리며 바삐 손사래를 쳤다.

"아니! 아무것도 아니에요!"

아무것도 아니라고 둘러대는 눈가에는 발그레한 기색이 역력했다. 제게 내밀어진 정윤의 손길에 어쩔 줄 몰라 하면서도 살그머니 맞잡아 온다.

'으, 응?'

두 손이 겹쳐진 순간 정윤은 눈썹을 쭉 들어 올렸다. 부끄러움을 많이 타는 성격이라 짐작하고 가벼운 악수 정도만 기대했는데 상대의 찐득한 주물럭거림에 당황해 버린 것이다. 뭐랄까, 찰떡이라도 만지는 것처럼 주물럭거리는 움직임이었다. 바로 빼내려고 했는데 쉽게 빠지지도 않아서 다소 애를 먹기도 했다.

찝찝함이 남은 손등을 매만지는데 수줍은 음성이 다가왔다.

"저희랑 같이 근무하는 거죠? 저, 저는 한모연이라고 해요."

얼굴만 어린 게 아니라 목소리에도 풋풋함이 어려 있다. 방금 전의 악수는 다소 이상한 감이 있긴 했지만 초면임에도 상당히 친근한 대접이라 정윤은 가볍게 웃으며 끄덕였다. 이 방의 주인과 마찬가지로 주서일 것이 분명해 그녀가 먼저 큰 인심을 썼다.

"말은 편히……"

"아, 그렇지. 저한테 말 편히 하세요."

그러나 선수를 빼앗겼다. 모연은 선뜻 정윤의 제안을 가로채더니 '언니는 스물한두 살 정도이신가.' 하는 중얼거림으로 호칭마저도 충격을 안겼다. 본인이 궁에 있는 관리 중에 가장 나이가 어릴 거라는 답변에 그제야 겨우 띵한 머리를 수습했다.

"저는 스물둘입니다."

"어? 사형도요."

"사형?"

"이 방에 쓰레기랑 같이 사시는 분이요. 신 주서님이요."

"그렇군요."

"나이는 제가 훨씬 더 어리지만 나름 동문수학한 사이거든요."

"어떻게 그런. 배움의 늦고 빠르고의 차이인가요?"

"아니요? 학업능력의 차이죠! 엣헴!"

아, 그렇다면 인정. 한쪽은 유급했고 다른 쪽은 월반했다는 뜻
이었다.

"저희는 품계에 상관없이 서로 다 편하게 지내는 편이에요. 어
차피 식구도 이게 다거든요."

"예?"

뭐가 다라고? 이게 다라고? 지금 만난 사람이 달랑 두 명인데
이게 전부라고? 아닌데. 앞선 계산에 따르면 적어도 셋은 있어야
했다.

눈에 띄게 흔들리는 정윤의 동공에 모연이 헤실헤실 웃으며 부
연 설명했다.

"아, 아직 한 분이 더 있기는 해요. 직급도 저희보다 더 위시고요.
그리고 또 음, 다른 중진들이 계시긴 하지만 그분들은 겸직이셔서
이쪽으로는 아예 안 오세요. 그래서 저희 세 명만 있어요. 아, 아니
다. 이제 언니까지 네 명이 된 거죠!"

'아니, 왜 또 언니……'

수줍게 정윤의 얼굴을 훔쳐보며 웃는데, 어쨌거나 저쨌거나 결

론은 이게 다라는 소리였다.

인원이 셋에서 넷으로 는다고 해서 대단한 변화가 느껴지는 건 아닐 것 같은데. 정윤은 또 한 번 암담함을 맞닥뜨렸다. 엄청난 곳으로 떨어졌는데 여기서 나는 뭘 어떻게 해야 하나. 막막함마저 맛보고 있는 그녀에게 모연이 남몰래 음흉한 눈길을 보냈다.

'하악, 털 길고 보송보송한 하얀 고양이.'

정말 새침하게 예쁜 여자였다. 특히 뽀얀 피부에 가느다란 얼굴 선이 너무 매력적이라 보자마자 높은 곳에 앉아서 풍성한 털을 고르는 백묘가 연상됐다. 모연이 콧잔등으로 흘러내린 안경을 치켜세우며 슬금슬금 몸을 기울였을 때였다.

"어이, 둘이 뭐 하는 거야?"

해경이 별안간 뛰어들었다. 그도 어딘가에서 찾아온 걸레를 들고 있었는데 모연의 것보다 훨씬 더 누리끼리한 색이었다.

그가 좁혀진 둘 사이를 비집고 들어와 정윤에게 팔을 뻗었다. 정말 걸레라는 명칭에 충실한 물체였다.

"자, 됐지? 구해다 줬다. 이걸로 깨끗이 닦아."

이놈은 대체 뭐가 문제인 건가. 정윤은 이걸로 깨끗이 닦으라는 그의 발상을 이해할 수가 없었다. 그녀가 혼란스러운 표정을 할 뿐 받지를 않자, 그가 먼지 수북한 책상으로 걸레를 던지며 두 사람에게 번갈아 가며 이야기했다.

"둘이 친하게 지내지 마라. 꼬맹이, 얘 아직 수상한 애다. 어이, 저거 진짜 이상한 꼬맹이야."

"제가 어째서 수상한……"

"저 이상한 사람 아니에요!"

"시끄러워."

해경이 모연의 이마를 밀어 거리를 벌리더니 정윤에게로 완전히 돌아섰다.

"조그만 게 음침하거든. 예쁜 여자, 예쁜 남자 수집증이 있는 불건전한 꼬맹인데. 얼굴 밝히는 수준이 어마어마……"

"아니에요! 그거는 제가 어쩔 수 없이 그런 분들에게서 창작의 영감을 받기 때문에……!"

"쟤는 지가 보기에 예쁜 사람은 다 언니, 오라버니야. 완전 외모 패권주의거든. 남녀를 딱히 가리진 않는데 특히 여자를 더 선호하니까 조심하라고."

아, 그래, 언니. 안 그래도 굉장히 개방적인 호칭이라고 생각하기는 했다. 정윤이 납득하는 듯하자 모연이 오해하지 말아 달라며 도리질을 쳤다.

"오해하지 않습니다. 요즘 세상에 얼굴 좀 밝히는 게 무슨 큰 흉이라고요."

오해라기보다는 이해에 가까운 거다. 상대에 대한 이해. 그런 침착함은 처음이었는지, 모연은 순수한 눈망울을 떨다가 해경에게 붙어서 속닥거렸다.

"외모와 성격이 굉장히 너무너무 제 취향……"

다 들렸다.

"서로 친하게 지내지 말라고 방금 얘기했잖아!"

일단 어울리지 마! 해경이 성난 입 모양으로 전달했다. 그 역시도 다 보였다.

"사형, 저 꽃밭…… 좋아해요."

모연은 애처롭게 고개를 가로젓더니 슬금슬금 걸어 걸레가 던져진 책상 곁으로 움직였다. 불길이 치솟은 해경의 눈길에도 아랑곳하지 않으며 살그머니 원하는 속내를 꺼냈다.

"저도 이 방으로 자리 옮길까 봐요."

"뭐, 어디로?"

"이 옆으로요?"

반문이 앞뒤로 튀어나왔다.

"네가 여길 왜 와?"

"왜 굳이 제 옆으로?"

지금도 충분히 포화상태인 공간이다. 위생 상태도 최악인 좁은 곳에 세 명이 다닥다닥 모인다니. 정윤은 여분의 자리를 가늠해보고 입을 다물었다.

"더러워서 도저히 같은 방 못 쓰겠다고 울면서 뛰쳐나갔던 게 누구더라?"

"그거야 사형이 완전히 삶을 포기한 사람처럼 주변을 더럽히시니까."

"당장 안 꺼져?"

해경의 우악스러운 손길이 모연의 허리춤을 덥석 잡았다.

으아아, 하며 버둥대면서도 모연은 책상 끄트머리에 매달려 악착같이 버텼다.

그 싸움을 뒤에서 지켜보던 정윤이 조용히 끼어들었다.

"두 분 다 이곳에서 머무르길 원하시는 듯한데, 그럼 두 분이서 사이좋게 나눠 쓰십시오. 불편하시지 않도록 제가 방을 옮기겠습니다."

본래 해경이 독차지했던 곳이니 모연이 있었던 방이 따로 있을 것이다. 정윤은 속 편히 맞바꾸자고 건의했다.

"한 주서님이 쓰던 곳은 어디입니까?"

몸싸움을 벌이던 두 사람은 순간적으로 얼빠진 얼굴이 되었다. 의도는 달랐지만 동시에 입을 모았다.

"안 되는데!"

"야 안 돼, 거긴!"

그러곤 자기들도 놀랐는지 서로 얼굴을 힐끗 쳐다보다가 도로 달려와 정윤을 만류했다.

"거기도 사람이 있어요."

"괜찮습니다."

"그 사람은 네 상관이라 불편할 텐데?"

"여기도 불편하긴 마찬가지고요."

서슴없는 대꾸에 모연은 다급해졌다. 이대로 그녀가 방을 옮긴다면 예쁜 사람 옆에 또 예쁜 사람이 가게 된다. 그러면 그쪽은 완전히 서천꽃밭이 되고 여기는, 여기는……

"그러지 말고 사형을 내보내요!"

쫓기는 마음에 나온 도발적인 발언이었다. 방주인을 내쫓고 같이 눌러살자는. 당연히 해경은 펄쩍 뛰며 분노했다.

"여긴 내 방이거든?!"

진정됐다 싶었던 대립은 도로 시끄러워졌다.

소란 피우는 둘을 남기고 정윤은 미련 없이 자리를 떴다. 처음 각사 안으로 들어설 때 느꼈던 고요한 회랑으로 갈 길을 잡으며 구석구석 얼굴을 찔러 넣어 보고, 닫혀 있는 방문을 두드려 보고, 응답이 없으면 살포시 머리를 들이밀기도 했다.

그리고 도착한 복도의 가장 끝 방으로 정윤은 살그머니 몸 전체로 문을 밀며 들어갔다. 지나왔던 방 중 유일하게 문이 열려 있었던 곳으로, 아마도 모연이 이곳에서 나왔으리라 예상되었다.

"안녕……하세요?"

한 발, 또 한 발. 낯선 곳으로 침입해 들어갈 때마다 소나무를 닮은 맑은 묵향이 전신을 휘감는 것 같다. 저쪽과는 딴판인 분위기에 정윤은 멀뚱히 멈춰 섰다.

방은 채광이 밝고 모든 것이 단정한 느낌이었다. 창 너머 보이는 나뭇가지도, 책상 위로 산적해 있는 서류 더미조차도 흐트러짐이 없었다.

모연과 방을 나눠 쓴다는 인물은 잠시 자리를 비웠는지 바람 부는 빈 책상 위로 쓰다만 종이 자락이 팔락였다.

이 방의 주인은 누굴까?

정윤은 사뿐히 걸어가 이것저것을 티 나지 않게 들춰보며 탐색했다. 사실은 어떤 취향의 뇌물이 적합한 인물일지 알고 싶은 마음이 컸는데, 막상 구경하다 보니 소지품에서 묻어나오는 한결같은 청량한 묵향에 어느새 코를 붙이고 킁킁거리게 되었다.

'와아, 좋다.'라는 단편적인 생각 다음에는, '비싼 거 쓰나 본데.'라는 현실적인 우려가 뒤따라 왔다.

거금을 당기려면 본가의 손을 빌려야 하는데 현재 제 행방이 가출로 처리되어 있어 융통할 수 있는 금액이 제한적이었다.

어떡한담?

정윤은 제자리에 서서 의문의 상대의 소지품을 눈대중으로 훑어보았다. 그렇게 잠깐을 고민하는가 싶더니 살그머니 소지품 가까이로 자리를 이동했다.

일단은 몇 가지를 더 훔쳐보기로 했다.

* * *

단정한 공복 자락이 영훤서 마룻바닥을 쓸고 지나갔다. 일을 마치고 귀관하던 승학은 들어서자마자 들려오는 해경과 모연의 째지는 목소리에 웃음을 터트렸다.

"왜 내가 꼬맹이랑 한방이야! 나가! 꺼지라고!"

"저도 한방 쓰고 싶진 않고요? 완전 착각 제대로시고요?"

어째서 조용한 날이 없는가. 불과 얼마 전까지만 해도 서로 저

방을 못 쓰겠다고 난리를 피웠던 것 같은데. 언제나 봐도 화력 좋은 동생들이었다.

그가 그쪽을 들여다보려 보폭을 크게 벌렸다. 그런데 멀지 않은 곳에서 달그락대며 무언가 부딪치는 작은 소음이 귓전을 스쳤다. 고개가 반사적으로 돌아갔다.

내가 방문을 저렇게 열어 두고 나갔던가?

막다른 복도 끝, 열려 있는 문이 바람에 휩쓸리면서 문고리가 덩달아 달랑거리고 있었다.

솟아오른 갸웃함에 승학은 행선지를 틀었다. 약간 홀린 듯이 움직인 면도 있었는데 방에서 묻어 나온 바람에 평소와 다른 이질적인 기운이 느껴졌기 때문이었다.

제 방에 자기가 들어가는 것인데 기묘하게도 입안에 침이 말랐다. 쓸데없이 근육이 뻣뻣해지고 숨소리를 낮추게 되었다.

이윽고 완전히 젖힌 문 앞에 섰다.

펼쳐진 내부의 광경에 발걸음이 제자리에 굳었다.

"반도산 해송…… 송연묵."

익숙한 곳에 있는 낯설지 않은 이.

"붓은 오소리 털. 으음, 하지만 기성품."

제 물건에 코를 대고 킁킁거리는 옆모습이 낯설지가 않았다.

'비 오던 날.'

봄비. 그 한 단어만으로도 모습을 아른거리게 만드는 사람이 있었다. 흐르는 빗물처럼 저리고 구슬픈 느낌을 주어 쉽게 마음에서 몰아내기 어려웠던, 이름 한 글자도 모르는 사람.

물기로 얼룩졌던 얼굴은 봄비가 끝나면서 더불어 사라졌지만 깊은 잔상으로 남아 종종 그 뒷모습을 떠올릴 때가 있었다. 눈을 감으면 희미하게나마 잡히는 것 같았고 뜨면 말끔히 사라져 버린다.

"벼루. 중저가."

크응, 하며 코를 마시는 거침없는 숨소리에 승학의 짙은 속눈썹이 올라갔다.

"기호식품, 보급용 백아차."

그러니까 분명히. 지금도 눈을 뜨면 사라져야 하는데.

'왜 여전히.'

눈앞의 그 사람은 여전히 그 자리에 남아 있었다.

'혹시.'

순간적으로 현기증이 돈다. 갑자기 모든 것들이 생생하게 다가오면서 머리가 뒤죽박죽으로 엉켜 든다. 발을 뗀 승학은 무작정 몸을 움직였다. 충동적으로 손을 뻗었고, 손끝에서부터 번져오는 체온에 대책 없이 진솔한 감정을 내보이고 말았다.

"당신이……"

요란스럽게 킁킁대던 동작이 딱 그쳤다.

"어떻게 여기에 있습니까?"

만지면 사라져야 할 사람이 서서히 고개를 돌린다. 서로를 바라보는 눈길이 매듭처럼 엮였다. 봄날의 물기 대신 당황스러움으로 덮인 말간 얼굴에 승학의 손이 가닿았다.

꼬박, 백 일 만이었다.

* * *

코를 들이밀고 있던 찻잔을 놓쳐 버린 건 순전히 놀라서였다. 다른 이유는 없다.

고개를 돌렸더니 의외의 사람이 옆에 와 있어서. 그것도 바로 지척에, 귀 끝에, 뺨에 닿아 있어서.

물건을 훔치려던 것도 아니고, 사생활을 사찰하려는 흑심도 없었……던 건 아니지만 저질스러운 쪽은 아니었다. 정윤은 꽉 다문 입술을 한 채 애써 흔들리는 정신을 정돈했다. 첫인상 관리의 대실패작이 눈앞에 와 있었다.

"혹시 데인 것은 아니십니까."

"아니요!"

걱정하는 듯한 어투에 정윤은 칼같이 답했다. 승학은 찻물이 얼룩진 그녀의 무릎 위에 마른 수건을 꾹 눌러 덮어 주며 고개를 돌리고 여러 번 헛기침했다.

어떤 말을 꺼내야 할지 서로 망설이기를 한참, 그가 먼저 조심스레 이야기를 꺼냈다.

"그러니까 소저가 이번에 영휘서로 들어온다고 했던 신입 급사란 말입니까?"

"네에. 아마도."

정윤은 풀이 죽어 고개를 숙였지만 승학은 미간에 얕은 주름을 팼다. 왜 하필이면, 그런 생각이 앞섰다. 그녀가 정체를 밝히기도 전에 이제 그는 그녀가 누구인지를 저절로 알게 되었다.

"해가의 분이셨군요."

무겁게 가라앉은 목소리에 정윤의 어깨가 움찔했다. 승학은 조금 더 표정이 어두워졌다.

재회는 기뻤지만 그것을 마냥 순수하게 받아들이기에는 일찍부터 커다란 돌이 자리하고 있었다.

'폐하께서 지명하셨던 그 사람이다.'

승학은 묵직하게 잠식해 오는 상념 앞에 억지로 입을 다물었다.

─ 곧 영원서로 새파란 신참 녀석이 하나 갈 것이다. 어떻게든 네 편으로 만들어 두어라. 녀석은 우리에게 꼭 필요한 존재야. 여러모로 쓸모도 많고 유용하지.

─ 누구인데 그런 당부를 하십니까?

─ '오성'의 하나였던 해진영의 딸자식이지. 왜, 놀랐느냐? 그래, 드디어 그들이 돌아왔어. 마침 시기도 적절하지. 그러니 실수 없이 그 아이의 마음을 얻어 내야 한다. 결국에는 그 애를 이용해 꽁꽁 숨어 버린 그 아비를 끄집어내야 하니까.

─ ……

─ 절대로, 실수하지 말거라. 행방불명 된 네 아버지의 소식도 해 씨 놈들은 알고 있을 수 있어.

오성이라. 기실 십 년 만에 다시 듣게 된 단어였다. 아니, 고작 십 년일지도 모르지만, 그동안 그들에 대해 언급하는 것을 모두가 터부시해 왔기 때문에 아주 까마득한 얘기로만 느껴졌다.

혜제와 오성.

이야기의 제목처럼 늘 그렇게 함께 불렸다.

선황 혜제가 불러들였던 다섯 명의 사람들이라. 혜제는 그들을 통해 지도자로서의 통치관을 보여 주려고 했었다. 오성(五星)이라는 칭호가 붙은 것도 그로부터였다. 농학자, 의원, 상인, 예인, 과학자. 세상으로부터 등한시되던 직업을 가진 이들이었지만, 쓰임을 달리하면 세상을 달리할 수 있다고 생각했던 군주였다.

'하지만.'

하지만 모두가 알고 있는 대로 그 이야기는 그려지다 말았다.

하늘을 받치고 있던 이가 명을 달리했으니 그곳에 박혀 있던 별들도 자연히 떨어져 내렸다.

그렇게 한날한시에 빛을 잃은 별들의 이야기였다. 이후로 지상의 암전. 그나마 살아남은 하나의 별이라곤 팔 한 짝이 잘린 채였지만…….

'팔을 잃은 것을 보았겠지.'

승학은 초조한지 손끝을 모으고 있는 정윤을 가라앉은 눈으로 바라보았다. 쉽게 말을 꺼내기가 어려웠다.

겨우 아문 상처를 공연히 헤집는 것이 아닌지 우려가 되면서도 생이별한 부모의 소식을 들을 수도 있다는 고양감이 솟았다. 상념이 아득했던 것에서 뚜렷한 쪽으로 돌아서자 맥박이 격하게 뛰었다.

반대로 적막이 두터워지자 정윤은 마음을 졸였다. 승학이 별다른 말이 없자 제 발이 저리기 시작했다.

그의 신뢰와 친절을 배신하지 않겠다고 일방적으로 끊어 내고서는, 그의 본진으로 뻔뻔하게 발을 들이민 꼴이 아닌가. 의도한 게 아니었다곤 해도 얼굴이 화끈했다. 결국은 이렇게 들킬 거면서 무슨 대단한 이름이라고 그리도 숨기고 모르쇠로 일관했는지 쥐 구멍에라도 들어가고픈 심정이었다.

"저어……."

"기다렸습니다."

"예?"

용기를 내어 꺼냈는데 의외의 이야기가 덮쳐들었다. 정윤은 무의식적으로 머리를 들었다가 다정함과 안쓰러움으로 엮어진 미소를 목격하곤 귀가 새빨개져 고개를 박았다. 나무 아래에서 느꼈던 알싸한 감정이 새록새록 되살아났다.

"조금 서운하기도 했고요. 사는 곳을 알려 주면 돌려주신다고 하지 않았습니까?"

승학이 언급하는 것은 그날, 그가 그녀의 손에 쥐여 주었던 팥 주머니였다.

그는 정윤과 헤어진 직후 스무 명의 처녀를 되찾아 자유로운 신분으로 풀어 주었다. 찾으려 했던 송가의 여식은 발견하지 못했지만 아주 소득이 없던 길도 아니었다. 그러고선 몇 날 며칠이고 약속했던 귀주머니가 돌아오기를 기다렸는데. 아무리 시간이 흘러도 응답을 받지 못했다.

"많이 기다렸는데."

어딘지 모르게 시무룩하게 내려앉은 어깨가 보여 정윤은 강건하게 부정했다.

"그거는 제가 잊어버린 게 아니고! 학업에 집중을 하려다 보니!"

나쁜 뜻은 없었노라 거듭해서 강조했다. 승학은 최선을 다해서 설명하고 또 설명하는 그녀의 열띤 해명을 마주 앉은 채로 새겨들었다.

그날과는 다르다. 그녀에게서 생기가 느껴졌다. 어쩐지 그것만으로도 족한 기분이 들었다.

"괜찮습니다, 이해합니다. 함부로 정체를 드러내기에는 위험하셨을 테니."

해 씨 가문에, 아버지는 과거의 그 오성이었으니 자신을 밝히는 것이 쉬운 일이 아니었을 것이다. 이름을 알리면 여지없이 편견의 가시들이 날아왔을 테니까.

승학이 그 부분에 대해 더 이상 언급하지 않고 넘어가자, 정윤은 순간 의식하지 못했던 중요한 무언가를 깨달았다. 그러고 보니 여기서 만난 세 사람은 모두 제 출신 가문을 듣고도 하나같이 동요가 없었다.

"저는 태학박사 이승학입니다. 직함은 비서교랑을 받았지만 이곳에서는……"

"서로 편히들 부른다면서요?"

"예, 그렇습니다만."

이미 들은 사실에 대해 아는 체하자 승학은 '그렇긴 한데……' 하며 말끝을 줄였다. 해경과 모연에게선 익숙하게는 형 또한 오라버니, 아주 드물게는 언니라고까지 듣기도 해 봤지만 그녀가 자신을 그리 친숙하게 부르는 것을 상상해보니 손안이 간지러워졌다.

"……그냥 관함으로 불러 주시면 됩니다."

"예, 알겠습니다."

"그런데 모연이와 자리를 바꾸기로 하셨습니까?"

"두 분이 서로 옆방을 쓰고 싶어 하셔서요. 불편하시면 다시 돌아갈까요?"

"아니요."

거의 즉답이었다. 본인이 생각하기에도 냉큼 부정한 게 좀 민망했는지 승학이 쑥스럽게 웃었다.

남자가 참 예쁘게도 웃는다. 하얗고 말랑말랑한 순두부 같았다. 너무 맑은 미소라 상대를 뜨끔하게 만들 정도다. 정윤은 아닌듯하면서도 그의 하얀 미소를 남김없이 훔쳐보았다.

"곧 여러 관서에서 견습 시보로서 훈련을 받게 되겠지만, 귀관의 근무처는 임명받은 대로 이곳입니다. 그러려면 잠시 실직 업무에 대한 설명이 필요할 듯합니다."

승학이 드르륵 의자를 끌고 와 책상 옆에 붙었다. 불순한 염탐과 대비되는 정직하고 곧은 흐름에 정윤은 벌에 쏘인 듯 일어나 옆으로 뻣뻣하게 착석했다.

설명을 기다린다. 하지만 왜인지 승학은 한동안 말이 없었다. 어떤 얘기부터 해야 할지 복잡한 생각이 많이 드는 듯한 얼굴이었다.

일말의 정적이 흐르고 얼마 후 단단한 음성이 흘러나왔다.

"영훤서는 없어져야 하는 곳입니다. 우선 이 결론부터 밝히고 시작하는 게 좋을 듯하군요."

듣는 이의 동요와 상관없이 이어진 설명은 매끄러웠다.

영훤서는 본디 건국 초기에 적통 이외의 황족들을 돌보는 전담반에 그 뿌리를 두었었다. 하지만 시간이 지나고 그 황족들의 수가 기하급수적으로 늘면서 여러 번의 강제적인 개혁을 거쳤다.

그 과정에서 영훤전에서 영훤서로 격하되는 수모가 있었고, 이후에는 기타 관청들의 업무와 이합집산되어 폭탄처럼 떠돌다가 사실상 지금은 공중분해에 놓여 있는 처지였다.

"관청이라고 대우받기에도 낯부끄러운 곳입니다. 이미 명칭에서부터 서(署)로 강등된 것만 봐도 아실 테지만요."

제 몸담은 곳이니 치부를 드러내 봤자 자기 얼굴에 침 뱉기일 텐데도 승학은 스스로를 깎아내리는 데에 거리낌이 없어 보였다. 표현이 냉정하고 가차 없었다.

"인원도 몇 없고 하는 일에도 소득이 없습니다. 존재 의미가 없는 곳이니 마땅히 사라지는 게 옳습니다. 이곳을 폐관해야 한다는 주청이 틀린 소리가 아니지요. 지금은 폐하의 엉뚱한 고집으로 겨우 명맥만 유지하고 있는 것뿐입니다."

자신의 울타리를 가리켜 승학은 그리도 단호하게 이야기했다.

"그러니 이곳은 머지않아 없어질 것입니다."

"그럼 우리가 여기서 해야 할 일은 뭐죠?"

"우리의 임무는 그 순간이 올 때까지 이곳을 지키는 것입니다. 마지막 관원으로서."

눈빛으로 주지시키는 숨은 의도에 순간적으로 가슴을 탁, 치고 올라오는 것이 있었다. 끝을 얘기한다는 것은, 그가 무언가를 알고 있는 사람이라는 뜻일까.

알 수 없는 파동을 만들어 놓곤 승학은 자연스럽게 온화한 얼굴로 풀어졌다.

"현재는 폐하의 개인적인 기록물들을 관리하고 있습니다. 그것이 주된 업무지요. 일정량이 쌓이면 분류해서 책이나 첩으로 엮어 편찬합니다. 다만 배포는 하지 않습니다. 이곳에서 발간하고 이곳에서 소장하는 것으로 끝입니다. 황실 서고로도 보내지 않습니다."

"왜 그런…… 일을?"

그런 쓸데없는, 이라고 방심한 사이에 끼워 넣으려다가 겨우 이성을 챙겼다.

"시서화를 즐기시는 폐하의 사적이고 소소한 취미 생활을 보조하는 것이 업무일 뿐입니다. 소저는 폐하께서 쓰신 시문과 서화를 정리해 보관하는 일부터 우선적으로 배우게 될 겁니다."

정말 무례한 말이지만, 그딴 게 내가 해야 할 일이라니. 자신은 그런 일이나 하러 궁에 들어온 것이 아니었다. 이쯤 되니 정윤은 묻지 않을 수가 없었다. 가장 기본적인 의문이었다.

"그걸 왜 여기서 하죠?"

정사(政事)와 무관하다 해도 황제의 것이었다. 응당 한림원이나 하다못해 황궁 서고로 보내져야 옳은 순서 같았다.

"양이 많습니다."

"얼마나요?"

"……아주, 많이."

승학의 시선이 살짝 옆으로 빠져나갔다.

"또한 개인적인 소장 애착이 강하십니다. 취향도 유별나시고. 공적으로 취급하기에 난해한 것들도 상당수라 폐하께서 보관처를 이관하는 걸 원치 않으십니다."

"아."

자세히 풀어 주진 않았으나 정윤은 깊게 턱을 끄덕였다. 수준이 난해하다면 황제의 그림일기, 낙서, 글씨 연습장 수준이라는 거겠지. 보면 누구라도 할 말이 많은데 아무 말도 하지 못하는 작품들.

아, 그래서 여기에 온다고 내가 그렇게 개무시를 당했구나.

정윤은 그제야 유명무실한 관청에 대한 세인들의 평가가 말끔히 이해가 되었다. 이건 뭐 녹봉을 축낸다고 손가락질을 받아도 반박할 여지가 없다.

그녀의 썩은 표정에 승학이 위로하듯 다른 이야기도 들려주었다.

"꽤 정기적이고 중요한 외진 업무도 있습니다. 동문에 설치된 신문고의 사건들을 소상히 알아 와 폐하께 직접 전하는 것입니다. 지금은 순번을 정해 돌아가면서 하고 있는데, 차례가 되면 그날은 조계에 참석할 수 있습니다."

즉 우리도 나름 조관 회의에 들어갈 수 있는 날이 있기는 하다고, 애써 격려하는 말이자 긍정적인 포장, 어른스러운 재해석이다. 그 노력이 가상해 정윤은 억지로라도 비위를 맞춰보려 했으나 모범생 같은 그와는 다르게 그녀의 천성은 까칠했다.

"구색을 갖추느라 애썼군요."

"티가 많이 납니까?"

"아무도 뭐라고 지적하지 않던가요?"

"민가의 목소리를 날 것 그대로 듣고자 하시는 폐하의 의지가 담기신 일이다…… 라고 제대로 변명하고 있습니다."

조회에 엉덩이 한 번 붙여 보기 위해서 갖은 용을 써야만 하는 조직이라니. 정윤은 자꾸 새 나오려는 헛바람을 꾹 참아 대신 콧바람으로 내보냈다.

"그 외에 여러 가지 잡무가 비정기적으로 있는데……."

뒤에 딸려오는 부가 업무는 그보다 더 황당했다. 승학이 최선을 다해 포장하기를 '갑자기 비게 되는 자리나 붕 뜬 일감, 타 관청 도와주기 등등'이라고 표현했지만 정윤은 최악을 가정해 '황제의 개인 정원관리, 황궁 수라간 장독대 관리 감독' 등등으로 구체적으로 상상해 갔다.

"여기서 승진 어떻게 해요?"

저기요, 여기 꼴등만 온다고 들었습니다만? 가꾼 말씨에 부글거리는 속내가 고스란히 읽혔는지 승학이 씩 웃었다.

"직무 태만을 하지 않고 맡은 바에 책임을 다하면 언젠가……"

"그런 거 말고요."

"승급시험에서 우수한 성적을 거두면 됩니다."

"시험을 칠 기회는 오고요?"

"물론이지요."

"하지만 잘 오지는 않겠죠."

"솔직히 말씀드리자면 대체로 그런 편입니다."

"다른 사람들은 시험 안 쳐도 막 올라가던데."

"그것은 연차가 오래 쌓였거나, 재물로 벼슬을 사는 엽관 행위를 저지른 경우일 뿐입니다."

"혹시 얼마나 주면 되는지……"

"첫날부터 그런 이야기에 현혹되지 마십시오."

부정부패다. 승학은 딱 잘라 못 박았지만 정윤은 못내 듣지 못한 생활의 지혜에 아쉬워했다.

불만 가득한 표정을 보더니 승학이 또 씩 웃으며 덧붙였다.

"영휘서에서 나가면 아마 진급이 될 겁니다."

"그때가 언젠 줄 알고 무작정 기다리나요."

"이곳이 싫으십니까?"

당연히 싫지. 왜 당연한 걸 물을까. 물욕이 없는 남자인가?

정윤은 답답한 듯 인상을 찌푸렸다. 자고로 정치판에서 권력이라는 것은 출세와 일맥상통하는 것이라 배웠다. 그녀는 최대한 상식적으로 이야기했다.

"사람은 누구나 욕심이 있는 거잖아요. 이 교랑님은 그런 거 없으세요?"

"왜 없겠습니까. 저도 사람인데 야망이 있습니다. 야욕은 아니지만요."

과연, 이 와중에도 야망과 야욕을 구분하는 그의 청렴함이 돋보였다.

"그러니까 제 말은. 목표 달성에는 시간이라는 것도 고려해야 하는 거니까…… 그, 효율성을 감안해서요! 그런데 여기서 나갈 때까지 기다리라는 건 너무 느린 성공 같다는 거죠."

최소한의 시간으로 최대한의 달성률을 내려면 정석만을 고집해서는 안 될 말이라고 우겼다. 승학은 구구절절 옳은 내용으로 가득 찬 논설을 경청해 주면서도 웃음을 참는 듯이 입 주변을 움찔거렸다.

아니, 이것 봐라? 수상한 냄새가 너무 나잖아.

정윤은 입으로는 설명을 멈추지 않으면서도 머릿속으로는 그의 이력에 대해 검토했다. 비록 그에 대한 정보는 무지한 수준에 가까웠지만, 그래도 그가 결코 저조한 성적으로 등용문을 넘었을 리는 없다고 확신했다. 왜냐하면 좀 전에 분명히 자신을 태학박사라고 칭했으니까. 그건 그가 관리가 되기 전 국자감에서 우수한 성적으로 졸업했다는 것을 의미했다.

그런데 이 남자는 왜 이런 무념무상의 무소유 집단에 속해진 걸까.

이번에는 보다 단도직입적으로 화두를 열었다.

"이 교랑님."

"말씀하십시오."

"제가 이번 과시에서 꼴등인데요."

"어째서 꼴등입니까? 전국에서 52등인 것이지요. 아주 잘하셨습니다."

으으으으. 역시 강력한 바람직함이다. 정윤은 자신과는 상이한 방어술에 진땀을 뺐다. 승학은 여전히 은은하게 웃고 있었다.

"그래도 밖에서는 제가 꼴등이니까. 다들 제가 영휜서로 발령 나는 게 맞는다는 분위기였거든요."

"그랬습니까?"

"예, 그래서 말인데……."

실례되는 질문이라는 것을 알아 정윤은 마지막까지 망설이다 무엇이든 괜찮다는 부드러운 미소를 보고 입을 옹알거렸다.

"혹시."

"예."

"꼴등."

"예."

"……하셨습니까?"

으아, 해 버렸다. 눈 질끈 감고 말해 버렸다. 당연히 아니라고 할 것이다. 그러면 어떻게 이곳에 들어오게 되었냐고 틈도 주지 않고 캐물어야지. 정윤은 재빠르게 추궁의 설계도를 짰다.

"아, 저는 아닙니다."

그렇지, 역시! 바로 준비해 둔 것을 꺼내 들려던 참이었다.

"저는 그 앞에서 두 번째에 있었습니다."

"앞에서 두 번째면, 아원(亞元: 2등)이요?"

"아니요. 꼴등의 앞에서 두 번째 말입니다."

승학이 환하게 웃었다.

"전국에서 47등이었습니다. 그해에는 합격자가 마흔여덟 명이었거든요."

지금 뭘 자랑스럽게 웃는 거지. 정윤은 저도 모르게 어금니에 힘을 꽉 주었다.

"국자감의 태학박사라고 하셨잖습니까."

"그렇긴 하지만 아마 제가 실전에는 약한 편이었던 모양입니다. 그날은 많은 실수를 했습니다."

"그래도 저희 중에 가장 품계가 높으시잖아요."

"그건 석갈 후에 있었던 승급시험을 낙방 없이 통과했기 때문입니다. 말씀드렸듯이 실전에만 약합니다. 음, 그러니까 큰 실전이요."

뭐 그런 일관성 없는 일이 다 있단 말인가. 완전 거짓말이다. 거짓말을 하고 있다.

그의 거짓말은 둘 중 하나. 그의 과거시험 성적이 조작이거나, 아니면 과거 당일의 실수가 의도적이었다거나. 물론 쉽게 들통 날 짓을 할 리는 없으니 후자일 확률이 높았다. 충분한 기량을 가지고도 그는 스스로 시험에서 미끄러졌을 것이다.

대강 안다는 표시를 한껏 드러냈는데도 그의 웃음에는 흔들림이 없었다. 오히려 보충해서 덧붙였다.

"그리고 꼭 그런 것만은 아닙니다."

"뭐가요?"

"성적이 저조해야만 영휜서로 배정된다는 풍문."

예로 들면 모연의 경우는 어사화를 받은 최연소 급제자에다 경서해독과 작문의 신동이라고 했다. 그녀의 답안지는 아직까지도 명문장이라 회자되고 있다고.

"그저 다들 들어올 만한 사정이 있는 것뿐입니다."

그래, 그것도 대강 감으로 눈치챘다. 정윤이 살짝 고개를 끄덕여 보였다.

"보기에는 잡다한 업무밖에 없지만 그래도 폐하를 종종 뵐 수는 있으니 나름 영광스러운 자리입니다. 사실 더 정확히 말하자면 우리에겐 정해진 일이 없습니다. 폐하께서 공식적으로 내리실 수 없는 모든 일이 우리의 일입니다."

순간 승학의 몸이 기울면서 창가의 햇빛을 등졌다. 역광으로 잠식되어 오는 깊고 뚜렷한 이목구비에 빨려 들어갈 것만 같았다.

"그러니 그대 아버님의 일도 우리의 일입니다. 폐하께서 그리 명하셨으니까요."

매끄러운 목소리였지만 결코 만만치 않은 주제를 담은 이야기였다. 정신을 차리고 보니 어느새 커다란 손이 바로 곁까지 다가와 허락을 구하고 있었다.

"함께하게 돼서 기쁩니다, 소저."

저음의 속삭임이 아직 마르지 않아 젖은 무릎 위를 감돌았다. 정윤은 제게로 펼쳐진, 자신을 기다리고 있는 그의 손길을 대답 없이 내려다보았다.

다정하고 상냥하지만 황제의 그늘 밑에 서 있는 사람. 그녀로선 함께하길 원하지 않았지만 그는 함께해서 기쁘다고 말하고 있었다.

여전히 경계해야 할까. 아니면 포기하고 받아들여야 할까. 섣불리 행동이 나아가지지 않았다.

정윤은 끝까지 그에 대한 답을 하지 않았다.

* * *

황제가 이렇게까지 시서화 애호가인지 미처 몰랐다.

그 한 문장의 결말을 도출하는 것으로 정윤은 녹초가 된 첫날의 업무를 끝마쳤다.

황제에게 특출 난 문예적 재능이 있다고는 차마 말하지 않겠다. 그렇다고 또 전혀 없는 것도 아니기는 했지만, 중요한 것은 그런 수준을 막론하더라도 그가 대체 왜 이런 취미에 맛을 들였는지 알 수가 없다는 거였다.

"이딴 게 공무원의 생활……."

정윤은 의자에 퍼질러져 반쯤 넋을 놓았다. 이때껏 일이라곤 하지 않고 살아온 인생이었다. 부잣집 막내딸로 태어난 것이 죄는 아니었지만 그 탓에 지당한 현실의 벽을 이제 막 깨달아 버렸다.

혹시 굳은살 박인 거 아닐까. 손가락 아픈데, 물집 잡히면 어쩌나. 자고 일어나면 어깨에 담도 올 것 같은데⋯⋯. 시답잖은 우려들을 떠올리다 정윤은 퍼뜩 허리를 세웠다.

별안간 더 큰 현실이 덮쳐왔다.

"근데 나 어디로 가야 해?"

하늘은 어둡고 퇴청 시간은 가까워져 오는데 갈 데가 없다. 낮에 서리 하나가 와서는 누가 전해주라 했다며 보따리를 하나를 가져다주었다. 그 안에는 그녀가 창희의 집에 쳐들어갈 때 싸 갖고 들어갔던 짐들이 가득 차 있었고, 꾸깃꾸깃한 서찰 한 통이 껴 있었다.

《아가씨, 살려주세요.》

문장은 단출했지만 그것이 '그만 절 놔주세요.' 혹은 '제발 제 집에서 나가 주세요.'라는 의미라는 건 그냥 봐도 알 수 있었다. 그녀를 숨겨 주는 동안 그 작은 새가슴이 날마다 졸아들어 거의 퇴화할 지경에 다다랐으니까. 처음 받았을 때는 발끈해서 이런 괘씸한 자식의 손모가지를 어쩌고저쩌고라며 중얼거리다가 같은 방에 있는 승학을 놀라게 할 뻔했다. 지금은 시간이 지나서인지 마음도 가라앉고 그나마 이성적으로 머리를 쓸 만했다.

"그래, 걔도 많이 힘들긴 했다, 응. 너무 쥐어짜기도 했고."

아무리 등잔 밑이 어두워도 은신처는 여러 번 바꾸는 게 좋다. 그 은신처라는 게 지금은 당장 준비가 안 되었다는 게 제일 큰 문제이긴 한데…….

뒤를 밟힐까 봐 패물을 마음대로 가져다가 팔지도 못하고, 부모님의 인맥이 닿아 있는 곳은 꿈도 꾸지 못한다. 그런 것들을 다 제하고 나면 효국에 갓 귀국한 정윤이 갈 수 있는 선택지는 전무하다시피 했다.

어떡하지. 여기서 밤이라도 샐까. 한숨만 푹푹 쉬고 있는 사이 승학이 퇴궐 준비를 하러 들어왔다.

"아직 퇴청하지 않았습니까?"

"지금 하려고요."

"잘 됐군요. 저와 같이 나가시지요. 저도 지금 가려 하였습니다."

"저기 공자, 아니 이 교랑님."

아직 호칭을 어색해하는 정윤에게 승학이 무슨 일이냐며 싱긋 웃음을 보냈다.

"궐내에 잘 수 있는 곳이 혹시 있을까요?"

"당직을 서게 되면 사용할 수 있는 곳이 있기는 한데 왜 그러십니까?"

"저도 거기서 잘 수 있겠죠?"

"……거기서 잔다고요?"

"제가 사정이 있어서 머물 곳을 아직 못 구했는데 오늘 당장 잘

곳이 없어서요. 궁에서 잠시 신세를 지려고 하는데 괜찮겠죠? 녹봉에서 깎으려나요?"

"아니요, 전혀 괜찮지 않습니다."

안 된다고 단칼에 잘라 내는 얼굴이 딱딱하게 경직되어 있다. 정윤은 서둘러 그를 설득할 수 있는 이야깃거리를 주절거렸다.

"제가 정말 갈 곳이 없어서 그러거든요. 그동안 공부하느라고 여기저기 다 써 버려서 돈도 거의 없어요! 원래 부모님 집에 얹혀살았는데 최근에 갑자기 사이가 안 좋아졌단 말이죠……."

가출했다는 처지를 이리 돌리고 저리 돌려서 에둘러 피력했다. 승학은 여전히 표정에 변화가 없었다.

"계속 거기서 잔다는 건 아니고요, 딱 며칠만요!"

"온갖 사람들이 뜨내기처럼 머물다 가는 곳입니다."

"저도 그 뜨내기인 것 같은데……."

목적한 바를 이루고 나면 당장에 여길 뜰 것이다. 관리로서의 명예고 나발이고 공무원의 삶이란 게 뭔지 오늘 톡톡히 실감했다. 너무 적성에 안 맞다.

정윤은 초롱초롱한 눈빛을 보내며 상관의 허가를 기다렸다.

그러나 승학은 허한다는 말 대신 그녀의 짐 꾸러미를 양손에 챙겨 들었다.

"갑시다."

"아이, 데려다주실 필요까진……."

"제 집으로."

"예?"

입을 벌린 채로 굳은 그녀를 두고 승학은 앞장서 갔다. 뒤늦게 쫓아가며 짐을 뺏고자 발을 깡충댔지만, 그는 가뿐히 손을 들어 그녀의 손이 닿지 못할 높이까지 들어 올려 버렸다.

판판한 등에 코를 박고 떨어지고, 널찍한 어깨에 이마를 부딪쳐서 떨어지고, 튼튼한 팔에 매달렸다가 떨어졌다.

으악, 내 짐! 정윤은 이리 폴짝 저리 폴짝 뛰며 승학의 뒤를 졸졸 따라갔다.

* * *

"여깁니다. 들어가시지요."

"이건 진짜 아니에요."

"길바닥에서 잘 순 없지 않습니까?"

"그래서 제가 궐에서 잔다고!"

"그건 안 된다고 하지 않았습니까."

침착하고 점잖게 나무라는 투라 정윤은 꾸중 듣는 아이가 되었다. 이런 식으로 누군가한테 훈계를 듣는 게 난생처음이라 제대로 된 말대꾸도 못 했다.

"그럼 안으로…… 어허."

쳇. 또 실패했다. 정윤은 하늘 높이 멀어진 제 보따리를 향해 허우적대다 좌절하곤 뒤꿈치를 내렸다. 승학의 경계가 느슨해진 틈을 타 얼른 짐만 뺏어서 도망갈 요량이었는데, 의외로 그의 수비가 날렵했다. 이로써 벌써 8번째 실패. 오는 동안에도 요리조리 교묘하게 공격을 피하면서 짐을 어깨 위로 높이 드는데 정말 환장할 지경이었다.

아마 상대가 다른 인물이었다면 정윤은 가차 없이 발길질했을 것이다. 그러나 승학에게는 차마 그런 들짐승 같은 행동을 보여 줄 수가 없었다. 왜냐고 묻는다면 그냥, 그냥 할 수가 없었다. 참 답답하게도.

그리고 같은 이유로 그의 집에 들어가 편히 자리 깔고 눕기도 곤란하다. 그래서는 안 될 것 같은 기분이고, 그러기에는 너무 부끄러운 감정이 밀려들었다.

그래, 그냥 짐을 포기하자. 설마 내 물건을 먹고 튀겠나. 그녀가 결심을 바꿔 돌아서자 승학이 곧장 팔을 붙잡았다.

"어딜 가시려는 겁니까. 밤길은 위험합니다!"

좀 도망가고 싶어서 그런 건데 참 착실하게도 잡아 준다. 정윤은 단숨에 제자리로 돌아오게 되었다. 다시 눈앞에 밤하늘과 어울리는 차분한 남자가 들어왔다.

"당장 갈 곳이 없다 하시지 않았습니까."

"그렇긴 했죠."

"그러니 들어오십시오. 빈방이 있어 내어 드리는 것뿐이니 신세 진다 생각하지 않으셔도 됩니다."

"근데 그게 또…… 그렇게는 안 돼요."

"불편해서 그러십니까?"

"불편하기보다는."

딱 꼬집어 설명할 수 없는 그런 게 있다. 넙죽 받으려니 모양새도 없어 보이고, 아무것도 차린 게 없다 보니 꼴도 민망하고.

복잡한 심정이었는데 승학이 먼저 자세를 낮춰 왔다.

"그럼 제가 청하는 것으로 하면 조금 덜 불편하시겠습니까. 소저께서 제 집에 머물러 주시기를 원합니다. 그러니 웬 떡이냐 하고 들어와 주십시오."

그건 대체 무슨 논리인지. 왜 그렇게 입장을 바꿔야 하는지. 그러나 그는 벌써 정중하게 허리를 굽히고 부탁하는 듯한 자세가 되었다. 입과 눈은 거의 반달에 가깝게 접혀 있었다.

세상 물정 모르는 남자의 순박함에 정윤은 지그시 입술을 깨물었다. 이번의 꾸짖음은 그녀의 몫이 되었다.

"공자님."

"예."

"말씀은 감사하지만 생각을 해 보세요. 댁에 미리 소식도 알리지 않고 저를 데려오셨습니다. 그럼 공자의 부모님께서 절 보고 얼마나 놀라시겠습니까?"

"처음에는 다 어쩔 수 없지 않습니까?"

"……공자님."

"말씀하십시오."

"실례지만 혹시 내실(內室)이 계십니까?"

"제게 안사람이 있다면 안심이 되시겠습니까? 아직 미취(未娶)하였습니다만 그렇다고 해서 감히 소저께 누가 되는 행동을 하지는 않겠습니다."

"그런 말이 아니라요. 으으, 그럼 정해진 혼처는 있으십니까?"

"그것도 아직…… 아."

승학은 그제야 정윤이 던지는 질문의 의도가 어디에 있는지 알아차린 것 같았다. 그나마 다행이었다. 무엇이 문제인지 정도는 스스로 알아차리게 되었으니.

혼기가 찬 여인이 약혼자도 아닌 미혼 남성의 집에 들어가 잔다. 세상에 알려지면 사람들이 뭐라고 생각할지 자명했다.

물론 그런 이목 따위, 섬세하지 않은 정윤으로서는 무심코 삐져나온 머리카락 몇 올로도 취급하지 않겠지만 승학이 입는 타격은 다를 것이다. 고로 이것은 그의 멀끔한 평판과 명성을 배려해 주는 처사였다.

그가 몇 마디 만에 현실을 직시한 탓에 다음으로 준비되어 있던 '혹시 쉬운 남자이십니까?'라는 독한 문장은 다행히 입 밖으로 나오지 않아도 되었다. 정윤은 그것을 적당히 순화해서 말했다.

"저한테 왜 이러시는지. 아니죠, 어째서 이만한 친절을 베푸십니까?"

따지고 보면 그는 처음부터 이런 모습이었다. 일관적으로 친절하고 따뜻했다.

"제가 계속 신세를 지는데."

"결코 그렇진 않을 겁니다."

좀 전까지만 해도 당황해서 버벅거리더니 승학은 순식간에 단호한 태도로 돌아와 있었다.

"제가 원해서 청한 일이지 않습니까. 이곳에 모시고 온 것도, 다 제 뜻이지 않았습니까?"

끄응, 따지자면 그런 게 맞기는 한데……. 그러나 보이는 대로 정리하기에는 실상이 그와 같지 않다. 정작 도움을 얻고 폐를 끼치는 것은 정윤이었다. 그런데도 승학은 이 모든 것을 본인의 욕심이라고 칭하고 있었다. 배려가 아니라.

뭐지? 내가 놓치고 있는 것은 무엇이지? 혼란스러워하는 그녀에게 더욱 진솔한 부탁이 다가왔다.

"염치없지만."

"……?"

"친해지고 싶습니다."

"……!"

"함께 앞날을 의논해 보고 친분을 쌓았으면 합니다."

내내 고민하던 진심을 전하고는 승학은 미안해하듯 살짝 머리를 아래로 수그렸다.

황제께서 미리 명령하지 않았던가. 우리가 원하는 바를 위해선 그녀가 있어야만 한다고. 그녀가 알고 있는 이야기와, 그녀가 얻어 올 수 있는 정보가 이쪽에는 반드시 필요하다고.

그는 그녀에게 친절해야만 하는 분명한 이유가 있었다.

다만 그것을 주군의 표현대로 '이용'이라고만은 생각하고 싶지 않은 것뿐이었다. 그는 진심으로 서로가 의지하고 견뎌 줄 수 있는 사이가 되기를 바랐다.

"어……."

하지만 진의를 모르는 정윤은 뜻밖의 고백에 돌처럼 굳었다. 제게로 숙여진 탓에 달빛과 어우러져 내려오는 사내의 콧날이 유혹적으로 빛났다.

'한 배를 탔으니 잘 지내보자는 소린가? 그런 얘기를 보통 이렇게까지 진지하게 각 잡고 하던가? 아니야, 아니잖아. 이런 건…… 이건 앞으로 나랑 뭘 어떻게 해 보자는 소리 아냐?!'

도를 넘은 해석이라 치부하면서도 벌어지는 입을 주체 못 해서 손바닥으로 가려 덮었다.

저렇게나 골격도 크고 선도 굵직굵직한 남자인데, 제게로 기울어진 이목구비는 미려하고 부드럽기만 하다. 그런 외모로 이런 한밤중에 저런 심란한 말을 던진 것이다.

정윤은 순간 무장해제를 당하고 말았다.

저택 안에서 노복이 마중을 나오고 짐을 받아 들었다. 얼떨떨해진 그녀는 손님을 각별히 모시라는 승학의 당부에 아무런 반박도 하지 못했다.

* * *

새삼 스스로가 얼마나 간악한 사람인지 뼈저리게 느끼게 된다. 평소에도 그런 끼가 역력하긴 했지만 그런 제 모습이 이토록 신경 쓰였던 적은 없었던 것 같다.

흔한 말로 정윤은 지금 상당히 낯부끄러운 상태였다. 아니다, 좀 더 속된 말로 그냥 쪽팔렸다.

시장할 것이라며 방 안으로 넣어준 상도 다 받아먹었고, 갈아입으라고 준 옷도 냉큼 받아 몸에 껴입었다. 이제 몸뚱이는 남의 집 이불보에 착실히 들러붙어서 푹신함을 만끽하는 중이었다.

'싫다, 싫다 하더니 결국 이렇게 들어왔잖아!'

앞으로 친하게 지내자는 사내의 심란한 외모가 떠올라서 그녀는 푸우, 한숨을 내쉬었다.

"신경 쓰여 죽겠네."

그 앞에서는 굉장히 언행을 사리게 된다. 좋지 않은 성격을 자제해 가며 행동과 말씨를 가다듬게 되었다. 그러니까 한마디로 내숭을 떨게 된다.

"내가 내숭이라니."

풀어헤친 긴 머리칼 속에 손을 넣고 움켜쥐다가 답답함에 창문을 활짝 열었다. 시원한 밤공기가 볼에 끼얹어져 지는 것이 좋았다. 창틀의 구석에 등불을 올리고 양 팔꿈치를 난간에 기댄 채 몸을 길게 밖으로 빼냈다.

참 정갈하고 검소한 집이다. 승학의 가진 분위기와 아주 많이 닮았다. 문득 이와 대비되는 호사스러운 제 방의 풍경이 생각나 정윤은 실소했다.

집 떠나면 개고생이라더니. 체면 차린다고 버티긴 했으나 오늘 승학의 구제가 없었더라면 아마 초라한 곳에서 야숙을 하게 됐을 것이다. 보나 마나 처지는 점점 더 가련해질 테고 어느새 뒤돌아서면 눈물겨운 생존기를 이어 가고 있을지도.

문득 집 생각이 간절해졌다. 그중에서도 부모님 생각에 눈빛이 깊어졌다. 내 독단에 화가 나셨으면서도 걱정하고 계시겠지. 본인들의 과거와는 무관한 삶을 살아가길 그토록 원하셨으니까.

하지만 정윤은 그런 생각을 하면 할수록 더더욱 집으로 돌아갈 수가 없었다.

억울했다. 억울하고 분했다. 잘못한 것도 없는데 왜 내 부모가 그런 일을 감당해야 하나? 왜 우리가 참아야 하나. 왜 내가 도망쳐야만 하나.

……나는 잘못한 거 없어.

죽어도 놓지 못하는 아집처럼 주먹을 꽉 쥐었다.

다 밉고, 다 싫었다.

자신이 단단히 삐뚤어져 있다는 것을 알면서도 고치고 싶은 마음도 들지 않았다. 모든 것을 내려놓고 잊고 사는 공허함보단 차라리 다 같이 비극으로 침몰하는 신파가 더 좋았다.

실제로도 한 번 판을 벌여 원하는 결말을 보지 않았던가. 또래들의 울부짖음을 견디기 힘들어 몇 번 토악질이 올라오기도 했지만 그렇다고 두 번 못 할 짓이냐고 묻는다면, 천만에. 정윤은 이번에는 더 요령 좋게 잘할 자신이 있었다. 최대한 죄의식을 줄이고 희열감을 키운다. 어쩌면 타인을 사지로 몰아넣는 데에 소질이 있는지도 몰랐다.

"휴우."

손등에 머리를 대고 불안정한 호흡을 뱉었다. 기껏 피 묻은 칼을 들었는데 마구잡이로 쑤셔댈 수가 없으니 독한 정신이 애꿎은 제 몸을 괴롭히는 것이다. 그녀가 턱을 꺾어 피폐한 눈동자를 들어 올렸다. 때마침 풀밭을 헤치는 발소리가 들렸다.

"소저?"

어둠 속에서 적당히 흔들거리는 등롱이 보였다. 한 발씩 조심스레 가까워져 오더니 이내 따뜻한 불빛에 비춰 승학의 이목구비가 드러났다.

"아."

정윤은 음험하게 도사리던 감정을 표정 밑으로 숨겨 넣었다. 그가 손에 든 등롱을 그녀가 기댄 창가에 마저 올려 두었을 쯤엔 예리하게 깎아 두었던 감정들도 스르르 흩어진 뒤였다.

"여기는 어떻게……."

양옆으로 환한 등불에 갇혀 정윤은 큰 눈을 깜빡거렸다.

승학은 잠시 먼 곳으로 시선을 돌렸다가 준비해 온 말을 실수 없이 속삭였다.

"이 앞이 정원으로 통하는 길이라."

"길이라?"

"……산책 한다는 핑계를 대기에 좋습니다."

즉 산책을 변명 삼아 그녀를 만나러 왔다는 뜻이다.

'사람 참 순진무구하고 담백하네.'

기껏 핑계를 만들어서 왔으면 끝까지 밀고 가야지, 버티지 못하고 이실직고하는 솔직함이라니. 정윤 역시 돌리지 않고 직설적으로 질문했다.

"그래서 저한테 무슨 용건이신데요?"

이 야심한 시각에 그렇게 순진하고 말간 얼굴로 무슨 볼일이냐, 콕 집어 지적하자 승학은 머뭇거리던 속내를 털어놓았다.

"잠자리는 편안하신지 궁금하고……."

"아주 편합니다. 다음이요."

"다음으로는……. 혹시 제 행동에 불쾌하셔서 말없이 나가셨을까 봐."

"불쾌요? 아니 제가 왜요?"

"몇 번이나 거절하신 것을 억지로 모셔 온 것이라."

다 큰 여인을 멋대로 제 거처에 들인 것에 대한 미안함을 완곡히 암시하는 투였다. 편하게 얘기해도 되는데 최대한 돌리고 돌려서 전하는 것이 그다웠다.

'그거는 뭐 결과적으로도 썩 떳떳한 입장은 아닌데.'

미혼에다가 그렇고 그런 추문이 나기에 딱 적절한 대상은 승학도 피차일반이다. 굳이 따지고 재자면 그가 훨씬 불리한 입장일 텐데. 세상 선량한 양심에 뜨끔했지만 정윤은 모른 척했다.

"전 괜찮습니다."

곱게 오는 배려를 받고도 입을 싹 닦았다. 그걸 아는지 모르는지, 아니면 상관이 없었던 건지 괜찮다는 말에 승학의 얼굴은 곧바로 환해졌다.

"정말 제가 말도 없이 나갔을까 봐 그걸 걱정하셨던 거예요?"

"소저는 도망을 잘 가시니."

"제가 언제요?"

그런 기억이 별로 없는데. 정윤은 되물었지만 승학은 그 질문에는 그저 웃는 것으로 답을 대신했다. 차마 우리가 벌써 세 번이나 만난 적이 있고, 그중에 두 번은 자신이 몰래 훔쳐보았으며, 번번이 연기처럼 사라지던 그녀의 뒷모습을 자신이 좋아하지 않았다는, 있는 그대로의 사실은 전할 수가 없었다.

"이상한데요. 좀 수상한 구석 있으신 거 아세요?"

"특별히 그런 건······"

"지금도 약간 회피하셨죠? 뭔가 석연치가 않은데."

정윤의 촉이 그랬다. 대단한 건 아니지만 그가 무언가를 숨기고 있다는 것은 안다. 가늘게 좁힌 눈으로 몸을 바싹 기대고 붙자, 승학이 움찔대며 물러서려 했다.

깨끗이 씻고 온 그의 몸에서는 청량한 냄새가 났다. 그러고 보니 매번 잘 갖춰 입은 모습만 봤는데 오늘 밤처럼 편안한 옷차림은 처음이었다. 상투를 풀어 내려 하나로 헐렁하게 묶어 놓은 그의 긴 머리카락이 어깨 밑에서 나부꼈다.

이야, 저걸 뭐라고 해야 할까.

청초? 가련? 순수?

왠지 그런 사람을 못된 제가 괴롭히고 있는 듯한 기분이 들어 정윤은 뚫어지게 보내던 시선을 거두어 주었다.

"도망가지 않을 테니 내일 밤부터는 이렇게 순찰 나오지 않으셔도 돼요. 그러다 감기 걸리세요."

밤바람도 쌀쌀한데 그의 귀한 외모는 따뜻한 방 안에서 귀한 보호를 받아 마땅하다고 생각했다. 도망가지 않겠다는 약속에 그의 얼굴에 한결 기뻐 보이는 듯한 표정이 역력해져서 더 그랬다.

참 사람 기분 좋게 만드네. 정윤은 큰 선심을 써 주듯 내친김에 다른 약속도 해 주었다.

"잠시 신세를 질게요."

"예."

"생각보다 더 오래 질 수도 있고요."

"예."

"전 아주 편하게 지낼 거예요."

"예, 그러셔도 됩니다."

승학은 대답할 때마다 웃었다.

"고맙습니다, 소저."

왜 입장이 역전되어 있는지는 모르겠지만 그는 두둑한 약속을 받곤 고맙다며 또 예쁘게 눈웃음 지어 주었다. 대관절 불청객이 무전취식 하겠다는데 뭐가 고마운 건지. 하지만 그가 기쁘다니 그걸로 그냥 다 된 기분이었다. 사람이 저렇게 예쁜데 그까짓 거 하고 싶은 거 다 해 줘도 되지 않겠나.

승학은 상기된 얼굴로 그녀를 향해 한 발자국을 더 걸어왔다. 서로 하나씩 가져다 놓은 등불이 가릴 것 없이 둘을 훤히 밝혔다. 이렇게나 밝은데, 어떠한 마음도 숨길 수 없을 것 같았다.

분위기에 힘입어 그가 조심스럽게 이야기했다.

"제가 도와 드릴 수 있을 겁니다."

"무엇을요?"

"소저가 왜 폐하의 곁으로 오셨는지 알고 있습니다."

덤덤한 목소리에 담백한 문장이었다. 그러나 정윤은 순간적으로 흔들린 눈빛을 내보이고 말았다. 주변이 너무 환해서라고 변명하고 싶었지만, 그게 아니다. 온당하지 않은 그 뒷거래의 사연을 그가 훤히 알고 있다는 것에 그녀는 손끝을 오므려야만 했다.

"소저."

한순간에 격침당해 휘청거리려는 그녀를 승학은 서둘러 불렀다. 이와 같은 표정을 이미 본 적이 있었기에 더 다급해졌다. 빗속에서 잃어버렸다고 생각했던 그 서러운 눈가였다. 찬 물기에 파랗게 식어가던 그 입술이었다. 그는 아직도 그것들을 잊지 못했다.

'힘들어한다.'

그녀를 힘들게 하려던 것이 아니다. 그런 것이 아니다. 그가 서둘러 말을 이었다.

"잘 됐으면 좋겠습니다."

그저 너무 가파르게 마음 세우지 않기를.

"바라시는 대로 모두 이루어지면 좋겠습니다. 믿기 어려우시겠지만 저도 같은 것을 바라고 있습니다."

더불어 내 도움도 필요로 해 주었으면…… 하고 생각했던 것뿐.

어둡게 일렁이는 눈동자가 그에게로 꽂혀 들었다.

다시 한번 네 편으로 만들라던 황제의 당부가 머리통을 강타하면서, 승학은 어떠한 강렬한 욕구를 느꼈다.

처음부터 물어보고 싶었던 것.

혹시 그대는 내 아버지의 행방을 알고 있나?

알고 있다면 부디.

무거운 입술이 움직였다.

"저는 소저의 편이 되고 싶습니다."

그러나 마음은 이미 다른 산 하나를 넘어와 있었다.

변함없이 그녀와 친해지고 싶었다.

4. 석 달 전

서남쪽 인시 방향에서 두 명이 쑥덕거리고 있다. 저기 정동 쪽 묘시 방향에도 서너 명이 있다.

신입 관리 딱지를 붙이고 뛰어다닌 지 어언 두 보름째, 오늘도 역시 숨은그림찾기로 하루를 시작한다.

정윤은 매일 아침 승학과 나란히 등청하면서 제 주위로 모였다 흩어지기를 반복하는 눈알의 개수를 세는 것이 일상이 되었다.

그들의 대다수가 해가 출신인 그녀에게 비우호적이었지만, 연령층이 다양하고 특징도 각양각색이며 성별도 고르게 분포되어 있어서 구경하기엔 제법 지루하지 않은 재미를 제공했다.

최근에는 그녀가 승학의 곁에 이리 찰싹 붙어 다니는 것을 그들이 매우 질투한다는 사실마저 알아냈다.

태학박사이며 전 승상의 아들이었던 사람, 세심히 다듬은 듯한 외모에 정갈한 성품으로 명성이 자자한 인물. 단 하루, 과시에서 삐끗한 것을 제외하면 무결점인 사내.

영흰서라는 꼬리표는 그가 가진 조건에 비하면 바다를 칼로 가르는 것보다도 무용한 흠집인 모양이었다.

사람들이 입을 모아 그렇게 이야기했고 정윤도 군말 없이 동의했다. 그녀는 때때로 거기에 더한 것들을 갖다 덧붙이기도 했다.

웃는 것도 예쁘고, 말씨도 착하고, 내 얘기도 잘 들어 주고, 아는 것도 많고, 가까이 가면 좋은 냄새도 나는 데다 그리고, 그리고 또……

'몸도 무지 좋더라.'

새벽에 종종 그가 운동하는 것을 훔쳐보는 것은 최근에 생긴 또 다른 취미였다. 착한 얼굴에 그보다 더 착한 몸이었다.

정윤은 일부러 크게 팔을 휘저어 승학의 관복에 제 것을 가볍게 스치며 흥흥거렸다. 이제는 습관 같은 친근한 목소리가 귓가에 내려왔다.

"기분 좋은 일이 있습니까?"

출근길에 듣기에 달달하고 촉촉한 목소리였다. 이유 없이 배시시 눈을 접고 어깨를 움츠리게 만드는 달짝지근함. 좋은 일이 뭐냐면, 이게 바로 좋은 일이다. 정윤은 고개를 크게 끄덕였다.

스스럼없어진 그녀의 반응에 승학도 부드럽게 입가를 늘였다.

어감이 묘하지만 한 지붕 아래에 살림을 튼 후로 상당히 가까워지게 되었다. 정윤은 깍듯한 존대어를 구사했던 승학을 꼬드겨 지금처럼 제게 편안한 말투를 쓰도록 유도했다. 물론 그는 절대로 무례하게 대할 수 없다며 사양했지만 전에 있던 어색함과 낯섦이 확연히 줄어들었다. 겉보기엔 달라진 게 없었어도 둘을 가로막고 있던 격식은 사라졌다. 지금은 이렇게 말도 잘 붙여 오고.

꼬챙이 같은 시선들을 의식하며 정윤은 의도적으로 그의 소매 깃을 살짝 쥐었다. 타고 나길 못된 성미라 남들이 소리 없는 비명을 지르면 더 마음 놓고 즐기는 편이었다. 못 말리는 심술이었다.

"더 활짝! 웃어 보실래요?"

난데없는 주문이 의아할 법도 한데 승학은 왜? 하면서도 입 끝을 귀까지 걸어 보였다.

"이렇게?"

"좀 더 크게!"

"더 크게, 이만큼?"

"네, 아주 좋네요."

승학은 세세하게 들어오는 요구사항에도 군말이 없었다. 요즘 들어 이렇게 저렇게 부탁하고 매달리는 정윤이 귀여운 듯도 했다.

"저 손 좀 잠깐만 빌려주세요."

그녀가 손, 하고 내밀자 망설임 없이 커다란 손바닥이 위로 겹쳐졌다.

이건 너무 말 잘 듣는 거 아니야?

왠지 발을 달라고 해도 덥석 줄 것 같은 기분이다. 정윤은 제 손안에 잡히는 그의 긴 손가락을 무의식적으로 주물럭주물럭거렸다. 이번에는 승학이 조금 당황했다.

그가 막 입을 떼려 하는데 정윤은 '쉿, 가만히!'라고 속삭이더니 빠져나가려던 그의 손가락을 잡아챘다. 민감하게 기척을 세우고 집중하자 기막혀하거나 손가락질하거나 열등감이 폭발하는 식의 난리가 골고루 퍼져 나갔다.

캬, 인기남과 단짝인 기분이란 바로 이런 것.

소리 질러, 함성 질러. 정윤은 승학의 손가락을 쥐고 있는 상태로 보란 듯이 손을 흔들었다. 영문을 모르는 그는 그녀의 급진적인 접촉에 반항 한 번 못하고 휘둘렸다.

* * *

해가 정확히 정수리 위에 올라섰을 때였다. 정윤은 오전 내내 육부를 돌며 공문서 작성법에 대한 마지막 신입 관문을 치르고 진이 다 빠져 버렸다.

무슨 교육을 한 달씩이나 하고 거기다가 시험까지 본담. 낙방하면 통과할 때까지 재교육이라고 경고를 받아서 농땡이도 피우지 못했다.

어차피 뒷방 중에서도 제일 뒷방에 처박혀서 제대로 된 일은 하지도 못하는데. 군이 유능해질 필요가 있을까? 그녀가 툴툴거리며 발에 걸리는 돌을 톡 차자 작은 돌멩이가 좁은 샛길에서 도르르 굴러갔다.

영훤서는 심리적으로도 한직이지만 물리적으로도 매우 한적한 위치에 자리 잡고 있어 주로 다니는 길이 이러했다. 타 관부의 관리들이 대로의 으리으리한 문을 지나 자기 자리로 돌아갈 때, 정윤은 그보다 훨씬 더 많은 소로를 꺾어 머리가 닿는 사잇문을 거쳐 가야만 했다.

가는 도중에 사람을 마주치기란 극히 드문 일이다.

"이보시오."

따라서 지금처럼 도중에 누군가와 조우한다면 이것은 거의 예외 없이 상대의 의도적인 방문이었다.

협소한 골목 안, 팔짱을 낀 관료가 앞을 가로막고 서 있었다. 빛깔이 남다른 관복에 번쩍이는 장신구가 두드러지는 청년이었다.

'이보다니. 뭐, 이보실 것까진 없을 텐데.'

통로를 차단한 의문의 남성으로부터 정윤은 꽤 가까운 거리까지 다가가서 멈춰 섰다. 그것을 신호로 화려한 남자가 먼저 나섰다. 길을 막은 것치곤 그래도 아주 예의가 없지는 않았다.

"초면이겠죠? 상의국의 직장(直長)입니다."

아, 상의국. 어쩐지 똑같이 생긴 관복인데 왜 저렇게 휘황찬란하나 했다. 황실에 의복과 장신구를 지어 바치는 수석 침방에 근무하시는 전문직 남성이다.

멋지구먼. 정윤은 끄덕였다. 대대로 여성 관료들이 장악하고 있는 곳에 당당히 입성한 청일점일 테니 목에 힘을 주는 것도 이해했다. 그리고 무엇보다 평가에 있어서는 영환서보다는 훨씬 앞설 테니까.

"저는 영환서의 급사……"

"이것을 이 교랑님께 전해주시겠소?"

"……."

아니다. 방금 한 말 삭제다. 완전 삭제. 깔끔하게 삭제. 아주 예의가 없는 것 같진 않다는 말까지 도로 회수한다. 그는 싸가지가 없었다.

사람이 차근차근 얘기를 하고 있는데 말을 끊어? 말투가 곱지 않았던 것도 애써 무시해 줬는데 태도까지 삐뚤게 나오니 반발심이 치밀었다. 정윤은 오기로 같은 말을 반복했다.

"저는 영환서의 해……"

"그 집안에 대해서는 그다지 듣고 싶지 않으니 되었소."

하지만 이번에도 그녀의 자기소개는 끝맺어지지 못했다. 사내는 마찬가지로 무례하게 끊어 버렸고 되레 짜증 난다는 기색을 만연히 과시했다. 네가 악명 높은 '그 집안'의 '그 계집'이라는 걸 모를 것 같으냐, 하고 불쾌감을 드러내듯이. 궐 안에 팽배하게 퍼져 있는 익숙한 대접이었다.

'근데 또 그게 너무 익숙해서 받을 때마다 배알이 뒤틀린단 말이지.'

입술이 삐뚜름하게 올라가려 한다. 정윤은 곱게 포장된 상자를 빤히 앞에 두고도, 양쪽 주머니에 손을 하나씩 푹푹 찔러 넣었다. 이젠 물건을 줘도 받을 손이 없었다.

내가? 그걸? 널 위해? 굳이? 왜?

"직접 전하시면 될 텐데."

주머니에 손을 꽂아 넣은 탓에 자세도, 말투도 한결 더 자연스럽게 건들거릴 수 있었다.

사내는 정윤의 껄렁함에 이맛살을 구기더니 콧방귀와 함께 대꾸했다.

"내키지 않으신가 보군."

"예, 별로."

"불안하신가 보죠."

"아니, 딱히."

"내 선물에 이 교랑께서 흔들리실까 봐?"

"뭐, 글쎄…… 에?"

마지못해 설렁설렁 받아 주다가 그 지점에서 휘청했다.

흔들린다고, 누가. 네가 준 이거에?

어, 음, 잠깐만. 사고를 달리해야 하는 것일까. 그……그으래, 그럴 수도 있다. 인기남의 옆자리를 탐하고자 하는 데 남녀노소를 가릴 필요는 없는 거니까.

그녀는 찰나에 경직되었다가 곧 눈앞의 '남성'을 눈앞의 '상대'로 취급을 변경해야 한다는 사실을 깨달았다. 승학을 흠모하는 사람들은 정말 다양하고도 다양했다.

그녀가 여유를 되찾아 다시 입을 열었다.

"굳이 이러시는 게 이해가 안 가네요. 직접 전하는 편이 낫지 않아요? 지금처럼 손에 들고 계시다가 마주치면 인사하고 가볍게 넘기면 되잖아요. 그게 어렵나요?"

직접 선물 박치기하고 알아서 광명 찾으렴. 간편한 권유에 목탄으로 그린 상대의 눈썹이 꿈틀했다.

"내가 직접 전해 드렸다가 상황이 곤란해질 수도 있으니 그런 것 아니오."

"아아, 마음에 상처. 그걸 대비하시는 거구나."

말이 끝나자마자 정윤은 큰 동작으로 맞장구쳤다.

아무렴, 줬다가 면전에서 거절당하면 세상 그것보다 더 쪽팔린 일이 없을 거다. 그에 비해 남을 통해서 맡기면 최소한 선물이 반송될 가능성은 희박했다. 덤으로 사양하겠습니다, 라는 말도 대놓고 듣지 않을 수 있고.

정윤은 상대가 에둘러 표현한 그 민감한 사항에 '그렇죠, 그렇죠.' 하고 인정하는 듯하다가 돌연 싹 웃음기를 거둬내며 말했다.

"그럼 안 주면 될 텐데. 물건을 전한다고 해서 마음이 전해지는 것도 아니고."

"뭐요?"

"아니, 보통 그렇잖아요? 노력한다고 다 되는 것도 아닌데. 그 정도 위험쯤은 감수하고 행동해야 하지 않을까요? 거절이 두려우신

분이 뭘 그렇게 쉽게 도전하려고 하세요?"

당황하는 얼굴을 보며 정윤은 친절을 가장해 신랄하게 입술을 비틀었다.

참 웃겼다. 구태여 제 손을 거치려는 이유. 이러니저러니 해도 아마 그녀가 눈엣가시이기 때문일 것이다. 승학에게 찰싹 붙어 있는 그녀를 경계하려 하는 것이다.

'와, 나 어느새 인기남 옆의 제거해야 하는 대상이 된 건가.'

그렇다면 이건 확실히 경고인데 도대체 무슨 똥배짱인지는 모르겠다. 본인이 그만한 모험과 패기를 감수할 만큼 승학에게 의미가 있는 존재인가? 아니면 그만큼 내가 우습고 하찮아 보인다는 건가?

사람을 무시하는 것도 정도껏이어야지.

"정말 자기객관화가 안 되는……."

무심코 성질대로 중얼거리다가 정윤은 아차 했다.

아, 아니지. 이러지 말자. 악취미로 흘러가는 즐거움을 내면의 의지로 끊어 냈다.

그러니까, 자신은 조금 더 온화해도 되었다. 공자님처럼, 늘 상냥하고 유순한 그처럼 자신도 선량한 사람이 될 수 있다. 근래 들어 생긴 소소한 목표였다. 그녀가 주머니에 넣어 두고 있던 손을 뽑아 부들거리는 상대에게서 상자를 앗아갔다.

"그래요, 주세요."

달그락.

받는 순간 가볍게 부딪히는 소리가 일었다. 내용물의 크기와 무게, 더불어 소리까지 복합적으로 정보가 들어오면서 대강 정체를 짐작할 수 있었다.

"향낭?"

상대는 어떻게 알았냐는 표정이다. 오, 맞췄군. 작게 자축하는 동시에 자동적으로 승학의 습관이 떠올랐다. 같이 사니까 그가 무엇을 선호하고 어떠한 치장을 꺼리는지 정도는 조금만 관심을 기울여도 알 수 있는 부분이다. 게다가 첫날부터 냄새로도 쫙 파악해 놨으니까.

그런데 향주머니라.

"안 좋아할 텐데."

또 한 번 무심결에 중얼거렸다가 이번에는 즉시 활활 타오르는 눈알의 공격을 받았다.

어이쿠, 실수. 빠른 사과 후 정윤은 양팔을 들어 올리며 그래도 이건 좀 억울하다는 식의 동작을 취했다. 정말로, 이거 하나는 확신할 수 있었다. 향낭은 그의 취향이 아니다. 승학은 꽤나 검소한 편이었고 불필요한 장신구를 즐기지 않았다.

"그냥 가볍게 느낌만 봤어요."

그러나 굳이 그런 것을 알려 줄 필요는 없긴 했다.

"만나면 바로 전해 드리죠."

잽싸게 챙겨 마무리 지은 후 '이제 길 좀?' 하고 비켜 달라는 눈짓을 보냈다. 짧은 만남이었지만 몹시 피로해져 빨리 헤어졌으면 좋겠다는 욕구만이 가득했다.

그녀가 요지부동인 사내를 그대로 뚫고 지나가려는 순간이었다.

"언…….."

반대편에서 작은 뒤통수가 달려오려다가 제자리에서 멈췄다.

모연이었다. 막 영흰서에서 나오던 길이었는지 정윤을 보고 손을 흔들더니 심상찮은 인물을 발견하곤 입을 다문다.

'뭐지? 누구지?'

곤란에 처한 사람이라기엔 정윤의 안색은 그보단 편안해 보였지만 그 외의 요인들은 누가 봐도 좋지 않은 상황으로 보였다. 뭔가를 탐탁지 않아하는 인물과 그에 홀로 대응하고 있는 말단의 신입 관리.

모연이 걸음을 빨리해 다가가자 정윤이 눈에 띄게 반가워하며 웃었다.

아, 우리 편 왔다.

역시 혼자보단 둘이 나은지라, 사람을 제치고 제 곁으로 다가온 모연을 정윤이 바짝 끌어당겼다.

"무, 무슨 일이시죠? 어떻게 오셨습니까?"

모연은 사내를 향해 용기 있게 발언했다. 그러면서 저보다 키가 큰 정윤을 뒤로 감추기도 했다. 사적으로는 편한 사이가 됐을지언정 일터에서는 공식적으로 정윤을 보호해야 할 선배였으니 당연했다.

"아실 것 없소. 볼일 끝났으니까."

하지만 상의국의 사내는 모연에게도 같은 태도를 보였다. 명백히 업신여기는 느낌이다. 두 여인을 번갈아 보는 눈빛 속에는 한심함과 깔봄이 섞여 있었다.

겁먹어서 움찔거리는 모연의 팔을 정윤이 단단하게 틀어잡고 버텨 주었다.

알고 있다. 모연에게도 힘이 없다는 것을.

그간 같은 공간에서 복작대면서 그녀의 사정 역시 대강 알아 두었다. 귀족이긴 한데 사생아라. 모친은 향락가 출신에 그나마 제대로 있어야 할 부친은 그런 여자와의 혼사로 가문에서 적출됐다고. 그래서 그 딸은 반푼이라고 말이다.

어쩐지 신동인데도 왜 영훤서에 처박혀 있나 했는데 듣자마자 이해할 수 있는 사정이었다.

그러니 모연이 선배랍시고 나서 준다고 해도 이렇게 씨알도 안 먹히는 것이다. 그 점을 아는 이들은 그로부터 기울어진 권력의 불균형을 이용했다. 넌 빠져, 라는 말을 노골적으로 쏴대는 것으로.

정윤은 픽 바람 빠지듯이 조소했다.

힘? 당연히 그런 것은 싸움하는 도중에 뚝딱 만들어 낼 수 없다. 힘이라는 건 아주아주 근본적인 능력치라 만드는 게 아니라 길러내야 하는 거니까.

하지만 무기라면?

그러니까 흉기라면 어떨까.

그런 것은 싸움이 벌어지고 있는 지금, 이 현장에서도 즉석으로 만들어 낼 수 있는 것이다. 상황에 맞게 근처에 있는 것을 구해다가 뾰족하게 깎고 날을 세워 손에 쥐면 된다.

다시 말한다. 무기는 만들 수 있다.

"네, 이분 볼일은 다 끝났죠. 저한테 이 물건을 부탁하셨거든요."

남의 약점을 잡으면 그게 내 무기가 된다.

정윤은 상자를 들어 보였다.

"제 손에 맡기셨으니 제가 알아서 처리하도록 하겠습니다. 중간에 까먹을 수도 있으니까 큰 기대는 하지 마세요. 원래 사람 마음이라는 게 받을 때랑 줄 때가 달라지더라고요."

마찬가지로 좀 전까지만 해도 착하게 살자 싶었어도 돌아서면 아닐 수도 있는 것이고.

"뭐라고…… 이보시오!"

아까부터 자꾸만 날 보자고 하는데, 전혀 이보실 것 없다. 정윤은 듣는 둥 마는 둥 하며 새로 생긴 무기를 품 안에 구겨 넣었다.

어디 이따위로 건방지게 굴면서 이걸 제 손에 맡길 생각을 했을까. 고양이 발톱에 생선을 맡기면 당연히 해부실로 끌려가서 객사하는 거지. 정말 몰랐나?

정윤의 언행 속에서 '선물의 뒤처리는 내 맘대로'의 진심이 팍팍 느껴지자 상의국의 관리가 용을 쓰고 달려들었다.

"익!"

휙.

"이익!"

휙.

공격은 두 번. 당연히 유효타는 없다. 정윤은 몸을 돌려 두 번의 흉악한 손길을 흘려 내곤 유유자적 웃음을 흘렸다.

"왜 그러세요? 농담입니다."

물론 소름 끼치도록 진담스럽게 하는 농담이다. 마주 보는 상냥한 눈 속에는 이렇게 쓰여 있었다.

빨리 가라, 기분 나쁘니까.

* * *

우와, 우와.

뒤에서 총총 걸어오며 보내오는 찬사에 정윤의 걸음걸이가 어색해졌다. 익숙하지 않은 선망의 감탄사, 부담스러운 해바라기 시선…… 차차 삐걱대던 걸음이 결국 빙그르르 돌아섰다.

"한 주서님."

"네, 언니!"

거참 목소리도 초롱초롱하다. 정윤은 잠시 눈을 감았다 떴다. 같이 있으면서 친해진 건 사실이지만 어린 양의 이와 같은 거창한 시선은 감당하기가 버거웠다. 그래도 아직까진 일말의 양심 정도는 남아 있어서 좋은 본보기가 아니었다는 것 정도는 인지하는 편이라.

"옆에 와서 걸어 줄래요. 뒤 말고."

"네, 그럼요!"

말 잘 듣는 어린이처럼 모연은 쪼르르 달려와 나란히 섰다. 그러곤 다시 초롱초롱한 눈빛을 발사했다.

앗, 아니야. 이것도 아니라고…….

정윤은 애써 외면하며 억지로 발을 움직였다.

"제가 든든하게 나서서 도와 드렸어야 했던 건데 죄송해요."

"아닙니다. 그렇게 큰일도 아니었잖아요."

"뭔가 대단한 사람이네요, 언니는."

"별로 부러워할 만한 게 아닙니다. 남 괴롭히는 게 적성에 맞아서 그런 거니까."

찾아보면 조금 더 우아한 해결 방법이 있었을 것이다. 아니면 그냥 참고 넘어가는 방법도 있었다. 눈에는 눈, 이에는 이는 절대로 고차원적인 대응이 아니다. 누가 와서 못된 소리 좀 했다고 뺨부터 후려치는 걸 보여 주다니. 교육 현장으로선 최악이지 않았을까.

갈등을 만들지 않고도 물리칠 수 있다면 그것이 최선이라는 걸 정윤은 알고는 있었다. 그러니까 알고만 있다.

"배우진 마세요."

그러니 이 정도 당부도 할 줄은 알았다. 이 역시도 할 줄만 알았다.

경청하던 모연은 문맥을 무시하고 넌지시 던졌다.

"조심하세요."

"네, 그래야죠."

"주시하는 눈들도 더 늘어날 테고요."

"안 그래도 매일 아침 뒤통수가 갈려 나가는 것 같아요."

맥락상 알아서 이해하고 끄덕이자 그녀가 확 목소리를 죽이며 고개를 들이밀었다.

"혹시 알고도 일부러……?"

"그런 의도가 아예 없었던 건 아니죠."

지금 상황은 내내 공석이었던 학당 인기남의 짝꿍으로 어느 날 갑자기 하늘에서 뚝 떨어진 전학생이 들어와 차지해 버린 꼴과 마찬가지. 지금껏 그를 공공재로서 손대지 않고 있던 자들이 공분을 터트리는 건 유치하지만 당연한 일이었다. 익히 눈치채고 있었다.

"가뜩이나 미운 애가 미운 짓만 골라 하니 더 밉겠죠? 그래서 사고를 좀 달리해 봤어요. 어차피 미운 애라면 잘 보이려고 노력해도 뭐 크게 예쁘게 봐주지 않을 거 아니에요. 욕을 그냥 먹느냐, 더 먹느냐의 사소한 차이 정도나 날까. 그런 생각을 하니까 애쓰면서 살아도 별로 이득일 건 없겠다는 생각을 하게 됐어요."

해 주고도 욕먹을 바엔 그냥 안 하고 욕먹는 게 더 효율적이지 않을까, 하는 불량한 결론이다. 남들 입맛에 맞춰서 승학을 멀리한다고 해서 제 평판이 수직 상승하는 것도 아닌데 굳이 그와 떨어질 이유, 무엇?

정윤은 간단히 도리질했다.

이곳은 궁궐 안이고 이러나저러나 여기 사람들에게 있어서 그녀는 대역죄인의 여식이라는 인상이 강했다. 그것이 사실인지 아닌지는 중요하지 않은 거다. 그래서 내린 결론이 그냥 나 편하게 살래, 였다.

그녀의 통 큰 담력에 다시 원인 모를 존경심이 샘솟았는지 모연은 엄지를 척 치켜세웠다. 정윤은 그 광경을 애써 회피하려다가 문득 모연의 눈가에 어른거리는 피곤함을 발견하곤 의아하게 물었다.

"근데 오늘 왜 이렇게 눈 밑이 까매요? 안경 때문에 몰랐는데 자세히 보니까 눈 아래가 거무죽죽……"

"아, 제가 어젯밤에 외출을 다녀와서요."

"잠 좀 자요."

"헤헤, 부업이에요. 아, 이쪽으로요!"

헤실헤실 웃던 모연이 갈림길에서 정윤의 팔을 익숙하지 않은 방향으로 이끌었다. 이쪽으로는 왜 가냐고 묻기 전에 속삭거림이 밀려왔다.

"아까도 언니 찾으러 나가던 길이었어요. 우리 전체 호출이에요."

"전체……?"

"네! 진짜 오랜만에 황제 폐하 호출이요!"

* * *

모처럼 만에 찾아온 황제 수발 업무였다.

연무장으로 나란히 불려 온 젊은 신하들은 황송하게도 약 한

시진 정도 그를 모시게 되었다.

살이 탈 것 같은 따가운 땡볕 아래에 활을 잡고 자세를 갖춘 뒤, 사이좋게 서서 팡팡 과녁으로 화살을 조준하는 흔한 활쏘기 풍경은, 물론 아니었다.

무복을 입고 폼을 잡을 수 있는 것은 황제 하나요, 나머지는 그 풍경을 만들기 위해 필요한 역할들을 분담한다.

먼저 모연이 곁에서 화살을 하나씩 건네주며 '잘하십니다, 멋지십니다, 완벽한 조준!' 등등을 번갈아 가며 의욕을 불어 넣어 주었고, 멀리 과녁판을 지키고 선 해경이 화살이 꽂힐 때마다 10점, 9점, 8점 따위를 외치며 깃발을 흔들었다.

그러고 나면 화살이 박힌 위치를 목판에 점으로 표시하는 것은 승학의 몫이고, 최종적으로 그 화살들을 뽑아 회수해오는 일을 맡은 건 정윤이었다.

아홉 발의 화살이 연달아 날아간 후 북이 크게 울렸다.

"호! 방금 것은 명중 아니었느냐? 여 봐라, 해 급사! 얼른 가서 짐이 쏜 화살을 가져오너라!"

꽤 홍심에 근접하게 닿은 것 같기는 해 보였다. 하지만 그따위 것 알게 뭐냐, 젠장. 정윤은 땀이 차는 관모를 손가락으로 밀어 이마를 닦은 후 멀리 있는 과녁판까지 터덜터덜 걸어갔다.

"야, 안 뛰냐? 걸어오냐, 지금?"

가고 있는데 냅다 불친절한 목소리가 면상을 후려쳤다. 과녁판 옆에서 해경이 한쪽 다리를 떨며 눈을 부라리고 있다.

그럼에도 정윤은 변함없는 보폭으로 도착해 깊숙이 들어간 화살들을 뿍뿍 뽑아냈다.

"왜 그렇게 느려 터졌는데?"

현재까지도 썩 사이가 좋지 못한 유일한 동갑내기 동료. 정윤은 회수한 화살들을 하나씩 모아 쥐며 그 문제의 인물에게로 무미건조한 시선을 넘겼다.

"더워서."

"장난하냐?"

"아, 아니다. 하기 싫어서지."

그는 일방적으로 그녀를 탐탁지 않게 여기는 사람이었다. 친해져 보려고 나름 애도 써 보고, 동갑을 빌미로 말도 트고, 억지로 웃어도 줘 보고 별의별 용을 썼던 시간이 있기는 했지만 지금은 그냥 권태에 젖어 손을 놨다. 굳이 잘 보여야 할까? 음, 아닐걸? 그런 심드렁한 자세가 되었다.

"넌 정말 여기 왜 들어왔냐? 제대로 일할 생각이 있기나 해? 협조하지 않을 거면 일찌감치 나가. 얼쩡대지 말고."

바로 그런 무성의한 자세가 싫다면서 해경은 서슬 퍼렇게 지적했다. 눈만 마주쳤다 하면 그는 정윤의 앞에서 그녀의 비적극성에 대해 몇 번이고 물어뜯곤 했다. 너에게는 '일'을 할 마음이 없다는 등, 우리를 믿지 못 하는 거냐는 등, 그가 시종일관 주장하는 요지였다.

그러니까 그 일이라는 거, 지금 하고 있는데 왜 이렇게 들들

볶는 걸까. 미움받고 있는 것이 분명한데 도통 그 연유를 알 수가 없었다.

정윤은 황제가 가장 마지막으로 날린, 정중앙에 꽂혀 있는 화살 하나만을 남겨 둔 채 해경을 바라보았다.

"저기."

"왜!"

내 참, 시끄러워서.

"싫으면 굳이 말 시키지 않으면 돼."

"하, 뭐?"

"매번 먼저 말 걸고 먼저 화나서 먼저 속 터지면 손해 본다는 생각 안 들어?"

"너……!"

"앞 담화를 깔 거면 이유라도 제대로 알려 주든가. 이거 되게 머리 나쁜 방식이야."

가만히 있는 사람한테 괜히 와서 시비 걸고 소리 질러서 자기 복장 자기가 터지는 거다.

이게 만약 정말로 그녀를 괴롭히려는 의도라면 대놓고 말하건대 정윤은 전혀 고통받지 않았다. 거창하게 나타나서 한 대 맞고 죽어 버리는 악당처럼 아주 싱거웠다.

그녀가 고개를 절레절레 흔들며 중앙을 파고 들어간 마지막 화살을 움켜쥐었다. 동시에 정수리 위에서 뿌드득 이 악무는 소리가 들리더니 해경의 도발적인 협박이 내려왔다.

"너 이러고선 형님 앞에선 완전 딴사람인 척하지? 세상 착한 애인 것처럼. 완전 두 얼굴인 거 알거든? 내가 확 다 고자질해 버릴 거야!"

"폐하! 홍심! 홍심입니다!"

정윤은 크게 팔을 휘둘러 마치 누군가의 머리채를 잡아당기듯이 장렬하게 화살을 뽑아냈다. 당연히 해경의 말소리는 묻혔고 먼 발치에 있는 황제는 양손을 치켜들며 자축했다. 곧이어 그를 찬양하는 환호와 박수가 이어졌다.

정윤은 증거물인 화살을 높이 들고 덩달아 박수갈채를 보내다가 돌연 확 돌아 해경의 뺨을 강하게 꼬집었다.

"아아악!"

듬직한 사내가 뺨을 감싸 안고 펄쩍 뛰었다.

"이, 이게 뭐 하는 짓이야!"

"혹시 꿈이었나 해서. 근데 아니네. 폐하께서 명사수셨네."

정윤은 한쪽 입 끝을 삐죽하게 끌어 올린 뒤 경쾌하게 돌아섰다. 고전적인 수법이었지만 상황에 잘 맞았으니 그럭저럭 괜찮았다. 지가 어쩔 거냐, 황제가 떡하니 있는 마당에 볼 한 번 꼬집었다고 달려들 수는 없었다.

그녀가 되돌아오자 황제는 전부 모이라는 신호를 보내며 대궁을 내려놓았다. 정윤은 들고 있던 아홉 개의 화살 중 홍심의 한가운데에 적중했던 화살을 그에게 갖다 바쳤다.

"해 급사도 활을 쏠 줄 아느냐?"

"익히긴 했습니다."

말단 관리에게 내려온 은혜로운 관심이었지만 정윤은 황송하다는 낌새조차도 없이 무심하게 답변했다. 황제가 짧게 웃었다.

"언젠가 너의 솜씨를 구경할 수 있어야 할 텐데. 북국 사람들은 하나같이 명사수였다지? 너도 그 후손이니 응당 뛰어날 것 아니냐."

"저는 별로……"

생각 없이 대꾸하려 했다가 '어딜 감히!'의 의미가 담긴 환관의 눈초리를 받고 뒷말을 삼켰다. 그래도 미묘한 머릿짓으로 항변을 하긴 했다. 그게 무슨 무논리냐고. 해 씨가 북국에 뿌리를 둔 것은 맞지만 패망하고 망명 온 지가 백 년이 넘어가는 시점이었으니까.

'솔직히 이제는 그냥 효국인이지.'

그런데도 아직까지도 이 나라에선 이방인인 것이다. 참 껄끄러운 사람이라 생각하며 힐끗 머리를 든 순간 황제의 예리한 눈웃음이 스쳐 지나갔다.

"그래도 언젠가는 볼 날이 있겠지."

장갑을 풀어낸 황제가 그녀에게 두 장의 그림을 내밀었다.

"잠시 손 풀기로 그려본 것이다. 가져가거라."

문인들의 모임을 그린 아집도(雅集圖)와, 빨간 누각이 내려다보이는 조감도(鳥瞰圖)가 각각 한 장씩이었다.

황제가 그린 그림들은 모두 영훤서에서 보관한다 했으니 특별한 사항은 아니다. 하지만 왜 굳이 나한테 주지, 싫은데. 정윤은 개운치 않은 기분으로 그것을 받쳐 들었다. 투박한 황제의 손이 그녀의 어깨에 거리낌 없이 올라왔다.

"짐의 그림 솜씨가 괜찮지 않으냐?"

"솔직히 잘 모르겠습니다."

"너는 아첨이라는 것을 할 줄 모르느냐?"

"그런 것이 아니라 소관이 그저 그림을 잘 볼 줄 모릅니다."

"그래도 잘 보거라."

"예?"

"너의 일이지 않으냐. 잘 보란 말이다."

그건 또 무슨 의미심장한 소리입니까. 주시하는 눈들이 없었다면 참지 않고 그대로 질문했을지도 모른다. 정윤은 손끝에 힘이 들어가지 않도록 주의하며 제게 안겨진 그 일이라는 것들을 살펴보았다.

여전히 '잘 그렸다, 아니다'라는 원론적인 감상밖에는 떠오르는 것이 없었다. 이 일차원적인 면면 뒤에 어떤 획책이 있다곤 해도 지금의 눈으로는 여기까지밖에 보이지 않았다.

내가 뭔가를 놓치고 있나. 그녀는 자신을 지나쳐 단상 끝에 선 황제의 등을 좇았다. 그는 서서히 가운데로 모여들고 있는 신하들을 한눈에 담아 보고 있었다. 모연이 이미 곁에 와 있었고, 그다음은 정윤이 도착했으며, 곧 승학이 걸어오고, 해경이 뛰어온다.

네 사람이 다 모이면 이것도 나름 하나의 그림으로 완성될 것이다. 비록 아무도 주목하지 않는 구석에 걸린 그림이었지만.

그림을 끌어안은 정윤은 그의 뒤로 발걸음을 죽여 다가섰다. 승학과 해경이 지척까지 다가와 있었다.

황제가 혼잣말치고는 다소 큰 목소리가 한탄하듯이 떠들었다.

"저놈은 갑갑하고, 저놈은 단순하고, 옆에 있는 놈은 음침하고, 새로 들어온 녀석은 교활해. 억지로 맞춰도 나오기 힘든 조합인데 어째서 영휘서에 이런 아이들이 들어갔을꼬."

칭찬인가 욕인가. 단순하다는 건 보나 마나 해경을 지칭하는 것이고 갑갑한 놈, 그건 아마도 승학에게 하는 말일 테다. 그는 원칙적이고 규범적인 그야말로 도덕형 인간이니까. 그다음으로 음흉. 그건 예쁜 외모 수집증이 있는 모연일 확률이 크니 남아 있는 교활한 놈은 빼도 박도 못하게 그녀의 몫이었다.

너무 맞는 말이라 반박이 불가하네. 그녀가 입술을 삐죽거리는데 황제가 빙글 몸을 돌려 섰다.

"그래도 갑갑한 녀석과 교활한 녀석을 붙여 놓으면 어떻게든 서로 중화가 되지 않을까?"

갑갑한 놈은 덜 갑갑하게, 교활한 놈은 덜 교활하게 변하면 좋겠다. 그가 강한 바람을 내비치며 뒷걸음질 치는 정윤에게 쓰윽 미소를 내보였다.

"소문에 의하니 이 교랑과 해 급사가 서로에게 잘 보여야 할 사이라지? 짐이 귀가 밝다. 궁인들이 수군거리는 소리에 머리가 다 울릴 지경이지."

이 양반이 무슨 소리를 하려고. 정윤의 눈동자가 바람보다 더 빠르게 움직였다. 두 번의 눈알 운동 만에 그녀는 승학의 위치와 속도를 가늠했다. 바로 입 다물게 하면 그가 오기 전에 이 대화를 끝낼 수 있을 것 같았다. 그러나 황제는 더 크고 분명한 말투로 이야기를 지속했다.

"짐이 이미 다 알아봤다. 해 급사는 기습이나 매복에 능하지? 이 교랑은 전면전을 잘해. 끈질기게 준비하고 끈질기게 기다려서 결국 상대의 앞에 서서 기다리지. 여우와 곰의 차이 정도가 될까. 그러니 너희는 서로에게 필요한 존재일 거다. 서로에게 잘 보이려고 애쓰는 건 아주 바람직한 일이야."

둘이 제대로 합체하면 완벽한 포식자가 될 테지. 그가 단상에 올라온 승학에게로 시선을 주었다.

곧 엄명이 떨어졌다.

"어울려, 둘이 사귀어 봐."

* * *

원형의 탁상 주위로 네 명이 머리를 맞대고 앉았다. 가운데에는 황제가 하사한 두 장의 그림이 나란히 놓여 있었고 그것을 안주 삼아 쑥덕거림이 오고 갔다.

"이번 건 난이도가 쉽네요."

"그나저나 아집도라니. 왜 갑자기 모이려는 거지? 한동안 잠잠했는데."

"그들을 움직이게 만들 만한 사건이 있었을 거다. 아마 그 일 때문이 아닐까 짐작은 하지만."

"아아, 그 파직 사건요? 하긴 그렇게 스물 몇 명씩 우르르 쫓겨 나갔는데 여파가 컸겠죠."

"근데 이 그림이 잘못된 거 아니면 여기 귀애루 맞지?"

"네, 확실히 귀애루예요. 홍등이 안 걸린 기루는 거기뿐이거든요. 삼층 누각을 쓰는 곳도 거기뿐이고요."

"너 어떻게 그렇게 잘…… 아, 맞다. 그렇지."

"헤헤. 언제 모임을 갖는지 연락책을 알아볼게요."

셋이서 능숙능란하게 대화를 주고받는 틈에 껴서 정윤은 누군가가 말할 때마다 그 소리를 쫓아 고개를 움직이기에만 바빴다. 아는 게 없었으니까. 그러다가 중간에 걸린 특정한 단어에 심장이 덜커덕 내려앉았다.

파직 사건.

무슨 얘기를 하는지 다른 건 다 몰라도 그것만은 단박에 알아차렸다. 모르는 것이 더 이상했다. 제 손으로 벌려놓은 일이 아니었던가.

안개 속의 적들을 들쑤시기 위해 그녀가 독단적으로 벌인 악랄하고 저질적인 술수. 당연히 궐 내부에서 이야기가 나올 것이라 생각은 했었지만 그게 이 자리에서 거론될 거라곤 전혀 예상하지 못했다.

그녀가 바짝 마른 입술로 끼어들었다.

"이 그림들이 다 무슨 뜻입니까?"

"멍청하긴. 보면 모르냐? 놈들이 자기들끼리 모여서 뭔 짓거리 할 거 같으니까 주시하란 황명이잖아!"

"신 주서, 목소리가 크다."

"답답하니까 그렇지!"

신경질적으로 짜증을 부린 해경이 정윤의 코앞에 이글거리는 눈동자를 갖다 붙였다.

"너 이제 말해 봐. 솔직히 이 정도 기다려 줬으면 인간이 양심 적으로!"

"뭘?"

"뭘?"

순진한 반문에 그가 탁상을 주먹으로 쾅 내리쳤다. 분위기가 험 악해지는 것은 한순간이었다. 만류하는 승학의 부름마저 밀쳐내 곤 그가 정윤을 강하게 다그쳤다.

"알고 있는 거, 그거 전부 다 털어놓으란 말이야. 네가 여기 왜 들어왔는지 몰라?"

이곳에 들어오게 된 경위, 그건 황제와의 합작품이다. 더 긴밀 하게는 정체불명의 대상에 대한 복수심과 적개심을 그와 공유하 게 되었기 때문이다.

정윤이 파리한 안색으로 입을 다물자 해경은 거의 멱살 잡듯이 윽박질렀다.

"누굴 등신으로 아나. 너희 아버지는 오성의 유일한 생존자잖아.

그럼 뭔가 들은 게 있을 거 아냐. 폐하께서 할 일이 없어서 널 여기에 들어 앉힌 줄 아냐고."

"없어."

"뭐?"

"아무것도 들은 게 없다고."

"이게 진짜. 그럼 여기 왜 들어왔는데?!"

정윤은 이를 사려 물었다. 말해 주고 싶어도 정말 토해 낼 게 없었다. 그녀의 아버지는 십 년 전의 일에 대해 마치 강제적으로 기억이 거세당한 사람처럼 함구하고 살았다. 누구에게도 일언반구 꺼낸 적이 없었으며 자식에게는 더 극도로 감추고 숨겼다.

어두운 안색으로 묵묵부답을 지키자 해경은 칼바람을 몰아치듯 맹렬하게 힐난했다.

"봐, 난 이래서 얘가 별로라니까? 자기 생각만 한다고. 지만 힘들었던 건 줄 알아. 적극적으로 협조할 마음이 없잖아! 우리가 왜 이런 애랑 같이 일해야 해?!"

"그만."

결국 날 선 승학의 목소리가 묵직하게 탁자 위에 내려앉았다. 해경은 더 터트리려던 것을 억지로 삼키는가 싶더니 반발하는 듯한 정윤의 눈빛이 제게로 닿자 또 참지 못하고 쏘아붙였다.

"야."

"……."

"어쨌든 너희 아버지는 살아남았잖아? 다 죽었는데 너희는 살

석 달 전 235

았다고. 불행 중에 천운을 얻었으면 최소한 뭔가 도우려는 노력이라도 해야 하는 거 아냐? 그게 인간적이지 않냐? 근데 너희 가족이 이제까지 뭘 했는데. 아무것도 안 했잖아."

유일한 생존자이면서도 현실로부터 도망친 것. 해경의 비난은 정윤을 거쳐 그녀의 아버지에게로 번져 있었다.

너희는 아무것도 하지 않았다. 내장을 후벼 파는 그 비난에 정윤은 비틀린 목소리를 낼 수밖에 없었다.

"······불행 중에 천운 같은 건 없었어. 불행은 그냥 불행이었어."

살아서 도망가야 한다는 이야기를 들었을 때 그것을 조금도 행운이라고 생각하지 않았다. 비극 속에 더한 비극에 치받힌다고 생각했다. 생존은 곧 추방으로 이어졌고 수치와 불명예로 얼룩졌다. 영원히 끝나지 않을 저주를 받았고 그것이 삶을 괴롭게 쥐어짜며 가족을 잡아먹었다.

그런 우리가 무엇을 구제받았나? 우리에게 무엇이 천운이었지?

대립이 위태로운 방향으로 흔들렸다.

정윤이 끝끝내 버티자 해경은 더 이상 같이 있기도 싫다는 듯 강하게 의자를 밀치고 일어섰다.

"어설프게 발 걸칠 거면 나가."

"······."

"사람 헷갈리게 하지 말고, 조잡하게 끼어들지 말고, 얌전히 나가라고. 지금 여긴 다 필사적이니까."

그가 퇴장하면서 그림이 싸하게 팔랑였다.

멀어지는 발걸음이 텅 빈 속을 후려쳤다.

* * *

단둘이 남은 방 안에서 승학은 정윤이 잘 볼 수 있도록 아집도와 조감도를 그녀의 앞으로 틀어준 뒤 그림을 세로로 이어 붙였다.

"이 아집도 속에 그려진 문인들은 조정의 몇 신료들이 모여 만든 문인회인 취군회를 뜻하는 것입니다. 그리고 지붕이 내려다보이는 이 기루가 북산 끝자락에 있는 귀애루를 말하는 것이고요."

손가락이 짚는 위치를 따라 정윤의 눈길이 흘러갔다.

종렬로 연결해 놓으니 두 장이 묘하게 같은 이야기로 엮어지는 것 같았다.

아집도의 하단에는 비슷한 옷을 입고 소속감을 드러내는 문인들이 일제히 아래 방향으로 향하고 있다. 화지는 거기에서 절단되었기 때문에 그것만을 보면 숨은 의도가 있을 거라 파악하기 어려웠지만, 바로 밑에 기루의 지붕이 그려진 조감도를 이어 붙여 놓으니 그들이 가는 방향에 마침표가 찍혔다.

취군회가 귀애루에 모인다는 뜻이었다.

"건물을 조감도로 그리신 건 쉽게 알아보기 힘들게 하려는 의도이신가요?"

"그렇습니다."

승학이 고개를 끄덕이며 종이를 전처럼 세로에서 가로 방향으로 되돌려놓자 그림은 다시 접점 없는 이야기가 되었다.

"소저가 찾고 있는 무리는 이들일 확률이 큽니다."

물증 없이 심증뿐이라는 말투였지만 그의 태도는 이미 확정적이었다. 정윤은 소매 속에서 주먹을 말아 쥐었다.

취군회.

정계에 조금만 귀를 열어두었다면 그 모임에 대해 들어보지 못한 자는 없을 것이다. 다수의 고위 관료와 조정 중신들이 속한 친목 모임이자, 출세를 원한다면 줄을 타서라도 들어가야만 한다는 효국 제일의 문인회였다.

교분이 두터운 자들끼리 모여서 차를 마시고, 시문을 지으며, 글의 뜻을 나누는 문인회는 그 자체로는 문제가 되지 않았다. 진짜 문제는 뭉쳐진 그들이 국정의 암적인 존재로 자리 잡아버렸다는 것이다.

'진짜 거물급이었네.'

아버지의 팔을 도려냈고, 그 동료들의 목을 잘라 궁극적으로는 선황제의 심장에까지 도달했었던 자들이다. 실세 중의 실세일 거라 점은 쳐 보고 있었지만 덩치를 확인하자 입안이 까끌거렸다.

이런 식이면 한두 명 쳐서 끝낼 수 있는 일도 아니고. 어디서부터 파고들어야 할지 커다란 벽이 내리쳐진 기분이었다.

'이럴 때 아버지께서 도와주셨으면……'

의식은 자연스럽게 안타까운 쪽으로 흘러갔다.

- 너희는 살아남았으면서 아무것도 하지 않았잖아!

동시에 가슴을 할퀴었던 말소리가 푹 찌르고 들어왔다.

그 순간 해경의 비난이 떠올라 버린 건 무엇 때문일까. 그것이 내내 도외시해 왔던 죄의식의 뇌관을 건드렸기 때문에?

'그래. 네 말이 맞아. 사실 우리는 말이지……'

허리에 힘이 빠져서 상체가 뒤로 밀려났다. 허공에 힘없이 기대어지려는 등을 승학이 손으로 받쳐 건져 올렸다.

정윤은 휘청거렸다가 당기는 힘에 이끌려갔다. 단단한 손바닥을 감지하고 고개를 들자 그가 흘려낸 숨결이 턱 언저리를 매만졌다.

"조심."

"……!"

"너무 멀어지지 마십시오."

불현듯 주의를 준 그가 그 상태에서 시선만을 돌려 닫혀 있는 문과 창을 확인했다. 대화가 새어 나가는 것을 염려하는 것 같았지만 그것조차도 의도하지 않은 은밀한 접촉이 되었다.

얼굴이 가깝다. 그리고 팔, 가슴. 아래에서 비스듬히 올려다 보이는 콧날까지. 피부가 벌겋게 익는 기분이 들었다.

그녀가 기울어졌던 몸을 단숨에 튕겨 올리며 화제를 전환했다.

"예, 느, 늦었지만 이제 다 이해했습니다! 폐하께서 절 이곳으로 보내신 진짜 이유도, 또…… 제가 와서 도움이 될 줄 알았는데 여전히 제자리라 답답하셨던 것, 그리고 또……"

눈을 옆으로 박아두고 닥치는 대로 할 말을 나열했다. 잡았던 허리를 부드럽게 놔주며 승학은 다시 쉿, 하곤 작은 소리를 냈다.

정윤은 실수한 얼굴로 입을 두 손으로 가로막았다. 속삭임이 간지럽힐 거리에서 그의 목소리가 음률처럼 들려왔다.

"그렇게 낙담하지 않으셔도 됩니다. 저는 소저가 궁에 들어왔다는 것만으로도 그들에게 자극이 됐으리라 생각합니다. 이번 회동도 어쩌면 그 때문일지도 모르지요. 아무리 외진 곳으로 보내졌다 해도 그들이 소저의 행방에 관심 두지 않을 리가 없으니까요."

승학은 애써 무겁지 않게 추측을 끝맺었지만 정윤은 그가 입에 올리지 않은 그 너머의 이유까지 이해하고 침묵했다.

그의 주장은 옳았다. 그들이 자신의 동향에 주목하지 않을 리가 없었다.

그녀는 이 세계에 하나 남은 유일한 생존자의 딸이며, 손톱 밑의 거스러미처럼 마저 뜯어서 제거하고픈 대상이다. 어떤 수식어를 대도 모자랄 공공의 적일 테였다.

적들은 필시 그녀가 고개를 들고 앞에 나서는 순간, 목을 벨 순간을 재고 있을 것이다.

"소저."

어깨를 흔드는 낮은 부름에도 정윤은 대답하지 않았다.

문득 서러워졌다가 단단한 결기가 맺혔다가 끝내 침통함으로 얼룩져가는 얼굴에 승학은 어두운 낯빛이 되었다.

지금도 충분히 버겁고 지치는 상황일 텐데 그녀가 바라보고 있는 지평선이 어떤 모습일지 상상이 갔다. 그늘 한 점, 그루터기 하나, 물 한 모금 없는 메마른 땅의 연속이었다.

빗속에서 홀연히 울먹이던 작은 얼굴이 떠올라 그는 충동적으로 손을 뻗었다. 이 순간 그녀의 슬픔은 너무나도 당연한 것이었지만 당장 무슨 말로라도 달래주지 않으면 안 될 것 같았다. 이 위태로운 모습을 그저 두고만 보는 것이 힘들었다.

살며시 어루만졌던 손끝이 살을 파고 들어가 어깨를 강하게 움켜쥔다. 소저. 전과 같이 나직한 부름이 울렸다. 이번의 그는 대답을 기다리지 않았다.

"해경이가 과격했던 것은 그 아이도 누군가를 잃었기 때문입니다."

"몰랐……어요."

정윤의 안색에 실수했다는 감정이 차오르기 전에 승학이 말을 가로챘다.

"당연히, 시간이 필요한 일입니다. 모두 각자의 이야기가 있으니까요."

누구에게나 제 발등에 얹어진 돌이 가장 무거운 법이다. 타인의 고달픈 사연까지 헤아려 주기 위해서는 서로 간에 그만한 시간이 허용되지 않으면 안 된다. 뾰족한 언쟁으로 상처를 입혀버린 건 경솔함보단 촉박함 때문이었다.

어깨를 짚었던 손에 은근한 힘을 들어간 것을 느끼자 정윤은 저도 모르게 위로 끌려 올라지는 듯한 감각이 일었다. 마치 단단히 밧줄에 동여매진 것 같다.

"그러니 아무것도 하지 않았다는 죄책감은 느끼지 마십시오.

다들 자기 사정이 각박해 그 고통을 소저에게 떠넘기려 하겠지만, 우리는 자기 자신을 돌보는 일에 가장 충실해야 합니다. 생존자는 피해자일 뿐 영웅이 아닙니다. 그 경계에서 길을 잃지 마십시오."

놀랍게도 그가 어깨를 감싼 채 들려주는 이야기는 살아남은 것에 대한 위로였다.

보호받고 동정받았어야 할 생존자. 여태껏 아무도 덜어 주지 않았던 죄책감들.

가슴이 출렁거릴 때 한 번, 목구멍이 부어오를 때 한 번. 정윤은 뻑뻑해지는 눈알을 애써 태연한 척 감았다가 떠 보였다.

애써 영웅이 될 필요가 없다고……. 정윤은 그의 위로에 대응할 만한 이야기를 찾지 못했다. 반질거리는 그의 까만 눈동자 속에 어리숙한 표정을 한 제 얼굴이 보였다.

머뭇거리던 그가 다시 불쑥 말을 꺼냈다.

"그리고 저는…… 사실 기뻤습니다."

"무엇을요?"

"이렇게 소저와 만나게 돼서요."

어른들의 즐거운 농담과 행복한 웃음 사이에서 진짜인 듯 아닌 듯 엮였던 혼담의 주인공.

어린 시절의 승학은 얼굴도 모르는 그 소녀를 순수하게 훗날의 제 아내라고 생각했었다. 약속을 한 거니까 커서 꼭 그녀의 지아비가 될 거라고, 우리는 다 자라면 만날 수 있을 거라고, 그러니 그때까진 보고 싶어도 꾹 참을 거라고.

철없던 나이에 철없이 했던 아이다운 생각으로 지워버리기엔 과거의 승학은 아버지를 잃은 날에 그 소녀마저도 함께 잃어버리고 말았다.

그날은 그가 너무 많은 것들을 잃어버린 날이어서, 그 상실이 준 기억이 너무나도 커서, 차마 그 소녀까지도 잊지를 못했다.

'왠지 기적 같아서……'

그 가족이 모두 사라졌다고 했을 때 당연히 그녀도 죽은 줄로만 알았다. 영원히 만나지 못할 거라고 생각했었다.

그래서 다시 보게 되었을 때, 그녀가 살아있다는 것을 알게 되었을 때, 살아서 제 옆에 온다는 것을 들었을 때 들뜨는 설렘을 숨기지 못했다. 그녀에게 향하는 따스한 웃음과 다정한 목소리 그 어느 것도 거둘 수 없었다.

"정말로 만나고 싶었습니다."

작은 소리로 털어놓은 진심이었는데 어지간한 자극들이 일제히 몸을 숨겨준 바람에 떨리는 숨소리까지도 커다랗게 들렸다.

승학은 쑥스러운지 말을 해놓곤 머리를 돌려 시선을 회피했다.

대체 어떻게 하면 그런 수줍은 새색시처럼 굴 수 있는 건지, 정윤은 덩달아 부끄러워지며 벌어지려는 입을 억지로 붙잡았다.

'만나고 싶었다는 건 내가 보고 싶었다는 뜻일까. 왜?'

무슨 뜻인지 물어봐야 하는데 고막에 달라붙은 두근거림 때문에 정신이 혼미했다.

'달래주려는 건가.'

잘 모르겠다. 그냥 지금은 막 몸이 어쩔 줄을 모르겠고 팔이 간질간질하다. 끈질기게 남겨 두었던 한 톨의 가시마저도 떨어져 나가는 듯한 기분. 맨살을 쓸면 보드라운 피부가 되어 있을 것만 같았다.

정윤은 허벅지를 양 손바닥으로 꾹 눌렀다.

그의 속삭임에는 관념을 송두리째 달리하는 다정함이 서려 있었다.

비참했던 생존을 비극이 아닌 기적이라 말해 주는 애틋함과 만나서 기뻤다는 순수한 고백.

어깨를 감싸 쥐던 섬세한 애정과 거대한 이야기마저 작고 편안한 것으로 건네주는 배려.

만져보면 따스할 게 분명한 것들이었다. 기대보면 품에 안고 싶어질 사람이었다.

속눈썹을 내리깔고 있던 정윤은 사르르 눈꺼풀을 들어 올렸다. 작은 행동의 변화에도 둘은 쉽게 눈이 마주쳤다. 당연한 일이었다. 그녀가 보지 않을 때에도 그는 그녀를 지켜보고 있었으니까.

승학이 붉어진 눈매를 숨기며 평소보다 빠르게 말했다.

"오늘은 일찍 들어가십시오. 마음이 고달픈 땐 쉬어야 합니다. 제가 허락했으니 가도 괜찮습니다."

정윤은 대답하는 대신 그에 대해 발견한 사실들을 한 가지씩 꼽아 보고 있었다.

보이는 것보다 훨씬 더 순진하고 자상하다는 것. 하얀 눈처럼 차분하고 소리 없이 쌓이는 사람이고, 다른 사람의 목소리에 늘 귀를 기울이는 사람이다. 마주칠 때면 변함없이 웃어 주고, 이제는 나를 조심스레 만진다는 것까지도 알게 되었다.

……언젠가부터.

"저기."

입술이 조그맣게 달싹였다. 정윤은 손을 오므려 승학의 검지 끝을 끊어질 듯 말 듯 아슬아슬하게 걸쳐 잡았다. 스치는 것보다도 더 가벼운 접촉이었다. 그가 크게 움찔거렸지만 가녀린 결합이 깨어지지는 않았다.

"말씀하십시오."

"저, 먼저 안 갈 거예요. 기다렸다가 같이 가고 싶은데. 왜 혼자 가래요? ……맨날 같이 갔잖아요."

승학이 화들짝 놀라며 즉각 반응했다.

"아, 다른 뜻이 아니라, 제 일이 늦어져 기다리게 되실까 봐."

"괜찮아요. 기다릴게요."

"오늘 저 때문에 홍역을 치르셨다 들었습니다. 같이 있으면……."

"아, 그거요."

그새 모연 아우가 고자질했는가 보다. 그와 어울려 다니는 통에 언니가 본의 아니게 피해를 입는다는 식으로 과장해서 전달했겠지. 틀린 얘기는 아니었지만 제게 얌전히 손가락을 맡겨두고 있는 저 예쁜 얼굴을 보고 있자니, 그까짓 게 뭐가 중요한가 싶었다.

"그런 건 상관없어요."

그녀가 달아오른 발끝으로 톡 바닥을 차며 웅얼거렸다.

"아까 폐하께서도…… 둘이 잘 사귀어 보라고 했다 뭐……."

* * *

집으로 향하는 발걸음에 터덜터덜 기운이 빠졌다.

쳇. 정윤은 뒤로 눈을 흘겼다가 불만이 가득한 다리를 어기적대며 끌었다. 같이 가기로 손가락까지 걸었는데 결국 혼자 쓸쓸히 가게 된 것은 예기치 않은 훼방꾼 탓이었다.

옆에 자신을 앉혀 둔 승학이 얼마나 부리나케 일을 처리하는지 보았다면 감히 내게서 그를 빼앗아 갈 수 없었을 텐데.

'하지만 황제는 못 봤지.'

못 보고 사람을 시켜서 데려갔지.

막바지에 다다른 그를 대전에서 나온 환관이 급하다며 막무가내로 끌고 갔다. 그렇게 생이별이었다.

판을 깐 것도 황제, 접은 것도 황제였다.

"아니, 사귀어 보라매?!"

귀 뒤로 작은 자갈들이 타닥타닥 튀겼다. 정윤은 뚱한 얼굴 그대로 목을 꺾어 후방을 확인했다.

"헉헉, 야! 너 집 가지? 같이…… 갈래?"

정체를 숨길 의지 따위 없었나 보다. 요란하게 뒤쫓아 온 해경이 숨을 몰아쉬며 슬그머니 따라붙었다.

아까는 신나게 두들겨 패더니 갑자기 웬 친한 척? 정윤은 그를 가자미눈으로 훑어보다 퉁명스럽게 뱉었다.

"아니?"

에베베, 싫은데? 하는 진짜 싫은 대꾸. 진짜 진짜 싫어한다. 너 정말로 싫다.

해경도 구겨지는 안면근육을 숨기지 않고 득달같이 드러냈다.

"내가 왜 싫은데? 같이 가자는 게 왜 싫으냐고. 치사하게 진짜."

"설마 그것만 싫겠니. 너도 나 싫잖아."

"어! 당연히 싫지! 말이라고 하냐? 그래도 이번에는 내가 먼저 좋게 얘기했잖아. 좀생이 같은 기집애야!"

"근데 이 머저리가 자꾸 뭐라고."

무슨 꿍꿍이로 비벼 대는지 감이 안 오는 건 아닌데 지금은 썩 곱게 대화하고 싶은 마음이 안 생긴다. 승학의 말마따나 남을 이해한다는 건 시간이 걸리는 일이고, 아직은 서로 꼬집은 부위가 완전히 가라앉지를 못했으니까. 화해하자고 포옹을 해도 한참은 뻣뻣할 단계였다.

길 한복판에서 실랑이가 벌어졌다.

"이럴 거면 뭐 하러 땀까지 뻘뻘 흘리면서 뛰어왔는데?"

"누가 뛰었다고 그래?"

"같이 가자며?"

"아, 됐어. 더럽고 치사해. 안 가, 안 가."

"왜 쫓아왔냐고."

정윤은 으슥한 눈빛으로 다가서며 본론을 찔러 넣었다. 쓸데없이 알짱대지 말고 할 말 있으면 얼른 하라는 거였다.

"하고 싶은 말이 뭔데. 들어줄 테니까 빨리 말해."

"너한테 그런 게 있을 리가 없……."

"끝. 간다."

"아니, 사람이 말을 하고 있는데 중간에 가는 게 어디 있어!"

"너 없잖아. 나한테 할 말."

"으윽."

"한 번 더 기회를 줘?"

"으으으."

"줘, 말아."

"주, 주, 주……."

"빨리 말해."

"주, 줘……."

몇 번이나 말을 더듬고 더듬다가 해경은 치욕스러운 패배를 인정하고 겨우 기회를 얻었다.

그게 통쾌해서 정윤은 코로 조용히 웃으며 팔짱을 꼈다.

겨우 들을 자세와 말할 분위기가 갖춰지고 나서야 해경은 이마를 벅벅 긁으며 서투른 사과를 끄집어냈다.

"우리 외숙부 함자가 정 승자, 용자거든."

"정…승용? 아, 그럼 너……."

혜제가 등용했던 다섯 명의 인재는 각각 직업이 달랐다. 상인,

농학자, 의원, 예인, 과학자가 포함되었고 그중 정윤의 아버지는 상인이었다. 기억이 틀리지 않는다면 해경의 외숙부는……

"농학자 정승용."

"그래, 우리 숙부도 오성이었다고."

해경은 담담히 머리를 끄덕였다. 다소 침울하게 처진 분위기였다.

"내가 진짜 좋아했거든, 우리 숙부. 친가, 외가를 다 합쳐도 우리 집안에선 드물게 공부도 잘하셨다. 원래 우리가 친가, 외가 가릴 것 없이 대대로 다 무인 출신이거든. 알았냐?"

"아니, 몰랐지."

거짓말이다. 알고 있었다. 대도한파 정가(家)는 전통적으로 효국 제1의 무신 가문이었다. 다만 그곳이 해경의 외가인 줄을 몰랐을 뿐이다.

무예에 출중한 자들을 대거 배출해 내, 황제의 측근인 금의위와 병부 수장을 도맡아 온 가문이다. 지금이야 힘을 잃고 그 자리를 다른 가문에게 내주긴 했겠지만 말이다.

'오성이 제거되면서 덩달아 세력이 꺾였군.'

아픈 손가락일 테니 정윤은 모른 척했다.

"문과 급제로는 우리 가문에서 그분이 최초셨다. 그리고 내가 두 번째."

"세상에, 기특하네."

"숙부님 좇아가려고 열심히 공부했지. 등수는 좀 안 좋았지만 그래도 봐, 합격했잖아. 그럼 된 거 아니냐."

"그럼. 나도 꼴등이야."

"아, 맞다. 너도 꼴등이었지?"

대화는 잠시 꼴등으로 대동단결 되었다가 서로 어깨를 툭툭 치며 격려하는 쪽으로 흘러갔다. 잠시 그 분위기에 감화된 해경은 오래된 고해를 털어놓는 것처럼 눈빛이 아련해졌다.

"어렸을 때 숲속에서 별을 찾는 모험 해 본 적 있어?"

주제도 그렇게 변해 버렸다.

"해 보고 싶지 않은데."

정윤은 질색하며 부정했다.

"난 삼촌이랑 자주 해봤어. 칠흑 같은 숲길을 뚫고 가면 떼 지어 우는 풀벌레 소리가 스며들고, 거기서 더 어둠 속으로 들어가면 막다른 길목에서 웅크린 짐승의 광안과 딱 마주치는데!"

"……."

"몸에 전율이 짜릿짜릿하지."

"목에 숨통이 간당간당하겠지."

"우리 삼촌은 나한테 있어서 그런 존재야."

"어, 그래. 굉장한 거물이시네."

"큰 인물이셨어."

암, 큰 인물이었지. 인정한다. 도끼에 찍혀 쓰러졌다 하더라도 당시에 함께 했던 그들은 모두 푸른 거목이었다. 그녀가 선선히 동조하자 해경의 볼은 완전히 상기되었다. 그 덕에 힘입어 어려울 거라 생각했던 사과도 의외로 편안하게 굴러 나왔다.

"그래서 아까는 조절 못 하고 순간 욱했다. 생각해 보니까 너한테 괜히 성질을 부린 것 같더라고. 내가 논리적으로 인과관계를 분석하고 잘잘못을 가리고 뭐 그런 능력은 없는데 대신 육감이 좋아. 돌아서니까 그 점이 후회가 되더라. 아, 이거 약간 내가 잘못한 건가? 하고."

이야, 그 육감 한 번 긴가민가 제대로다. 정윤은 어이없어서 헛바람을 터트렸다. 그의 애매모호한 반성은 확실한 결론을 내리지 못하고 지금 이 순간에도 성장 중이었다.

뭐 하는 놈이야, 대체.

그의 말대로 분석 쪽으로는 젬병이고 솔직함으로 승부를 본다면 그나마 수긍해줄 수 있을 것도 같았다. 솔직함도 능력이 된다면 말이다.

"어쨌든 아까는 내가 실수했다."

"그래, 난 억울해. 갑자기 달려들어서 멱살을 잡는데 얼마나 놀랐다고?"

정윤은 빼지 않고 넙죽 비완전체의 사과를 받아들였다.

"억울? 억울?"

해경은 그녀의 말을 따라하더니 고장 난 인형처럼 머리를 흔든다.

"억울까진 아니지 않나? 잠깐만, 근데 넌 왜 이렇게 당당해? 아니지, 전보다 더 당당해졌잖아. 훨씬 당당해졌어! 화낸 건 똑같았는데!"

자기는 그렇게 성질을 부리고 가선 마음이 불편해서 행여 마주칠까 화장실도 몰래 가고 소화가 안 돼 밥도 남겼단다. 그에 반해 그녀는 별로 타격을 입지 않은 모습이라 기가 막힌 듯했다.

광분하려는 큰 덩치를 정윤은 아까처럼 익숙하게 토닥였다.

"나야 이런 일을 많이 당해서 일관성이 있는 거지. 방어력을 올리려면 말이야, 구질구질해지기 보다는 뻔뻔해져야 되는 거거든."

여러 번 당해보니까 그렇더라. 똑같이 재수 없는 년이라도 미친 년처럼 굴면 확실히 덜 건드린다는 것.

"체득한 거야."

"뭐야, 어려워."

"남의 배움은 다 어려운 거야. 쉽게 얻어가려고 하면 되겠어?"

"근데 원래 말투가 그래?"

"그런데?"

"형 앞에선 전혀 안 그러잖아."

"……."

언제는 일관성이 있다더니, 해경의 허점 공격에 조금은 상냥해졌던 정윤의 입이 삼엄하게 닫아 잠겼다. 변덕스러운 날씨처럼 태세 전환이 번개 같았다. 볼마저 미세하게 씰룩거렸다.

얘가 보자 보자 하니까 자꾸 저걸 협박용으로 쓰네. 내가 뭐 그런 얘기하면 움찔할 줄 아나 본데…….

"아하하, 깜짝 놀랐니?"

……그러지 마. 공자님한테는 비밀로 해 주라.

"어차피 형 빼고는 다 알걸."

"아까는 화내서 정말 미안해, 친구야."

일관성 있게 당당하던 정윤의 사과는 그제야 굴러 나왔다.

승학은 너무 착한 것이 크나큰 결점인 인물로 정윤에게 보내는 그의 신뢰는 무한이다. 그런 그가 현재 그녀를 섬세하고 여린 사람으로 믿고 있었다. 그게 틀린 사실이냐고 묻는다면 딱히 그런 것은 아닌데, 특별히 맞는 것도 아니라서 정윤은 이렇게 삐질 땀을 흘릴 수밖에 없었다.

만약에 그가 알게 된다면…… 어음, 뭐, 크게 상관, 있으……려나? 정윤은 잠깐 상상했다가 짧은 고개 돌림으로 물리쳐 냈다.

완전 상관있을 것 같다.

초반에는 최대한 지금의 느낌을 유지해야만 하지 않을까. 풋풋하고 설레고 두근두근하고 얼마나 좋은가 말이다. 작업하기에 최적의 환경인 데다 사실 노력하지 않아도 그 앞에서는 저절로 그렇게 되는 경우가 더 많았다. 그러니 나름 다 근거가 있는 내숭이었다.

"우리 친구지?"

헤헤. 그녀가 대담하게 해경의 주먹에 제 것을 부딪쳤다.

"우정 싸움은 칼로 물 베기지!"

자, 그러니까 친구야 우리 사이좋게 오늘의 분노는 여기서 접자. 그녀가 상큼한 눈웃음을 팡팡 터트리며 좀 전에 받았던 제안을 보기 좋게 되돌려 주었다.

"집에 같이 갈래?"

"하."

해경은 실소를 터트린다.

"뭐, 앞장이나 서 봐."

우정은 아직 잘 모르겠고 전처럼 그녀에게 화를 내는 건 무의미한 일이라는 생각이 들기는 했다.

분노는 받아 마땅한 자들에게 향해야만 했다.

* * *

"너…… 너, 형이랑 같이 살아? 와, 진짜 대박 간덩이……."

우정 1일 기념으로 바래다주는 형식이 되었던 귀갓길은 해경이 익숙한 골목길에 서서 경악하는 것으로 무사히 달성되었다.

앞장서서 씩씩하게 나아가는 것을 생각 없이 따라왔는데, 어째가는 길마다 족족 눈에 익은 친숙한 풍경이었다. 설마하면서 눈동자를 팽팽 굴렸건만 그녀가 짜자잔! 하고 소개한 목적지는 역시나 그가 매우 잘 아는 곳이었다.

"이거 동거 아냐? 비켜 봐, 안에 신발이 두 개 있을 수도 있다고!"

"그런 거 아니고. 하숙."

"돈은 내고?!"

"무일푼 하숙 안 돼?"

"안 되지!"

"왜 안 돼. 공자님이 괜찮다는데."

정윤은 방방거리는 해경에게 대강의 내막을 얘기했다. 갈 곳 없는 자신을 승학이 구제해 주었다는 사실을. 고로 나는 지금 집도 없고 돈도 없다. 가진 건 이 무거운 몸뚱이와 남다른 두뇌뿐.

"내가 얹혀사는 거야."

"이상하다. 왜 이걸 형이 나한테 말 안 했지?"

"아마도 나를 배려하셔서?"

"그럼 너도 형을 배려해야 할 거 아냐!"

걸리지 않도록 조심하라고 다그치는데 정윤은 피둥피둥 딴청을 피우며 한 귀로 흘려들었다. 앞으로 더 착실하게 승학과 같이 출근하고 같이 퇴근할 계획이라 세상의 간섭 따위야 남 얘기였다.

"너도 정혼자 없이 혼자겠지만 우리 형도 혼자라고. 다 큰 성인 남녀가 말이야, 어? 내 말 듣고 있어?!"

"응응."

"그 무성의한 호응은 뭔데!"

지킬 수 없는 약속에 함부로 확답하지 않으려 했더니 해경이 귀신같이 알고 캬악거리는 소리를 냈다.

"자, 그럼 이만 안녕."

정윤은 어색하게 손을 휘저으며 대문까지 빠르게 뒷걸음질 쳤다.

쿵.

안 보이는 채로 뒤로 뛰던 등에 뭔가 육중하고 딱딱한 것이 걸려 부딪혔다. 뭐지? 확인해 보니 벽에 바짝 붙어서 정차된 마차의 모서리였다. 단번에 몸을 회전한 그녀가 촘촘한 눈길로 수상한 마차의 정체를 탐색했다.

"이 집에는 마차가 없는데."

승학의 집에는 말만 있을 뿐 마차는 없다. 그런데 눈앞에 있는 것은 아주 고가의 마차. 어림잡아 보아도 말의 상태, 바퀴, 처마장식이 최소……

"뭡니까?"

"아, 아무것도요."

하나하나 세밀하게 뜯어보다가 구석에 앉아 있던 마부와 눈이 마주치곤 몸을 뗐다.

정윤이 암살자처럼 샤샥- 이동해 해경의 귀에 속닥거렸다.

"새로 구매하신 건 아니겠지."

"형은 사치 안 해."

"그래도 날 위해……?"

"지나친 망상 아니냐?"

얘가 보기보다 직설적이네. 입을 삐죽 내민 정윤이 대문으로 다가가 주먹을 콩콩 두드렸다. 곧 안에서 살그머니 문이 열렸다.

어쩐 일인지 청지기가 직접 마중을 나와 있었다.

"아가씨 이제 오십니까. 아, 신 주서님도 오셨군요. 그런데 주인님은 어째 같이 오지 않으시고요?"

해경이 여어, 하며 먼저 열린 틈새로 들어갔고 정윤이 뒤따르며 답했다.

"일이 남아서 늦으실 거예요. 근데 누가 와 있나요? 밖에 처음 보는 마차가 서 있네요."

"아, 그게 말입니다. 지금 사랑채에 도련님을 보겠다고 찾아오신 손님이 들어가 계셔서요."

입을 가리고 작은 목소리로 소식을 전하는 청지기의 태도가 유달리 조심스러웠다.

"주인도 없는 방에요?"

"예, 아무리 말씀을 드려도 매번 도련님 오실 때까지 기다린다고 그러셔서. 워낙 지체가 높으신 분이라 내쫓을 수도 없고 저도 죽겠습죠. 하필이면 오늘은 마님도 출타 중이셔서 지금은 저희 아씨가 대신 손님을 맞고 계십니다."

"그렇군요."

애써 찌푸려지려는 눈살을 펴내며 정윤은 짧게 대답했다. 지체 높은 사람이 보일 법한 예의는 아니라고 생각되었지만 그녀는 이곳에서 뭔가를 간섭할 만한 위치가 아니었다. 외려 청지기는 손님이 갈 때까지 그녀가 자리를 피해줬으면 하는 낌새라 더 이상 물어보지도 않았다.

"그럼 전 먼저 방에……."

그때였다. 사랑채 쪽에서 울리던 말소리가 점점 크게 들리더니 여러 명이 문을 밀고 밖으로 나왔다. 무의식적으로 소리에 반응해 고개를 틀었던 정윤은 그 사이에 낀 지민을 발견하곤 이크, 하는 심정으로 허둥지둥 눈길을 돌렸다.

밖으로 나온 무리는 총 세 사람.

제일 앞에 붉은 관복을 입은 고위 관료와 그 뒤로 눈을 내리깔고 다소곳이 걷고 있는 젊은 여인, 그리고 끝에 선 승학의 여동생 지민이었다.

이렇게까지 마주쳤는데 맥락 없이 후다닥 튈 수도 없고 정윤은 타는 심정으로 최대한 턱을 아래로 낮췄다. 옆에 있던 해경을 끌어다가 살짝 뒤로 숨자 그가 '아, 왜!' 하며 반항했다.

정윤이 이토록 몸을 사리는 이유는 단연코 지민 탓이었다. 처음 이 집에서 들어와서 그녀가 승학의 가족이라는 것을 알았을 땐 과장 안 하고 정말 심장이 굴러떨어지는 줄 알았다.

꿈일까 싶어 자세히 살펴도 보았지만 틀림없이 세책방 골목에서 구해줬던 그 소녀가 맞았다. 그러고 나니 비홍각으로 답례를 해 왔던 인물의 이름이 '이승학'이라는 것까지 뒤늦게 떠올라서 콩알만 한 크기로 줄어든 간을 억지로 펴내느라 한동안 꽤나 고생을 했었다.

'내가 테이린이라는 것을 들켜서는 안 돼!'

당시 남복에 삿갓까지 쓰고 있었던 덕분에 다행히 지민은 그녀를 알아보지 못했다. 천운이었지만 그래도 불편한 건 사실인 데다 웬만하면 피하려고 노력 중이었다. 간혹 말을 섞을 때면 최대한 그날과는 다른 인상을 주기 위해 애썼다.

"해경 오라버니?"

가까워져 오는 걸음에 마른 입술을 축이며 긴장하고 있는데, 예상치 않게 지민은 그녀보다 다른 이에게 먼저 아는 체를 했다. 그것도 몹시 반가워하는 음성이었다.

"오라버니!"

"어, 그래. 안녕. 난 이제 간다. 안녕."

해경은 전혀 반가운 기색이 아니다. 한 문장 속에 첫인사와 끝인사를 동시에 담은 그는 그 길로 곧장 도망치려 했다. 그러나 지민이 재빨리 달려와 그의 허리춤을 붙잡았다.

'아? 여긴 또 이렇게 꽂혀 있는 상태로군?'

소녀가 보이는 순정의 향방이 누구에게 쏠려 있는지 단편의 목격만으로도 감이 잡혔다.

그렇구나. 이렇게 된 거 해경을 제물로 삼아 이 위기를 모면해야겠다고 작전을 짜는데 홍단령을 입은 우락부락한 인상의 관리가 그들 앞에 멈춰 섰다.

"네 이놈! 네 놈은 상관을 보고도 고개를 숙일 줄 모르느냐?"

어째선지 그는 대뜸 해경을 향해 호통을 쳤다. 말할 때 잿빛의 수염이 파르르 떨렸다.

"아, 계신 줄 몰랐는데요."

"이런 시건방진 놈이 다 있나!"

본래도 거침없는 성격의 해경은 유독 더 반항적이고 삐딱하게 받아쳤다. 품계로 보나 연배로 보나 한참 위일진대 조금도 수그리려 하지 않았다.

서로 구면인 것이 분명했고, 보아하니 한두 번 이렇게 대립한 것도 아닌 듯했다. 정윤은 호통치는 노인의 관복 흉배에서 그의 정체를 알아내려 머릿속을 뒤졌다.

'호표. 호랑이와 표범이면 문관이 아니구나.'

네 발이 달린 짐승은 무관에게, 날개가 달린 짐승은 문관에게 주는 것이 관례다. 거기에 더해 호표라면 최소 정4품 이상. 과연, 저렇게 떵떵거릴 만한 고위급이었다.

누구지? 약삭빠르게 후보를 추리기도 전에 상대가 알아서 자기 정체를 밝혔다.

"어디 일개 하급관리가 일국의 장군에게!"

아하. 상장군이시로군. 정윤은 남몰래 한쪽 눈썹을 삐죽하고 올리곤 눈앞에 벌어진 이 불편한 대립에 대해 쉽게 이해했다.

본래대로라면 상장군의 직위는 저 자에게 갈 것이 아니다. 해경이 자랑스럽게 밝혔듯이, 그의 외가는 제일의 명문 무가. 하지만 오성의 일로 집안이 주춤거린 사이 전혀 관련 없는 인물이 군권을 장악하고 저 자리를 꿰찼다.

'서로 눈엣가시겠군.'

지금도 눈빛을 보니 서로 죽이지 못해서 안달인 것 같았다.

이럴 때는 모르는 척 발을 빼는 것이 나은 처세술이겠지. 해경과 동료이긴 하지만 이만한 위험을 감당할 만큼 아직 친한 것 같지는 않다. 분명히 그럴 것이다. 정윤은 합리성을 고려하여 뒤로 찔끔 움직였다.

"이것은 또 뭔가?"

이것……. 후, 사물에게나 지칭할 법한 이것이라는 표현에 조금 위험할 뻔도 했다. 그러나 예비가 되어 있던 공격이라 정윤은 매끄럽게 받아넘겼다.

"지난 과시에서 홍패를 받은 햇병아리 관리입니다. 소인이 아직 품계에 관한 눈이 어두워 장군을 몰라뵈었습니다."

최대한 자신을 낮추고 낮춰 굽실거리자 주름이 뭉텅이로 잡혀 있던 상장군의 눈가가 조금은 풀어졌다. 그래도 끝까지 탐탁지는 않았는지 깍듯하게 숙이고 있는 정윤을 훑어보았다.

"계집이군."

양껏 몸을 사린다 해도 성별이 감춰지는 것은 아니다. 그가 불쾌한 목소리로 캐물었다.

"넌 누구이기에 이 교랑의 집에 있지?"

그 말에 순간적으로 주변에 묘한 정적이 내려앉았다.

해경을 필두로 지민과 청지기, 정윤을 둘러싼 사방의 시선들이 그녀의 입을 주시했다.

여기서 목에 핏대를 세우고 '같이 사는 여잔데요!' 하면 짜릿한 전개가 펼쳐지려나?

정윤은 짓궂은 장난을 혀 밑에 숨겨두고 꺼낼까 말까를 간 보며 잠시의 침묵을 즐긴다. 모두들 '앗, 제발 그것만은 안돼……' 라고 애탄 신호를 보내는 것이 재밌었다.

흠, 하지 말라고 하면 더 하고 싶어지는 법인데.

하지만 그녀는 욕망을 잘 절단해 낸다. 어쨌든 지금은 주변 사람들을 너무 놀라게 하지 말아야 하고, 무엇보다 지민의 앞에선 그날과는 다른 인상을 주기 위해 관리하는 중이었으니.

이전의 가지런함으로 회귀하며 그녀가 공손히 답변했다.

"공무 때문에 잠시 들린 영훤서의 급사입니다. 교랑님의 직속 하관입니다."

휴우.

논란을 만들지 않은 그녀의 대답에 사방에서 안도하는 숨결이 느껴졌다.

와, 이거 재밌네. 들었다 났다 하는 거. 표정을 감춘 채로 정윤이 입 끝을 끌어 올렸다.

"계집이 공복이라니. 궁에 있는 것들을 보는 것만으로도 짜증 나는데. 쯧!"

자세를 낮춰주니 상장군은 더 보란 듯이 대놓고 혀를 찼다. 여인들의 바깥 활동이 성에 차지 않는 고리타분한 귀족이었다.

'에잉, 생각이 늙었네.'

예상대로 진부하다. 정윤은 눈을 슬쩍 올려 자신이 입은 연녹색의 관복과 상장군의 옆에 선 여인의 분홍빛 치마를 번갈아 보았다. 밑단 전체로 퍼져 있는 꽃잎 무늬가 민무늬인 제 복식과는 완연히 차이가 있긴 했다.

상장군은 정윤의 묵묵부답을 수긍의 의미로 받아들인 것인지 어깨를 당당하게 펼쳤다. 그런다고 유달리 위엄이 느껴지는 것도 아닌데 본인은 그렇다고 믿는 것 같았다. 그가 제 딸을 챙겨 대문을 나서며 또 한 번 식상한 사고를 입 밖으로 소리 냈다.

"여인이라면 우리 신예처럼 이리 조신하게 제 몸부터 가꿀 줄 알아야지. 이 교랑의 옆에 세워둘 생각을 하니 벌써 흐뭇하군!"

그러곤 한껏 호탕한 척을 하며 문을 나섰다.

가장 먼저 신속하게 움직인 것은 좌불안석이던 청지기. 허리가 접히도록 인사를 한 그는 상장군 일행이 문턱을 벗어나자마자 빛의 속도로 일꾼들을 이동시킨 뒤, 조심스레 정윤의 눈치를 살폈다.

"······."

아니, 사실은 그뿐만이 아니라 모두가 그러고 있었다. 해경도, 지민도 말이 없는 그녀의 눈치를 살핀다.

왠지 그래야 할 것만 같은 드센 기세가 감지되었기 때문이었다.

정윤은 그런 그들에게 아무렇지 않은 웃음을 과시했다.

"왜 그러세요?"

왜 그러긴. 장군의 호언장담이 불쾌감을 주었을 게 자명한데.

공식적으로 그녀와 승학은 그렇고 그런 사이가 아니지만, 이미 주변에선 둘 사이에 무언가가 있음을 은연중에 다 받아들였다.

당연히 기분 나쁘지 않을 리가 없을 텐데······.

"손님께서 이것을 두고 가셨어요!"

때마침 방을 치우던 어린 시종이 헐레벌떡 신을 꿰어 신고 뛰어왔다. 소녀가 자그마한 장신구를 두 손에 받쳐 올렸다. 정체는 여인의 머리에 꽂는 콩알만 한 떨잠으로, 두 명의 방문자 중 누구의 물건이지는 보나 마나 뻔했다.

"저런, 실수로 손님께서 떨어트리신 모양이구나."

누가 먼저 집기도 전에 정윤은 제일 먼저 그것을 손가락으로 집어 건져 올렸다. 장신구를 든 그녀의 모습에서 지민이 막 어떤 장면을 연상하려던 순간 상냥한 발언이 귀를 덮쳤다.

"제가 갖다줄게요."

"야, 아니야!"

"아니에요!"

"아가씨 굳이 그러지 않으셔도!"

그리고 본능보다 더 빠른 제지와 만류들. 해경과 지민, 청지기는 잠깐 시선을 공유했다가 후다닥 입을 벌렸다.

"그딴 거 안 갖다줘도 돼!"

"맞아요!"

"쇤네가 갈까요?"

정윤의 친절함을 필사적으로 차단하고자 하는 급박함이 엿보인다. 절대로 만나게 해서는 안 된다고 생각하는 것도 똑같았다.

"아니에요, 제가 갔다 오죠. 어차피 멀리 못 갔을 텐데. 금방 주고 올게요."

하지만 정윤은 전과 변함없는 생긋한 미소를 유지한 채 그런 이들의 절박함을 무시했다. 사뿐히 걸어 집안을 벗어나는 움직임이 어찌나 신출귀몰한지 그녀를 잡으려던 해경의 손짓마저 허공에서 헛발질했다.

"문 잘 잠그고 있어요."

쉿, 문단속 잘하렴. 그 말이 제일 무서웠다.

* * *

'떨어져 있군, 좋아.'

대문을 나서자마자 정윤은 경주마처럼 곧장 질주했다.

길목의 끝에 걸려 뒤꽁무니만 보이는 마차였지만 따라잡는 건 어렵지 않다. 상대는 서둘러 움직이는 것을 품위가 떨어진다고 인식하는 고위 귀족이다. 마차는 그들에게 과시의 도구이지 시간 단축의 수단은 아니었다.

속도감을 붙여 달리다가 간격을 조금 남겨 둔 상태에서 옆에 있는 아무 집의 담장이나 밟고 뛰어올랐다. 일렬로 늘어선 벽돌 위를 묘기 하듯 밟고 달리던 정윤은 금세 마차를 추월해 땅으로 내려섰다.

펄럭거리는 옷을 정돈한 뒤 점잖게 뒷짐을 지고 길 한복판을 지키자, 느린 말발굽 소리가 그녀를 발견하곤 멈춰 섰다.

어떻게? 우리가 먼저 출발했는데? 고삐를 쥔 마부의 입 모양이 선명하게 읽혔다. 정윤은 그런 그에게 반가운 손을 흔들어 주곤 막힘없이 다가가 마차의 문을 두드렸다.

"소지품을 두고 가셨더군요."

창이 한 뼘 만큼 벌어진 것을 확인하고 강속구로 냅다 용건부터 던져 넣었다. 너머의 인물들이 누구냐, 무슨 일이냐라고 반응하기도 전이었다.

목소리를 듣고 길을 막은 훼방꾼이 누구인지를 알아차렸는지 안쪽에서 신경질적인 헛기침이 들렸다.

그래도 정윤은 꼿꼿하게 밖에 서서 기다리며 그들이 두고 간 물건이 무엇인지 언급하지 않았다. 만약 그 물건이 저 창틈으로도 주고받을 수 있는 크기의 작은 떨잠이라는 것을 알게 되면 내리려 하지 않을 거라는 걸 알아서였다.

'내가 또 그런 편리함을 제공할 수는 없지.'

정윤은 끈질기게 문 앞에 서서 기다렸다.

'잔머리 굴리지 말고 내려, 얼른.'

드디어 마차 문이 열리고 치맛자락이 땅에 닿았다.

"아무래도 제가 떨어트린 듯합니다."

정윤은 알아서 자진 신고하는 상장군의 여식을 동요 없이 눈에 담았다. 분실이 의도적이지 않았을까 했던 혼자만의 가정에 조금 더 힘이 실렸다.

"잃어버린 물건이 이게 맞으신지요."

"예, 제 것입니다. 감사드립니다."

귓구멍이 간지러울 정도로 나긋나긋한 어조였다. 머리를 숙일 때 귀 옆으로 흘러내리는 비취 구슬과, 수줍게 볼을 붉혀 놓은 화장까지 더해져 시각적으로 상당한 효과가 있었다.

'모연 아우가 봤으면.'

필시 가슴앓이를 할 상이었다. 약간 꽃사슴 쪽? 좀 전에는 지나치듯 봐서 잘 몰랐는데, 세심히 뜯어보니 머리부터 발끝까지 손길이 여간 많이 간 것이 아니었다. 여기서 정윤은 시원스럽게 빗금

하나를 그었다.

'공자님은 검소한 취향이야.'

별 소득 없는 자기합리화라는 건 알았지만, 일단 뭐라도 방어막을 하나 세워 놓으면 평정심은 생각보다 손쉽게 돌아온다. 악질적인 충동으로 마차를 추격했던 정윤은 그 선에서 다시 편안한 마음가짐을 되찾았다. 참을 수 있는 수준이라면 굳이 문제를 일으킬 필요가 없고 인내심은 깊을수록 손해 보지 않는 편이니까.

'아, 오늘은 그냥 보내 줄까 봐.'

그녀가 산뜻한 작별을 고하기 위해 의복을 출렁이며 두 손을 절도 있게 모았다.

"그럼 이만 살펴……"

"쯧쯧, 계집의 옷차림이 저게 뭔가. 내가 저것과 같은 사모관대를 입어야 한다니."

정중했던 동작은 그 지점에서 덜커덕 멎었다.

아니, 아까부터 계속 이런 전개 후진데. 정윤은 그 즉시 눈을 치켜들었다. 불쾌했으므로 실수로라도 웃지 않으려 단단히 입술을 붙잡는다.

무리수를 둬 가며 방만하게 굴고 싶진 않았지만 이번에는 천년의 투지가 타오르려 했다. 어차피 목격자도 없었다.

"그런 말씀은 좀 당혹스러운데요."

마차 안의 장군에게로 성큼 다가서선 제 옷차림을 가리켰다.

"소관은 장군과 동일한 일터에서 동일한 분을 위해 몸 바쳐

일하고 있습니다. 그러니 당연히 같은 옷을 입습니다. 조직체에는 무릇 통일감이 생명 아니겠습니까?"

이 간단한 게 이해하기가 어렵나. 그런 머리로 어떻게 일상생활이 가능한지 매우 궁금했다.

책 읽듯 발음하는 무감정한 음성에 상장군은 격노하여 달려들었다. 그가 한달음에 마차에서 내려와 정윤의 멱살을 잡자, 그의 여식인 신예가 손으로 입을 가리고 뒷걸음질 쳤다.

그때에도 정윤의 표정에는 변화가 없었다. 마치 내일 아침에 땅이 꺼져도 나는 이 옷을 입고 길거리를 활보하겠다. 뭐 그런 기복 없는 얼굴이었다.

"뭐 하러 온 놈이냐!"

"아시잖습니까. 놓고 가신 물건을 찾아 드리려고 왔습니다."

"시건방진! 관모 좀 쓰더니 눈에 뵈는 게 없더냐? 너 같은 암탉이 울면 집안이 망하는 법이다!"

이야. 이 말종이 또 이런다, 또.

정윤은 그가 사용하는 단어와 사고방식에 슬슬 질려갔다. 무엇보다 기분이 상했다.

암탉이라니, 집안이 망한다니.

"왜 애꿎은 교랑님 댁에 그런 험담을 하십니까?"

아무리 감정이 격해도 자리에 없는 사람을 욕보이는 건 실례지요. 덧붙이며 정윤은 슬쩍 입 끝을 올렸다.

이거는 진짜 웃음이었다.

진짜 진짜 사악한 웃음.

"그, 그게 무슨 헛소리냐?"

단숨에 희비가 교차했다.

웃는 있는 정윤과 달리 반대쪽은 완전히 굳어졌다.

왜냐하면 그들이 착각한 게 아니라면 그녀의 뱉은 말은 '방금 당신이 악담한 그 집이 내 집이자, 곧 승학의 집'이라는 소리와 진배없기 때문이었다.

장군의 손힘이 주춤한 사이 정윤은 어렵지 않게 그 손아귀에서 빠져나왔다.

"아무리 제가 암탉인들, 교랑님 댁에 그런 피해를 끼치겠습니까. 아니 될 말이지요."

에이, 넣어둬, 그런 걱정. 그녀가 곱살스러운 눈짓을 보내며 상장군을 안심시키려는 교묘한 행동을 일삼았다.

연신 '저 집'을 턱으로 가리키는 그녀의 행동에 상장군은 위험한 가정에 휩싸였다.

설마 아닐 것이다. 관복을 입은 천방지축의 계집인지라 그쪽으로는 전혀 생각하지 않았는데.

"혹시……"

그런 사이냐.

들릴 듯 말 듯 끊어진 문장이 무엇을 향하던 막힘인지 정윤은 제대로 알아들었다.

그래, 정답을 말해 주자면 아직 승학과는 그런 사이는 아니었다.

비록 동거를 하긴 하지만.

"길이 어둑해졌습니다. 늦었으니 살펴 가십시오."

그러나 불리한 답변은 무시하는 게 필승의 전략. 직각 인사를 적선하고, 무례해서 죄송하다는 양해를 일방적으로 던진 다음, '저도 이만 제 집으로 돌아갑니다.' 라며 왔던 길로 되돌아가면 상황은 고요하게 초토화된다.

석상이 된 사람들 사이로 정윤은 유유히 살아 움직여 제 갈 길을 갔다.

문 앞에서 길목을 지키고 있던 해경의 어깨와 충돌했다. 뒤에서 뭘 봤는지 그가 짧고 굵게 물었다.

"신났냐?"

"어, 음……."

"대장부네, 대장부. 아예 둘이 같이 산다고 동네방네 다 소문내고 다녀라."

크게 혼나나 했는데 웬일인지 그는 생각보다 많이 잔소리하지 않았다.

어? 친구가 되니 예전보다 관대해진 건가? 골치 아픈 것을 보는 듯한 눈빛 속에서 정윤은 용케도 그런 한 줌의 온기를 발견해 낸다. 그녀가 든든하다는 의미로 가슴을 주먹으로 퉁 치는 신호를 보내자 온기가 와자작 찌그러졌다.

* * *

단신의 몸으로 적을 몰아낸 쾌거를 이룬 밤이었다. 문에 이마를 짓누른 채로 정윤은 끄응 하는 신음을 삼켰다.

"소저?"

늦게까지 궐에 남아 있었던 승학이 퇴궐했다. 자신을 찾는 그의 다정한 목소리가 연거푸 들릴 때마다 지민의 쾌활한 제보가 머릿속에 겹쳐졌다.

- 세상에! 혼자서 그 사람들을 다 물리치신 건가요?

- 아니요, 저는 정확히 물건만 전했습니다만…….

- 용감하신 분이었군요.

- 네?!

- 오라버니가 모셔온 분이라고 해서 제가 뭘 잘 모르고 오해를 했나 봐요! 숫기 없고 조용한 분이신 줄로만 알았거든요. 그런데 말수만 적으신 거지, 사실 용감한 분이신 거잖아요?

- 어째서 그런 착각을……?

- 오라버니가 저한테 매일 그러니까요. 사람들 눈에 띄지 마라, 밖에 돌아다니지 마라, 나서지 마라, 얼마나 단속하는데요. 얼마 전에는 외출금지령까지 받았다니까요! 그래서 전 오라버니가 선호하는 여인상이 다 그런 건 줄 알았죠.

- ……!

지민은 들떠서 조잘거렸지만 생각도 못 했던 이야기에 정윤은 흔들리는 동공을 감출 수가 없었다.

조신한 여자가 그분의 이상형이었던 건가? 그랬나? 그랬던 건가?!

걱정이 일파만파로 퍼져서 저녁도 거르고 방에 틀어박혔다. 그간 승학 앞에서 보여 주었던 행동거지에 문제가 없었는지를 점검하느라 머리카락이 다 뽑힐 지경이었다.

"안에 안 계십니까?"

다시금 문밖에서 정중한 음색이 스며들었다. 여전히 부드럽긴 했지만 처음과 달리 조급함이 묻어 있다.

어떡하지. 정윤은 머리를 박은 채로 문고리를 잡고 꼼지락대다가 시무룩해진 중얼거림에 벌컥 고리를 잡아당겼다.

"주무시나. 얼굴 보고 가려 했는데."

"아니요? 전 안 잡니다!"

문짝을 뜯어낼 것처럼 열곤 나와서 얌전하게 손을 모았다. 아무리 봐도 이상한 흐름인데 승학은 전혀 다른 이야기부터 꺼냈다.

"아……. 소저."

"예."

"크흠. 오늘. 집에 찾아온 제 손님을 만났다고……."

"별 얘기 안 했습니다!"

"별 사이 아닙니다."

"어쩌다 마주친 게 전부고요."

"겨우 인사만 하는 게 다인데."

"곤란한 상황은 하나도 없었고요."

"소저가 오해할 만한 일은 전혀 없습니다."

"예……?"

"음……?"

서로 자기 할 말만을 빠르게 내뱉다가 둘은 어리둥절한 시선을 교환했다. 왠지 같은 테두리에서 뱅뱅 도는 느낌이었다. 어서 해명해야 한다는 일념에 눈이 멀어 두서없는 대화를 나눴다.

승학이 멋쩍게 고개를 돌리고 정윤은 코밑을 쓱 훔치며 매우 변조되어 있는 조신한 목소리를 짜냈다.

"용건은 그게 전부이신가요?"

"용건?"

"아까 제 얼굴. 보고 가야 한다고."

"아, 그게."

그렇지, 용건. 사람을 불러냈으면 역시 용건이 있어야 한다. 하지만 응당 있어야 할 그것이 승학에겐 없었다.

상장군 부녀가 하필이면 머물고 계신 아가씨와 마주쳤노라고, 발을 동동 구르는 청지기의 진술에 놀라서 헐레벌떡 달려왔을 뿐이다. 어떻게든 아무 관계도 아니라는 것을 서둘러 설명해야 한다고 생각했다.

"그러니까 할 말이……"

그 외의 다른 것들은 미처 준비해 오지 못했다. 더 이상 용건이 없으면 헤어지는 것이 맞기에 승학은 새로운 얘깃거리를 찾으려고 노력했다. 무슨 대화라도 지속되어야만 더 같이 있을 수 있었다.

"아, 식사하시겠습니까?"

식사? 정윤의 눈이 동그랗게 변한다. 그가 서둘러 부연했다.

"아직 소저가 저녁 전이라고 들어서. 끼니를 거르면 건강에도 좋지 않고 입맛이 없으셔도 같이 먹으면 식욕이 날지도 모르는데……"

무슨 말을 하고 있는 건지 모르겠다. 어떻게든 머릿속에서 만들어낼 수 있는 갖은 핑계를 다 끄집어냈다. 문 하나를 통째로 가로막을 만큼 건장한 남자가 멍청하게 서서 횡설수설했다.

그런데도 집중해서 경청하던 정윤은 그가 말끝을 흐렸을 즈음 조그마하게 갖다 붙였다.

"속이 조금 안 좋아서요."

솔직히 말해서 속이 완전히 뒤죽박죽이었다. 뒤늦게 알게 된 그의 취향에 대해 끙끙 앓느라고 뭔가를 먹을 생각을 하지 못했다. 밥 따위가 중요한 게 아니었다.

"아……."

그걸 거절로 인식한 것인지 승학의 표정에 대번에 실망한 기색이 얼룩졌다. 속눈썹이 풀 죽어서 내려앉았고 입가도 전체적으로 매우 우울해 보였다. 바로 돌아서지 못하고 미적대는 발에는 미련이 그득히 엿보였다.

'윽, 안 돼! 가련한 모습!'

그가 우는 꼴을 보지 못하는 정윤은 충동적으로 움직였다. 열린 문을 사이에 두고 있던 간격을 날아 한 손으로 그의 팔뚝을 잡았다.

"근데 이제 다 괜찮아졌어요!"

마주친 눈이 살짝 커지는 게 보였다.

"같이 먹어도 될 것 같은데! 뭐, 뭐, 뭐, 뭐 좋아하세요!"

우렁차게 뱉어놓고 내가 너 좋아하는 걸로 다 사준다는 식으로 의미가 변질됐지만, 어쨌든 시들어가던 승학의 얼굴에 불을 밝히는 데엔 성공했다. 생기가 없었던 그의 뺨에 서서히 홍조가 어리더니 금세 수줍은 곡선으로 올라갔다.

"저는 다 잘 먹습니다."

하얀 이를 내보이며 답하는 모습에 정윤은 덩달아 웃음이 나올까 봐 재빨리 눈꺼풀을 내렸다.

여전히 상황 파악을 못 한 채 입가를 벌리고 있던 승학은 그녀보다 조금 늦게 변덕스러운 제 표정을 인식했다.

지금 자신이 얼마나 표정 관리를 못 하고 있는지, 얼마나 좋아하는 티를 내는지. 그가 황급히 손바닥으로 입 주변을 가렸다.

* * *

수저와 젓가락이 그릇에 작게 부딪히거나 엇갈리는 소리가 간간이 울렸다. 둥그런 원형 탁자에 두 사람이 마주 보고 앉아 식사를 이어 갔다. 일렁이는 등불마저 고즈넉한 밤이었다.

'침착해. 그냥 경박하지 않게 얌전히 씹어서 삼키기만 하면 된다고!'

정윤은 힐끔거리는 눈길로 승학의 정갈한 식사 습관을 훔쳐보며 최대한 턱 근육을 사용하지 않고 음식물을 넘기려 애썼다. 입에 넣을 때도 소량씩 덜어서 다소곳이 넣었다. 본인의 내숭에 제가 먼저 토가 나올 것 같았지만 지민의 제보가 고막에서 광광 울리고 있어서 도리가 없었다.

'그, 그냥 같이 저녁 먹는 것뿐이야.'

승학을 따라 고사리 반찬에 젓가락질을 하며 되새겼다. 나물류는 별로 좋아하지 않지만 그가 입을 대니까 괜히 따라서 쑤셔 넣고 오물거리기도 했다.

퉷, 역시 맛이 없었다.

'편식 같은 건 전혀 안 하시나 봐. 골고루 다 잘 먹네. 엄청 어른이야, 되게 어른이야……'

이건 장조림이다, 이건 장조림이다, 생각하며 질긴 고사리를 억지로 꾸역꾸역 잘 먹는 척 연기했다. 죽을 맛이었지만 힘들 때마다 지민의 위협적인 제보를 회상하며 버텼다.

그녀가 꿀꺽 삼키는 것에 성공한 것과 동시에 승학의 젓가락이 거치대 위로 고요히 내려앉았다. 말을 꺼내면서도 무척이나 망설이는 눈치였다.

"소저."

"예."

"아무래도 아직 오해하고 계실까 봐, 제대로 다시 말씀을 드려야겠습니다."

"뭐가요?"

"상장군 대감 말입니다. 제 쪽에선 한 번도 먼저 만남을 청한 적이 없는 분입니다. 집으로 초대한 적도 물론 없고요."

아까의 해명만으로는 부족하다고 여겼는지 그가 조곤조곤 몇 가지를 더 보충했다. 원래는 사적으로도 전혀 알지 못하는 사이였다는 점과 어느 날부터 갑작스럽게 시작된 방문이었다는 점이었다.

"자주 만나 제게 담소나 나누자고 했지만……"

어렴풋이 찌푸리는 그의 미간에서 억눌린 짜증이 느껴졌다. 사그라든 뒷말도 어떤 소리일지 정윤은 쉽게 짐작할 수 있었다. 예의 바르게 몇 번이나 거절했지만, 상대는 그걸 묵살하고 쉼 없이 들이댔겠지. 그녀가 경험한 언짢음도 그와 다르지 않았다.

"이런 일이 자주 있었군요."

승학은 말없이 끄덕임으로 의사를 전달했다.

높은 벼슬아치라는 점을 감안하더라도 상장군의 행태는 떼쓰는 아이처럼 막무가내였다. 정윤은 그의 곁에 서 있던 여인을 떠올렸다. 담소 자리에 굳이 자기 딸까지 대동할 이유가 뭘까? 최대한 긍정적으로 고려해 서로 얼굴을 터 친분을 쌓고자 했다 해도, 그 친분이 결코 우정이라고는 생각되지 않았다.

노리는 것은 역시 혼처였다.

'근데 이건 되게 비열한 방식이잖아?'

감히 하늘 같은 상장군을 문전 박대할 수 없다는 것을 이용해 이런 식으로 들락날락하면, 당장에 혼사는 성사되지 않더라도 승학에게 접근하는 다른 혼처 자리를 사전에 차단할 수 있다. 남들 눈에는 사사로이 집까지 오가는 거의 다 성사된 혼사처럼 비칠 테니.

'그럼 아까는 나 때문에 엄청 당황했겠구나.'

다 된 밥에 떡하니 드러눕는 재처럼 등장한 셈이었다. 그야말로 역지사지의 퇴치법.

아우, 고소해라. 정윤은 흡족한 미소를 머금고 벌컥벌컥 물 잔을 들이켰다. 올라간 입꼬리에 이어 눈매마저도 반달로 접히려던 찰나, 맞은편에서 빤히 응시하고 있는 승학을 발견하곤 급하게 사래에 걸렸다.

"큽!"

아니야, 생각났다.

"소저?"

그 퇴치법은 단독으로 벌인 범행.

"괜찮! 커흑!"

승학에게는 비밀이고 따라서 양심에 찔리는 내용이라는 걸.

쿨럭쿨럭 기침을 토하며 입부터 가렸다. 일어나서 다가오려는 승학을 손사래로 물리치고 한참 어깨를 들썩이다가 젖은 입술을 소매로 훔쳤다.

'아. 손수건으로 닦을걸.'

그리고 바로 후회했다.

그 상태로 어색한 손을 움직여 말없이 밥만 퍼먹었다.

이유 있는 침묵이었는데 사정을 모르는 승학은 급속도로 우울해진 그녀의 기분에 더럭 불안해졌다. 겨우 거리를 좁혔다고 생각했는데 지금은 제 얼굴조차 제대로 봐 주지 않고 있었으니까.

역시 상장군의 방문이 신경 쓰이는 탓일까. 그답지 않게 조바심이 났다. 오해했으면 어쩌나 싶고, 화가 났으면 어떻게 풀어줘야 할지 걱정됐다.

승학은 다시 무슨 말이라도 찾아 붙이려고 했다. 순간 규칙적으로 반복되던 정윤의 팔이 갑작스레 멈추더니 그 상태로 한동안 맑은 토란국에 반사된 제 이목구비를 뜯어본다.

그녀가 불쑥 머리를 들어 올렸다.

"제 인상이 약간 차가운 편이죠?"

"아니요, 전혀 그렇지 않습니다."

"다른 사람들보다 잘 안 웃는다거나?"

"소저는 잘 웃으십니다."

"낯도 가려서 붙임성도 없고!"

"낯을 가리는 게 단점입니까?"

"그런데 까칠하고."

"소저."

승학은 나직한 음성으로 쏟아지는 말을 끊었다.

"왜 갑자기 그런 말을 하십니까?"

정윤은 어깨를 움츠렸다.

"그냥…… 갑자기 그런 생각이 들어서요……"

"혹시 누가 소저에게 뭐라고 했습니까?"

감정을 전혀 느낄 수 없는 평온한 목소리였지만 질문하는 승학의 내면은 미약하게 온도가 떨어져 있었다.

혹 누군가 그녀에게 쓸데없는 소리를 한 건 아닌지, 혹 그 대상이 오늘 다녀간 무례한 손님인 건 아닌지. 그는 드러나지 않은 차가움으로 남김없이 탐색하고자 했다.

"아니에요."

정윤의 머리가 힘없이 도리질을 쳤다. 그리고 다시 전과 같은 위치로 내려갔다. 울적한 얼굴이 일렁거리는 물 위에 떠다니는 게 보기 싫어 숟가락으로 휘휘 지워 버렸다.

정말 갑자기였다. 문득 반사된 제 얼굴 위로 불현듯 아까 본 여인의 눈코입이 겹쳐져서. 잠깐 스쳐 지나가듯 보았지만 누가 봐도 천상 여자라고 칭할 만한 미색이었다.

'뭐랄까, 세상에서 말하는 여성적인 정체성이 집약되어 있는 표본 같다고나 할까.'

그에 반에 자신은 그렇지 못하다는 것을 안다. 그렇게 차분한 분위기가 나는 것은 고사하고 솔직히 말해 탕아처럼 껄렁한 쪽이라는 걸. 스스로에 대한 야박한 평가를 내리며 그녀가 애꿎은 국을 휘저었다.

"공자께선 절 매일 보니까 익숙해져서 못 느끼시는 거예요."

승학은 딱 잘라 답했다.

"처음 봤을 때도 그렇게 느끼지 않았습니다."

"처음…… 거기서요?"

그와의 첫 만남은 노예시장. 별로 좋지 않은 장소에 대한 기억이었다.

정윤은 굳은 얼굴로 숨을 참았다. 하지만 귀에 닿는 것은 다정하고 풋풋하기만 한 이야기였다.

"저를 경계하면서도 무시하지 않으셨고 오히려 미안해하고 신경 쓰셨잖습니까."

"……제가 그랬다고요?"

아닌데. 그날의 자신은 굉장히 가시가 서 있는 상태였다. 복수의 칼을 들고 부들거리면서도 같잖게 자기연민과 동정심으로 가득 차 있던 형편없고 부실한 인간이었다.

오점 하나 없어 보이는 그가 미워 공연히 비틀린 태도를 보여 줬을 게 뻔했다. 당연히 친절했을 리도 없다.

"미화된 거 같은데요?"

그녀가 믿지 못하는 기색이자 승학은 증명해 보이겠다면서 기억 속에 저장된 상황을 생생하게 읊기 시작했다.

우리가 어떻게 만났고, 자신이 무슨 말을 하면 그녀가 뭐라고 답했었는지를. 그뿐만 아니라 조심스럽게 말을 걸던 그녀의 표정과 망설이면서도 제 팔꿈치를 잡았던 일까지 모조리 회상해 냈다.

"그날 갑자기 소나기가 내려서."

"으음. 네, 그랬죠."

"같이 나무 밑에 서 있었을 때, 낯선 제가 무서울 법도 하신데 비에 젖으니 옆으로 오라고 제 팔을 잡아당겼던 거 생각 안 나십니까."

내가…… 그랬던가? 그런 대담한 짓을? 미, 미쳤었나 보다.

정윤은 침착하려 애쓰며 자신조차 답이 가물가물한 질문을 시험해 보듯이 던졌다.

"언제쯤이었는지 기억하세요?"

"오시 반경이었습니다."

"비가 그쳤던 시간도?"

"미시가 좀 되지 않아 그쳤지요."

"주변에⋯⋯."

"봉루가 있는 언덕 뒤였습니다. 오가는 사람이 적은 곳이었고, 소저와 저밖에 없었잖습니까."

"그 나무는요?"

"도화 나무."

"그, 그럼 그날 제가 했던 귀걸이 모양은?"

이번 건 상당한 고난도 질문이었다. 설마 기억할까, 나도 기억하지 못하는 걸. 정윤은 침을 꿀꺽 삼켰다.

"자홍색 앵화."

"⋯⋯!"

"옷차림은 흰 깃에 바닥까지 끌리는 흑포. 전모의 너울만 투명했습니다. 너울 가장자리에 당초문도 있었지요. 머리를 반쯤을 내리시고 나머지는 투박한 끈으로 묶어 두셨던 것도 기억합니다."

말도 안 돼.

사소한 것 하나까지 또렷하게 되살려내는 그로 인해 옅어졌던 과거의 한편이 채색되었다. 흐릿하던 정윤의 머릿속에도 어느새 그날과 똑같은 비가 내렸다.

"어떻게 그런 것까지 다 기억하고 계세요?"

이제는 다른 이유로 조마조마하다. 그럼에도 묻지 않을 수가 없었다. 자신은 하나도 기억나지 않는데 그에게는 어제 일처럼 선명했다.

"그게."

승학은 머쓱하게 눈길을 회피하며 고백했다.

"너무 잘 어울리셔서……."

귀 끝이 새빨간 게 보였다. 몹쓸 이유를 댄 것도 아닌데 부끄러워진다. 뒤늦게 이해한 정윤은 소리 없는 비명을 삼키며 물을 마신다는 핑계로 잔 안에 코를 박았다. 우물거리는 말소리가 잔 속에서 웅웅 울려 퍼졌다.

"고, 고맙습니다."

"아니요. ……제가 죄송합니다."

그녀에게 곤란한 이야기를 해 버렸다. 이런 분위기를 만들려던 것이 아닌데. 승학은 손바닥으로 열이 오른 얼굴을 쓸어내리며 본래 의도했던 방향으로 되돌아갔다.

"그때도 소저는 차갑지 않았습니다. 사려 깊은 사람이라고 생각했습니다."

"아무리 그래도 그건 좀 거짓말 같은데요."

"왜 거짓이라고 생각하십니까?"

"저 엄청 퉁명스러웠잖아요."

"처음 보는 이에게 살가운 게 더 이상합니다."

"공자께선 살가우셨는데요?"

그거야 그에게는 처음이 아니었으니까. 빗속의 외딴섬이 된 정자에서 몰래 훔쳐본 전적이 있다. 말할 수 없는 부분이라 더 이상 설명을 못 하자, 정윤은 거보라는 듯이 아랫입술을 삐죽 내밀며 말했다.

"그날 제가 계속 툭툭거리고 얄밉게 대꾸했는데 뭐가 좋다고 그걸 다 받아 주셨습니까?"

"얄밉지 않고 그냥 귀여웠……"

아차. 또 한 번 무의식적으로 대답하다가 승학은 입술을 깨물었다. 마음에 있는 것을 그대로 전하는 것은 실례였다.

그러니 어찌 말하겠는가. 볼이 뾰로통하게 부풀어선 괜한 심술을 부리는 게 귀여웠노라고, 그저 조심성 많은 고양이 같아서 제 등 뒤에 가만히 숨어 주는 것만으로도 기분이 좋았다고. 솔직히 털어놓는다면 정윤은 당황하고 말 것이다. 그녀를 불편하게 만드는 건 그가 원하는 게 아니었다. 대신 다른 이야기를 꺼냈다.

"당시의 저는 낯선 사람이었으니까요. 알게 되어 가까워지면 다를 거라 생각했습니다."

"이제 알게 됐는데, 어떠세요?"

태연하게 굴려고 했는데 말끝이 살짝 경련해 장렬하게 실패했다. 제 머리를 쥐어박고 싶은 것을 정윤은 꾹 참았다. 왜냐하면 그래도 궁금했으니까. 잘 알지 못하던 때에 그의 상상 속에 머물러 있던 여인과 지금의 자신이 일치하는지 알고 싶었다. 귀를 막을 수는 없으니 눈을 질끈 감고 기다렸다.

아무것도 보이지 않는 시야 너머로 승학의 목소리가 유일하게 와 닿았다.

"생각했던 것보다 더……."

뭐가 더? 감겼던 눈이 번뜩 뜨였다. 이어지는 말이 더 있을 것 같았는데 그의 입술은 그대로 닫혔다.

뭐가 더 그렇다는 거지? 생각보다 더 좋다는 건가? 아니, 생각보다 더 예쁘다는 건가? 아, 아니다! 이건 너무 나 좋을 대로 해석했나? 그럼 생각보다 더 엉망이라고? 정윤은 사고회로가 엉켜 버렸다. 해석을 못 해서 막 땅굴을 파고 내려가려고 할 즈음 승학의 설명이 잇따랐다.

"그보다 더 가까워지고 싶었습니다. 그래서…… 잘 됐으면 좋겠습니다."

속삭이듯이 읊조린 그의 입가에 옅은 미소가 떠올랐다. 부드럽게 풀린 눈매의 파급력은 대단했다. 그의 말을 파헤칠 정신도 없이 정윤은 순식간에 몽롱해지는 기분에 휩싸여 무릎 위의 치마를 두 손으로 꽉 구겨 잡았다. 당장 이거라도 쥐고 있어야 간지러운 몸이 공중으로 붕 떠오르지 않을 것 같았다.

잘 됐으면 좋겠다니. 그런 말을 해 놓고 저렇게 수줍게 웃는 법이 어디 있단 말인가. 젖은 털을 털듯이 부풀어 오른 뺨을 얕게 부르르 흔들었다. 들떠서 입이 지나치게 벌어지는 것을 방지하고자 하는 행동이었다.

"소저는 저에 대해 궁금한 점이 없으십니까?"

"저요?"

"저는 소저에 대해 알고 싶은 것이 많은데, 소저는 도통 제게 질문을 하지 않으시니 저만 이런가 하여 조금 섭섭해서."

부담스럽지 않은 웃음 속에 승학은 내심 서운함을 내비쳤다. 사실 불안감이기도 했다. 저에게 그만큼의 관심도 없으신가 하는.

정윤은 머리를 가로저으며 강하게 부정했다.

"아니에요, 궁금한 거 정말 많아요. 그런데 제가 생각나는 대로 다 물어보면 놀라실까 봐요."

놀라서 도망갈까 봐 아무 얘기나 막 못 하는 거다. 이리 거르고 저리 다듬다 보니 언행을 매우 주의하게 됐다. 그런 게 절대로 아니라고 몇 번이고 못 박는 정윤의 확답에 승학의 매끄러운 웃음이 다시 제자리로 돌아왔다.

"그럼 하나씩 천천히 물어보시면 어떻습니까. 한 번에 하나씩."

"네, 좋아요. 그럽시다. 당장 합시다."

또 섣부른 오해가 생길까 정윤은 화통하게 탁자를 내리치며 승낙했다. 절대 오해하면 안 돼! 그 모습에 승학이 꾹 웃음을 참는 것도 잠시, 의자를 바짝 당겨 앉았다.

"그럼 결례를 무릅쓰고 저부터 먼저 시작하겠습니다. 이건 오늘 꼭 알아야겠습니다."

답을 듣지 않고는 밤을 넘길 수 없다는 듯이 사뭇 비장한 태도였다. 각 잡힌 자세에 정윤은 좇아 긴장해 버렸다.

"어떤 건데요?"

"제가 소저께 무슨 실수를 하였습니까?"

"실수라뇨?"

"상장군 대감의 일로 마음이 상하신 겁니까?"

"네에?"

"대감께는 더 확실하게 의사를 전하겠습니다. 오늘 같은 일은 절대로 없을 겁니다."

아니, 이게 다 무슨 말이람. 잠시 그의 말을 이해할 시간이 필요했다.

정윤이 묵묵부답이 되자, 결심 어렸던 태도는 온데간데없어지고 승학은 금세 상심한 사람처럼 속눈썹을 내려트렸다.

사실 묘하게 달라진 그녀의 태도는 처음부터 느끼고 있었다. 찾아왔을 때부터 어딘가가 자신을 불편해 했던 모습들, 식사하는 동안에도 내내 입맛이 없어 보였다. 마치 이 자리에 앉아있기가 거북한 것처럼 눈치를 살피고 음식조차 제대로 들지 못했다. 그러고는 침울한 얼굴로 좋은 않은 얘기들을 묻지 않았던가.

거기까지 돌이키다가 결국 승학은 참지 못하고 그을린 속내를 털어놓았다.

"저를…… 피하고 싶어 하시는 것 같아서."

"아니, 누가 그래요?!"

아닙니다! 곧바로 주먹 쥔 손이 탁자를 쾅 내려치며 판을 깼다. 아까와 달리 강도가 많이 거세서 승학의 어깨가 움찔했을 정도였다.

지금 상황이 어떻게 돌아가는 건지 낱낱이 이해한 정윤은 죄 없는 입술을 물어뜯으며 울상을 지었다.

결국 다 제 탓이었다. 얼마나 어설프게 연기를 했으면 그가 저런 생각을 하게 만든단 말인가. 그렇다고 계속 오해하게 둘 수도 없고 이 한심한 망상을 고백할 수도 없었다. 어쩐담.

그녀가 잠시 후 졸이는 마음으로 입을 벙긋거렸다.

"저도 뭐 하나만 여쭤봐도 될까요?"

승학이 떨리는 턱을 끄덕이는 것이 보였다.

"가정사에 관련된 질문일 수도 있는데요?"

"괜찮습니다."

"지민 아씨를 왜 밖에 못 나가게 하세요?"

마침내 공은 던져졌다.

지민이? 긴장으로 얼어붙어 있던 승학은 전혀 예상치 못한 이야기를 들었는지 얼떨떨하게 반응했다.

"제 동생을 말씀하십니까?"

"네, 네! 별당 아씨요!"

민망해서 큰 목소리로 맞장구치고 더 민망해져서 여전히 주먹 쥐고 있던 손으로 통통 탁자를 두드렸다가 소음을 만들어 냈다. 으아, 왜 나는 당황하면 행동이 커지는 걸까. 정윤은 이제 울고 싶어졌다. 꽃 같은 처녀 연기는 이미 다 물 건너갔다.

하지만 아무리 잔머리를 쥐어짜도 이렇게 묻는 방법밖에는 알지 못한다. 덮어 두고 못 본 척, 모른 척 넘어갈 수도 있겠지만 손톱만큼 작아진 심장은 그의 마음을 열어 확인하기를 갈망하고 있었다.

잠시 후 승학의 고개가 옆으로 미미하게 기울어지더니 탁해진 눈빛으로 되물었다.

"혹시 오늘 이러시는 거, 지민이 때문이었습니까?"

"꼭 그렇다기보다는."

"그 아이가 소저께 쓸데없는 말을 해 신경 쓰게 해 드렸군요."

그의 눈빛이 알게 모르게 엄해졌다. 이러다간 애꿎은 지민에게로 불똥이 튈 지경이라 정윤은 발 빠르게 변명에 나섰다. 속에서만 부유하고 있던 말들이 허겁지겁 밖으로 튀어나왔다.

"아씨가 실수하신 건 하나도 없어요! 그냥 공자께서 평소 아씨의 외출을 달가워하지 않는다고 들어서……. 워, 워, 원래 바깥일 하는 여인을 꺼려…… 하신다면서요?"

정신없이 쏟아내다가 마지막에 가서야 정신을 차렸다. 그 증거로 목소리가 파르르 떨리다 못해 어디 고장 난 것처럼 경련을 일으켰다.

이건 망했다. 수습하다가 더 망했다. 내 입으로 나 별로죠? 하고 물어본 것과 마찬가지다. 이렇게나 얼뜨기라니. 정윤은 이제 울기 직전이었다. 실제로 살짝 울먹인 것도 같았다.

탁상이 약진하듯 들썩였다.

"누가 그런 소릴 합니까?"

이번엔 승학의 손바닥이 탁상 표면에 내려와 있었다. 방금 힘

조절을 좀 못 한 것 같은데. 아니, 이 점잖은 사람이? 놀랄 겨를 도 없이 그가 바로 다그쳐 왔다.

"누가 그랬습니까. 지민이가 그랬습니까?"

으, 으, 으응. 정윤은 하릴없이 묻는 대로 끄덕이다가 으으응! 하면서 부리나케 도리질했다.

"아니라니까요."

"소저. 절대로 그런 게 아닙니다. 그 아이가 말실수를 했군요."

승학은 단호하게 답하곤 침음을 삼켰다. 정윤이 어떤 경로를 통해 이상한 결론에 도달하고, 내내 풀 죽은 행동을 하게 되었는지 대강 알아챈 듯한 모양새였다.

"짐작하시는 게 무엇이든 그건 사실이 아닙니다. 무슨 상상을 하셨더라도 절대로, 절대로 아닙니다."

반복해서 부정에 부정을 덧씌우곤 기어이 알았다는 대답까지 받아낸 승학은 그제야 겨우 한숨을 돌린 것처럼 보였다.

그러나 이내 무슨 생각을 하는지 그늘진 얼굴 위에 깊어진 눈동자를 드러냈다.

정윤은 풀 죽은 표정을 옷깃에 감췄다. 역시 너무 사적인 질문이었다. 함부로 물어선 안 되는 민감한 부분을 건드린 걸까. 그렇지만 상장군의 딸 같은 여자를 좋아하세요? 라고 물어볼 순 없었으니까.

승학의 손이 움직였다. 켜켜이 가로막고 있던 그릇들을 아무렇지 않게 건너더니 여전히 주먹을 쥐고 있는 정윤의 손 위로 향한다.

맞닿기 직전 머뭇거리며 허공에서 멈추기도 했지만 결국 날개를 접 듯이 사뿐히 내려앉았다. 그의 손바닥 감싸져서 정윤의 주먹은 완전히 덮여 가려졌다.

'손 엄청 커.'

그의 손은 그녀의 것을 완전히 감싸 버리고도 남았다. 살과 살을 댄 채로 비교하니 골격 차이가 완연히 느껴져 정윤은 부끄러움을 감추고자 숨겨진 주먹을 더 강하게 말아 쥐었다. 남자의 기다란 손가락이 살 사이를 파고든 것은 그때였다.

깍지를 끼는 것처럼 밀착해 손가락 틈 사이로 제 손가락을 밀어 넣어 웅크리고 있는 마디들을 하나씩 풀어낸다.

마치 달래듯이, 다독이듯이 다정하게.

어느 때보다도 접촉이 깊었다. 누구에게서 나오는지 모르는 미세한 떨림이 피부를 타고 전이됐다.

주먹에서 힘을 풀어낸 승학은 잠시 그 상태로 미적거리다가 다시 천천히 손을 거둬 갔다.

"소저에게 고백할 것이 있습니다."

"네? 지금 고백이라고요?!"

"지민이에게 외출을 삼가라고 하는 데엔 다른 이유가 있습니다."

아, 그 고백요……. 눈알이 튀어나올 뻔했다가 도로 제자리로 들어갔다. 그런 반응이 귀여웠는지 승학의 입 끝이 슬며시 올라갔다가 진지한 내용을 좇아 내려왔다.

"실종된 승상에 대해 들어본 바가 있으십니까."

"그럼요, 당연히요."

정윤은 대번에 끄덕였다. 그 이를 모르는 자가 더 드물지 않을까. 한때나마 일국의 재상이었던 인물을, 그러나 선황의 시해와 함께 흔적도 없이 증발해 많은 이야깃거리를 만들어 낸 장본인을.

그가 사라진 후에도 승상의 자리는 끈질기게 공석으로 남아 있는 상태였지만, 사람들은 그날의 끔찍한 사건에 그가 연루가 되어 있는 게 확실하다고 말하고 있었다.

"공자의 부친이시잖아요."

그리고 중요한 사실 하나 더, 그는 승학의 부친이었다.

행간에 많은 것들이 생략된 대화가 눈빛으로 오가다가 마침내 그가 덤덤히 고백했다.

"저는 그것이 실종이 아닌 납치가 아닐까 합니다."

"설마요. 소문에……"

"소문에는 자의로 자취를 감춘 것이라고들 추정하지요. 하지만 진실이 아닐 거라는 생각이 듭니다."

아버지의 실종이 자발적이었다면 지난 십 년간 그리 쫓지는 않았을 것이다. 정말 뜻이 있어서 세상을 등지셔야만 했다면 승학은 그 결정을 존중하고 지지할 요량이었으니까.

하지만 제 부모가 그리 책임감 없고 무기력한 사람이었던가? 자라 오는 내내 그는 부모에게서 그러한 점을 목격한 바가 없었다.

"십 년 전 경오일. 섬기던 주군이 살해당했습니다. 같은 날 황후께서도 뒤를 따르셨지요. 한날에 두 명의 지도자를 잃은 셈입니다.

모두가 혼란과 비탄에 잠겨서 아마 제정신인 사람이 없었을 겁니다."

승학의 목소리를 따라 과거의 비극이 두 사람의 눈앞에 어렸다. 그날의 사건을 생생히 회상하기에는 승학도, 정윤도 당시에는 너무 어린 소년, 소녀에 불과했지만 윤곽은 제법 또렷하게 잡아낼 수 있었다. 두 사람 모두 제 부모가 관여된 일이기 때문이었다.

창백해진 안색의 정윤이 고요히 덧붙였다.

"그리고 범인이 잡혔고. 모의자를 색출하겠다고 오성의 나머지가 대상으로 지목되었죠."

그로 인해 그녀의 아버지가 끌려가 희생자가 되었다.

좋지 않은 일을 떠올리게 한 것을 미안해하며 승학은 다시 승상의 이야기로 중심을 돌려놓았다.

"그만큼 모든 것들이 어지럽혀져 있었습니다. 누군가는 그 상황을 정리하고 수습해야만 했고, 당연히 그건 나라의 재상이 했어야 할 일입니다. 하지만 아버지는 정확히 그 시기에 실종되었습니다. 이 집에 있는 그분의 물건 중 무엇 하나 사라지지 않았는데 오직 사람만 없어졌습니다."

하다 못해 신발 한 짝도 증발하지 않은 채 자리를 지키고 있었다.

그날 이후로 승상의 행적은 꾸준히 묘연한 상태다.

"해서 괜한 기우인 것을 알면서도 동생의 외출을 염려하고 있었습니다. 만약 타의에 의해 사라지신 것이 맞는다면 제 식솔들은 여전히 안전하지 않습니다. 저야 제 일신 하나는 지킬 수 있지만 동생은 아닙니다."

승학은 온건한 쪽으로 포장했지만 이건 위험한 이야기였다. 지난 참극의 여파가 십 년이 지난 지금에까지 그의 가족 주변에 도사리고 있다는 뜻이었으니까.

정윤은 조심스러운 음성으로 말을 꺼냈다.

"그렇다면 어딘가에 억류되어 있으신 걸까요."

차마 이미 죽은 것이 아니겠느냐고 말할 수는 없었다. 말하지 않아도 그는 이미 그 부분까지 가정하고 있을 테지만, 그래도 어딘가에는 살아 있어 먼 훗날에라도 돌아올 거라고 믿는 것이 더 나았다.

"알 수가 없습니다. 행방의 실마리가 있는 곳이라면 빠짐없이 뒤졌지만……"

흐릿한 미소로 답하던 승학은 말꼬리를 늘어뜨렸다. 그는 지금껏 의심되는 모든 곳을 수색했다.

단 한 곳만을 제외하고.

'그대의 아버지.'

정윤의 아버지라면 이 실종에 대해 알지도 모른다는 상념이 스쳐 지나갔다. 두 사람은 지기였고, 같은 주군을 끔찍이 섬기던 신하였으며, 그로 인해 동일한 비화에 휩쓸렸다.

그러니 응당 알 수도 있지 않을까 했다.

하지만 정윤이 밝히기를 그녀의 아버지는 스스로 기억을 닫아걸었다고 했다. 가서 물어보아도 들을 수 있는 건 없을 것이다.

"소저의 부친께서 그 일에 관해 언급한 적이 없으십니까."

"죄송해요. 전혀요."

"조정에 계실 때 두 분이 막역한 사이였다는 것도 모르셨습니까."

"네, 그것도…… 몰랐어요. 아버진 제게 정말 가르쳐주신 것이 아무것도 없군요."

쓸쓸함에 잠기는 정윤의 얼굴을 바라보며 승학은 다시금 안타까운 감정을 깨물어야 했다.

너무나 아쉬웠다. 아쉬워서 견딜 수가 없었다.

그녀가 아무것도 알지 못한다는 것이.

우리가 혼약이 오가던 사이였을 수도 있는데, 그녀가 그 모든 것들을 모르고 있다는 점이.

"알았다면…… 좋았을 텐데."

승학이 쓰게 웃으며 혼잣말하듯 이야기했다.

그 작은 소리에 정윤은 화답했다.

"저도요, 공자."

5. 두 달 전

신선한 경험이었다. 숨을 들이마시면 주향보단 흙내가 더 강하게 밀려오는 곳이었다.

산 끝자락에 위치했으니까 당연한가? 하지만 그런 지리적인 조건을 참고해 보려다가도 문득 장소가 가진 본연의 기능을 떠올리면 고개가 갸우뚱해진다.

술과 웃음을 파는 기루에서 풀잎 냄새 따위가 자욱하다니. 이 얼마나 시적이며 귀족적인지 모르겠다. 과연 황도 귀족들 사이에서 최고로 통한다는 기루다웠다.

접근성이 낮고 호객행위를 하지 않는 곳, 색주가의 느낌 없이 정적인 운치만이 감도는 곳.

'3층 어디에 처박혀 있으려나.'

정윤은 취군회의 모임이 있다는 그 밤의 귀애루에 들어와 있었다.

"들어가거라."

누군가의 지시에 따라 몇 개의 칸막이가 쳐진 좁은 방에 몸이 밀어 넣어졌다. 기다리고 있는 것은 반듯하게 접혀 있는 소박한 의복 한 벌이다. 곧 대화 없이 바닥으로 떨어지는 옷감의 소리가 막힌 칸 너머를 돌아다녔다.

정윤은 꺼리는 기색 없이 자연스럽게 옷을 벗었다. 걸치고 있던 화려한 장포와 비단 치마를 벗어 옷걸이에 걸치고 귀고리와 머리꽂이 같은 장신구도 모조리 뺐다. 굽이치는 긴 머리는 간단히 하나로 묶어 목 뒤로 정리했다. 그러곤 손거울을 들어 색이 남아 있던 입술마저 모조리 지운 다음에야 그녀는 준비되어 있던 감색의 무명저고리와 치마를 들었다.

곧 얇은 편벽 사이사이에 들어가 있던 여급들의 발소리가 문밖으로 이어졌다. 정윤은 그들의 발소리를 느긋하게 세어가며 마지막으로 세탁된 앞치마를 허리에 둘렀다.

'깨끗하네.'

다림질까지 했는지 앞치마에는 구김 한 점도 없었다.

그녀는 곧 방을 벗어나 다른 여급들 사이로 섞여 들어갔다. 발에 힘을 주고 움직이는데도 바닥에 솜을 몇 겹이나 덧댄 덧신 때문에 소음이 삼켜졌다. 어두운 복도가 어깨 위를 덮쳐 왔다.

취군회는 이곳의 특급 귀빈으로 그들이 모임을 갖는 날이면 귀애루는 외관상 영업을 하지 않는다고 한다. 개방되는 곳은 최상층의 방 하나뿐. 그것도 취군회의 일원들에게 오랫동안 얼굴을 익힌 기녀들의 접근만이 허용된다고 한다.

정윤은 그 조건에서부터 탈락했다.

그러나 그녀는 바로 그 점을 불행 중 천만다행이라고 생각했다. 만약 자신이 그들의 옆구리에 끼어 앉아서 술을 따르게 된다면 그들은 최소 독살 행이었을 테니.

"멈춰 서거라."

명령에 따라 행렬이 멎은 것은 후각을 자극하는 주방 앞에서였다. 단장을 끝마친 수십의 기녀 무리까지 한자리에 모이게 되자, 칙칙함과 화려함의 극단적인 대비가 이루어졌다. 정윤은 보기 드문 풍경을 관망하다가 그 틈에 섞여 있는 칼 찬 사내들을 주시했다.

막 준비되어 나온 음식 더미가 배달을 기다리고 있고, 사내들의 눈은 그 주변을 감시하듯이 따갑게 따라붙었다. 음식에 어떠한 손장난도 칠 수 없음을 험악한 분위기로 과시했다.

'이것 참. 사사로운 목적 따위 없는 순수하고 무해한 문인회라 명성이 자자하더니.'

막상 눈에 차는 것은 감옥 같은 철통 보안뿐이다. 정윤은 터지려는 조소를 꾹 눌러 참았다.

"너희들은 귀를 막고, 너희들은 눈을 가리거라."

시종일관 명령조로 이어지던 목소리가 다시금 귓가에 깔렸다.

여기서부터다. 여인들의 움직임이 일제히 같아졌다. 기녀들은 뭉쳐진 솜덩어리를 귓구멍으로 쑤셔 넣었고, 여급들은 검은 띠로 눈을 덮어 묶었다.

하녀들이 눈을 가리고 기녀들이 귀를 막고 나서야 대기하고 있던 음식과 술병은 그녀들의 손으로 인도되었다.

"발바닥에 밟히는 줄만 따라서 걷거라."

그렇게 무리의 이동이 시작되었다. 바닥에 깔린 미세한 새끼줄의 감각에 의지해 정윤은 칠야를 헤쳐 나갔다.

이 까다로운 제약의 목적은 최상층 손님들의 얼굴 유출 방지다.

가로막힌 시야가 불편해 정윤은 가려진 띠 너머로 미간을 양껏 찌푸렸다.

이런 머저리 같은 짓이라니. 차라리 지금 불을 지르면 한 번에 다 처리가 가능하지 않을까. 그녀는 과격한 방향으로 생각을 뻗으며 안면 근육을 이리저리 찡그렸다가 폈다. 덕분에 뒤통수로 삥 둘러 묶어 둔 띠가 조금 흘러내려 속눈썹에 띠의 테두리가 걸쳐졌다.

아, 이것도 답답해. 이건 더 답답해.

표출할 수 없는 불만을 억눌러가며 살그머니 발을 뻗는데 차가운 체온이 눈가에 닿았다.

"쓸데없는 짓 하지 마십시오."

사람의 손가락이었다. 그것이 미끄러져 내려간 끈을 본래의 높이로 끌어올렸다.

"아무것도 만지지 말고, 건드리지 말고, 훔치지 말고. 당신들은 오로지 듣는 것만을 청했습니다, 나리."

보이지 않았으나 누구인지 알았다. 사전에 모의를 한, 아니지, 협조를 요청한 기루의 대행수라는 여인이었다.

정윤은 아주 작게, 나지막한 웃음으로 목을 울렸다.

"내가 뭘. 나는 아무것도 안 했는데."

"평화주의자는 아니신 듯하여."

"평가가 거창하군. 그저 귀찮고 손 많이 가는 것들을 싫어하는 것뿐일세. 그건 누구나 다 그렇지 않은가?"

행수가 양손에 받쳐 든 접시의 밑바닥에 손을 대 주기에 정윤은 흔쾌히 그 힘에 의지했다. 앞을 보지 않고 음식을 실어 나르는 일은 생각보다 어려워서, 그 잠깐의 지지에도 적지 않은 편함을 제공했다. 물론 두말하지 않고 접시를 넘기는 정윤의 태도를 행수는 다소 기막혀 하긴 했다.

"부디 몸을 사려주십시오. 나리께서 실수하시면 제 목도 함께 날아갑니다."

"걱정이 많군. 그리 걱정됐으면 처음부터 우리 제안을 거절했으면 됐을 텐데."

"걱정이 많기에 도와드린 것이지요. 쇤네가 거절했다면 이곳을 망칠 각오로 덤벼드셨을 것 아닙니까. 차라리 거들고, 보존하는 편이 심신의 평안에 더 도움이 된답니다."

하긴 거절했다고 해서 침투계획을 접지는 않았을 터다. 나름 황제의 밀명을 수행하는 중이었으니 어떻게 해서든 뚫고 들어오고야

말았겠지. 그러면 아마 지금과 같은 점잖은 잠입보단 무단 침입 쪽으로 번졌을 가능성이 더 높았다.

타당한 소리. 하지만 찝찝하게도 행수의 대답은 뭔가 석연치가 않았다.

정윤은 보이지 않는 눈으로 그녀가 있을 방향을 응시했다.

"현명한 처사긴 한데. 그 현명함만으로는 거절의 이유가 완벽하지 않잖나."

"무슨 말씀이신지."

"왜 우릴 밀고하지 않았는지를 물어보는 것이야. 자네의 귀빈들에게."

"……."

"나는 그 점이 이해가 가질 않아서. 왜 거절하지 않았을까. 나라면 바로 가서 고자질할 것 같거든. 이곳에 곧 쥐새끼가 들 겁니다. 그러니 주의하세요. 보통 그렇지 않나? 주인은 손님을 중히 여겨야지. 자기 집 지키겠다고 도둑을 보호해 줘서야 되겠느냔 말일세."

정윤은 웃음기 어린 목소리로 속삭였다. 그냥 순수한 호기심이라는 듯이.

"아, 그렇다고 내가 자네를 이중 첩자라고 의심하는 건 아니야. 뭐, 누가 봐도 대단히 미심쩍긴 하지만?"

"그러니까 쇤네를 수상하게 여기시는 거로군요. 그런 세세한 부분까지 신경 쓰실 줄은 몰랐습니다."

"찝찝한 걸 못 참아서."

"뒤끝도 있는 성격이시고."

"그렇게 부정적으로 몰아갈 것까진 없고."

"들으셔도 별로 중요한 까닭은 아닙니다."

"왜 우리를 받아줬지?"

빈틈이 보이는 걸 놓치지 않고 추궁이 달라붙었다.

행수가 받쳐주고 있던 접시에서 손을 떼며 간결하게 답했다.

"모연이가 필요한 일이라 했으니까요."

"모연이?"

성과 관직을 무시하고 오직 이름만을 언급한, 지나치게 친밀한 호칭이 나왔다. 심지어 그것은 기녀의 입에 함부로 올리기에는 무례하기까지 하다. 이거 혹시, 하고 짚이는 부분이 있어 정윤은 그 부분을 정확히 골라 자극했다.

"그럼 왜 나를 골랐나? 모연 아우를 들이지."

"그러기엔 이곳은 위험하니까요."

아아? 고개를 확 돌리느라 접시를 떨어트릴 뻔했다. 반사신경이 좋아 재빨리 무게중심을 되찾았지만 행수는 못마땅한지 혀를 찼다. 그러거나 말거나. 정윤의 입꼬리는 삐뚜름하게 올라갔다.

"모연이가 위험한 곳에 오는 게 싫었다?"

자네로군.

"이거 차별이 너무 대놓고인데."

화류계에 있다는 아우님의 생모가.

"아니요, 나리는 상당히 위험한 분으로 보이시니 그만큼 위험한 곳에 들어오셔도 괜찮으리라 판단한 겁니다."

"솔직하지만 참 궁색한 변명일세."

"쇤네가 틀리게 보진 않았을 겁니다."

"내 어딜 봐서?"

"눈. 그러니 제대로 가리시는 게 좋겠습니다."

차가움이 느껴졌던 손가락이 다시금 피부에 겹쳐지는가 싶더니 전보다 확실하게 눈두덩이를 뒤덮었다.

정윤은 불평했지만 말썽 피울 생각이 없었기에 얌전히 처우를 받아들였다. 아니, 솔직히 말해서 말썽을 피워 거사에 일조할 수 있다면 당장 깽판이라도 쳤을 거다. 그러나 동료들과 함께 정한 오늘의 기본 전략은 '몰래 엿듣기'였다.

"이번 일은 잊지 않고 사례하겠네."

두 번째 계단에 오르게 되었을 때 정윤은 다시 말했다. 곧 3층에 다다른다는 것을 알고 꺼낸 말이었다.

그 소리에 행수는 말없이 정윤을 쳐다보았다. 한 번도 해 보지 않은 일일 텐데, 여인은 상당히 숙련된 솜씨로 줄의 정중앙을 흔들림 없이 밟으며 걷고 있었다. 하나를 보면 열을 안다고 이 귀족 아가씨는 몸 쓰는 일도 제법 익혔을 확률이 컸다.

그러니 모연이가 들어오는 것보다는 확실히 안전할 테지. 행수는 자신이 내린 결정에 확신을 실었다.

"폐 끼치지 않고 무사히 사라지는 것으로 사례해 주시지요."

"노력은 하지만 장담은 못 하네."

"나리."

"그래도 일단 우리의 기본 전략에 '몰래'라는 말이 들어는 가 있지."

"그저 알았다, 해 주시면 안 되십니까."

"말대로 가기가 힘드니 그런 것 아닌가."

침투 작전은 때와 상황에 따라 언제든 섬멸이나 방화 쪽으로 어귀를 틀 수도 있었다. 적진 한가운데에 홀로 떨어졌는데 살기 위해 무슨 짓이라도 못 할까.

그러나 행수는 기어이 답을 들으려는 모양이었다.

"알았네."

원하는 것을 얻자마자 곁에 있던 행수의 기척은 떨어져 나갔다. 곧이어 계단이 끝나고 3층을 점거한 손님들의 웅성거리는 말소리가 고막을 도배했다.

"제자리에 정지하거라."

멀리 앞쪽에서 행수의 엄격한 지시가 떨어졌다. 촉각을 곤두세우면 바닥을 쓰는 풍성한 비단의 끌림과 여러 겹의 장지문이 밀려 나가는 소음을 잡아낼 수 있었다.

문이 개방되자 귓속을 찌르는 사내들의 수다가 순식간에 몸집을 확장했다. 술병을 든 기녀들이 먼저 안으로 들어갔다.

"그다음."

각 잡힌 명령처럼 모든 것은 정렬되어있고 흐트러짐이 없다.

발바닥에 잡히는 줄 역시 아직 끝나지 않았다.

땅에 붙어 있던 여급들의 발이 앞으로 나갔다. 일 보, 이 보, 삼 보…… 정윤은 그곳에서부터 셈을 시작했다.

* * *

"이 교랑을 내 여식이랑 엮어보려 했는데 웬 잡스런 계집이 나타나서 일이 틀어지게 생겼소."

접시를 넘기던 팔에 미세하게 동요가 일었다.

"아아, 그 해진영의 딸년이라던가. 이 사람도 전해 들었소이다. 아비고 딸이고 간에 거슬리는 건 여전하구려."

"건방진 것. 내 그날 끝장내 주었어야 했는데!"

처음에는 익숙한 이름, 그다음에는 익숙한 내용이, 또 그다음에는 익숙한 목소리다.

'아는 놈 하나쯤은 있을 법하다 예상은 했지만.'

대화하는 이들 어딘가에 상장군이 껴 있다. 뇌리에 박힌 강렬함이 있어 한 문장만 듣고도 그의 목소리인 줄 알았다.

'문인회라 하더니 사기잖아.'

정윤은 비웃고 싶은 것을 꾸역꾸역 참아내며 마저 접시에서 손을 뗐다.

"그래서 이 교랑은 포기하시는 거요?"

"무슨 소리! 내 뒷말이 나올 걸 대비해서라도 어떻게든 우리

편으로 끌어들일 것이외다."

혼인으로 결속을 다지느니 뭐니 하는 엉터리 수작들이 오고 간다. 일관되게 재수 없는 작자였다. 정윤은 시각 외의 다른 감각으로 주변을 훑었다.

술을 따르는 소리, 어느새 시작된 기녀들의 가야금 소리, 사내들의 고성방가를 뚫고 귀를 열면 방의 크기나 앉아 있는 이들의 대략적인 인원을 어림짐작할 수 있었다.

취군회의 명단을 얻는 건 어렵지 않지만, 개중 이 자리에 참석할 수 있는 실세들을 파악해 두고 싶었으니까.

그녀가 꼼짝 않던 자세에서 상체를 찔끔 틀었을 때였다. 순간 뒤에서 잡아당기는 듯한 은근한 제재가 가해졌다. 뭔가 했더니 자신의 치마 끝자락을 발로 짓누르고 있는 인물 때문이었다.

"그럼 담소들 나누시지요. 귀가 열린 아이들은 물리겠습니다."

행수로군. 일부러 제 뒤에 서서 말하는 것은 자신에 대한 감시를 내포하는 것이다. 철저하기도 하지. 정윤은 어쩔 수 없이 응했다.

"부를 일 없으니, 복도도 깨끗이 비우도록 하거라."

"여부가 있겠습니까."

물러나는 걸음은 들어올 때보다 속도가 빨랐다. 방에는 기녀들만 남고 여급들은 왔던 길을 되돌아 빠져나갔다. 겹겹의 장지문이 열렸던 순서대로 도로 맞물려 닫히고 그것의 문지방을 서너 개 정도 밟아 나오자 어느덧 사라졌던 줄의 존재감이 다시 발아래를 찌르고 있었다.

'여기서부터 열아홉 보.'

멈추지 않고 휩쓸려 걸으면서 정윤은 공간에 대한 추리를 개시했다. 목표물들은 몇 개의 방과 문을 통하지 않으면 도달할 수 없는 3층의 깊숙한 내실에 자리하고 앉았다. 접근도 어렵고 관문도 많아 정면 돌파는 힘들다. 여러 겹이나 되는 저 방문을 뚫고 갈 방도는 없다.

'옆방을 차지하면 밖으로는 통할 수 있으려나.'

내부로는 여러 개의 방을 거쳐야만 들어갈 수 있도록 길목이 차단되어 있지만, 외부로는 노대(露臺:방 바깥에 돌출된 바닥이나 마루, 난간뜰)와 연결되는 것이 일반적인 최고급 내실의 구조다. 창을 열고 노대로 나오면 북산의 수려한 경관을 한눈에 감상할 수 있으니 귀족들의 풍류에 퍽 잘 어울리는 장치였다.

그러니 옆방에서 그 노대까지만 갈 수 있으면 그들과의 거리를 좁히는 일도 아주 불가능하지는 않았다.

'셋, 둘, 하나.'

속으로 세고 있던 숫자가 완전히 동나는 순간 정윤은 걷던 발을 정면이 아닌 측면으로 뺐다. 행렬에서 빠져나올 때 바람에 옷깃 스치는 소리마저 나지 않도록 치마 단을 몸에 바짝 말아 붙인 채였다.

그리고 한동안 그 상태로 숨죽여 가만히 있자, 머지않아 자박자박 계단을 밟고 내려가는 진동이 사그라들었다.

"휴."

정윤은 갑갑했던 눈가리개부터 벗어 던졌다. 가릴 것 없는 눈으로 아래를 내려다보니 두 발이 새끼줄에서부터 비켜선 채 내려와 있었다. 정면은 예상했던 대로 계단으로 내려가는 초입이었고, 뒤를 돌아보면 방금 나온 호화로운 내실의 입구가 보였다.

덜컹.

그녀는 우선 닥치는 대로 복도 옆에 늘어선 방들의 문고리를 전부 잡아당겨 보았다. 한 자리가 빌 테니, 다른 이라면 몰라도 행수는 곧 자신의 이탈을 알아차릴 것이 분명했다. 그녀가 어디까지 봐줄지 관용의 정도를 알 수 없으니 최대한 빠르고 신속하게 판을 벌일 작정이었다.

"뭐야, 다 잠갔잖아?"

보안을 위해 방문은 일제히 잠겨 있었다. 번거롭게도 놋쇠를 집어넣어 일일이 열어봐야 했다. 대비해두길 다행이었지. 정윤은 신속한 손길로 그중의 한 군데에 놋쇠를 거칠게 쑤셔 넣었다. 조금 소리가 크긴 했지만 금세 철커덩, 하고 잠금장치가 풀렸다.

그 후에는 거의 뛰다시피 달려 들어가 방 밖으로 통하는 창문을 힘껏 밀어젖혔다. 차가운 바람이 피부를 죄는 것과 동시에 귀애루 주변의 절경이 한 아름 쏟아져 들어왔다.

"와아."

정윤은 입을 벌리고 감탄했다.

경치에 놀란 것은 아니었다. 황제에게서 받았던 그림과 똑 닮은 풍경에 기가 막혀서 놀라 버린 거였다.

그가 그렸던 대로 누각은 산기슭에 파묻힌 듯한 지형에 경사가 상당히 가팔랐다. 다시 말해, 구현력은 다소 떨어졌을지언정 정확도는 매우 높은 그림이었던 셈.

어떻게 그렇게 잘 아나 싶을 정도였고, 혹시 황제도 여기에 서서 내려다본 적이 있는지 의심이 들 정도였다.

'하여간 못 믿을 인간이지.'

정윤은 주섬주섬 치마를 허리까지 들어 올려 안에 감춰 두었던 줄사다리와 혹시 몰라 챙겨두었던 수면유도제가 섞인 향유병을 꺼냈다. 사다리는 고정 시킨 다음 바로 창밖으로 던지고 향유병은 휘휘 두어 번 흔들어 보았다. 일단은 쓸 일이 없을 것 같긴 했다. 그녀가 자그마한 병을 소매 춤으로 던져 넣었을 때였다.

"여기 누구 있나?"

아주 재수가 없게도 순찰을 돌던 무사 한 명이 걸쇠가 풀린 문 안으로 모습을 드러냈다.

아이, 망했네.

"거기 누구냐!"

정윤은 자신을 발견하고 눈을 부릅뜬 채 다가오는 그를 보며 자연스럽게 열려 있는 창을 살짝 닫아 감췄다. 남자가 허리춤에 찬 검 손잡이에 손을 올리는 것을 목격하면서도 그녀는 미소를 잃지 않았다.

"방을 소제(掃除)하는 중입니다."

당연히 남자는 믿지 않는 눈치였다. 그럼에도 계속해서 말했다.

"창틀에 향유를 발라놓으라고 하셔서요."

"누가."

"행수님께서요."

미안하다, 행수. 좀 팔았다. 정윤은 눈 하나 깜짝 안 하고 남의 이름을 팔아 사기를 쳤다. 경계하는 상대에게 무방비한 표정을 내보이며 소매 춤에 손을 집어넣는다. 끌려가면 바로 발각될 거짓말이라 해도 상관없었다. 속아 넘기는 게 목적이 아니라 약을 파는 게 목적이었기 때문이다.

"진짜예요. 맡아 보실래요?"

퐁 하고 뚜껑을 뜯은 정윤은 위화감이라곤 조금도 없는 동작으로 팔을 앞으로 뻗었다. 남자가 본능적으로 상체를 젖혀 회피했지만 그의 경계를 무너뜨리기 위해 제 코 밑에 직접 들이대 킁킁거리는 여유까지 부렸다.

그녀의 시범에 안심한 듯한 남자가 냄새를 풍기는 병 입구에 코를 가까이했다. 곧장 차가운 액체가 그의 콧잔등부터 콧구멍 안까지 흠뻑 끼얹어졌다. 남자는 비명을 지르려고 했지만 그보다 머리가 핑하고 도는 감각이 더 컸다.

"약이 많이 독하죠."

온몸에 힘이 빠졌다. 자신도 모르게 바닥에 스르르 무릎을 대고 주저앉은 남자의 뒤통수로 걱정하는 듯한 소곤거림이 떨어졌다. 어떻게든 거기에 반응해 고개를 들려했던 남자는 목 뒤를 강하게 내려치는 손날을 맞고 그대로 고꾸라졌다.

"으차."

약 기운에 취한 몸뚱이가 바닥과 부딪히기 전에 정윤은 쓰러지는 그를 받아냈다. 여기에 둘 수 없으니 치워야 한다. 혼자 해결하려니 골치가 아팠다.

누가 좀 도와주지. 그런 생각을 하기가 무섭게 약속이라도 한 듯 창문이 바깥에서부터 밀리며 정적을 깼다.

"소저, 무사하십니까?"

"야, 문제없냐?"

"언니, 괜찮아요?"

아무리 사다리를 내려줬다지만 그렇게 또 줄줄이 사탕처럼 올라오고 그런담. 정윤은 차례대로 얼굴을 들이미는 동료들을 향해 입꼬리를 치켜 올려 보였다.

"별일이 있긴 있는데."

그녀가 기절한 남자의 목깃을 들어 보였다.

* * *

저녁, 산, 노대, 고층 건물.

그 조합이 모여 이루어낸 산바람 앞에서 네 사람은 몸을 가누기 위해 고군분투했다.

"으즈, 난 그냥 평범하게 과거나 쳐서 보고 들어온 한낱 관리 나부랭이일 뿐인데, 왜 이런!"

"나도 이렇게 원시적인 방법은 처음이다."

"폐하의 심중을 알 수가 없네요."

"본인이 하는 거 아니라고 이러시는 거 같아요!"

하필이면 층수도 높아서. 취군회가 들어선 내실 바로 건넛방, 아니, 그 건넛방의 노대를 통해 밖으로 나온 네 사람은 거센 바람에 저항하며 건물 외벽에 바짝 등을 기대고 서 있는 중이었다.

시꺼먼 낭떠러지 같은 아래와 달리 목표물들이 모여 있는 방의 창호지에는 불빛이 새어 나오고 있었다.

진짜 이건 아니다. 다 같이 그런 생각을 했다.

물론 이런 생각도 들기는 했다. 취군회도 설마 여기까지는 염려하지 않았을 거라고. 쥐새끼를 막기 위해 담장을 쌓았더니 설마 그 쥐들이 줄 서서 대문 밑으로 기어들어 오리라고는. 심지어 네 마리씩이나 말이다.

"그냥 저 중에 아무나 잡아서 흠씬 두들겨 패면 무슨 얘기 했는지 알아서 불지 않겠냐? 그게 더 빠르고 편하겠네! 이러다가 우리 죽어! 죽는다고!"

해경의 발악조차 산에서 쪼아대는 칼바람에 싱겁게 묻혔다.

사람의 누운 키 정도 되는 간격만큼을 껑충 건너뛰면 원하던 목적지가 바로 코앞이었다. 그러나 문제는 그 뜀박질을 허공에서 해야 한다는 점이다. 만약 거기서 날다가 떨어지면 2층 난간에 묶여 있는 커다란 휘장 위로 볼썽사납게 미끄러진 다음, 그대로 데굴데굴 굴러서 돌덩이로 다져 놓은 월대에 처박히게 되어 있었다.

최후로는 머리통이 조각조각 깨져 나갈 것이다.

되도록 모험은 하고 싶지 않다는 바람 하에 네 사람은 최대한 귀를 쫑긋 세워 집중하려 했지만 말소리까지는 들려도 그것이 정확히 어떤 내용을 말하는지, 누가 말을 하는지는 잘 분간이 가질 않았다.

'결국.'

결국 밀착해서 접근해야만 한다. 어차피 몸을 써야 했다.

정윤은 거추장스럽게 펄럭이는 치마를 정돈하고자 머리를 숙였다.

'으, 현기증.'

핑하고 도는 어지럼증에 상체가 휘청거렸다. 뒤에 있던 승학이 재빨리 그녀의 팔을 잡아챘다.

"괜찮으십니까?"

염려하는 목소리가 무척이나 컸다. 어딘가 파리한 그녀의 안색을 살펴보며 이곳이 아프냐, 저곳이 아프냐 호들갑 떠는 그 때문에 해경이 '아, 형! 조용히 해!' 하고 지청구를 날리기도 했다.

"얼굴색이 좋지 않습니다."

꾸중을 의식한 탓인지 이번에는 숨죽인 음성이 귓불 근처에서 지분거렸다.

그저 목소리. 하지만 살을 데우는 온기. 팔 한 짝은 여전히 승학의 손에 잡혀 있는 채였다. 정윤은 고개를 살짝 옆으로 돌려 소곤소곤 말했다.

"두통이 조금 있는 것 같아요."

아까 약 한 번 제대로 팔아 보겠다고 코밑에 댔던 수면제가 영향을 주는 것 같았다. 얼마나 독한 약인지는 가져온 제가 제일 잘 알았기에, 괜히 부렸던 객기에 뒤늦게 후회가 막심했다.

아, 빠지는 게 좋을까.

약 기운이 어디까지 지장을 줄지 알 수 없다. 지금처럼 잠시 어지럽고 마는 것인지, 아니면 아까 쓰러트린 남자처럼 의식까지 날아가 버리는지. 이 정도 통증이면 참을 만한 것도 같고.

"열이 나는 건?"

혼자 여러 가정들을 점쳐 보고 있는데, 승학의 커다란 손이 살포시 이마 위로 올라왔다. 칼바람 때문에 코끝도 시리고 양 볼도 찬데, 그 부분만 따뜻해지는 것을 느꼈다.

"열은 없고 그냥 머리만……."

애들도 봐 주는 이가 있어야 울음을 터트린다더니, 분명히 참을 만하다 생각했는데 그가 걱정해 주니 슬슬 아파지는 것 같은 건 무슨 조화인지 모르겠다. 정윤은 스스로를 가증스럽다 비난하면서도 가련해 보이도록 눈을 껌뻑였다. 이성보다 멀찍이 앞선 반응이었다.

승학은 손을 떼면서도 심려를 거두지 못했다.

"소저는 여기 남으시는 게 좋겠습니다."

안 그래도 기절한 무사 때문에라도 누구 하나쯤은 자리를 지키는 것도 나쁘지 않았다.

제 몸 상태에 대한 확신이 없던 정윤은 고민을 하다 고개를 끄덕였다. 괜히 껴서 폐를 줄 바에는 빠지는 편이 나았다.

셋만 가는 것으로 확정되자 정윤을 제외하고 다들 가져온 복면을 꺼내 입 주변을 가렸다. 그런데 검은 손수건의 매듭을 짓던 승학이 갑자기 무슨 생각을 했는지 제 것을 도로 풀어 정윤의 얼굴 앞으로 둘러 묶었다.

"왜……"

"바람이 찹니다."

"저는 빠질 건데요."

"그래도 춥습니다."

바람은 여전히 쌩쌩했고 정윤은 아직도 여급의 복장을 한 상태였다. 입 주변만 가려도 보온 효과가 있었다. 하지만 뭐랄까, 복면을 공유한다는 것은 굉장히 쑥스러운 일이다. 그의 입술이 닿았던 부분에 그대로 제 것이 가닿는 기분이라.

그저 걱정 어린 마음에서 나온 행동이라 해도 귀가 화르륵 타올랐다.

손가락을 꼼지락대며 망설이던 그녀가 주머니 속에서 손을 집어넣었다가 뺐다.

"그럼 공자도 하고 가세요."

사용하지 않았을 뿐 복면은 그녀에게도 있었다. 먼저 움직여 그의 목을 안듯이 팔을 뻗었다. 머리 뒤로 매듭을 튼튼히 묶어 주고 떨어지자 가려진 입가 위로 승학의 불그스름한 눈매가 도드라졌다.

그는 말까지 더듬었다.

"고맙…… 습니다. 하고, 가겠습니다."

"저야말로 챙겨주셔서."

"아니요."

아프실까 봐. 승학은 무심코 뱉었다가 입을 다물었다. 너무 가릴 것 없는 말이었는지를 가늠해 보는 것 같았다. 별로 대수롭지 않은 얘기인데도 그렇게 된다. 물론 대수롭지는 않아도 이상하게도 정이 깊어 보이는 소리처럼 들리기는 했다.

그는 한참 후에 다시 입을 열어선 아프지 마십시오, 하고 걱정 어린 말을 덧붙였다.

"놀고들 있네, 염병."

듣다 못한 해경이 오만가지 인상을 쓰며 중얼거렸다. 모연은 뭐가 좋은지 어깨를 들썩이며 키득거렸다.

"넌 뭘 안다고 웃냐? 쪼그만 게 변태같이."

"쪼그매도 변태니까 알죠. 그리고 웃으면 다 알아차리죠."

의미심장하게, 하지만 어쩐지 그 분야에서만큼은 해박한 것처럼 들리는 말이었다.

아무것도 모르는 척, 못 들은 척 정윤은 승학이 매어 준 복면 속으로 얼굴을 감췄다. 모연은 여전히 천연덕스럽게 제 할 말을 다 했다.

"둘이 오늘만 해도 벌써 몇 번이나 보면서 웃었는데요. 웃으면 알아채야죠. 모르면 바보라고요."

* * *

"저, 저, 저한테는 무리인 것 같아요."

휑하게 빈 허공을 목전에 두고 모연이 덜덜 떨면서 중얼거린 말이었다.

"당연히 너 혼자만으로는 죽어도 무리지. 옆구리에 날개라도 달리지 않는 이상."

이미 건너편으로 훌쩍 뛰어 안착한 해경이 팔짱을 끼고 대꾸했다.

"여기 올라온 것만으로도 평생에 쓸 용기는 다 쓴 것 같은데요!"

이쪽 노대에서 저쪽 노대로 뛰려니 왜소한 모연의 신체로는 다소 한계가 있어 보이긴 했다. 해경과 마찬가지로 손쉽게 건너온 승학이 팔을 벌리며 안심시켰다.

"받아 줄 테니 나를 믿고 가장자리에서 도움닫기 해 뛰는 거다. 충분히 넘어올 수 있으니 걱정 말고. 다른 사람은 안 되더라도 너는 꼭 있어야 한다."

남아서 상황을 지켜보던 정윤은 승학의 설득에 고개를 끄덕였다. 그녀의 판단에도 모연은 반드시 가야만 할 것 같았다. 사연은 잘 모르겠지만, 모연과 행수와의 유착 관계를 생각해 본다면 그녀의 존재는 위급상황 시 사태를 무마할 수 있는 큰 비책이 될 수 있었다.

그 사실을 모연도 알고는 있는지 못 가겠다고 주저앉아 있던 그녀가 억지로 엉덩이를 일으켜 세웠다. 여전히 무서워하는 기색이었지만 의지 정도는 있는 모양. 정윤은 그녀가 그 의지를 포기하기 전에 옆에서 뛰어야 할 지점을 가르쳐 주었다.

"여기서부터 달리는 거예요. 속도를 붙여서 달리다가 끝나는 지점에서 땅을 밀듯이 뛰어요. 할 수 있어요."

잊지 않도록 몇 번이나 되풀이해서 설명했다. 모연은 우는 소리를 내며 알아들었다는 끄덕임을 보였고 가다가 멈췄다가, 달리다가 정지하다가 하는 등의 시행착오를 여러 번 번복하더니 마침내 눈을 질끈 감고 내달렸다.

"안 돼, 눈을 감으면⋯⋯!"

"바보야! 거기 말고 더 앞에서⋯⋯!"

외침이 간발의 차이를 두고 튀어나왔다. 가뜩이나 겁먹은 사람이 눈까지 감고 제대로 뛸 수 있을까. 낭패감이 들기 무섭게 해경과 승학이 동시에 팔을 뻗는 것이 시야에 들어왔다.

역시 안 된다. 거리가 모자라다. 정윤은 달려 나갔다. 추락하는 몸을 잡기 위해 여러 사람의 팔이 교차했다.

먼저 해경의 손이 허탕을 쳤다. 승학은 더 멀리 팔을 뻗었고, 그의 손가락이 안간힘을 다해 모연의 옷깃을 겨우 잡았을 때 정윤은 낭떠러지의 가장자리에서 멈춰 섰다.

"흐으익!"

목덜미 하나에 의지한 채 모연은 허공에 붕 떠 있었다. 승학의 손등에 핏줄이 불거질 정도로 힘이 들어가고 있었지만 그것만으로 사람 하나를 끌어올린다는 것은 말도 안 되는 일이다. 단지

시간만을 벌었을 뿐.

곧 더한 위기가 지척에서 덮쳐왔다.

"밖에 무슨 소리가 들리지 않았소?"

내실에서 소란을 감지한 누군가였다.

"무슨 소리?"

"잘못 들었는가? 뭐가 부딪히는 것 같은 소리가 났는데……."

하필이면 지금.

여기서 창문이 열리면 모든 것이 끝장이다. 손발이 자유로운 사람은 어떻게든 몸을 숨길 수 있다고 해도, 모연과 그녀를 지탱하고 있는 승학은 그대로 노출되고 만다. 네 사람은 악 소리 하나도 내지 않으려 입술을 피나게 물었다.

"무슨 소리를 들었다고 그러오? 한번 열어 봅시다."

하지만 흐름은 걷잡을 수 없이 악화되기만 했다. 의혹을 제기하며 두런거리던 대화들이 순식간에 걸쇠를 푸는 쪽으로 의견이 모아졌다. 실제로 창문이 조금씩 들썩거리기 시작했다.

겨우 붙들고 있는 모연을 버릴 수도, 끌어 올릴 수도 없는 상황.

"그대로 계세요."

정윤은 입 모양으로 말했다. 누구도 그 말에 답할 기회는 없었다. 곧장 치마가 커다랗게 부풀었고 그녀가 새까만 바닥으로 뛰어내렸다.

"……!"

놀란 승학은 하마터면 모연을 잡고 있던 팔에 힘을 늦출 뻔했다.

아래서 윽, 하는 짧은 신음이 터지더니, 곧 난간에 한 팔로 매달린 정윤이 다른 쪽 팔로 모연의 다리를 안아 위로 힘껏 밀어 올렸다.

아래서는 받치고 위에서는 끌어 올려주니 위태로웠던 모연의 몸은 순조롭게 안으로 들어갈 수 있었다.

"내게 팔을!"

이제 승학은 매달려 있는 처지가 되어버린 정윤에게로 다급한 손을 내밀었다. 그러나 그녀는 가볍게 고개를 내젓는다. 창문의 걸쇠가 완전히 뽑혀 나가는 소리를 어렴풋한 청각으로 잡아냈기 때문이었다. 창은 곧 열릴 것이다.

"끝나고 만나요. 전 먼저 내려가서 기다리고 있을게요."

제 몫까지 구할 시간 따위는 없다. 정윤의 계산은 길지 않았다. 그녀가 움켜잡고 있던 난간을 미련 없이 놓자 순식간에 몸이 암흑으로 삼켜졌다.

"⋯⋯!"

삐그덕.

그리고 약속처럼 창문의 경첩이 돌아갔다.

'뭐, 뭐, 뭐 하는 거야! ⋯⋯미친!'

두 사람을 지켜보던 해경은 소리 없는 욕을 삼켰다. 그래도 위기 본능은 적절하게 발동해서 비실대는 모연을 챙겨 잽싸게 벽으로 붙었다.

마침내 창문이 열렸다. 창호지의 문살이 숨어 있는 두 사람의 코 앞까지 한 마디를 남겨 두고 멈췄다.

"아무것도요."

두리번거리며 밖을 내다보는 이의 얼굴이 가느다란 틈새로 엿보였다.

"아무것도 없습니다, 대감."

무심코 그 틈새를 훔쳐보았다가 모연은 흡 숨을 들이켜며 양손으로 입을 막는다.

"밤새가 날갯짓을 격하게 했나 봅니다."

무거운 가채를 얹은 대행수는 그리 말하곤 허튼 눈길 한 번 주지 않은 채 도로 문을 닫고 들어갔다.

그러고도 한참 동안의 정적. 해경은 숨을 참느라 뻐근해진 턱을 아래로 내렸다.

"너 끝나고 너희 어머니한테 가서 절해라. 목숨 살려 주셔서 감사하다고."

"네…… 네."

모연은 고장 난 것처럼 턱을 흔들었다. 무서워서 흰자위까지 벌게진 그녀가 다시 가까스로 입을 뗐다.

"그런데 두, 두, 두 분은 어떡해요……?"

"몰라. 그 두 분은 그냥 돌은 거야."

망연자실한 시선이 허공으로 되돌아갔다. 적막한 노대에 남겨진 것은 두 사람뿐이었다.

* * *

덜렁거리는 간덩이를 다독여 가장 이야기가 잘 들릴 법한 자리에 해경과 모연은 엉덩이를 붙이고 앉았다. 코를 씰룩대면 음식 냄새와 술 냄새가 스며 나올 것 같은 착각마저 든다. 정작 어른어른 비치는 건 그림자가 다였다.

누군가의 말 한마디에 왁자지껄했던 안쪽의 분위기가 삽시간에 가라앉았다.

"사사로운 얘기로 시간 낭비하지 않겠소. 거두절미하고 이번 인사이동에 끼워 넣을 우리 쪽 사람들에 대한 것부터 논의해 봅시다. 곧 탄신일이요."

황제의 탄신일. 그 말에 해경과 모연이 눈빛을 주고받았다. 오늘 밤 회동의 목적이 어디에 있는지 쉽사리 짐작 갔기 때문이었다.

황제는 곧 있을 자신의 탄신일을 기념하여 궐내에 많은 인사이동이 있을 거라는 걸 이미 예고한 바 있다. 구성원들이 대거 빠져 구멍이 생겼으니 새로운 얼굴들을 들여 메꾸겠다는 취지였지만 취군회는 이 일을 조직 강화의 기회로 노리고자 했다.

각자 점찍어 둔 자들을 거론하며 장내가 달아올랐다. 주로 자신과 연줄이 닿아 있거나, 뇌물을 갖다 바친 자를 추천하는 듯했는데 삼삼하게 의혹을 제기하는 목소리도 껴 있었다.

"황상께서 우리가 올린 공천을 순순히 받아들이겠습니까? 큰일은 대충 넘기면서도 오히려 이런 사소한 일은 트집 잡으며 집착하시는 분 아닙니까."

"맞습니다. 선황이야 대놓고 젊은 패기를 드러냈지만 지금 황상은 뭐랄까요, 속을 알 수가 없지 않습니까? 그냥 속이 없는 것 같기도 하지만요."

나라님 없는 자리에선 무슨 말인들 못 하겠나 싶었지만 거나하게 취한 상태로 황제를 거들먹거리는 모양새가 신하라고 하기에는 많이 불온해 보였다. 누군가가 여유로운 음색으로 웅성거리는 좌중을 다독이듯이 말했다.

"황상께선 우리 뜻대로 할 수밖에 없을 것이오. 내 지난번 소대 때 넌지시 진계를 올렸소이다. 그랬더니 먼저 절충안을 내미시더이다."

뭐? 그런 이야기가 있었어? 전혀 알지 못하는 정보다. 모연은 눈짓으로 아는 바가 있는지를 해경에게 물었다. 해경도 금시초문이었다.

"스무 명이나 넘는 공석을 채워야 하니, 독단으로 진행하실 요량은 아니라 하시더이다. 공평하게 조신들 모두의 의견을 수용해 보겠다 하시더군. 비밀투표를 하겠다 하셨던가?"

후보를 걸고 투표를 한다. 겉으로 보기엔 이상적인 방법이었다. 하지만 저렇게 똘똘 뭉친 적들을 상대할 때는 우위를 점할 수 없는 방식이다. 단합된 자들은 어떻게든 제 편에 표를 모아 던질 것이므로.

"후보를 추려서 올리면 그들을 가지고 투표를 해 보자 하시었소. 공정하게 치러야 한다 하시기에 당연히 그래야 한다, 동의해 드렸고."

그것을 증명하듯 말하는 자의 음성은 이미 한껏 득의에 차 있었다.

"허나 그건 폐하에게만 해당되면 되는 것이지, 우리와는 상관없는 일 아니오?"

무언가 달그락거리는 소음이 일었다.

"잠두연미(蠶頭燕尾), 일파삼절(一派三折)."

그리고 이어지는 얘기는 의아한 단어였다. 아는 단어이기는 했다. 듣자마자 해경과 모연은 동시에 바닥에 짧은 일직선을 그렸다. 서로 들은 것이 이게 맞는지를 확인하는 행동이었다.

"먼저 내가 표를 던지면 다음으로 공들이 이어서 표를 던지게 될 것이오. 지금 보인 것처럼 모두 공천할 자의 이름 밑에 선을 하나씩 긋게 되겠지. 해서 우리끼리 미리 표식을 좀 해둘까 하오. 어렵지 않소. 일파삼절이 그어진 자는 불통, 잠두연미를 받은 자는 통. 공들은 나를 따라 잠두연미가 그어진 자들에게만 통부를 주면 끝나는 것이오."

헙. 간이 작은 모연은 숨기지 못하고 또 커다란 숨을 들이켰다.

저건 명백한 조작. 감히 황제를 기만하려는 일 아닌가.

잠두연미와 일파삼절은 모양은 같은 한 일(一) 자지만 차이를 알면 다르게 보이는 획이었다. 잠두연미는 둥글게 들어가 날렵하게 끝을 빼는 반면, 일파삼절은 비스듬히 들어가 꺾어서 긋는 것으로 마무리된다.

황제에게 절대적으로 불리한 싸움이었다.

"결과가 나오면 신하들의 의견이 그렇다는데 황상께서 어찌하실 것이오? 비밀투표라니 스스로 무덤을 파시는 것도 유분수지."

황제를 비웃는 호탕한 웃음소리가 방 안을 끔찍하게 울려댔다.

"과연 대감이십니다. 그런 것을 다 염두에 두고 거래를 튼 것이
아니십니까?"

여기저기서 혜안을 칭송하는 말들이 쏟아져 나왔다. 해경은 먹
고 온 밥이 역류할 것 같은 기분에 헛구역질을 삼켰다.

한바탕 열띤 토론이 벌어지고 안에선 공천에 올릴 자들이 순차
적으로 낙점되기 시작했다. 그동안 해경과 모연은 그들의 입에서
나온 이름들을 빠짐없이 기록했다. 이것저것 재고 따지느라 탁상
위에서 거론되었던 자들의 운명은 수도 없이 바뀌었고, 마찬가지
로 두 사람의 기록물도 번복하여 고쳐지느라 지저분해졌다. 그 너
덜너덜한 꼴이 마치 둘의 심정을 대변하는 듯했다.

자리가 슬슬 파하는 시점에 몇 사람들이 투덜거리며 주고받는
목소리가 거슬리게 잡혔다.

"그나저나 이렇게까지 신경이 쓰이다니. 황상이 은근히 우리를
골치 아프게 합니다. 처음부터 그 자리에 올라가기 전에 손을 써
뒀어야 했는데……."

"설마하니 선황이 보위까지 신경 써 뒀을 줄 누가 생각이나 했
습니까? 뒤통수를 맞아도 그렇게 황당할 때가 없었지요."

아무렴요, 그럼요. 동조하는 음성들이 꽤 여럿이나 따라붙었다.
지금의 황제가 저 자리에 앉게 될 것이란 건, 여기 있는 누구도 예상
하지 못했던 사고였으니까. 그건 그들이 계획했던 일이 아니었다.

"뭐, 전처럼 약점 하나만 손에 넣으면 되지 않겠습니까. 해 봐서 아시잖습니까. 선황의 약점이었던 오성을 우리가 틀어쥐었던 것처럼."

"폐하가 도통 몸을 사리셔야지요. 지금은 설 의원 같은 놈 구하기가 하늘의 별 따기라."

"어허, 입조심들 하시오! 그건 함구하기로 하지 않았소!"

몇 사람들이 경황없이 시름을 나누던 와중에 용케 정신을 차린 이가 입단속을 시키는 듯했다. 효과가 있었는지 우글대던 자들의 입은 그대로 닫혔다. 이후로는 드문드문 떠오르는 수다가 지속되었고 해경과 모연은 떨리는 눈동자로 그들의 작은 속삭임 하나조차도 놓치지 않았다.

* * *

- 네 아비는 네게 입을 다물었을 테지. 세상을 등진 주군보다야 살아 있는 제 자식이 더 중한 법이니. 짐을 그를 원망하지 않는다. 그저 너를 기특하게 여길 뿐이지. 간사한 게 참 기특해서 좋더구나.

'누구더러. 그쪽이나 잘하란 말입니다.'

감긴 눈꺼풀이 꿈틀대며 움직였다. 눈동자는 덮여 있었지만 미묘하게 불쾌한 표정이었다.

'내가 뭐 당신이 예뻐서 협조하는 줄 알아요?'

정윤은 꿈속에서 만난 황제에게 폭언을 일삼고 있었다. 인신공격이나 원색적인 비난은 물론이요 그가 공을 치하하며 건네는 덕담까지 모조리 평가 절하했다. 왜 있는지 모를 돌멩이를 집어 가슴팍에 날리기도 했는데 그때마다 황제는 재수 없게 잘도 피했다.

– 호, 그렇담 따로 예뻐하는 이가 있나 보지?

'당연히 있죠. 내가 예뻐하는 건 공자님이라고요.'

솔직히 승학이 좋아서, 그의 얼굴을 봐서 황제에게 고분고분하게 대응해 주는 일이 참 많았다. 개인적으로야 황제와의 감정의 골이 깊지만 성질대로 날뛰는 모습은 보여 주고 싶지가 않아서였다.

그걸 아는 듯, 황제가 눈앞에서 빙글대기에 정윤은 붕 주먹을 휘둘렀다.

어이쿠, 엄살을 피운 황제가 그것을 막아 내며 말했다.

– 지금 이러는 거 후회할 거다.

'뭐 어때? 꿈인데.'

– 음, 아냐. 정말 후회할 텐데.

'이거나 놔요.'

웃기지만 그걸 가지고 그와 한참이나 씨름을 했다. 거칠게 몸부림을 쳤는데도 꿈이라서 그런지 주먹을 잡고 있는 아귀의 힘이 대단했다. 정윤은 더 격렬하게 몸부림칠 수밖에 없었다.

'야, 이 염치없는 자식아! 놔, 놓으라고!'

하다 하다 안 되니 막판에 가선 오기로라도 이기고 싶었다. 그녀는 황제에게 어떠한 정도 줄 마음이 없었다. 필요에 의해서 함께하지만 아직은, 아직도 미운 사람일 뿐이다. 입술에 힘을 팍 주고 어깨를 힘껏 잡아당겼다.

'으아아!'

꿈속에서 괴성이 울려 퍼지면서 괴력이 발휘되기 시작했다. 그럼에도 주먹을 움켜쥐고 있는 황제는 그것을 끝끝내 놓지 않고 버텼다. 버틴 채로 코앞까지 끌려왔다.

'아, 좀!'

그만 좀 항복하라고! 정윤은 이미 코끝에 닿아 있던 그를 거기서 더 강하게 끌어당겼다. 마침내 그가 덮쳐들듯이 풀썩 몸 위로 쓰러졌다.

켁.

보다 커다랗고 보다 무거운 것이다. 그 무게가 그대로 가슴을 짓눌러서 강제로 꿈에서 깨어났다. 꿈에서 깨는 동시에 맹렬하게 기침을 토해냈다.

"소저! 정신이 드십니까?"

흐끕.

쿨럭대는 기침은 오래 이어지지 못했다. 나오던 기침마저도 억지로 꿀떡 삼켜야 할 얼굴이 바로 눈앞에서 어른거리고 있었으니까.

정윤은 제대로 잇지 못한 소리를 토막으로 잘라 냈다.

"공……."

"예, 접니다. 무사히 깨어나셔서 얼마나 다행인지."

"왜, 왜, 왜 공자께서 제 위에……"

"아……!"

꽤 무겁다 했더니, 그녀를 깔아뭉개고 있던 것은 승학의 몸이었다. 그가 거의 삼켜서 잡아먹듯이 그녀의 몸을 제 것으로 뒤덮고 있었다.

흙냄새가 올라오는 것을 보니 풀밭에 누워 있는 것 같은데, 어째서 이런 묘한 자세가? 왜? 왜? 우리한테 무슨 일이 있었던 거야?

하늘을 보고 누운 채로 정윤의 눈동자가 요동을 쳤다.

멀리 떨어져 나간 승학은 상황을 설명하려다가 아직 그녀와 단단히 얽혀 있는 손가락을 발견하곤 또 화들짝 놀라서 깍지를 뺐다.

손…… 우리 손은 또 왜?

정윤은 고개만 돌려 눈으로 물었다. 승학은 붉어진 뺨을 옷깃으로 대강 쓸더니 최대한 조심스러운 말투로 이야기했다.

"정신을 잃으신 와중에 몇 번이나 허우적대시기에 잡아 드렸습니다. 그런데 갑자기 저를 잡아 당기셔서……"

그러고는 그쯤 하여 말을 줄였다. 생략되었지만 상상할 수 있는 내용이었다.

'아, 그럼 내가 꿈에서 돌 던지면서 악다구니를 써댄 대상이.'

정윤은 말없이 손바닥을 들어보았다.

이 손으로 내가 꿈속에서 무슨 짓을 했더라. 참담함이 폭풍처럼 내려왔다. 굳이 회상하지 않아도 된다. 진상을 떨었다. 그로서는 반항할 수 없었을 것이다. 그건 이성을 상실한 괴력이었다.

보이지 않는 눈물을 삼키며 꾹 눈을 내려 감았다.

다시 기절했으면 싶었다.

"갑자기 쓰러지셔서 얼마나 놀랐는지 아십니까?"

"제가요?"

아까보다는 조금은 진정된 듯한 승학은 복합적인 감정을 드러냈다. 그의 얼굴은 여전히 조금 빨갰고, 돌아온 그녀의 모습에 안도하는 듯도 했지만 그보다 근심이 더 깊었다.

생각해 보니 그는 벌써 몇 번이나 자신이 정신을 잃었다고 표현하고 있었다.

"그랬을 리가 없는데……."

얼마나 사지 튼튼하고 건강한 신체인데 쓰러졌을 리가. 정윤은 대수롭지 않게 받아넘기려 했다.

"어? 저거 왜 저렇게……."

문득 바라본 하늘에 휑하니 비어 있는 2층 난간이 들어오지 않았더라면 그랬을 터였다.

저기에 휘장이 넓게 걸려 있었는데?

'……!'

단편적인 장면들이 시간차로 스쳐 지나갔다. 위에서 떨어지던 순간의 장면이 빠르게 회상된다.

'그래, 뛰어내렸지.'

모연을 올려주고 땅으로 뛰어내렸다.

그러지 않았으면 다 같이 들켰을 테니까. 들키면 모든 게 수포로 돌아갈 테니까.

떨어질 당시에도 이건 매우 가치가 있는 희생이라고 생각했었다.

그렇다고 무작정 죽을 작정으로 그랬던 건 아니고 좀 구르더라도 충분히 살 구실이 있다고 판단해서 그랬던 건데, 휘장에 꽂을 단도를 뽑아낸 순간 위에서 떨어지는 승학을 발견하곤 정말 기함하는 줄 알았다.

단숨에 덮쳐든 그는 낙하하는 자신을 한 팔에 안고 제 손에 있던 단도를 뺏어서 대신 휘장을 찢었다.

창졸간에 벌어진 일이었다.

천을 꿰뚫은 칼이 일직선으로 미끄러져 가며 부우욱 거친 굉음을 냈다. 그 마찰력에 힘입어 곤두박질치던 몸은 현격히 떨어지는 속도를 줄일 수 있었다.

'그 후엔 어떻게 했더라.'

아, 그런 후에는 무사히 아래층의 난간을 붙잡아 대롱대롱 매달릴 수 있었다.

지면과의 거리가 가까워져서 뛰어내려도 가벼운 찰과상에 불과했을 텐데, 마지막까지도 그는 자신을 받쳐 안으면서 내려왔다.

그럼 정신이 흐트러졌던 것은 아마도 발이 땅에 닿은 그 직후였을 것이다. 시야가 급격히 두 개로 쪼개지다가 위아래가 휙 뒤집혔던 것이 눈을 감기 전 기억하고 있는 마지막 광경이었다.

"많이 놀라셨던 듯합니다."

"예, 그런 것…… 같네요."

사실 놀라서 기절한 건 아니다. 원인은 약에 있었을 터, 객기로

흡입했던 수면제의 대가였다. 하지만 정윤은 상세한 설명을 생략하고 그저 가련한 고개만을 끄덕였다.

승학이 고장 난 단도를 돌려주며 말했다.

"어째서 그런 무모한 짓을 하신 겁니까."

"그게요."

"아까는 정말."

어떻게 되는 줄 알았다. 잃는 줄 알고. 그녀가 어떻게 될까 봐. 바닥으로 빨려 들어가는 걸 봤을 땐 이성적인 생각이 모조리 끊겼다.

잠깐 동안 지옥을 다녀온 것 같았는데.

말을 삼킨 승학은 끓어올랐던 속을 짓눌렀다.

풀밭에서 일어나 앉은 정윤은 그의 눈치를 살피며 무릎 위에서 손을 꼬물거렸다.

어떻게든 살아남을 자신이 있었다고 자랑스럽게 꺼낼 작정이었는데 분위기가 그렇지 않았다.

언성을 높인 것도 아니고, 화를 내는 것도 아닌데 조용히 가라앉은 승학은 그녀로 하여금 섣부른 행동을 하지 못하게 만드는 힘이 있었다.

남의 눈치를 보는 게 근 몇 년 만인가. 최소 십 년의 단위를 넘어섰을 것이다.

'나 뭔가 꾸중 듣는 아이 같네.'

그녀는 그런 생각을 했고, 실제로도 상황은 그랬다.

"앞으로는 이러시면 안 됩니다."

"네."

"무엇보다 안전이 최우선입니다."

"네에."

"저를 놀라게 하지 마십시오."

"네……."

혼나면 이렇게 네, 라는 대답밖에는 할 수 있는 게 없는 거였구나. 이제 다 혼난 건가? 고개 들어도 되는 건가? 정윤은 눈치를 보다가 슬그머니 눈을 들어 올렸다.

눈앞으로 다가오는 남자의 손이 보였다. 그의 손가락이 느릿하게 뺨을 스치고 지나가 귀 끝에 조심스레 닿았다가 떨어졌다.

"나뭇잎이 있어서."

자신을 빤히 올려다보는 그녀의 눈에 그가 어색하게 변명했다.

"아, 나뭇잎."

어유, 깜짝이야. 그거 하나 떼어준 건데 왜 이렇게 간지러웠는지 모르겠다. 정윤은 승학의 팔이 멀어지자마자 소매로 제 볼을 덮었다. 승학은 떼어낸 풀잎을 버리지 않고 그대로 주먹 안에 말아 쥐었다.

풀벌레 우는 소리가 진해진다.

정윤은 다시 하늘을 쳐다본 다음 주변을 쓱 훑어보았다. 추락 사고가 있었던 곳에서 조금 벗어난 기루의 뒤뜰이었다.

"일은 어떻게 되었어요?"

"막 회동이 끝나고 취군회는 조금 전에 모두 돌아갔습니다."

"다른 사람들은요?"

"잠잠해지면 빠져나올 겁니다. 큰일 없이 무사히 끝났습니다."

"다행이네요. 걱정했는데."

역시 희생을 한 보람이 있다. 뿌듯해하는 그녀에게 승학은 그녀가 잠든 사이에 있었던 다른 일에 대해 얘기해 주었다.

"휘장이 망가져서 걱정했는데 기루의 일꾼들이 와서 일찍이 거둬 갔습니다. 행수의 배려라고 생각합니다. 너덜거린 채로 남아 있었으면 의심을 샀을 겁니다."

그 까칠한 행수가? 예상외의 놀라운 이야기였다. 그녀가 더 자세히 묻기 위해 자세를 바꿨을 때였다.

키 낮은 곳의 이파리가 흔들렸다. 울고 있던 벌레들과 나방 몇 마리가 튀어 올랐다.

고개가 자동으로 돌아갔다.

한밤중에도 단연 돋보이는 색의 비단과 장신구를 두른 행수가 손수 초롱으로 길을 밝히며 걸어오고 있었다.

말하기가 무섭게 등장하시네. 그런 생각으로 기다리는데 문득 뒤로 연행되듯이 끌려오고 있는 익숙한 얼굴들이 보였다.

승학도 마찬가지로 발견했는지 벌떡 일어나 그쪽으로 뛰어갔다. 이전처럼 오는구나, 하고 태평히 기다릴 수가 없었다.

행수는 걸음을 멈춰 서서 달려오는 둘을 지켜보더니, 곧 자신이 억류하고 있었던 모연과 해경을 그쪽으로 떠넘기다시피 밀었다.

"윽!"

"아얏!"

두 손을 등 뒤에 묶여 끌려온 두 사람은 아야 소리를 내며 가까스로 중심을 잡았다. 상냥하지 않은 대우였지만 차마 이게 무슨 짓이냐고 따질 수 있는 권한은 넷 중에 아무에게도 없었다.

무엄하지만 먼저 말을 꺼낼 수 있는 것도 행수였다.

"몸 좀 사리시라, 그리 부탁드렸건만."

주어 없이 말했지만 자신을 저격한 내용이라는 걸 정윤은 즉시 알아차렸다.

그래도 이거 착한 일 하다가 그런 건데. 나름 정의 혹은 대의 비슷한 것을 구현하는 과정 중에 일어난 불상사였다. 정윤은 억울했지만 행수가 그런 것까지 고려해 줄 리 만무하여 순순히 죄를 인정하는 쪽으로 방향을 잡았다.

"미안하네. 일이 뜻대로 풀리질 않아서."

행수는 대답을 하는 대신 밧줄을 푸느라 끙끙대고 있는 모연을 턱으로 가리키며 전혀 다른 말을 했다.

"들락거리지 않도록 해 주십시오."

이번에도 역시 주어는 생략되었다. 그러나 전달은 명확하다. 그렇게 미안한 줄 알면 모연의 출입을 자제시키라는 뜻이었다.

정말 무슨 사연일까. 정윤은 직접 물어 궁금증을 해결하는 대신 그 점을 은근히 드러내는 쪽을 택했다. 궁한 처지에 상대의 약점이나 쥘 수 있을까 싶어서였다. 그녀는 행수가 했던 대로 똑같이 쏙 턱을 내밀었다.

"구하려 했던 건데."

적당히 알고 있다는 그녀의 말투에 행수는 가볍게 웃었다. 이 나리가 참, 하고 귀엽게 보듯이.

"그러기에는 사람 하나에도 손을 대셨던데."

"아, 그건 신변에 위협을 느껴서. 원칙대로."

"어떤 원칙이기에 뺨을 쳐도 일어나지 않는 것입니까."

"무엇보다 안전이 최우선일세."

"안전을 과하게 도모하신 모양입니다."

"그자가 약발이 잘 받는 체질인 거지."

"차라리 죽여 버리시지 그러셨습니까. 후환을 남기지 않기 위해."

"그거야말로 과하게 도를 넘은 방어 아닌가."

대련하는 칼처럼 즉문 즉답이 빠르게 스쳐 지나갔다. 정윤은 은은하게 미소 띤 눈으로 행수의 표정을 집요하게 주시했다. 아무리 뜯어 보아도 변화가 없길래 후에 한 마디 더 첨가하긴 했다.

"그리고 죽이면 곤란했을걸. 내 그자에게 행수의 이름을 댔네."

이번에는 뿌드득 이가는 소리가 났다. 표정에는 미동이 없었지만 이를 문 건 확실했다.

하지만 그것도 거기까지였다. 행수는 또 참았다. 또 참아 준 것이다. 일부러 자극했던 것이기 때문에 정윤은 확실하게 그녀의 약점이 어디에 있는지를 알아차렸다.

해경과 모연이 밧줄을 모두 털어내고 행색을 정리하자, 행수가 기다렸다는 듯이 방향을 틀어 앞장섰다.

"정리되었으면 따라오시지요. 바로 댁으로 모시겠습니다, 나리들."

얼마 걷지 않아서 한적한 숲길에 대령된 마차가 눈에 들어왔다. 이렇게나 일사천리로 준비시켰다는 것은 서두른 추방을 위해서일 터, 마차 문이 열리는 동시에 네 사람은 한 공간 안에 꾸역꾸역 구여 넣어졌다. 장담컨대 의도했다.

정윤의 옷이 쌓인 보퉁이를 안으로 던져주며 행수가 짧고 굵게 뱉었다.

"다신 보지 맙시다, 나리."

문이 닫히는 동시에 말이 튀어나가듯 출발했다. 대체 얼마나 꼴 보기 싫었으면. 안에서 으어어, 하고 휩쓸리는 네 사람의 목소리가 울렸다.

* * *

혹시 복수심에 어디론가 납치되는 건 아닐까 걱정했던 마차는 외려 지름길을 돌파해 단숨에 성곽 안으로 접어들었다.

거칠게 덜컹거리는 마차 안에서 말소리가 작게 맴돌았다.

"별 거가 있긴 있어. 공천을 조작하려고 해."

"간도 큰 작자들이죠."

해경과 모연은 머릿속에 든 것이 날아가기 전에 주워들은 내용들을 입 아프게 옮겼다. 같이 놀라고, 격분하고, 욕하고, 계획을 세웠다. 한참을 토론한 뒤 정윤이 물었다.

"그것 말고 다른 건?"

"어?"

"다른 얘긴 뭐 없었어?"

"또 다른 건요……"

"없었어."

해경이 서둘러 앞지르며 모연에게 눈빛으로 주의시켰다.

'오성에 관한 건 일단 얘한테는 비밀로 해.'

모연은 찜찜한 표정으로 안경을 치켜세웠다.

"그게 전부야."

"사소한 거라도 상관없어. 흘려 지나갔던 말이라도 생각나는 대로 말해 봐."

"음담패설뿐인데?"

"그런 거 말고."

"그런 거 말곤 없어."

거듭해서 단단한 어조로 벽을 치자 정윤의 어깨가 서서히 땅으로 꺼졌다. 꼭 기대했던 보루가 사라진 사람처럼. 한 가닥의 단서라도 흘렸을 줄 알았는데 이번에도 그녀가 알 수 있는 건 아무것도 없었다.

해경은 그 풀 죽은 어깨를 불편하게 바라보았다. 그냥 솔직하게 털어놓을까? 잠깐 고민이 들었지만 역시 그건 아니라고 판단했다.

과거의 취군회는 오성을 빌미로 삼아 선황에게 무엇인가를 했다.

그들 중에 설 의원은……. 아무리 생각해도 별로 좋은 예감이 아니다. 황제가 억지로 끼워 넣은 동료이긴 했지만 일단은 정윤을 편으로 삼기로 했다. 그러니까 되도록 상처 받지 않았으면 하는 마음이었다.

힘 빠진 어깨 위로 승학의 손이 위로하듯이 올라왔다.

"조급해하지 마십시오. 한 발씩 전진하다 보면 어딘가에는 닿을 것입니다."

정윤은 입 끝을 잠깐 올렸다가 내렸다. 그제야 이것이 십 년이나 끌어 온 질긴 싸움이라는 것이 생각났다. 그녀는 이제 막 한 걸음을 뗐을 뿐이지만 여기 세 사람에게는 흔한 일이었겠지 싶었다.

미묘하게 서로에게 기대고 있는 둘의 자세를 지켜보던 해경이 헹, 콧방귀를 뀌었다.

"뭐야. 둘이 진짜 뭐 하냐? 아까도 사이좋게 자유낙하 하더니만."

"해경아."

"아까는."

두 남녀가 당황해서 버벅거리자 그가 됐다며 손사래를 쳤다.

"난 여기서 내린다. 알아서들 집 가."

그러고는 벽을 두드려 마차를 세우더니 뒤도 안 돌아보고 훌쩍 뛰어내렸다. 속전속결이었다.

"어? 저도요!"

창밖을 내다보며 내내 딴청을 피우는 척 연기하던 모연은 그 말에 후다닥 자리를 털고 일어섰다. 저도 덩달아 내리겠다면서.

그녀가 눈을 찡긋하곤 신호를 보냈다.

"저도 여기서 내릴게요. 제가 눈치가 너무 없었네요!"

"무슨……."

"좋은 시간 보내세요! 죄송합니다!"

그런 게 아니라고 소리쳤지만 이미 그녀마저도 문턱을 밟고 내려선 뒤였다.

사람이 내리자 마차는 다시 빠르게 달리기 시작했고, 금세 멈췄던 자리에서 멀어졌다. 모연은 그것이 점이 될 때까지 서서 머리 위로 크게 양팔을 휘저어 배웅했다.

* * *

마차는 오붓하게 남겨진 남녀를 중심가의 야시장 근처에서 떨어트려 주었다. 너무 늦으면 마부가 귀가하기가 곤란하다는 이유였는데, 그것이 소소하게 엿을 먹이기 위한 행수의 안배였다는 것을 정윤은 어렵지 않게 이해할 수 있었다.

"야시장에 가면 사람들이 많이 있을 것입니다. 번잡한 곳이니 멀리 떨어지지 마십시오."

지름길을 택하고 나니 시장을 가로질러야만 하는 길이라, 승학은 정윤에게 일찌감치 당부를 주었다. 인파에 휩쓸려 그녀를 잃어버릴까 봐서였다. 초입에 들어서기도 전인데 벌써부터 혼란스러운 기운이 느껴졌다.

"네, 그럴게요."

의아해하던 정윤은 금세 표정을 지우곤 나란히 옆에 붙어 섰다. 그러곤 쑥스러운 듯 손으로 입을 가리며 말했다.

"밤에는 늘 집에만 있는지라 길을 잘 몰라서……."

누가 가르쳐준 것도 아니요, 사전에 계획한 것도 아닌데 거짓말이 술술 기어 나왔다.

그녀는 밤에 매우 잘 싸돌아다니는 체질이며 이곳 지리도 훤하다. 이 일대는 모조리 해가가 관리하는 상단의 구역에 속해 있었다. 더군다나 개장한 지 얼마 되지 않은 야시장은 애당초 그녀의 머릿속에서 나온 발상이었다. 다시 말해 미아가 될 확률은 일말의 여지도 없건만, 정윤은 처음 가는 곳인 것처럼 수줍게 말끝을 흐렸다.

"저도 몇 번 가보지 못했습니다. 그래도 소저만은 무사히 바래다 드릴 것이니 지금은 제가 조금 더 다가서는 것을 허락해 주십시오."

양심에 꺼린다 해도 어쩔 수 없다. 그가 밀착하여 다가왔고 내리깐 속눈썹에 호수의 잔물결 같은 잔잔한 웃음이 맺히는 게 보였다.

그녀가 양심 따위 내던져 버리는 사이, 사기그릇을 만지는 듯한 손길이 어깨 위로 올라와 지그시 당겨 감싸 안았다. 정중한 보호였다.

간지럽고 오싹한 기분이 들어 작게 몸서리를 쳤다. 그는 돌진함에도 무례하지 않다. 그렇다고 여리다거나 힘없이 느껴지지도 않는다. 지금은 그냥 환하게 비추는 달이 부끄러웠다. 양 뺨의 홍조를 달빛으로부터 감추며 그녀가 몽롱한 채로 움직였다.

'연약한 것도 나쁘지 않네……'

나쁘지 않기만 할까. 하늘하늘 가련하니 아주 최고시다. 낯설지만 보호받는 느낌이 너무너무 좋았다.

좁은 길에서 사람들과 어깨가 계속해서 부딪혔다. 평소라면 신경질을 냈겠지만 붕 뜬 정신이 외딴 섬처럼 홀로 부유했다.

덕분에 승학은 보호자의 역학을 톡톡히 했다. 이리 당기고 저리 끌며 그녀에게 닿는 충돌을 회피해 나갔다. 어깨를 쥔 그의 손끝에 점점 더 강하고 자연스러운 힘이 배어들어 갔다.

"잠시만요."

구경하며 걷던 정윤은 문득 한 난전에서 멈췄다. 빠르게 물건을 휩쓸더니 손에 작은 칼 하나를 집어 들었다.

넝쿨무늬가 있어 쓸데없이 장식적인 게 흠이었지만 손에 잡히는 크기나 감도가 괜찮아 은닉용으로 나쁘지 않은 단도였다. 이전에 쓰던 것이 완전히 망가져 버렸으니 새로 구입할 작정이었다.

"어째서 단도를 상비하십니까."

지켜보던 승학이 불쑥 물었다. 또 다른 물건을 찾아 뒤적이던 정윤은 반사작용처럼 그야 당연히, 하고 나오려던 뒷말을 잘랐다.

순간적으로 '평범한 여인이라면……?'에 대한 생각이 앞을 가로막았다. 몸 어딘가에 비수를 품고 돌아다니는 건 평범한 여인에게는 확실히 이상한 일일 게 분명했다.

바짝 마른 입술을 축이며 최대한 무난한 대답을 골랐다.

"필요… 하니까요?"

"호신을 위해서?"

그러나 호신. 거기서 말문은 다시 막힌다.

제 몸을 지키기 위해서냐. 정윤은 억지로 입꼬리를 끌어올렸다.

"당연히."

남을 공격하기 위해서죠.

"그렇죠. 절 지키려고요."

"그렇군요."

"예."

굳게 다지듯이 되풀이한 말을 정윤은 진실이라 여겼다. 비록 진심은 아니었지만 그래도.

가판 위로 시선을 피하자 승학은 그녀의 손등 위에 구슬로 엮어진 팔찌를 대 보며 말했다.

"그럼 그 단도에 이것도 함께 얹어 제가 사드리는 것으로 하겠습니다."

"왜, 왜요?"

"원래 지니고 계셨던 건 저 때문에 못 쓰게 되어 버렸으니까요. 그러니 제가 사드려야지요."

"아니요, 아니요. 그거 말고요."

그거 말고 이거. 머뭇거리는 동작으로 그가 든 팔찌를 가리켰다. 의미하는 바를 알아차린 승학은 망설임 없이 입술을 열었다.

"그야 당연히……."

"……?"

"잘 어울려서요. 소저에게 잘 어울립니다. ……예쁩니다."

머리가 멍해졌다.

눈 밑이 약간 불그스름해진 그의 낯빛을 발견하고 정윤은 잽싸게 고개를 숙였다. 제 얼굴도 별반 차이가 없을 것이다. 태연한 척 표정을 단속하느라 진을 뺐다.

손가락으로 입 주변을 꾹꾹 누르며 물건을 내밀자 장사꾼의 미소가 정면으로 들어왔다.

"아, 나리! 계산하시겠습니까?"

"이것들로."

"잘 고르셨네요. 같이 오신 분께 정말 잘 어울리는……?"

즐겁게 나불거리던 상인의 눈이 휘둥그레졌다. 그러나 잠시 후 엄청난 위압감에 눌려 도로 찌그러트려야만 했다. 팔찌를 찬 여인이 안면에 잔뜩 힘을 주며 경고하고 있었다.

'아는 척하지 마!'

세상에나, 손녀 아가씨. 성격이 다소 좋지 않고 괴짜로 유명세가 자자한……. 상인의 눈동자가 불안하게 흔들거렸다.

정윤은 계속해서 소리 없는 위협을 그의 시야로 주입 시켰다. 알아들은 상인은 그녀의 눈총을 의식하며 더듬거리는 손으로 돈을 받았다.

아, 하필이면 제 얼굴을 아는 자가 있는 곳으로 당첨될 게 뭐란 말인가. 장소의 선택이 좋지 않았다. 정윤은 승학이 특별한 낌새를 느끼기 전에 서둘러 자리를 뜨고자 재빨리 그의 팔꿈치를 바깥으로 이끌며 재촉했다.

어리둥절하던 승학은 제 팔꿈치 안으로 흘러들어오는 작은 손에 작은 반항도 하지 못하고 끌려갔다.

엉겁결에 얽게 된 팔짱은 문제의 자리를 벗어난 후에도 떨어지지 않고 유지됐다. 둘 중 누구 하나 먼저 뺄 생각이 없으니 눈치를 보면서도 결속은 점점 단단해졌다. 말없이 걷는데도 눈이 마주치면 미소를 주고받는 것에 어색함이 없어졌을 정도였다.

히히. 정윤은 곁눈질로 슬쩍 승학의 다리를 훔쳐보곤 부풀린 볼을 숨겼다. 다소곳함을 흉내 내느라 그녀의 치마폭은 한없이 느리게 움직이고 있었는데, 그는 그것조차도 세심하게 맞추고 있었다. 그대로 집까지 이어졌다면 과히 거룩하고 복된 밤이 되었을 하루였다.

'아니, 쟤가 왜 저기 있어?'

방실거리던 그녀의 입꼬리가 멀리서 어른거리는 얼굴에 의해 딱딱하게 경직됐다.

"고, 공자님, 저 잠시 소피. 아니, 아니요! 풍등! 풍등이요!"

변명거리로 뒷간과 같은 저속하고도 평범한 핑계를 꺼냈던 정윤은 후다닥 말을 바꿔 손가락으로 하늘을 가리켰다.

이슬만 먹고 살 것 같은 분 앞에서 소피라니. 가식이니 뭐니 해도 지금은 나름 천상계의 여인을 연기하는 중이다. 실수는 금물. 정윤은 경련하려던 눈꼬리를 접어 최대한의 자연스러움으로 가꿔냈다.

"저도 저 풍등을 날려 보고 싶은데 어디서 파는지 혹시 아세요?"

풍등? 하고 반문하며 손끝을 따라가던 승학의 시야에도 하늘에 두둥실 떠오르는 빛들이 보였다. 군데군데에서 연인들이 저마다 소원하는 글귀를 적어 넣어 하늘로 풍등을 날려 보내고 있었다.

"오는 길에 본 것 같습니다. 아마 저기쯤에."

"아, 다행이다! 제가 잠깐 가서 사올까 하는데 여기서 잠시만 기다려 주시겠어요?"

"소저 혼자 말입니까?"

"금방 다녀올게요."

"이렇게나 사람이 많은데. 소저가 거동하기엔 위험할 겁니다."

왔던 길을 되돌아가려면 밀어닥치는 인파를 다시 거슬러서 올라가야 한다. 승학은 바닥까지 닿아 있는 정윤의 치마 끝을 한 번 내려다보고, 내내 조심스럽게 디뎠던 그녀의 걸음걸이를 떠올린 후 비교적 사람이 한가진 쪽으로 그녀를 이끌었다.

"제가 다녀올 테니 여기서 기다려 줄 수 있으십니까?"

"그렇지만 그건 제가……."

"빨리 다녀오라고 말해 주시면 더 날듯이 갔다 올 수도 있습니다."

말하면서 그가 부드럽게 웃음을 머금었다. 반쯤은 가벼운 농담이었고, 또 다른 반에는 부담스럽지 않은 진심이 느껴졌다.

정윤은 그런 그의 얼굴을 멀거니 바라봤다.

지금 당신을 일부러 멀리 떨어트리려고 의도하는 건데.

웃는 얼굴에는 누구라도 무방비해지기 쉽다지만 그래도 이렇게까지 사람의 불순함을 녹여버릴 수도 있는 걸까.

계획적으로 그를 보내려 했던 것. 정윤은 어느새 그러했던 자신을 잊어버리고 말았다. 그런 상황을 순식간에 잊었다.

이 순간에는 그저 풍등을 조르는 여인과, 그런 여인을 위해 무엇이든 사다 주고픈 그를 목전에 두었을 뿐.

"조심히 다녀오세요."

그녀가 한 손을 들어 살포시 흔들었다.

* * *

승학은 꽤 여러 번 가다가 멈추길 반복하며 뒤를 확인했다. 그럴 때마다 정윤은 그가 마련해준 자리에 서서 한결같이 손을 흔들었고 피어나는 따스한 웃음 조각을 받았다.

아쉬움이 짙은 뒷모습이 완전히 사람들 틈에 묻혀 사라졌을 때, 그녀가 등 뒤의 어둠을 향해 낮게 명령했다.

"나와."

"와…… 와, 와, 아가씨."

창희가 더듬대며 어둠 속에서 얼굴을 들이밀었다. 넋 나간 손가락이 그녀의 얼굴과 승학이 사라진 방향 사이에서 갈팡질팡했다.

"질문은 안 받아."

"받으셔야죠!"

"딱히 해명할 생각이 없거든."

"해명하셔야죠!"

"헛것을 본 것도 아니고."

"그럼 진짜 그렇고 그런 사이라는 겁니까?"

"넌 지금부터 입 간수를 아주 잘 해야 될 거야. 안 그랬다간 진짜 헛것이 뭔지 보게 될 테니까."

오로지 자신의 목적과 용무만.

숨 쉬듯이 자연스럽고, 안색 하나에도 변함이 없는 얘기들은 단연 협박조였다. 물어보고 싶은 것이 산더미처럼 쌓였던 창희는 잠깐 말문이 막혔다가 곧 진정세로 되돌아왔다.

아, 그렇지. 순간적으로 착각할 뻔했다.

좀 전의 연인에게서 너무 온화한 기운이 풍겨 나와서.

자신이 가진 정보와는 극명히 다른 풋풋함과 설렘이 서려 있던 터라 혹 그분이 아닌가 하고 혼란스러웠던 터다.

"그런 무시무시한 말을 술술 하시는 걸 보니 일단 우리 아가씨가 틀림없네요."

목도한 풍경은 경악에 가까웠으나 말을 섞어보니 일단 동일인인 것만은 확실해졌다. 그것만으로도 얼마나 다행인가. 비록 가출한 아가씨의 행보가 외간 남자를 사귀는 것이라는 파격적인 일탈이었더라도 말이다.

놀란 가슴을 토닥이는 창희에게 정윤은 쉬지 않고 으르렁거렸다.

"여긴 뭐 하러 왔어?"

"현장 관리 겸 치안 조사 차 겸사겸사 왔죠."

"그래, 열심히 일해라. 내가 자리를 비웠으니까 네가 더 일을 많이 해야지."

"원래 자리에 있으셨을 때도 제가 더 일 많이 했잖습니까."

"그런 말을 그냥 넘겨듣기엔 내가 아주 옹졸한 사람이란 걸 모르지 않을 텐데."

이러고도 네가 후일 무사할 성싶냐. 보복을 공공연히 암시하는 험악함에 창희는 다시 한번 익숙한 얼굴로 나불거렸다. 역시, 그럼 그렇지. 그는 정말 크게 안심했다.

"천만다행입니다, 아가씨. 인간성도 건재하시군요."

"무슨 소리야."

"사랑에 빠져서 사람이 변하신 줄 알았잖아요. 전 정말 놀랐다고요."

이렇게나 좋고 싫은 걸 강력하게 구분해 내시는 분이 세상 수줍게 볼을 붉히던 모습이란. 잘못하다가 제 눈을 찌를 뻔하지 않았나.

"별로 순진하시다거나 귀엽다거나 청순한 편은 아니시잖아요."

"이건 날 도발하는 건가?"

"그 성격으로 저분을 잘도 속이고 계시네요."

"속이는 거 아니야! 그냥 난……! 그냥 난 좀…… 잘 보이고 싶은 것뿐이라고."

억양을 높였던 정윤은 속상한 얼굴로 아랫입술을 깨물었다.

안다, 인정한다. 스스로도 지고지순한 현모양처에 가까운 여성상은 아니라는 것. 하지만 그렇다고 해서 진솔함을 최고의 매력이라 믿고, 본모습을 드러내고 싶은 마음은 추호도 없었다.

그러기에는 아직 승학에게 해 보고 싶은 것들이 많았다. 뭔가 더 가련한 척이라든가, 뭔가 더 야리야리하고 하늘하늘하고, 보호 본능을 자극한다든가, 아니면 애교를 부려 본다든가 하는.

그게 가식이든 아니든 알게 뭔가. 욕구가 그쪽으로 넘쳐흐르는데. 그렇게 해 보고 싶다는데. 내 마음이 그렇다는데.

아무런 꾸밈도 없이 그 옆에 서자니 그 사람은 너무 좋은 남자니까, 다정하고 자상하고 바른 사람이니까. 굳이 연유를 대자면 그런 이유밖에는 대지 못했다.

정윤은 구미호처럼 날렵하게 눈꼬리를 치켜떴다.

"내 정체를 발설하면 너에게 죽음을 내릴 것이다."

컥. 창희는 제 목을 감싸 오는 사악한 마수를 자각하고 밭은기침을 토해냈다. 그녀의 심기를 거스르지 않겠다는 약조를 거듭 상납한 후에야 겨우 다른 질문을 받을 수 있었다.

"집은 좀 어때."

"참 일찍도 물어보십니다. 이걸 뭐라고 해야 하나, 혼돈 속의 평화라고 해야 할까요. 처음에는 다들 당장 아가씨를 찾아내서 끌고 오겠다고 난리였는데, 아가씨가 용케 잘 피해서 도망 다니셨잖아요? 그래서 지금은 그거에 더 열 받아서 '그래, 네 멋대로 해 봐라! 이런 천하의 후레자식!' 하고 내놓은 딸 취급하는 기분?"

후레자식이라는 부분에는 창희의 개인적인 감정이 담겨 있었지만 의미는 잘 전달됐다.

"어쩐지 요즘에는 수색꾼도 안 푸시는 것 같더라."

"예, 다들 아가씨더러 망할 자식이다 뭐다, 그런 건 나가서 호되게 고생을 해 봐야 정신을 차린다, 그러면서 손을 떼셨어요. 그래도 여전히 전전긍긍하시긴 하지만요. 나 참, 이렇게 잘 먹고 잘 살고 계신 줄도 모르고."

짐작하건대 아마 좀 전에 같이 있었던 외간 남자의 집에 얹혀 살고 있을 것이다.

정말 비범하기도 하시지. 존경과 비난을 한눈에 담은 창희를 무시하고 정윤은 그의 엉덩이를 힘껏 발로 차 밀어냈다.

"아악!"

"이제 그만 가. 돌아갈 때가 되면 내 발로 알아서 들어갈 테니까 걱정 말라고 해."

물어보고 싶은 얘기는 많았지만 이 녀석과 있을 때는 상단의 아가씨로 돌아가야 한다. 당장은 상황이 영 별로였다.

"오늘 나 본 거 어디 가서 말하면 너."

"절대 발설하지 않겠습니다."

"좋아. 그럼 빠르게 사라지도록."

"다음에 찾아뵐게요."

"찾아오지 말고!"

정윤은 창희가 스며든 그림자를 흘겨보며 한숨을 삼켰다. 나중에 따로 만나든가 해야지. 신경이 갉아 먹히는 기분이라 길거리에서 장시간의 대화는 심신을 고도로 피곤하게 만들었다. 혹시라도 승학에게 들키기라도 하면…….

"소저."

"꺄악!"

"놀라셨습니까?"

부지불식간에 현실로 끌려 나왔다. 비명이 터진 혀끝을 부여잡고 간신히 몸을 돌리자 큰 키에 선한 인상의 사내가 단숨에 가까이로 다가왔다.

"왜 그쪽에서 오시는 거예요?"

부디 음성이 삐끗하지 않았기를 바란다. 정윤은 마른 침을 삼켜 목을 축였다.

"갔던 길로 되돌아오려니 더 오래 걸릴 듯하여. 그런데 방금 여기 있었던 사람……."

찔리는 게 없었다면 그의 말 속에 남다른 저의가 있다고는 도저히 여겨지지 않았을 것이다. 하지만 정윤은 동공 한가운데가 뚫리는 듯한 착각이 일었다.

"누구요?"

용케 늦지 않게 대꾸하는 스스로가 대단할 지경일 만큼.

"못 보셨습니까?"

"너무 많은 사람들이 지나가서."

"아, 별 건 아닙니다. 제가 아는 얼굴인가 해서."

"전 모르는 사람들뿐이라."

다행히 승학은 그대로 넘어갔다. 의심할 이유가 없다고 생각하는 것 같기도 했지만, 그보다도 당장은 아주 들뜬 것을 눈앞에 둔 연유 때문인 것 같았다.

"선물 배달입니다."

이것을 서둘러 전해주고 싶었던 듯, 티끌 한 점 없는 미소로 그가 정윤의 품 안으로 소중히 안고 왔던 풍등을 와락 안겨주었다.

결 좋은 한지에 감싼 하얀 달덩이가 한 아름 가슴으로 쏟아져 들어와 정윤은 눈을 커다랗게 떴다가 서서히 반달모양으로 접었다.

"고맙습니다, 공자."

건네받은 것을 소중히 끌어안은 시점부터 구실 좋았던 핑계는 더 이상 핑계가 아니게 되었다.

사달라고 조르기를 잘했다. 그에게 받았다는 것이 기쁘다. 소중히 간직할 수 있었으면 좋겠다. 부피감 있게 가슴 안을 채우는 풍등을 다시금 힘주어 감쌌다. 간지러운 종이의 표면을 느끼던 그녀가 문득 발견한 익숙한 글자에 조심스럽게 손끝을 얹었다.

"이건."

귀퉁이에 어른거리는 글자가 보였다.

"제 이름이네요. 정윤."

사람의 손으로 쓴 것이 분명한, 막 먹물이 스며든 이름에서는 맑은 향음이 느껴졌다. 수식 없이 소담하고 짤막하게만 새겨진 두 글자 속에 그것을 적어 넣었을 이의 사려 깊은 감정이 전해졌다.

"본래는 소원을 적는 것이라 했는데 소저의 소원을 미처 알지 못하여."

승학은 살그머니 운을 떼곤 말끝을 흐리게 마쳤다.

소원이 있어야 할 자리에 바르고 정갈한 서체의 여인의 이름이

들어갔다. 무언가 의미를 부여해 멋대로 거리를 좁혀도 됐을 테지만 그는 오히려 조심스럽게 그녀의 마음을 살피고 있었다.

이것이 지나친 부담이 아닌지, 혹시 섣부른 접근인 건 아닐지.

풍등의 빛을 해치지 않는 자리에 담아 넣은 그 짧은 이름과도 같았다.

"……."

가슴속에서 일렁거림을 느낀 정윤이 고개를 들어 분명한 감정을 드러내려던 순간이었다.

시간을 알리는 대종이 하늘 위로 너울을 치며 퍼져 나갔다. 예고된 수만큼의 음률이 터지는 동안 사방에서 발산되었던 사람들의 소음은 감탄 혹은 환호로 한 데에 뭉쳐졌다.

대종이 그쳤을 때쯤엔 대다수가 풍등을 올릴 준비를 끝마친 상태였다. 부모의 목마 위에서 놓은 아이의 첫 등불을 신호로 밤하늘에 크고 둥근 빛들이 점점이 떠올랐다. 떠나보내기 전에 눈을 감고 소원을 읊조리는 이들의 소곤거림이 어울려져 밤바람마저 감미로웠다.

승학은 지나가던 이에게서 불을 얻어 정윤의 심지에 대주었다. 풍등이 완전히 부풀어 들썩이기를 기다렸다가 정윤은 두 팔을 서서히 하늘로 들어 올렸다.

"지금 빌면 이루어질 겁니다."

그가 고개를 숙여 귓가에서 작게 속삭였다. 한껏 낮아져 더 부드러워진 목소리에 정윤의 입술이 호선을 그렸다.

왜인지 알 것 같았기 때문이었다. 번잡한 틈에서도 구태여 그가 소리를 죽인 이유.

소박히 적어 넣은 제 이름과도 같았다. 자신의 목소리에 혹시라도 그녀의 바람이 흩어질까 봐 조심스럽게 염려하는.

그는 언제나 한결같았고 그래서 알기 쉽고 따뜻했다. 정윤은 그의 보일 듯 말 듯 한 배려가 사랑스럽다고 생각했다.

너무 급한 뜨거움으로 상대를 놀라게 하지 않으려는 배려가, 한 발자국 뒤에서도 앞선 제 걸음을 살피는 그의 마음이 좋았다.

그녀가 자그마한 눈웃음을 지어 보이곤 그에 화답해주듯 두어 마디를 소곤거렸다. 잘 들리지 않아서 입술의 움직임에 집중해야만 했고, 그럴수록 간지러운 기분이 들게 만드는 언어였다.

곧 손을 떠난 불빛이 서서히 바람결에 휩쓸려 올라갔다. 광장에선 이들의 얼굴이 함께 하늘로 따라 올라갔다. 하나같이 즐거움과 기대로 가득 찬 얼굴들이었다.

그 와중에 다른 생각들로 눈빛이 흔들린 사람은 여인의 입술을 읽고자 했던 사내만이 유일했다. 승학은 몰아닥치는 열감에 저항하느라 전신에 힘을 빳빳이 주고 있었다.

설상가상으로 밤하늘을 더듬듯 위로 가느다랗게 뻗어진 여인의 손가락은 어쩐지 애태우는 듯한 동작으로 읽혀 들어와 더욱 그를 곤욕스럽게 만든다. 요동치는 속내를 울긋불긋한 빛 속에 감추려 했지만 눈으로 읽어냈던 속삭임이 계속해서 그의 귓속을 자극하고 있었다.

- 공자의 소원도요, 이루어지실 거예요.

사라진 이를 추적하는 것처럼 승학은 점이 되어 파묻혀 가는 풍등을 단단해진 눈빛으로 쫓았다.

'……정말 내 소원이 이루어지길 바랍니까?'

사실 그는 그녀보다도 더 먼저 이미 소원을 빌었다. 고개를 들면 하늘로 떠오르는 그곳에 그의 소원이 있었다. 그의 소원은 그 이름이었고, 그 이름 속에 그의 마음이 있었다.

왜 그녀의 이름을 썼느냐. 설명하려면 긴 이야기가 될 것이다. 하늘에 붙박여 있던 시선이 작은 어깨로 흘러내렸다.

첫눈에 보았던 그녀는 빗소리가 들리는 정자의 기둥 너머로 많은 것을 궁금하게 만들던 사람이었다. 누구인지, 어떻게 되었을지. 왜 그곳에 있었는지, 무엇을 하던 것일지. 궁금했었다. 봄비 속에 스친 아득히 먼 곳 있는 사람이라고만 생각했었으니까.

그래서 다시 만났을 땐 어떠한 호의라도 베풀고 싶을 만큼 반가웠고, 지난 상처를 짊어지고 있는 것에 측은한 마음이 들었다가, 그럼에도 무던히 애를 쓰는 것이, 지친 몸으로도 악착같은 열성을 보이는 것이, 말할 수 없는 저릿함을 느끼게 만들곤 했었다.

그리고 지금은 이렇게 만질 수 있는 거리에 서서 그녀가 실수로 흘리는 희미한 진심, 작은 웃음, 가벼운 농담 그런 것들에 지독한 눈길을 두게 되었다.

이따금씩 보이는 그것들은 그녀가 본래 그리 빛바랜 사람이 아니라는 것을 깨우게 해서 좋았다.

친해질수록 더 자주 볼 수 있었기에 자꾸만 다가섰고 조금 더 가까워지려 애썼다. 그러면 아주 가끔씩 기분 좋은 날에는 종종 재잘대며 어떤 이야기를 들려주기도 했으니까. 최근의 그는 그런 귀중한 것들에 주의를 기울이고 있는 참이었다.

한 사람에게 두었다고 하기에는 너무 많은 감정과 긴 마음이었다.

'더 일찍 만났다면.'

불쑥 놓쳐버린 것에 대한 아쉬움이 치밀었다.

우리가 더 일찍, 어린 시절부터 이루어졌더라면 좋았을 텐데. 아주 일찍부터 알아 약속대로 연을 맺었다면 더 많은 날들을 함께하고, 그리고…….

"소저는 왜……."

"예?"

"어째서 아직도 정혼하지 않으셨습니까?"

당황스러운 눈길이 뺨을 찔러온다. 하지만 승학은 멈추지 못했다. 한 번 부족함을 갈구하기 시작한 마음은 간신히 잡아두고 있었던 본심을 끌어올렸다.

내내 불안함이 있었기 때문이었다.

혹시 그녀가 아직 혼자인 것이 연모하는 누군가가 있어서인 것은 아닐지, 자신이 알지 못하는 그녀의 과거에 사내로 기억될 만한 어떤 이가 있어서일까 봐.

정윤은 머뭇거리다가 같은 것을 되물었다.

"그러는 공자께서는 왜 아직……?"

"저는 상황이 좋지 못하여."

"저도 마찬가지예요."

"혼인에 아주 뜻이 없으신 건 아니시지요."

"그, 그럴걸요?"

아, 다행이다. 긴가민가하듯 내놓은 정윤의 대답에 승학은 크게 안도하는 빛을 띠었다. 다시 대화가 빠르게 쏟아졌다. 속도를 조절할 수 없을 만큼 그의 가슴이 빠르게 뛰었다.

"집안에서 정해준 사람과 하십니까?"

"그을쎄요. 부모님의 의견이 중하니 아마⋯⋯도?"

"그럼 허혼을 받아오면, 해 주십니까?"

"⋯⋯!"

허혼을 받아오면.

정윤은 그 말을 이해하기도 전에 심장부터 멎었다.

받아오면 해 줄 거냐니. 무엇을? 설마, 혼인을? 나와? 당신이? 연상하면 할수록 머릿속에 물드는 건 새빨갛게 색뿐이고 멀쩡한 다리는 중심을 못 잡고 주춤거렸다. 어리숙하게 굴고 싶지 않은데 자꾸 목소리가 떨렸다.

"그래야 하지⋯⋯ 않을까요?"

결국 종용하는 시선을 견디지 못하고 아랫입술을 달싹였다.

승학이 한 손을 뻗어오는 것이 보인다. 커다란 손바닥이 한 줌에 그녀의 손목을 감싸고 제 쪽으로 잡아끌었다. 등 뒤로 조심성 없는 사람들이 스쳐 지나갔지만 간발의 차로 부딪치지 않았다.

"정말?"

오직 바람을 타고 온 감미로운 음성만이 귓밑머리를 간질였다. 꽉 조여드는 팔목에 신경이 갔다가 그 한 마디에 단숨에 앗겨온다.

정말 제가 구혼하면 해 줄 겁니까? 들은 적 없는 그의 목소리가 귓속을 잠식하는 것 같았다.

차마 정말이라고 소리 내기가 쑥스러워 정윤은 애꿎은 팔목을 작게 비틀었다.

하지만 곧 더 강한 손아귀에 사로잡혀 그나마 발버둥도 칠 수 없게 되었다. 승학은 힘껏 움켜잡은 뜨거움으로 말보다 더한 진심을 전하고 있었다.

아, 이래서야 그의 영역에 무방비하게 던져진 기분이잖아. 정윤은 이 부끄러움을 감당하기가 어려웠다. 이런 건 일찍이 경험해 본 적이 없다.

이럴 땐 어떻게 해야 되는 거지? 설렘을 동반한 고민 끝에 저도 모르게 새초롬한 말이 튀어나왔다.

"전에는 친해지고만 싶다 하시더니."

승학은 아, 하고 멈칫한다. 그가 웃는 듯 눈썹 끝을 움직였다.

"그때는."

"……?"

"제가 미숙했습니다."

그래, 처음에는 그랬다. 어리석게도 얼마나 탐내게 될지도 모르고 그저 지금보다 조금만 더 친해지면 좋겠다고 순수하게 바랐던 적이 있었다. 그녀가 제게 이런저런 이야기를 털어놓을 수 있을 만큼, 아주 쓸모없는 이야기라도 좋으니, 그만큼만이라도 자신을 가깝게 여겨주면 좋겠다고 바랐던 적이.

'바보같이.'

이렇게 안달 나게 될 줄도 모르고.

"이제는 제가 좀 친근하게 느껴지십니까?"

풀어진 실타래처럼 뭉근해진 눈매가 아래로 기울어졌다.

익숙해져 버린 저 다정한 미소, 안정을 주고 기댈 수 있게 해 주었던 남자. 이제 정윤은 언제나 그가 제 가까이에 있다고 느낀다.

그녀가 말없이 고개를 끄덕이자 승학은 손목을 느슨하게 놔주었다. 뒤늦게 자책하는 것처럼 그가 옭아매고 있던 부위를 느릿하게 쓰다듬었다.

아무런 준비도 안 된 사람을 이런 식으로 몰아붙이고, 예의도 하나 없이 엉망이었다는 것을 안다. 그가 쓴 미소를 지었다. 하지만 마음속에서는 아직도 남아 있는 열망이 그를 바짝바짝 태웠다.

머저리 같아도.

아주 등신 같아도 좋으니까.

"그럼 됐습니다. 그럼 해 주는 것으로 하십시오. 제가 소저의 댁에 납채를 청하고 허혼을 받으면."

"언제요? 앗……."

정윤은 대뜸 날짜부터 물었다가 실수했다는 것을 깨달았다. 승학의 잔웃음이 발끝까지 다다랐다.

"모든 일이 끝나고. 제가 소저의 마음에 들 때면."

그리고 곧 말도 못 하게 환한 웃음이 몰아닥쳤다.

'여기서 얼마나 더 마음에 들려고……?'

어디까지 나를 홀려야 성에 찰 텐가.

속눈썹 사이사이로 곱게 담긴 미소를 목전에 두고 정윤은 그만 본능에 가까운 감상을 중얼거리고 말았다.

"……예뻐요."

그가 잘 못 들었다며 예? 하고 귀를 기울였다.

"예쁘다고요, 공자……."

어쩜 사람이 저렇게 예쁘게 웃을 수가 있지. 아, 근데 이런 얘길 앞에서 하다니 내가 정말 미쳤나 봐.

하지만 그 말에 승학은 더 찬란한 꽃 같은 미모를 터트렸다.

"매일매일 더 예쁘게 웃도록 노력하겠습니다. 그렇게 해서 소저의 마음에 들 수만 있다면 얼마든지요."

놓았던 손을 도로 건져 올리며 그가 간지럽게 미소 지었다.

"예뻐해 주십시오."

순간 가슴이 쿵 떨어지는 고동이 울렸다. 낯간지럽게 꼬이는 심정 속에서 정윤은 이번에야말로 그에게 단단히 홀려 버리고 말았다.

겨우 남은 이성의 끝자락이 혼란스러운 의문 하나만을 남겨 놓았다.

'여우는 나인 줄… 알았는데……?'

* * *

웃음기로 허물어진 눈동자가 격식을 차려 만들어진 문서를 횡으로 쓸었다. 그러지 않으려고 노력하는데도 자꾸만 실소가 새어 나와서 중간 중간 그것을 들어 얼굴을 몇 번이나 가렸는지 모른다.

이것 원, 가소롭다고 해야 할지 발칙하다고 해야 할지. 안 그래도 미리 심어 놓은 네 밤톨이들에게 보고를 받긴 했는데.

옥좌의 팔걸이에 팔꿈치를 괴며 황제는 스며드는 조소를 삼켰다. 아래로 늘어선 자들은 행여나 그가 말을 바꿀까, 사전에 맞추고 온 얘기들을 눈빛을 통해 바삐 주고받고 있었다.

"그러니까 이것이 공들의 뜻이라 이거요?"

그들의 눈동자 굴리는 소리까지 주시하던 황제가 인자한 가면을 뒤집어썼다.

"그러하옵니다, 폐하. 신중에 신중을 가하여 일말의 의혹도 없이 소신껏 의견을 모았사옵니다."

"그렇군. 그렇다면 짐은 임금이 된 자로서 당연히······."

여기저기서 긴장을 감추지 못한 적나라한 소리가 들렸다. 황제의 한쪽 볼이 잠깐 씰룩 튀어나왔다가 근엄한 표정 아래로 금세 사라졌다.

"받아들일 것이오."

예상대로 순조로운 긍정이었다. 이번 공천이 마음에 든다는 듯 기쁜 눈으로 글자를 더듬는 황제의 발아래에 대소신료들이 파도처럼 머리를 조아렸다. 성은이 망극하다는 울림이 실내를 시끄럽게 메웠지만 황제는 그보다 손안에 들어온 낱장의 상소문에 가슴이 고요하게 들뜨고 있었다.

'이것이 적군의 가계도인가.'

공천이 결정된 자들. 그리고 황제의 젊은 간첩들이 귀띔하고 간 잠두연미(蠶頭燕尾).

잠두연미를 그은 자와, 잠두연미의 선택을 받은 자는 예외 없이 한 패이다. 흑과 백이 쨍하게 구분되었으니 앞으로의 처단이 용이해질 것이다.

"공들이 추천한 이 소중한 인재. 눈여겨보고 유용하게 쓰도록 하겠소. 짐이 늘 고마운 마음이 커."

황제는 활짝 갠 낯으로 사방을 둘러보며 수고를 치하했다. 그러곤 그에 대한 겸양과 내숭이 돌아오기 전에 눈가에 익살스러운 주름을 잡으며 허리를 바짝 아래로 숙여 얼굴을 들이밀었다.

"허면 내 답례로 옛이야기를 하나 들려줄까. 빈 수레 괴물이라고."

빈 수레 괴물? 낯선 얘기라 서로 의견을 구하는 듯, 되뇌며 묻는 신하들 사이로 영문을 모르면서도 조금은 골치 아픈 기운이 피어났다.

정치는 고만고만 배움도 고만고만. 그다지 나태한 것도 그다지 부지런한 것도 없는 것으로 정평이 난 것이 지금의 임금. 그럼에도 특이한 사항은 있다. 그는 시시때때로 엉뚱하고 이상한 짓을 일삼았다. 그것이 그들에게 위협이 되지는 않았지만 가끔은 그를 종잡을 수 없는 사람으로 느껴지게 했다.

"다들 모르오?"

"송구하옵니다, 폐하. 신들의 견문이 좁아 저희들 중 누구도 아직 들어본 적이 없는 듯하옵니다."

"아, 그렇구면."

수긍하는 용안 위로 별로 기대하지 않았다는 표정이 스쳐 지나갔다.

당연히 없겠지.

"뭐, 짐도 어릴 적 형님에게 딱 한 번 들은 얘기니까. 그럼 그건 날 위해 지어내셨던 이야기인 건가?"

황제의 중얼거림에서 형님이라는 단어가 흘러나오자 즉시 늘어서 있던 몇몇 대신들의 어깨가 쭈뼛 섰다. 결코 눈으로 보이는 변화가 아니었음에도 황제는 놀란 그들을 다독이듯이 어이쿠, 하며 너털웃음을 깔았다.

"아, 짐이 어릴 적에 겁이 많아서 작은 문소리에도 깜짝깜짝 잘 놀랐거든. 그런 겁쟁이 아우를 위해 내 형님께선 잠잘 때 종종 이런저런 이야기들을 들려주시었소."

먼 추억에 잠긴 듯 황제가 지그시 눈을 감았다. 눈만 감아도 저 멀리서 다정했던 형님의 목소리가 들리는 듯했다.

"그때가 초가을이었던가. 바람이 어찌나 세던지 밤만 되면 문고리가 덜컹거리지 않겠소? 그게 꼭 귀신이 잡고 흔드는 것 같아서 도저히 혼자는 못 자겠더군. 해서 내 한날은 형님 이불 속으로 몰래 숨어 들어갔소. 어찌 아셨는지 날 한참이나 놀리시더니 재밌는 얘기 들려주시더군. 율아, 네 빈 수레 괴물이라고 들어 보았느냐? 하고."

형의 것인지 아우의 것인지 모를 목소리가 한 사람의 입을 통해 흘러나왔다. 모두의 귀가 형제의 이야기에 쏠려 붙었다.

"어느 마을에 오래된 수레 하나가 산속에 버려져 있었단다. 밤이면 수레에서 음산한 울음이 들려왔지. 소리가 기괴해 사람들은 수레에 흉측한 괴물이 산다고 생각했다. 그들은 숲의 입구를 막고 멀리했지. 그런데 어느 날 한 아이가 수레를 확인해 보겠다며 횃불을 들고 산으로 향했어. 모두가 만류했지만 아이는 의지를 꺾지 않았다. 너처럼 아주 용감하고 심지가 곧은 아이였지."

형의 흉내를 내다가 그 대목에선 쑥스러웠는지 황제는 가벼운 웃음보를 터트렸다. 이미 솔직하게 말했지만 어린 시절의 그는 용감함이나 용맹심과는 전혀 어울리지 않는 꼬마였다. 소심하고 평범한 어린애였다.

그러나 지금 실내에 감히 그의 즐거움을 따라 웃을 수 있는 자는 없다. 아무도 웃음이 나오질 않는지 닫힌 입으로 옥음을 경청할 뿐이었다. 명령에 따라 대전으로 들어가기 위해 측문 앞에서 대기하고 있던 네 명의 젊은 관료들도 그 순간에는 숨을 죽이고 귀를 세웠다.

"험한 산길을 걸어 겨우 수레 앞에 도착한 아이는 떨면서도 손에 든 횃불을 수레 속에 넣어 보았단다. 그 속에 무시무시한 괴물이 잠들어 있을지도 모르는데 말이지. 헌데 그 속에서 무엇을 보았는지 아느냐?"

애초부터 길지 않았던 이야기는 어느새 막바지에 다다라 있었다.

단정하게 감겨 있던 황제의 눈이 날카롭게 떠지며 발밑의 있는 머리통들을 노려보았다. 살기가 감도는 이무기 같은 눈이었다.

"훗! 아무것도 없었단다. 그 안에는 아무것도 없었어."

무엇이 그리도 우스운지 고개를 젖히고 그는 상체마저 흔들었다. 그리고 금세 다시 인자한 눈매의 황제로 되돌아왔다. 직전의 모습은 그저 그가 그토록 사랑했던 혈육을 따라 했을 뿐이라는 듯이.

"그저 수레가 바람에 이리저리 흔들리며 냈던 소리였을 뿐 실상은 아무것도 없었다는 이야기. 그래서 빈 수레 괴물이란다, 라고. 내 형님께서 그날 들려주시었소. 수레 속을 확인한 아이는 그 후에 어찌 되었겠소? 실체가 허상이라는 것을 알았으니 두 다리 뻗고 잘 자지 않았겠소? 짐도 그랬다오."

그날부터 귀신 때문에 잠을 설치는 일은 없다며 황제는 자랑스럽게 너스레를 떨었다.

농담과 어우러진 본인의 회상이었던 건가. 황제의 심중을 파악하지 못한 자들은 뜻을 어림잡으며 어색하게 맞장구를 쳤다.

"속을 들여다보면 아무것도 아닌 것. 그저 괴물인 척 흉내만 내는 텅텅 빈 수레. 형님은 그것을 이렇게 부르셨소. 직면하면 사라지는 것들. 그것이 빈 수레 괴물이니라. 그러니 율아, 맞서는 것을 두려워해선 안 된다. 어떻소, 오늘 짐의 이야기는 유익하지 않소? 짐의 보답이오, 공들."

적군의 가계도를 손에 쥐고 부채처럼 흔들며 황제는 가증에 가증으로 맞섰다. 또 한 번 우레와 같은 감사와 조아림이 쏟아졌다. 공치사가 넘쳐나는 그 틈을 타 대전 내관이 측문을 열자, 쪼르르 까만 머리통들이 재빠르게 튀어 들어갔다.

제시간에 도착했으면 저리 도둑고양이처럼 굴지 않아도 되었을 것이다. 조용히 측문으로 기어들어 와 구석에 자리 잡은 그들에게 황제의 눈동자가 잠시 머물렀다.

불러서 어쩔 수 없이 끌려왔다는 얼굴들. 지금 내가 여기 왜 왔는지도 모르겠고 알고 싶다고 않다는 저 불안한 표정들. 옹기종기 모여 앉은 녀석들은 죽어도 이쪽과는 눈을 마주치지 않으려 용을 썼다.

황제의 입 주변으로 장난스러운 미소가 번졌다. 자, 그럼 시작해볼까, 하는 마음에.

"그나저나 이제 짐의 탄신일에 관한 사안을 좀 들어 보고 싶은데…… 도감(都監: 나라에 큰 행사가 있을 때 임시로 설치하는 행정부서)은 다 꾸렸소?"

능숙하게 화제를 선점하자, 토론은 곧 다가올 궁중 잔치에 대한 내용으로 빠르게 넘어갔다. 도감의 설치가 이미 끝났고 그에 속할 준비 인원도 거의 마무리 중이라는 답변이 돌아왔다.

분주한 분위기 사이로 황제가 오른손을 들어 이목을 집중시켰다.

"이번 해는 짐에게도 큰 의미가 있소. 짐이 이 자리에 앉은 지 십 년이 되는 해가 아니오? 무려 십 년이나 나라가 무사태평했으니

뜻에 걸맞은 특별한 것들을 준비해 줬으면 하오."

특별한 것?

정윤의 눈썹이 휘어 올라갔다. 안 그래도 공개적인 자리에 떡하니 꿔다 놓곤 제대로 눈길도 안 주는 게 찜찜하던 참이었는데 황제의 마지막 말이 심기를 어지럽혔다.

일없이 불렀을 리는 없을 테고 매를 맞든, 상을 받는 둘 중 하나일 텐데.

"도망가고 싶다……."

벌이다. 이건 확실히 벌이었다. 촉이 온다. 등에 거머리가 기어 다니는 듯한 느낌이 들었다.

미래를 직감한 입술 새로 절망스러운 중얼거림을 흘렸다. 그 쥐구멍만 한 소릴 어찌 들었는지 옆에 붙어 있던 승학이 가볍게 그녀의 입 주변을 손바닥으로 덮으며 소곤거렸다.

"쉿, 누가 듣기라도 하면 큰일 납니다."

헤헷, 정윤이 배시시 웃었다. 따뜻하고 기분 좋고 커다란 손이었다. 손을 살며시 떼며 승학이 비슷한 모양새로 마주 웃었다.

눈썹이 일자가 된 해경과 모연이 그런 둘을 보곤 한마디씩 거들었다.

"아씨, 짜증 나, 진짜."

"전 지금 폐하를 대신해서 노려보고 있는 겁니다."

"이런 큰 자리에 불려와 놓고 둘은 아무 생각이 없나?"

"저는 심장이 튀어나올 것 같은데 말이죠."

"찝찝한 상황에 잘도 히죽히죽."

"너무하시잖아요."

비난이 봇물처럼 쏟아져 승학은 머쓱한 표정을 지었지만 정윤은 뭐 어쩌라고, 따위의 배짱을 부렸다. 물론 그렇다곤 해도 바깥 상황이 심상치 않음에는 동의를 했다.

백관들은 황제가 언급한 '특별'에 부합하는 각자의 의견들을 내놓고 있었다. 이것은 어떠시옵니까, 저것은 어떠신지요. 하지만 시간이 갈수록 황제의 고리타분한 기색은 점점 짙어만 갔다.

결국엔 더 이상 나올 의견이 없어 모두가 꿀 먹은 벙어리 되는 지경까지 다다랐다. 파리가 왱 날아다니는 날갯짓마저 들릴 정도로 고요해졌을 때 황제가 찌뿌둥한 상체를 일으켜 세웠다.

"겨우 그런 것들뿐인가. 시시하군. 역시 특별한 일에는 특별한 머리들이 필요하지."

내내 쪽문에 처박아두곤 무시하더니, 황제는 기습적으로 어두운 구석을 향해 고개를 틀었다. 황제가 말없이 한 곳을 응시하자 자연스레 다른 눈들도 자연히 따라갔다.

……망했다.

자신들에게로 꽂히는 수십 개의 눈깔 앞에서 네 사람은 얼굴이 창백하게 변했다. 주군의 눈길이 머물렀으니 황송하다 떠받들 정신머리조차도 없다. 그저 안간힘을 다해 머리를 숙이고 피하고 있자니 곧 자상한 목소리가 떨어졌다.

"저 이들을 도감에 참여시키면 어떻겠소?"

마치 고슴도치처럼 웅크리고 있는 그들이 귀엽다는 듯한 말투였다.

"짐은 원하오. 젊은이들의 색다른 발상을 말이오."

황제가 손가락으로 관자놀이를 톡톡 두드리며 이어 말했다.

"공들이 원하는 걸 짐이 하나 들어줬으니 이번엔 공들도 내게 보답을 해보시오. 나를 위한 특별한 축복을."

대전의 모든 이들의 입이 아래로 푹 꺼졌다. 난데없다고 해야 할지 황망하다고 해야 할지.

지목받은 이들에겐 날벼락이었다.

* * *

정적은 짧았고, 파란은 거세게 몰아닥쳤다.

"아니 되옵니다! 경험도 없는 어리숙한 자들이 폐하의 탄신일을 어지럽힐 것이옵니다!"

"통촉하여 주시옵소서!"

황제의 요구에 신료들은 벌떼같이 들고 일어났다. 나라의 중차대한 행사에 하급관원들을 책임직으로 밀어 넣겠다니 한결같이 용납할 수 없다는 반응들이었다.

그리고 위가 난리가 난 만큼 아래의 사정도 불같았다.

"폐하께서 농이 지나치신……."

"아니, 저건 그냥 미치신 거예요!"

"아, 우리한테 진짜 왜 그러냐고!"

"이런 게 사회생활이에요……?"

통곡하는 대신들만큼이나 그들도 황제의 바짓가랑이를 붙잡고 간곡히 매달리고 싶었다.

일말의 상의도 없이 아군한테 이따위 폭탄을 던지는 게 말이 되냐. 될 것 같냐!

설마 아니겠지, 했던 그들의 자기 암시는 이제 제발 아니어라, 로 바뀌었다.

불경한 비난이 날아 꽂히는 것을 모조리 무시한 채 황제가 옥좌 위에서 심드렁히 대꾸했다.

"난 좀 어지럽길 바라는데?"

"폐하, 어찌 그런 황망하신 말씀을!"

"좀 특이한 걸 해 보고 싶다 하질 않았소. 매해 똑같은 것만 보는 공들도 지겹지 않소?"

아무리 그래도 저놈들은 조무래기들이다. 반대하는 사람들의 생각에는 변함이 없었다. 황제가 성대를 울리며 그 흐름에 훼방을 놓았다.

"짐이 생각 없이 저 치들을 추천했겠소? 듣자 하니 궐에서 가장 한가하게 손이 놀고 있는 곳은 영원서뿐이라던데? 다른 데는 눈 코 뜰 새 없이 업무가 과다하다 하고……. 짐의 사사로운 축일로 나랏일이 뒷전으로 밀려서야 되겠소. 짐은 그렇게까지 형편없는 군주가 아니오."

그리 말하면서 회의의 막간을 이용해 낙서로 끼적인 듯한 성의 없는 그림을 내관을 통해 아래로 전달했다. 마치 모두에게 보라는 것도 같았다. 쟤네가 얼마나 할 일이 없어서 빈둥빈둥 놀고 있냐면 내가 시킬 것이 고작 이런 것뿐이라고.

그에 동조하듯이 한심한 눈초리들이 전달되는 그림을 따라 고스란히 실려 왔다.

세상에, 미친. 뭔 놈의 밀명을 만인이 다 보는 데서 주냐. 그림의 진의를 아는 네 사람만이 식겁하며 그것을 감췄을 뿐이었다.

"언제까지 한량 관청처럼 계속 두고 볼 수도만도 없는 노릇이고, 젊은이들의 기박한 계획이 궁금하기도 하오."

영훤서는 꼴찌들의 집합소에다가 일도 안 한다. 황제의 말마따나 그것은 이미 궐에 파다하게 퍼져 있는 명제였다. 일거리 없는 애들에게 일을 준다는 그의 주장도 단숨에 탄력을 받았다.

"한 번 믿고 맡겨 봅시다. 정 그렇게 믿음이 안 가면 예서 잠시 의견이라도 들어보는 게 어떻겠소?"

고개를 들라는 하명이 떨어졌다.

부들거리는 머리통을 황제의 발치까지 들자, 수백 마리의 벌떼들이 몰려와 몸 여기저기를 쏘아붙이는 것처럼 전신이 따끔거렸다.

"그대들은 짐의 탄신일에 무엇을 하면 재미있겠느냐? 무엇이든 넓은 아량으로 받아들일 것이니 편히들 말해 보라."

지목을 받았지만 넷 중 누구에게서도 쉽사리 대답이 나오지 않았다. 나올 수가 없었다.

내가 당신의 그따위 재롱잔치에 협조할 것 같냐고 정윤은 입술에 힘을 주고 형형한 눈으로 버텼다.

해경은 당장이라도 문을 박차고 사라지고 싶어 하는 표정이었고, 모연은 그 표정 관리에 실패해 아예 우는 얼굴이었다. 그나마 승학이 가장 침착했지만 무릎 위의 주먹이 그의 심경을 대변했다.

벙어리가 된 녀석들을 향해 황제가 손가락을 들어 올렸다.

"이 교랑, 네가 먼저 말해 보거라. 무엇을 하면 짐이 즐거울까?"

"그것은……."

임금의 하문에 불복이란 없다. 승학은 신하 된 도리를 떠올리며 진지하게 고민을 하기 시작했다. 정윤은 복장이 터졌다.

'대체 뭘 고민하시는 거야! 이건 무리다, 절대 못 한다고 말씀드려야죠!'

잠시 후 심사숙고를 거친 정직한 답변이 올라갔다.

"저명한 학자들을 초대해 강론을 여신다면 특별한 자리가 될 것으로 사료되옵니다."

아?

어디 들어나 보자는 식으로 벼르고 있던 대신들의 눈빛이 한순간에 탁 풀리는 것이 보였다.

"연회까지 와서 같이 책을 읽자는 거냐?"

누가 갑갑한 놈 아니랄까 봐 참 그다운 방법을 내놓았다. 대답을 들은 황제는 황당하면서도 알 만하다는 어투로 되물었다. 과연 그럴 줄 알았다고. 갑갑하고, 단순하고, 음침하고, 교활한 저 조합 그대로 자기들 취향에 걸맞은 답변을 내놓을 줄.

황제의 손가락이 다시 움직였다. 다음 타자는 해경으로, 별난 그에게서 그럴듯한 생각을 기대하는 눈치였다.

부름을 받자 해경은 제 무릎을 단단하게 내려치며 자신 있게 떠벌렸다.

"축제하면 무조건 격투죠! 사내들의 뜨거운 싸움보다 진기한 구경거리가 어디 있겠습니까!"

"어디서, 무슨 수로?"

"널찍한 공간이 필요하니까 이참에 동궐 뜰을 밀어버리시죠. 어차피 동쪽은 거의 비어 있는 궁이 아닙니까."

뭐, 어딜 밀어? 경악한 백관들의 시선에 해경은 어, 이게 아닌가? 하고 딱 한 번 갸우뚱했다.

"허, 참나. 뭐죠, 이 바보는?"

모연의 작은 한탄이 바닥을 굴렀다.

그럼에도 황제는 재미있다는 듯이 껄껄댔다. 그냥 지금은 대신들의 속이 뒤집어지는 것을 구경만 해도 좋았다.

"나쁘지 않군. 한 주서는 더 좋은 대안이 있느냐?"

아앗! 제 차례가 되자 모연은 넙죽 엎드렸다.

"소, 소, 소관은 정말 잘 모르겠습니다! 그런 건 정말 잘 모르는데 음…… 아마도 미인대회?"

야잇, 얼굴 밝힘증 꼬맹이가! 해경이 엎드려 있는 그녀의 뒷덜미를 콱 잡았다.

"이런 추잡한! 폐하, 그럴 바엔 차라리 저의 격투가 훨씬 더!"

"안 됩니다! 축제를 사내들만 누리는 건 불공평합니다. 남녀구분 없이 참여할 수 있게 해 주시옵소서! 격투회에 여성 관료들도 끼워 줄 게 아니라면 모두가 쉽고 편하게 즐길 수 있는 미색이 제일 무난하지 않사옵니까? 그리되면 성별에 구애 없이 아우르는 폐하의 하해와 같은 성은에 모두가 탄복할 것이옵니다. 폐하, 덕을 쌓으십시오!"

잘 모르겠다던 모연의 주장은 자기만의 근거까지 완벽히 갖추고 있었다.

다만 가시가 돋친 이들의 귀에는 망측한 놀이 그 이상도 그 이하로도 먹혀들지 않아 또 한 번의 강력한 아우성을 몰고 왔다.

"황실의 지엄함을 뭐로 보고!"

"삭탈관직을 당하고 싶은 것인가!"

어찌나 매서운 호통과 질책들이 들이닥치는지 혼이 쏙 빠져나갈 정도였다. 그 와중에도 황제는 난리가 난 분위기를 제지하지 않았다. 그나마 다행인 것을 하나 꼽으라면 회장이 뒤집어진 탓에 정윤의 순번까지는 오지 않을 수 있었다는 것이었다.

'우리가 이렇게 기똥차게 말썽 피워 주길 원했구나.'

속내를 인지한 즉시 정윤은 눈을 뾰쪽하게 치켜세웠다. 그 앞으로 즐거움이 가득한 황제의 눈길이 스쳐 지나갔다.

'남은 건 너 하나뿐이구나, 교활하고도 발칙한 신입. 너는 어떤 것으로 짐을 즐겁게 해 줄 수 있느냐.'

시커먼 의중이 지척에서 생생하게 울리는 것 같았다.

뻔뻔하기도 하지. 정윤은 눈빛 한 번 피하는 법 없이 곧바로 차게 식은 표정을 지어 보여 주었다.

저야말로 아무 생각이 없습니다만? 원하시는 대로 뒤통수치기나 하든지 말든지. 궁중 암투를 벌이시든지 말든지.

불손하게 팩, 던지는 허공 대화에서 먼저 웃은 사람은 황제였다.

"자자, 그만 진정들 하시오."

또 사람 좋은 척 푸근한 목소리를 껴 넣는 그를 정윤은 보기 싫다는 듯 외면했다. 왜냐면 어차피 뭘 해도 안 될 것을 알았으니까. 제 뜻대로 되는 일은 아무것도 없을 것이다. 그녀는 확실하고 분명하게 저 자가 원하는 그 특별한 일에 투입되게 될 터였다.

옥좌를 장식한 붉은 비단이 궁중 암투의 화려한 서막처럼 펄럭거렸다.

6. 쉰엿새 전

오전부터 볕이 쨍쨍하게 내리쬐는 날씨였다. 문을 열어 놓으면 그나마 바람이라도 들 텐데 사방으로 여미고 꿰매 놓은 영훤서의 밀실은 외부보다 곱절로 더 건조했다.

나갈 채비를 하는 해경과 정윤의 주위로 모연이 종종걸음으로 황제의 그림을 들고 와 쪼그려 앉았다.

"이거 우리가 제대로 풀이한 게 맞겠죠? 아니면 완전 큰일인데."

"말은 똑바로 해야지. 우리가 아니라 형님이 한 거지. 우리가 했으면 문제가 있을 수도 있는데 형님이 해결한 거면 틀릴 리가 없지."

"에, 하긴. 그건 그렇죠."

모연이 으쓱거리며 다시 한번 그림을 펼쳤다. 며칠 전 대전회의에 불려갔다가 실컷 괴롭힘당하고 넘겨받았던 황제의 그 낙서였다.

화지에는 일경구화(一梗九化: 한 개의 줄기에 아홉 개의 꽃)의 난초와 군자의 덕을 노래하는 시문이 함께 실려 있었다. 겉으로 보기에 평균에도 못 미칠 그저 그런 작품. 그러나 실상은 이곳에만 내려진 은밀한 암어였다.

그것을 해석하겠다고 네 사람이 돌아가면서 골머리를 앓았는데 결국에는 승학이 혼자 파훼했다.

"꽃봉오리가 글자 수인 것까진 나도 알 거 같았는데."

정윤이 아쉽다는 듯 봇짐을 뒤로 메며 모연의 어깨너머로 그림을 쓱 들여다봤다. 일경구화의 꽃들은 글자 수를 의미했다. 거기까진 바로 알았다. 하지만 문제는 함께 적힌 시문의 글자 수가 대강 세어도 수십이 넘었다는 점이다. 그 부분에서 다들 좌절했는데, 무슨 비상함인지 승학은 시문 속의 줄기를 찾아내어 양옆에 꽃처럼 매달린 아홉 개의 글자를 용케도 뽑아냈다.

설명해 주기로는, 이와 비슷한 시풍을 가진 누구의 독자적인 운율법이 어쩌고 저쩌고를 말했지만 솔직히 제대로 기억한 사람은 없다. 아무튼 그리하여 그 아홉 개의 글자를 붙여본 결과 황명은 이번에도 여지없이 불법성을 띄고 있었다.

"동선원사고혜제실록(東璿源史庫惠帝實錄)이라."

동 선원사고 혜제 실록. 단순명료하게도 그가 원하는 것은 도읍

동쪽에 위치한 선원사고에 보관된 선황제 혜제의 기록이었다.

다만 몇 가지 문제가 있었는데 첫 번째로는 그곳이 외부인의 출입이 원천 봉쇄되어 있다는 곳이라는 점과, 두 번째로는 황실의 업적과 치부가 낱낱이 저장된 현장인 만큼 매해 동서남북을 무작위로 뒤섞어가며 저장처의 위치를 바꾼다는 점이었다.

어떤 황제의 기록이 어느 쪽에 있는지를 아예 가늠하기 어렵게 만들기 위해서였다.

"그래도 수고 하나는 줄었잖아요? 적어도 동쪽에 있다는 건 알고 시작하는 거니까요."

하지만 황제는 그 중차대한 집안의 기밀을 손수 누설하면서까지 이들에게 날름 보물의 좌표를 찍어 주었다. 동쪽에 혜제의 물건이 있다, 라고. 딴에 위로랍시고 하는 모연의 속 편한 소리에 해경이 으르렁거렸다.

"그딴 게 그렇게 다행스러우면 네가 가든가."

"에에? 가위바위보해서 진 사람들이 가기로 한 거였잖아요. 그리고 누군가는 여길 지켜야죠."

"형님 혼자서 남아도 충분하거든!"

"교랑님은 오늘 중요한 곳에 외근이 있으시댔거든요!"

베에, 하고 얄밉게 혀를 내밀고 도망가는 모연을 해경이 후다닥 쫓아갔다. 모든 문이 밀폐된 공간에 다 큰 성인이 둘이나 뛰어다니니 먼지가 매캐하게 올라왔다.

정윤은 홀로 탁상에 턱을 괴고 앉아 진중한 고민에 빠졌다.

지난번의 잠입도 간당간당했는데 이번에는 판이 몇 배로 더 커졌다. 과연 잘 해낼 수 있을까. 물론 전처럼 쥐새끼같이 숨어드는 게 아니라 이번엔 당당하게 정문으로 들어갈 테지만…….

만감이 교차했다. 쓱 외로 돌린 시선에는 닫힌 창 너머로도 화창한 날씨가 또렷하게 느껴졌다.

'확실히 포쇄(暴曬: 책에 바람을 쐬어 습기를 제거하고 부식 및 충해를 방지하기 위한 보존 방법)하기엔 적절한 날씨지…….'

편찬되어 사고로 들어간 순간 실록은 누구도 열람할 수 없는 완전한 보물이 된다. 제아무리 절대 권력자라 할지라도 그것만은 구경할 수가 없는데, 그런 보물이 일 년에 단 하루 모습을 드러내는 날이 있었다.

한해 중 가장 볕이 따사롭고 풍량이 적절한 날.

바로 오늘과 같이 포쇄가 예정된 날이었다.

책의 영구 보존을 위해 궤 안의 모든 서적들이 햇볕 아래에 꺼내질 것이다. 그리고 한 장, 한 장 바람을 쐬며 습기를 말리는 것으로 포쇄는 시작한다. 그러니 거기까지만 접근할 수 있어도 일은 수월해진다.

'계획은 나쁘지 않은데.'

하지만 무언가 섭섭함이 있다. 마음을 허전하게 하는 뭔가가 빠진 느낌. 턱을 괸 채로 멍하게 허공을 바라보고 있자니, 문이 끼릭- 돌아가며 열렸다.

"무슨 생각을 골똘히 하십니까?"

코앞으로 깊이 다가온 승학이 얼굴을 들이밀었다. 놀라서 자세를 풀다가 탁상 끝에 기대고 있던 팔꿈치가 휘청했다. 자세가 무너지기 전에 그의 손이 먼저 다가와 지탱했다.

팔꿈치를 후다닥 문지르며 놀란 눈으로 물었다.

"볼일 때문에 나가 봐야 한다고 하셨잖아요."

"예, 그렇긴 한데 잠깐 여유가 생겨서 들렀다 가려고 왔습니다."

촉박한 와중에 약간의 여유라면 억지로 만든 시간 아닌가? 정윤이 왜? 하는 입 모양을 하자 승학이 진한 눈가를 접었다.

"너무 당연한 걸 질문하시면 제가 답하기 민망하지 않습니까?"

"아……"

"당연히 한 번이라도 더 보고 가기 위함이지요."

귓가에서 지분거리듯 밀려오는 목소리 탓에 몸에 열이 번졌다.

승학은 가볍게 목을 울리며 웃다가 그녀의 무릎 위에 있던 짐을 손수 점검해 주었다.

"빠트리신 건 없습니까?"

작은 등짐 속에는 변복에 사용될 소품과 유학자의 하얀색 심의, 유건, 그리고 그들의 신분을 나타내는 상아패가 들어 있다.

한낱 종이를 말리는 허드렛일 일이라 해도 포쇄에 참여할 수 있는 자격을 가진 건 서원의 유학자들뿐. 그러니 유학자로 위장해 들어간 뒤 자연스럽게 정문으로 나온다는 전략을 세워 둔 참이었다. 담장이나 지붕 따위는 넘지 않아도 된다. 미친 것 같아도 작전은 완성도를 갖추고 있었다.

'근데 계속 찝찝해서…… 아, 혹시?'

정윤은 신분패를 살피는 승학의 손끝을 눈으로 좇다 멈칫했다. 세심하고 다정한 손길에서 이 불안함의 이유를 알 것도 같았다.

"왜 그러십니까?"

그가 걱정스럽게 다가왔다.

'저 사람이 내 불안의 이유.'

꺼릴 것이 없는데도 자꾸만 길을 나서기가 망설여졌던 건 그가 함께하지 않아서란 걸. 너무 따뜻한 눈빛으로 매만져 줘서 정윤은 차마 본심이 얼굴 위로 스며드는 것을 막지 못했다.

왜 나랑 같이 안 가요? 같이 가면 안 돼요? 혼자 가기 싫은데, 나만 두고 어디 가요? 진짜 날 두고 가요?

겨우 목소리만 새어 나가지 않았을 뿐이다. 저도 모르게 자동으로 매달리는 듯한 표정이 나와 버렸다.

새끼강아지처럼 커다란 눈망울을 한 채 빤히 그를 올려다보자, 승학의 목울대가 커다랗게 움직이는 것이 보였다.

"그렇게 쳐다보시면…… 안 됩니다."

"말하는 대신 참고 있는 거예요."

"……참고 있는 건 접니다."

꽉꽉 눌러서 토해내는 것이 차라리 눈빛 말고 말로 하라는 것 같았다. 정윤은 애꿎은 봇짐을 도로 무릎 위로 끌어당기며 용기 내서 말했다.

"그럼 저랑 같이 가 줄 거예요?"

승학은 심하게 동요하는 기색이다. 그럼에도 불구하고 그러겠다는 대답은 나오지 않았다. 사정이 있겠지 싶으면서도 밀려오는 서운함에 정윤은 제대로 토라져서 삐죽거렸다.

"치, 들어줄 것도 아니면서 왜 말하래."

"미, 미안합니다, 소저."

그가 허겁지겁 사과하며 손을 뻗어 오는 데도 표정을 풀지 않았다.

거절당했다. 그게 괜히 속상해서. 아니, 사실은 이 속상함의 원인조차도 알아서. 이제껏 그는 자신이 무엇을 말해도 다 들어줬으니까.

전부 다 해 주고, 다 이해해 주고, 기대게 해 주고, 바라게 해 주고…….

'근데 나는 어린애처럼 이런 일로 어리광이나 피우고.'

잠깐 서운했다가 급하게 부끄러움이 밀려들었다. 대체 내가 지금 무슨 짓을, 거기까지 생각이 다가섰을 때 승학의 손바닥이 먼저 뺨 위에 조심스럽게 닿았다.

"같이 가고 싶습니다. 정말로, 같이 가고 싶습니다."

하지만 갈 수가 없다. 그것을 사과하는 듯한 손길이었다. 혼자 보내는 것이 애틋해서 바쁜 일정에조차 발길을 묶게 만든 존재였으니까.

아, 이건 내가 떼쓰면 안 되는 걸 고집한 건데, 사실은 내가 잘못한 건데. 미안해서 슬쩍 깨무는 정윤의 아랫입술을 엄지손가락이 부드럽게 눌러 빼냈다.

이번의 그는 그녀가 묻기도 전에 답했다.

"꼭 확인해 볼 것이 있는데 오늘이 아니면 안 될 것 같아서. 다녀오면 전부 말하겠습니다."

* * *

유건을 쓴 머리통 두 개가 담장 위로 올라왔다가 안쪽을 염탐한 뒤 다시 쏙 내려가 사라졌다. 밑으로 낮은 소리가 퍼졌다.

"야, 상아패 꺼내봐."

정윤이 허리춤에서 뒤져 동그랗고 납작한 것을 꺼내자 해경이 그와 비슷한 제 것을 그 옆에 갖다 댔다.

"이야, 진짜 같은데."

"진짜 맞지. 여기 적힌 이름이랑 우리 정체만 빼면."

"이것만 있으면 유학자랍시고 저 책을 만져 볼 수 있다 이거지."

"촐랑대지 말고 들키지 않게 조심해."

"넌 수염이나 제대로 붙여."

처음보다야 친해지기는 했지만 둘의 사이는 여전히 살갑지 못하다. 인중의 거뭇거뭇한 털을 누르며 정윤은 그를 흘겨보았다.

"문 열리면 무조건 달려가서 제일 먼저 통과해야 돼. 우린 목표물이 정해져 있으니까 가서 그것부터 선점해야 된다고. 왜인지는 알지?"

"바보 취급하냐? 나도 알거든. 1등으로 들어가기."

"근데 우리 이러다가 만약에 걸리면 어떻게 되는 거야."

"뭘 어떻게 돼. 바로 목 잘리고 사지 절단된 다음 멸문지화지. 미래고 뭐고 없어."

실수 한 번에 가문 말아 먹는다는 소리를 저 바보는 참 잘도 지껄였다. 이 나라 황제도 제 정신 아니었고, 쟤도 정상이 아니다. 역시 승학과 같이 왔어야 했다. 몸서리를 치는 정윤의 어깨를 해경이 툭 팔로 쳤다.

"뭐야, 쫄았냐?"

이건 쫄은 게 아니라 걱정된다고 하는 거다. 하지만 빈정 상해서 대꾸하지 않았다. 외로 무시해 버리는 그녀의 앞에 그가 숨겨 놓고 있던 연막탄을 꺼내 보였다.

"내가 이런 거 많이 갖고 왔다. 정 안되면 싹 다 터트려 버리고 나르는 거야. 오늘 일이 망해도 네 목숨 정돈 구해 줄 순 있다."

그래서 지금 그걸 든든하다고 해야 하는 건가. 손바닥에 한가득 차 있는 연막탄에 뭔가 안 좋은 기억이 떠오를락 말락 했던 정윤은 확신이 가득한 해경의 눈매를 쳐다보곤 피식 웃어버렸다.

"넌 내가 별로라며."

"형님을 줄 정도는 아니라는 거지."

"웃겨. 지가 시어머니야 뭐야."

"나 정도면 참견해도 되거든? 네가 뭘 알아? 굴러들어온 돌 주제에!"

"그래서 넌 내가 싫어?"

"아, 싫다고까진 안 했잖아!"

"그럼 좋아?"

"뭐가 이렇게 극단적이야?"

기집애가 중간이 없다고 삑 하려는데 한 무더기의 유학자들이 길을 장악하고 앞을 스쳐 지나갔다. 뻐기면서 걷는 자세가 대단한 문벌 출신인 듯했는데, 그들이 열을 올리며 떠드는 수다에 담장 아래의 두 사람의 대화는 끊겼다.

"염병할. 어디서 굴러왔는지 모를 오랑캐 족속의 죄인이 폐하의 잔칫상에 낀다는 게, 이게 말이나 되냔 말이야."

토막만 엿들었지만 격분의 주제가 무엇인지 모를 수가 없었다. 기어이 도감에 끼게 된 정윤의 평판을 난도질하는 내용이었다.

"황실의 품위가 있지."

"그 집안 것들은 왜 아직도 안 죽고 살아 있는 거야?"

해경은 듣자마자 벼락이라도 맞은 사람처럼 바로 튕겨 나가려고 했다.

"됐어, 앉아."

그런 그를 잡아다 도로 바닥에 꽂은 건 정윤이었다. 발끈해서 씩씩거리는 그를 붙잡아 두며 그녀는 심심하게 한 마디를 내뱉었다.

"좋아하네."

"뭐?"

그러곤 흘끗 눈을 들어 앞을 쳐다보았다.

어차피 사원의 학자들도 전부 궐에 연줄이 있는 자들.

영원서 꼴찌들의 도감 참여로 현재 궐의 여론은 부글부글 끓고 있는 상황이었다. 황제의 터무니없었던 초반 요구와 달리, 그들은 고작해야 실무자 명단에 들어갔을 뿐이었지만 그 누구도 그것을 곱게 보지 않았다.

황제가 직접 그 이들을 거론했다는 이야기에 차마 대놓고 헐뜯기를 할 순 없으니 사람들은 가장 만만한 정윤을 걸고넘어졌다. 그녀가 그들 중 가장 약점이 많은 사람이기 때문이었다.

"준비해. 문 열린다."

물론 상황이 그렇다고 해서 그녀라고 부아가 치밀지 않는 것은 아니었다. 몇 번이나 들어 온 흉이니 익숙해질 때도 됐지만 울컥해서 눈가가 떨리는 것은 쉽게 잠재워지지 않았다.

하지만 그래도 어쩔까.

"지금은 주먹을 쓸 때가 아니야. 괜한 감정으로 일 그르치지 말자고."

내키는 대로 설치고 다닐 수 없다는 현실 정도는 뼈저리게 자각하고 있었다. 지금 당장 저들의 혀를 뽑아내는 것 정도로는 이 오랜 복수의 기갈이 만족 되지 않는다는 것도.

"저쪽이나 봐."

힘줄까지 돋아 격분하는 해경에게 정윤은 고갯짓으로 목적지를 가리켰다.

북소리와 함께 육중한 문이 움직일 기미를 보이면서 현장은 금세 북새통이 되어 갔다. 어수선함에 섞여 빌어먹을 무엇 무엇과 같은 욕지거리는 삽시간에 사라졌고, 대신 그 주동자들은 일찍부터 앞줄을 머릿수로 선점하려 하고 있었다. 해경은 담담한 정윤의 얼굴을 살피며 마지못해 주억거렸다. 거칠게 툭툭 등도 쳐주었다.

"그래, 알았다. 너도 이런 일은 빨리 잊어버려."

통증을 동반한 어설픈 위로. 정윤은 인상을 찡그리며 몸을 피했다.

"왜 그렇게 혼자 아련하게 앞서 나가. 누가 잊어버린대. 잊으면 안 되지. 그런 건 다 기억해 줘야지."

그녀가 놈들의 위치를 확인하곤 강력한 완력으로 해경의 옷깃을 움켜잡아 일으켜 세웠다.

"얼굴 외워둬. 들어가면서 한 대 먹이고 가자."

"뭐?"

반문한 것과 문이 열린 것, 그리고 그가 멱살 잡혀 끌려간 것은 거의 동시다발적이었다.

"달려달려! 어차피 우리가 제일 먼저 들어가야 돼! 달려가서 어깨로 쳐 버리자고!"

처음 당겨져서 끌려갔을 때 해경은 순간적으로 엎어질 뻔했다. 그러나 정윤의 팔 힘은 그것마저도 지탱할 정도였고, 그가 넘어지지 않도록 든든하게 보좌해 괴물처럼 그를 앞으로 이끌었다.

"너어는 진짜……."

도량 넓은 척 무시하던 건 순 사기였던 건가.

입구로 통하는 직선 경로. 그곳에 무수히 깔려 있던 인간 진드기의 늪을 전투적으로 뚫고 지나가며 해경은 중얼거렸다.

"주먹 쓸 때 아니라며……!"

"준비해! 어깨!"

그리고 마침내 문제의 그 무리에 근접했을 때 둘은 벽돌 어깨를 무기로 초인적인 힘을 발휘했다.

곱게 앉아서 내내 책상물림을 했던 학자들은 당연히 추풍낙엽처럼 굴러떨어졌다. 열린 문틈으로 전력 질주해 들어가는 최초의 통과자는 찌그러진 유건을 쓴 두 개의 머리통이었다.

처음 그들이 계획했던 대로 1등. 아무튼 무조건 1등이었다.

* * *

"일(一) 배!"

몸이 땅을 향하여 차례대로 굽어졌다. 머리에서 목, 허리, 무릎, 손바닥, 그리고 이마가 바닥 깊숙이에 닿을 때까지 숙인다.

다시금 북이 울리고 절도 있는 자세로 보물을 지키고 있는 현판과 마주 서게 되었다.

"이(二) 배!"

그리고 이어지는 두 번째 절. 흙먼지가 이마에 묻는 것은 모욕이 아닌 죽은 자에 대한 경건한 예의이고.

"삼(三) 배!"

세 번째 것은 혼백조차 바치겠다는 극상의 의미가 담긴 존경의 경배다.

"사(四) 배!"

마지막 네 번째 조아림에서는 쿵 소리가 날 정도로 다 같이 바닥에 이마를 찧는다. 그것은 피멍울조차 맺히겠다는 각오로, 제게 새겨진 핏자국을 제왕들의 허가로 여기는 숭고함이었다.

문묘로 입성하는 사배 의식의 끝에서 통증을 삼키는 신음 소리가 적잖게 들려왔다.

그 와중에 찧는 시늉만 살짝 했던 정윤은 혹시나 묻었을 흙조차 싫어, 남들 모르게 가볍게 이마를 털어냈다.

드디어 일 년 내내 잠겨 있던 빗장이 열린다.

안식에 든 황제들의 문묘다. 바깥과는 다른 퀴퀴한 공기가 맡아지자 어디에선가 감동에 복받친 오열이 터져 나왔다.

그러나 그런 건 진짜 유학자일 때나 가능한 감정이입. 가짜로 분장한 두 사람은 남들이 울 때 오히려 신중한 표정으로 가슴팍을 쓰다듬었다. 품속의 물건이 제대로 있는지를 확인하기 위함이었다.

'일단 여기까진 문제없어.'

알아본 바에 의하면 혜제의 실록은 총 열두 권이었다. 전 권을 다 빼돌리는 것은 무리이고 그의 말년에 해당하는 두 권만을 챙기기로 계획한지라, 원본과 바꿔치기할 그럴듯한 모조품을 한 권씩 품고 왔다.

'발각되면 사지가 갈기갈기 찢겨질 거야.'

해경의 말이 맞았다. 이 일은 걸리면 그대로 황천길 행이다. 그것도 그냥 죽는 게 아니라 몸이 곱게 토막 난 다음 뼈가 가루가 될 때까지 고통받다 저승으로 갈 것이다.

가슴 위의 두툼한 감각을 손바닥으로 느끼며 정윤은 아득히 먼 거리에 있을 황궁을 가시 돋친 눈으로 노려보았다. 그녀의 눈길을 따라간 해경이 바짝 옆으로 붙으며 속닥거렸다.

"폐하께서 우리가 남긴 부탁을 알아차리셨겠지?"

"제발 그렇다고 믿어야지."

그래서 단독으로는 타개가 불가능하다고 판단, 이미 일을 벌이기 전에 황제에게 한 차례 지원 요청을 전했다. 만약 그가 멍청하게 그런 것도 못 알아듣고 외면한다면 그녀는 이대로 아무것도 손대지 않고 여기를 빠져나갈 생각이었다.

"이쪽은 언제나 사지에 내몰리는데 자기 혼자만 등 따뜻하고 배부른 곳에서 명령만 하게 놔둘 순 없어. 그건 아주 불공평하고 열 받는 일이야."

"폐하한테 그게 무슨 막말이야?!"

"알 게 뭐야? 내 소중하고 귀한 목숨은 이거 딱 하나뿐이라고."

내 몸 돌보기를 황금같이 할 것이다. 황제가 움직이지 않으면 나도 움직이지 않을 것이다. 정윤은 오만불손한 마음가짐으로 다시 한번 황궁이 자리하고 있을 방향으로 사나운 눈꼬리를 치켜떴다.

제단 위에서 심오한 음성이 울렸다.

"학자들은 들어가 궤를 들고나올 준비를 하십시오."

엄숙한 목소리가 떨어지자 발 빠른 서리들이 유학자들의 무릎 앞으로 비단 융을 깔아 주었다. 기록들은 이 위로 펼쳐질 것이다.

사방에서 몸과 마음을 가다듬는 듯한 분위기가 잡혔다. 오열하던 자도, 반대로 숨이 멎었던 자도, 저들만의 수다를 떨던 해경과 정윤도 모든 생각과 행동을 그치고 눈을 감으며 심호흡했다.

"차례대로 문턱을 밟고 입장하십시오."

그다음 명령에서 발이 움직였다. 남들보다 먼저 혜제의 것을 손에 넣어야 했던 두 사람은 가장 앞에 서서 적당하면서도 큰 보폭으로 나아갔다.

자꾸만 마른 입술을 축이게 된다. 역사의 산실에 가까워져 갈수록 팔뚝에 오소소 소름이 돋았다. 정윤은 알 수 없는 무게에 주눅들지 않으려 계속해서 꾸준하게 전진했다.

마침내 심처에 당도한 순간 그녀는 내리깔고 있던 눈꺼풀을 최후의 통첩처럼 힘주어 밀어 올렸다. 얌전했던 입가가 화려하게 찢어져 올라갔다.

'안녕하세요, 임금님들? 물건 훔치러 왔습니다.'

* * *

"먼저 일어나마."

"아, 정말 혼자 가시게요?"

코 박고 서류를 들추던 모연이 짙은 푸른색 관복을 따라 일어섰다. 그럴 필요 없다는 듯 승학이 가볍게 눈짓했지만 기어이 졸졸 따라오며 꽁알거렸다.

"혼자 가셔서 고생하시는 거 아닐까요. 같이 가면 좀 나을 것 같기도 한데."

"아니, 이건 나 혼자 가는 게 맞다."

"솔직히 제 생각에는요……. 가도 안 만나 줄 것 같은데요……. 괜히 제가 말씀드려서."

기루를 염탐했던 그날, 엿들었던 내용의 전부를 승학에게는 남몰래 전했다. 혜제가 손수 측근으로 끌어모았던 문제의 그 오성에게 알려지지 않은 어떠한 문제가 있었다는 점을. 그것을 적들은 십 년 전부터 알고 있었는데 아군은 지금까지도 알지 못하고 있었다.

이야기를 전해들은 승학은 직접 그 사실 여부를 확인하러 가겠다고 했다. 애당초 전한 게 화근이 아니었을지 발을 구르는 모연의 정수리에 그가 손을 얹었다.

"집 잘 지켜야 한다."

그러면서 입가에 손가락을 세웠다.

"해 소저에겐 비밀이고."

모연은 머뭇대다가 고개를 끄덕였다.

* * *

움직이는 다리 뒤로 공복 자락이 날개처럼 펄럭였다. 관을 빠져나온 승학의 조급한 걸음걸이 탓이었다. 스쳐 지나가는 이들의 눈에 흠모의 기운이 맺히고 몇 사람들이 그의 시야에 끼어들어 가 보려 수작을 부리기도 했지만 아무도 관심을 끌지 못했다. 오히려

길을 가로막는 듯한 분위기가 되어 그의 서두르는 심정을 부추기기만 했다. 빨리 모든 것을 끝내고 누군가를 보러 가고 싶다는 생각에 재촉했던 그의 걸음이 거의 달리는 듯한 수준이 되었다.

그가 막 대궐의 정문을 벗어났을 즈음이었다. 별안간 누군가가 시야 안으로 뛰어들었다.

"나리! 잠시만 시간을 내어 주시겠습니까?"

처음 보는 중년의 여성이었다.

급한 와중에 별안간 잡힌 발길이 달가울 리 없다. 눈가가 미세하게 찌푸려졌다.

"무슨 일이십니까?"

"저희 아씨께서 귀공을 잠시만 뵈었으면 하십니다."

"지금은 바쁘니 다음에 뵙겠다 말씀드려 주십시오."

승학은 상대가 누군지도 묻지 않고 바로 거절했다. 만남을 청하는 용건조차도 궁금하지 않았다. 그대로 지나쳐 가려는데 여자가 다짜고짜 무릎을 꿇었다.

"잠시면 됩니다! 한참 전부터 기다리고 계셨습니다! 얼마 걸리지 않을 것이니 얼굴이라도 잠깐 보고 가 주십시오!"

그러더니 급기야 두 손을 비는 듯한 동작마저 취했다. 더해 보라고 하면 바짓가랑이에 매달려 올 수도 있을 것 같은 모습이었다. 그것이 꼭 상전의 화풀이를 두려워하는 몸종의 두려움같이 느껴지기도 해 승학은 불편한 마음으로 허리를 수그렸다.

"우선 일어나십시오."

바닥에 무릎을 꿇고 빌기까지 하는데 모른 척하기는 쉽지 않다. 여자는 그의 부축을 받고 엉거주춤 일어서며 본인을 그 아씨의 유모라고 소개했다.

"옷에 흙이 다 묻었습니다."

"이런 건 괜찮습니다! 이쪽으로! 이쪽으로 오시면 됩니다!"

유모는 승학의 안쓰러움을 받는 대신 그를 원하는 곳으로 데려가는 것이 더 급해 보였다. 아직 가겠다고 답을 한 것도 아닌데, 그가 어디론가 사라질까 봐 전전긍긍하는 기색이 역력했다.

승학이 얕게 한숨을 쉬었다.

"안내하십시오."

마지못해 허락하자 움푹 꺼진 눈 주변으로 기뻐하는 티가 크게 났다. 그녀를 따라 자리를 옮긴 곳에는 눈에 익은 마차가 한적한 길에서 그를 기다리고 있었다.

유모가 좁은 창틈으로 소곤거리는 동안 승학은 먼저 마차의 주인을 직감하고 미간을 좁혔다. 문이 활짝 벌어지면서 예상대로의 인물이 사뿐히 내려섰다.

상장군의 외동딸 신예였다.

언제나 그렇듯 그녀는 모자람이 없는 차림새였다. 수려한 몸가짐에 늦봄의 해당화처럼 풍성하고 화사하다. 만날 때마다 할 수 있는 최상의 치장을 보임으로써 그녀는 승학에 대한 예의와 마음을 진심으로 표하고 있었다.

진한 향유 냄새에 머리가 어질했으나 승학은 바른 자세를 갖춰 인사했다.

"저를 보고자 하셨습니까."

"저를 기억하시는지요."

"장군의 따님이 아니십니까. 제집을 몇 번 방문해 주셨던 걸로 기억합니다."

자신을 알아봐 주었다는 것이 기뻤는지 신예의 얼굴에 즉시 활짝 꽃이 피었다.

"댁으로 찾아뵙고 싶었지만 귀가가 매일 늦는다 하시고 또……
머무는 손님도 계신 듯하여 무례인 줄 알면서도 무작정 잎 앞에서 기다렸습니다. 용서하세요."

머물고 있다는 손님이라는 말에 승학의 눈빛이 자동으로 깊어졌다. 숨길 일은 아니었으나, 굳이 이 자리에서 본인이 그 사실을 알고 있음을 밝히는 그녀의 의도가 의아했기 때문이었다. 그와 정윤이 한집살이를 하고 있다는 것을 알았다면 보통은 이렇게 찾아오는 것조차도 쉽지 않아야 정상이었다.

그런데 먼저 나서서 언급까지. 왜일까.

승학은 점잖은 말속에 메마른 감정을 덧칠했다.

"제가 언제 나올 줄 알고 무작정 이곳으로 오셨단 말입니까. 헛걸음이 되실 수도 있는데."

"하지만 이렇게 하지 않으면 뵐 수가 없어서. 오늘 못 뵈면 내일이라도 다시 나오려 하였습니다."

어조며, 표정이며 놀라울 정도의 간절함이 느껴져 승학은 한쪽 눈썹을 지그시 치켜 올렸다.

어째서 그런? 이해할 수가 없다. 그는 또 한 번 생각했다.

양손에 치맛자락을 쥔 신예가 한 걸음을 더 다가왔다. 마치 대단히 큰 결심이라도 한 것처럼. 긴장했는지 색을 입힌 입술에 마른 껍질이 일어선 것이 보였다.

"난데없다 여기실지 몰라도 저는…… 국자감에서 수학하시던 시절부터 공자님을 마음에 담았습니다. 이런 말을 하는 것이 부끄럽지만 담 너머로 훔쳐도 보았고 공자님에 대한 소문을 들으러 주변을 하릴없이 돌아다니기도 했었습니다. 정말 오랫동안 연심을 품었습니다."

똑바로 쳐다보지도 못하고 바닥만 보며 내뱉는 그것은 놀랍게도 내가 당신을 아주 오랫동안 연모해 왔다는 고백이었다. 심하게 떠는 것 같았는데 그에 비해 나오는 말은 의외로 유창하고 수월해서 승학은 일단 잠자코 주워들었다.

"왼손잡이신 것도, 논어를 좋아해 가장 즐기신다는 것도 그렇게 알았지요. 그런 소소한 것들을 아는 것만으로도 너무 기뻤는데……"

"그렇군요."

말끝이 흐려진 지점에서 승학은 기다렸다는 듯이 흐름을 잘랐다. 이어져 온 상대의 절절함과 대조되는 지나치게 이성적인 대꾸였다. 어떠한 느낌도 없이 의례로서만 존재하는 대꾸였다.

무덤덤한 동공이 제게로 향하자 신예는 어깨를 크게 흠칫거렸다.

그런 그녀를 여전히 변화 없는 얼굴로 관찰하며 승학은 무감각하게 입술을 뗐다.

"하지만 조금 잘못 알고 계신 듯하여. 저는 왼손잡이가 아닙니다. 왼손 붓질이 가능한 것은 맞지만 오른손만큼 능숙하지는 않습니다."

"그런……."

"논어는 말씀대로 닳도록 읽기는 했습니다만 알고 계시는 것과는 반대의 이유입니다. 좋아하지 않았으니 그렇게라도 하지 않았으면 낙제를 받았을 겁니다."

"……!"

"미묘하게 알고, 미묘하게 틀리고 계신 게 의아합니다만."

여전히 느낌 없이 고요하기만 눈동자가 의문을 제기했다.

잘못 알고 있는 부분을 고쳐 주자, 신예는 턱 근육을 굳히며 기껏 좁혀 둔 걸음을 뒤로 물렸다. 승학은 그걸 보면서도 따라가지 않고 하던 말을 끝마쳤다.

"물론 그렇게 중요한 것들은 아니지요."

대단한 정보도 아니니. 그의 국자감에서의 생활을 겉핥기식으로 수소문하면 얻을 수 있는 수준 정도였다.

"어렵게 꺼내 주신 마음이니 우선은 감사하다는 말씀부터 드려야 될 것 같습니다. 그리 오래도록 품으셨던 것을 이제야 알게 되었군요."

하지만 그녀가 절절하다고 주장하는 그 마음이 여태껏 전해지지 않은 사유는 짐작할 만했다.

넌 나를 잘 알지도 못했으니까. 네가 꺼내놓은 사실은 진심이 아니니까. 무언가에 대한 뜬구름일 뿐.

만나고자 하는 이가 신예라는 것을 알았을 때 승학은 그녀의 방문 목적을 어느 정도 예상은 했다. 제 쪽으로 다리를 놓기 위해 끊임없이 문을 두드려 왔던 가문이 아닌가.

하지만 아무리 그래도 이렇게까지? 하는 생각이 자꾸만 들었다. 귀족가의 여식이 이만한 무리수까지 두며 움직인다는 것이 어딘지 석연치 않았다.

무엇보다 진심도 아니면서.

'정말 이상하군.'

일말의 여지도 남기지 않는 듯한 자세로 승학은 소매를 끌어당겨 차림을 극도로 단정히 정리했다. 당연히 격식을 갖춘 거절을 쏟아내기 위함이었다.

"실례가 되지 않는다면 이 자리에서 답변을 드리고 싶습니다."

"지금이요?"

"알고 계시겠지만, 소저와 저 사이에는 아무것도 없습니다. 혼담을 건네받긴 하였으나 받아들인 적이 없고 서로에게 흑심을 줄 만한 행동도 역시 하지 않았지요. 그러니 억지로 연을 잇고자 하는 일은 이쯤에서 그만두는 것이 좋을 듯합니다."

"······."

의견을 전하는 태도가 너무 곱상하여 그것이 완벽한 거절이라는 것을 깨닫게 되기까지는 약간의 시간이 필요했다.

무감정하게 자신을 쳐다보는 사내의 눈빛 앞에서 신예는 입술이 파르르 떨리는 것을 이 악물고 버텨 내야만 했다.

차라리 싫다거나 짜증 난다거나 하는 등의 부정적인 감정이라도 보여 주었다면 이보다는 덜 기분 나빴을 것 같았다. 매몰차게 내치고 선을 긋는 주제에 그는 아무런 느낌이 없었다.

마치 애초에 너는 관심에도, 안중에도 없었다는 것처럼 하찮게 취급한다. 속 안에서 자존심이 박살 나는 듯한 환청이 들렸다. 내가 누구인데, 내가 누군 줄 알고. 그런 악에 받친 고함이 목구멍까지 날뛰었다. 마음 같아선 당장 손톱을 세워 사내의 평온할 얼굴을 사납게 할퀴고 싶었다.

"그럼, 살펴 가십시오."

분에 차 미세하게 들썩이는 어깨에 승학의 눈길이 머무는가 싶더니 이내 미련 없이 돌아섰다.

그래, 차라리 얼른 사라지라고. 그의 빠른 퇴장을 신예가 다행이라 여겼을 때였다.

"아가씨, 괜찮으셔요?"

유모가 뒤에서 힘을 실어 양팔을 잡아 왔다.

"얼마나 상심이 크시면 제대로 서 있지도 못하시고……."

흠칫한 신예의 눈동자가 제 어깨를 움켜쥔 손아귀로 향했다. 유모가 걱정하는 그녀의 두 다리는 땅을 디디고 문제없이 서 있는 중이었다. 그러나 휘청인다는 말에 승학이 다시 돌아섰을 때에는 털썩 바닥에 주저앉혀진 채였다.

"그리 말씀하셔도 알 만한 사람들은 이미 제가 공자님과 혼인할 사이인 줄로만 알고 있습니다!"

돌아온 그를 놓치지 않고 신예는 바닥에 꿇어앉아 그의 바짓단을 낚아챘다. 승학이 당황해 물리려 하면 할수록 더욱 악착같이 매달렸다.

"혼담의 소문이 도는 여인에게는 앞날을 선택할 수 있는 여지가 없다는 것을 잘 아실 테지요. 사실이든 아니든 사람들은 저를 공자의 정혼자로 알고 있습니다. 이런 제게 어느 집안에서 매파를 보내겠습니까."

그의 책임감에 호소하는 애걸이었다. 한 여자의 앞길을 망쳐 놓을 심산이 아니라면 혼사를 받아들이라는 반 협박이기도 했다.

무시하기 어려운 자극이었는데 그럼에도 승학에게선 아무런 대꾸가 없었다. 계속해서 불씨를 당겨도 그에겐 불이 붙지 않는다.

점점 더 비참해지는 꼴이라 신예는 아예 소리 내어 흐느꼈다. 주저앉은 자세와 어우러져 퍽 가여운 장면이 연출되었다.

"이상하군요. 제가 아는 소저에 대한 소문은 다른 것인데."

승학은 그제야 말문을 열었다.

"최고의 미색이라 칭송받는다 들었습니다. 어디를 가도 찬사와 구애가 끊이지 않지만 그럼에도 고귀한 품위가 있다고."

그는 평소 하늘을 찌른다는 그녀의 인기에 대해 언급했다. 빼어난 외모를 추켜세우며, 동시에 그것과 괴리되는 지금의 언행에 대해 넌지시 일침하면서.

"그 소문이 틀린 것입니까, 아니면 제가 지금 잘못된 것을 보고 있는 겁니까."

기민한 눈동자가 제게로 겨누어질 때 신예는 간이 졸아들었다. 추궁하는 듯한 그의 말은 너무도 의미심장했다.

이만큼 내쳐졌으면 체면상 물러나는 것이 일반적인 전형이었다. 그것이 콧대 높기로 유명한 여인이라면 더 할 말이 없다.

그러나 신예는 그러지 않았다. 그러지 못했다. 맨얼굴을 까발리듯이 불쑥 빈 곳을 짚고 들어온 그의 예리함에 다시금 손이 발발 떨리려던 찰나, 또 한 번의 재촉이 귓등을 강타했다.

"세상에, 아가씨……."

울음이 섞인 목멘 소리. 승학의 눈동자가 뒤쪽으로 움직였다. 신예는 황급히 정신을 차리고 경련하는 손끝으로 다시 그의 옷자락에 힘을 주었다.

"제, 제겐 오직 공자님뿐입니다. 저를 이렇게 버려두지 마십시오. 저는 공자님이 아니면 죽습니다."

"죽지 않습니다, 소저. 이런 일로 죽어서도 안 됩니다."

애걸복걸하는 신예의 손등에 체온이 닿았다. 고개를 드니 사내의 침착한 얼굴이 취조하는 것처럼 다가와 있었다. 제게만 털어놔 보라는 듯이 목소리 또한 낮았다.

"다만 제게 이렇게까지 하시는 연유를 알 수가 없군요. 저라는 사내에겐 이만한 가치가 없으니 이건 타인에 의한 것입니까?"

"무슨…… 말씀이신지. 저는 줄곧 공자님만 좇았는데……."

"아아, 그랬지요. 제 주위의 것은 그나마 조금은 외고 계셨지요. 논어와 왼손잡이. 그럼 관심은 그쪽입니까?"

그가 한 마디, 한 마디 캐물을 때마다 신예는 속이 벗겨지는 듯한 기분이 들었다.

실로 연모라면 이렇게는 하지 않겠지, 이런 방식으로는.

속내를 간파한 사내는 돌려 말하는 법도 없이 그녀를 파헤쳤다. 오히려 다정하게 겹쳐 둔 손을 이용해 제게 달라붙은 그녀의 미련을 뜯어내려 했다.

신예의 입술이 퍼렇게 물들었다. 낮은 말소리가 기습적으로 스며들었다.

"유모가 이쪽을 주시하고 있으니 그런 표정은 짓지 않으시는 게 좋겠습니다."

"……!"

"혹시 강요를 받고 있습니까?"

가면에 쩡 하며 박히는 화살이었다.

들켰다. 하지만 그보다 더 두려운 것은 주시하고 있는 유모의 눈이다.

아무 소득도 없었던 오늘의 일을 유모는 부모의 귀에 똑똑히 전할 것이었다. 그러면 결혼장사에 혈안이 되어 있는 아비는 결코 자신을 그냥 놔두지 않을 터였다.

빈손으로는 돌아갈 수 없다. 신예는 자신을 떼어내려는 손길을 물리치고 구명줄인 것처럼 처절하게 그의 다리에 매달렸다.

"도와주세요. 제 마음을 외면하지 마세요……. 제발요."

안다면, 눈치를 챘다면 더더욱 그가 구해 주길 바랐다.

가엾게 흐느끼던 것이 애처로울 지경에 이를 때까지 울음은 커졌다. 이토록 눈물을 짜내는데 당연히 사내라면 흔들리지 않을 거라고 여겼다.

하지만 승학은 가만히 두고 보더니 끝끝내 얽어매고 있던 그녀의 손가락을 허공으로 밀어냈다.

"죄송합니다. 그쯤은 스스로 하십시오."

그러고는 이번에는 확실히 들으라는 듯 일어서서 유모를 쳐다보며 말했다.

"이만한 확고함이면 다른 곳으로 알아보지 않겠습니까."

조금 돌아왔을 뿐, 변함없는 거절이었다. 굳이 한 가지 추가된 사항이 있다면 신예에게 '다른 혼처'에 대한 이야기를 얹었을 뿐이었다.

"말씀하셨던 유언비어는 걱정하실 필요 없을 겁니다. 제게는 이미 미래를 약조한 분이 있습니다. 가까운 시일에 서로 가약을 맺고자 하니 근거 없는 소문은 곧 사그라들 것입니다."

신예의 눈빛에 불꽃이 튀었다.

내가 이렇게까지 빌었는데……! 이렇게까지 애원했는데……!

땅바닥을 짚은 하얗고 고운 손등 위에 튄 불결한 흙들이 보였다. 승학에 의해 내쳐진 손이다. 그것들이 앙갚음을 다지듯이 바닥을 움켜잡자 손가락 새로 모래알들이 빠져나갔다. 모든 것들이 다 제 처지를 보여 주는 것만 같아 그녀는 이를 갈았다.

수치. 처음 그에게 아비에게 쥐어 짜이는 속사정을 들켰을 때는 적어도 그러한 감정 정도만 어렴풋이 서려 있었다. 하지만 지금은 모멸감. 그녀는 승학과 더불어 승학이 약속을 했다는 그 여인에게 까지도 분노를 느꼈다.

"부부지정을 나누시겠다는 상대가 혹여 제가 아는 그분일까요?"

해서 억눌러오던 악감정을 숨기지 않고 드러냈다.

"천한 장사질로 먹고사는 그 집안 말입니까? 아니면 반역가의 딸을 말씀하시는지요? 그도 아니면 뿌리도 알 수 없는 이방인의 후손인가요?"

이것이냐, 저것이냐 조롱처럼 놀렸으나 셋 다 정답이다. 하나도 버거운데 그가 선택한 그 여인에게는 전부 해당 될 조건이었다. 신예는 물기 맺힌 눈매를 조소로 일그러뜨렸다.

"공자님과는 어울리지 않습니다. 후처라면 몰라도요. 도성 내에 시앗을 눈 뜨고 받아 주는 정실이 있다면 말이지요."

나를 정실로 맞아들이면 그거 하나쯤은 눈감아 줄 수도 있다는 조롱이었다. 서서히 냉기가 몰리기 시작했던 승학의 얼굴에 급기야 살기가 고였다.

"말씀을 함부로 하시는군요."

그가 떠나려던 발길을 돌려 직각으로 시선을 내리꽂았다. 한순간에 온도가 달라진 건 그도 마찬가지였다.

"무슨 상관입니까?"

"무슨…….."

"그래서 어쩌란 말입니까. 그렇다 해도 내가 상관없다면? 흠 따위 보이지도 않을 만큼 눈이 멀었다면, 그걸 위해서라면 인간 같지 않은 짓을 해도 좋다면."

"……!"

"이것이 실로 연모라면."

냉골 같은 말들이 정점을 찍었을 때 신예는 척추부터 소름이 돋는 경험을 겪어야만 했다. 눈빛으로 짓누르는 분위기로 인해 목덜미가 뻐근했다.

순간 든 두려움이었지만 그가 제 목을 조를 수도 있다는 생각이 들었다. 그런 걸 위해서라면 인간답지 않은 짓을 해도 좋다고 말했으니까.

숨을 조여 오는 정적이 무섭게 이어졌다. 주춤하면서도 마주치는 것을 피하지 않으려 했었던 신예는 종내에 잠식해 오는 공포를 이기지 못하고 고개를 떨궜다.

그제야 주시하던 승학의 시선도 떨어져 나갔다. 무섭고 차가웠던 어조도 다시 제자리로 돌아왔다.

"제 정인께 아내가 되어 주시기를 간청하는 중입니다. 제 편이 더 약자인 셈이지요. 그런 말을 들을 처지가 아닙니다."

"모, 모, 몰랐습니다. 용서하세요."

"그렇다 해도 앞으로는 말을 가려서 하시는 법을 배우는 게 좋겠습니다."

의문을 띄우는 얼굴에 승학의 눈가가 비릿해졌다.

"질이 나쁘잖습니까."

말끝이 가차 없이 떨어졌다. 호수같이 잔잔한 남자에게서 나오리라곤 예상도 못 한 힐난이라 신예는 즉시 안면이 굳었다. 완벽하고 깔끔한 비난은 그녀에게 고스란히 망신을 안겼다.

"또한 아까도 말씀드렸듯이 그쯤은."

욕망의 처리는.

"스스로 해결하십시오. 물론 상장군께도 해당되는 말입니다."

내막을 읽었다는 듯이 상장군을 직접적으로 호명하는 모습에는 신예가 비집고 들어갈 작은 틈도 엿보이지 않았다.

살면서 질이 나쁜 사람을 만나게 되는 것은 단순히 운이 없어서이다. 그런 이유로 승학은 처음 신예가 처한 상황을 동정했었다. 더불어 딸을 압박하고 있는 잔인한 아버지를 둔 사정조차도.

하지만 그것과는 별개로 신예의 질이 나쁜 건 운 때문이 아니다. 보이는 그대로 그녀의 질이 좋지 못하기 때문이다. 그녀는 부모에게서 욕심부리는 법을 잘못 배웠다.

"제게 정말…… 너무하시는군요."

부끄러움과 모멸감에 이어 망신까지. 이제껏 누구에게도 이와 같은 대접을 받아 본 적이 없던 신예는 속절없이 무릎을 꿇었다.

"본래도 그다지 볼품 있는 사내는 아니었습니다. 부축해 줄 몸종도 있으니 제가 손을 보태드릴 필요는 없겠지요. 더 하실 얘기

또한 없으신 듯하니 이만 실례를 무릅쓰고 가 봐야 되겠습니다."

부축조차도 사사로이 나누고 싶지 않다고 선을 긋더니, 승학은 정말 그대로 발길을 돌려 버렸다. 그러곤 아무 일도 없다는 듯이 평탄한 보폭으로 걸어가 순식간에 멀리 떠나갔다.

실수로라도 절대 돌아보지 않는 매정한 등을 신예는 벌겋게 충혈된 눈으로 노려보았다.

"하."

서늘한 입김이 나온다. 긴 머리를 축 늘어뜨린 채 그녀는 끔찍하게 미소 지었다. 이렇게까지 처참히 당하고 나니 오히려 그를 인정할 수밖에 없게 되었다. 과연, 탐욕스러운 제 아비가 탐낼 만한 사내라고. 아주 영리하고 아주 명석한 것이 제 약점을 잘도 들추었다.

"이렇게 쉽게······."

하지만 그래서 더 괘씸하다.

그는 제 마음을 가리켜 연심이 아니라고 단정했지만, 적어도 그녀에겐 호감이 있었다. 어차피 아비의 그늘에서 벗어나지 못하고 순종해야 하는 처지에, 그 정도면 상당히 훌륭한 신랑감이라 줄곧 여겨왔으니까. 겉모습도, 인품도, 조건도 좋아 탈출구로 삼고 싶었는데······. 저리 서슬 퍼렇게 기대를 박살 내니 꼴이 아주 비참해졌다.

"이제 어찌하실 건가요?"

주저앉아 기괴하게 웃고 있는 그녀에게 유모가 뱀처럼 기어왔다.

신예는 눈물과 웃음 그리고 경멸이 고인 눈으로 눈동자를 돌렸다.

"결과가 안 좋게 됐습니다, 아가씨. 장군께서 이 일을 아시면 얼마나 실망이 크시겠습니까."

신예가 받은 상처 따위는 고려하지 않는 말이었다. 가뜩이나 일그러졌던 눈매가 더 험상궂게 돌변했다.

"그래서 아버지에게 달려가 일러바칠 생각이니? 하면 또 그러시겠구나. 시킨 일도 제대로 못 하는 쓸모없는 딸년이라고."

"아가씨, 어찌 그런 말씀을."

"만나지 못했다고 보고하고 이 일은 그냥 입 다물어. 안 그랬다간 너부터 매질해서 쫓겨나게 해줄 테니."

이를 갈며 살벌한 소리를 지껄였지만 유모의 표정에는 두려움이 없었다. 자신의 주인이 눈앞의 아가씨가 아닌 그녀의 아비임을 헷갈려 하지 않기 때문이었다.

내 그럴 줄 알았지. 신예는 픽 비웃는다. 유모는 아비의 심어 놓은 흠 없는 감시자였다.

"내가 이대로 손 놓을까 걱정하지 않아도 돼. 다른 방도를 쓸 거야. 그러니 넌 궁에서 나의 눈과 귀가 되어 줄 사람을 구해 와. 공자를 그냥 흔드는 것이 불가능하니 그 여인의 일거수일투족을 내 손아귀에 넣어야겠다."

다른 수를 궁리해 볼 테니, 오늘의 실패는 함구하라는 거래에 유모는 그제야 알겠다는 의사를 내비쳤다. 참으로 오만한 하인이었다.

도움을 거절하고 흙먼지로부터 스스로 일어서며 신예는 힐끗 승학이 사라진 방향으로 고개를 던졌다.

'아니, 당신은 내 동아줄이 되어야만 해.'

그는 전혀 모르고 있었다. 그녀가 그를 얼마나 원했는지, 아버지를 꼬드겨 서둘러 혼담을 넣게 한 사람도, 규수에게 흠이 될 만한 거짓 소문을 퍼트린 사람도 바로 자신이었다는 것을.

대체 연모 따위가 뭐라고.

승학의 서늘한 눈빛을 떠올리곤 코웃음 쳤다.

그녀는 일찍부터 그를 탈출구로 삼았다. 이제 와서 다른 여인이 새치기하는 꼴은 두고 볼 수 없었다.

* * *

동 선원사고에는 자그마치 아홉의 황제가 잠들어 있고 그들의 기록을 글자로 펴낸 분량은 천 여권에 달한다. 서가에 보관된 실록궤의 개수만으로도 산더미 같은 분량, 하지만 의외로 '혜제'의 목각패를 찾는 일은 까다롭지 않았다.

가장 먼저 들어가 선반을 뒤지며 수색했던 정윤과 해경은 얼마 되지 않아 두 짝의 궤를 하나씩 짊어지고 나왔다.

국정 기간 2년 3개월.

재위가 짧았던 황제의 역사는 초라하게도 달랑 두 짝뿐이었다. 이제 막 들어오기 시작하는 유학자들을 제치고 둘은 일찌감치 자리로 돌아왔다.

일단 1차 목표를 탈환하는 데에는 성공. 한숨을 돌리고 있는데 문득 들어가기 전과는 다른 모습이 단상 위에서 잡혔다.

허연 수염에 깊은 눈매를 지닌 노인이 어른거렸다. 심지어 그를 향해 관리들이 굽실대고 있었다.

뭐지? 공개된 행사이긴 해도 일반인이 마음대로 들락날락할 수 있는 곳은 아니다. 돌담에 구경하는 사람들의 눈이 잔뜩 붙었다 한들 어디까지나 그 경계에 한한 것이다. 포쇄에 참여하는 유학자들을 제외하면 건물 안에는 실록청의 관리들이 전부인 장소였다.

그런데 외부인이라.

자리를 정돈하는 척 부산을 떨며 그곳을 주시하자, 곧 정체를 가늠케 하는 소리가 귓전을 파고들었다.

"태부 어르신 어쩐 일로 이런 자리에……."

귀를 쫑긋 세우고 추이를 살피던 정윤의 어깨가 움찔했다.

'태부? 그게 뭔데?'

정확히 무엇을 지칭하는 건지 모르는 건 아니나, 접하기가 워낙 희귀한 직책이어서였다.

직급상으로는 승상보다도 더 위에 자리한 품계. 하지만 정해진 직무조차 없는 허직. 잘 임명하지도 않지만 굳이 그 공석을 채운다면 종친회의 높은 어른이나, 비부(妃父: 왕비의 아버지), 개국공신에게 겨우 주어지기 마련인데…….

'잠깐만, 그럼 지금 태부 자리에 있는 게 누구지?'

머릿속을 뒤져 봤지만 그 부분에선 정보가 비어 있었다. 뒷방

늙은이로 분류되는 인물까지 전부 꿰고 있지는 못했다.

집히는 인물이 없어 정윤은 해경의 팔을 툭 쳤다.

입 모양으로 '태부가 누구야?'하고 물으려 했는데 노인의 목소리가 똑똑히 울렸다.

"이곳에서 의례를 함께 지켜보고 싶은데 머물 수 있겠는가? 결코 방해되진 않을 걸세."

난데없이 튀어나온 변수에 시선이 완전히 고정되었다.

"그, 그것이."

"선대왕을 추모하고자 하는 마음일세. 이번 해를 놓치면 또 4년을 기다려야 하지 않는가."

"어르신, 규범이⋯⋯."

"걱정 말게. 그래서 문제가 생긴다면 내 이 무용한 자리를 내놓을 각오도 있으니. 그리고 폐하께선 그리 나무라지 않으실 게야."

"하오나 책임자는 하나뿐이어야 합니다."

꼭대기에 서 있는 인물을 상대로도 관리는 꽤나 곧게 버텼다. 바들바들 떨면서도 대단하다 싶었는데 노인은 그 말에 더 깊게 미소를 팼다.

"그래, 하나면 충분하지 않는가?"

엿듣던 정윤은 순간 등골이 쭈뼛 섰다.

책임자는 하나, 그것이면 충분하다. 그 말의 의미는 네가 나가면 된다는 뜻이 아닌가. 목소리에는 자애를 담았지만 의미는 소름 끼쳤다.

권위자의 눈동자를 마주한 관리는 저도 모르게 뒷걸음질을 쳤다. 그 허둥거리는 움직임을 관망한 노인의 얼굴에서 깊은 주름들이 만나 흡족한 미소를 자아냈다.

"고맙군. 내 수행원들까지 설 자리는 없을 테니 내가 홀로 앉을 자리만 마련해 주게."

힘도 없고 크기도 크지 않은 그의 음성에는 이상하게도 알 수 없는 집행력이 있었다. 그가 말한 대로 현장이 움직이기 시작했다. 누군가가 그가 머물 자리를 만들고 있고, 무복을 입은 장정들이 그의 손짓에 밖으로 밀려 나갔다.

말도 안 돼. 이게 뭐야?

정윤은 해경을 확 끌어당겼다.

"태부가 누구야!"

잠시의 침묵 후 얼은 목소리가 새어 나왔다.

"황후마마의…… 부친."

"황후의 아버지가 여길 올 이유가 뭔데?"

"아니, 지금의 황후마마 아니고."

"뭐?"

"죽은 황후."

지나가던 시동이 얼굴 가리개와 비단 손 장갑을 그들 앞에 떨어트리고 갔다. 사고 안에서 궤짝을 진 이들이 거의 밖으로 다 빠져나온 상태였다.

"무슨 소리야 그게."

"선황과 함께 돌아가신 그 죽은 황후 말이야."

입술을 깨문 해경의 목소리가 시끄러운 공간의 소요 속에 섞여 들어갔다.

* * *

"열람한 내용은 결코 눈에 담지 아니하며 스쳐 지나간 내용일 지라도 절대 그것을 발설치 아니 하겠나이다."

한 짝도 빠짐없이 모든 실록궤가 밖으로 꺼내지고 궤의 자물쇠 를 풀기 위한 서약이 이어졌다. 수백 명이 한 목소리로 외치자 앞 마당이 약진이라도 만난 듯 발밑으로 진동을 전해 왔다.

학자의 긍지와 신념을 걸고 하는 맹세. 포쇄의 특권이 이들에게 만 주어지는 이유다.

그 틈에 낀 사기꾼 둘은 철저하게 입과 코에 천 가리개를 씌우 고 양손에 비단 장갑을 착용하는 데에 열중했다.

개봉 전, 마지막으로 눈빛을 주고받는다. 떨리는 손이 자물쇠의 광두정을 눌러 줏대를 밀었다.

철커덕-

황동판이 돌아가며 감춰져 있던 열쇠 구멍이 모습을 드러낸다. 열쇠 넣고 직각으로 틀어 밀자 이번에는 고삐가 시원한 울음을 터트리며 완전히 분리되어 떨어져 나왔다.

꿀꺽.

동시다발적으로 침 넘기는 소리가 들렸다.

역시 마른 침을 삼킨 정윤도 비단을 감싼 손을 상판에 뻗었다. 뚜껑을 들어 올리자 오래 묵힌 종이 특유의 냄새가 가리개를 뚫고 콧속으로 스며들었다.

기름종이를 걷고, 붉은 보자기를 풀어내고, 초주지 사이사이에 끼워진 책을 꺼내 놓기까지 얼마나 손을 떨었는지 모른다. 떨림을 통해 전해지는 무게감에 얼굴에 핏기가 가셨다.

실체를 알 수 없는 긴장감 속에서 미궁의 첫 장이 팔락거리며 넘어갔다.

한 가지 행동에만 집중된 공간은 숨소리 하나 없이 오로지 사부작거리는 작은 소음으로만 가득 채워졌다.

종이를 넘기는 행위는 숭고함 그 자체라 넘기는 새에 행여 생채기라도 날까, 갓난아기를 품에 안듯 포근히 들어 사뿐히 내려놓는다.

그런 움직임 속에서도 유난히 속도가 더딘 손이 있었다. 그 손은 더딘 것을 넘어 아주 미세하게나 조금씩 경련마저 일었다.

《혜제 1년 칠월, 황제가 오성을 등용했다. 그들의 재주를 포용해 나라의 새 희망으로 심겠다는 의지로. 신료들이 들고 일어나니 재주에 귀천을 논하는 세태를 보고 황제가 크게 진노하였다.》

사락. 사락. 사락.

《혜제 1년 시월, 전국에 큰 기근이 들어 하루에 수백의 사람이 굶어 죽어 나갔다. 근심에 찬 황제가 오성에게 백성을 살찌울 책을 의문하니, 농학자 정승용이 성지에 부응하여 농정(農政)을 논하는 소를 올리길……》

사락.

빼곡한 글씨를 찬찬히 좇으니 자연스레 넘기는 속도가 더디어졌다. 혜제의 치열한 정사와 그가 신하들과 벌였던 열띤 토론이 글자를 거쳐 손끝으로 스며들었다.

오성 해진영.

다음 장으로 넘기려던 손이 허공에서 멈췄다.

《상인 해진영이 학당에 산술을 가르쳐야 한다고 읍소하자, 그를 귀양 보내야 한다는 상소가 조정에 빗발쳤다.》

겨우 이것 한 줄만을 읽었을 뿐인데 숨이 찼다. 정윤은 애써 굳은 마디를 움직여 다시 종이를 붙잡았다.

《그가 격론하길, 세수(稅收) 배분의 근본은 산술에 있습니다. 제대로 계산해 내지 못하면 국가의 세금을 올바르게 운용할 수 없습니다. 셈을 하는 데에 익숙해져야만 관리와 계획이 원활합니다. 산술도 실학으로 여기고 배워야 합니다.》

애석하게도 가당치도 않은 주장이었다. 산술은 귀족의 학문이 아니다. 서적에도 낄 수 없는 저속한 숫자놀음이었다.

종이에 박제된 이들의 말소리가 울렸던 것이 십 년 전. 그리고 십 년이 지난 지금 이들이 주장했던 것 중 이루어진 것은 아무것도 없었다.

정윤은 다시 손을 놓았다.

'몰랐어요, 아버지. 이곳에서 계신 과거의 당신께서 이렇게나 열정적이셨다는 것을. 정말 그렇게 해서 변할 수 있다고 믿으셨던 걸까요.'

너무 무모하고 청명해서 푸르렀던 이야기는 이제 고작 종이 몇 장에 말라 비틀어졌을 뿐인데. 셈에 밝은 당신께서 그것이 불가능한 미래라는 것을 결코 계산해 내지 못할 리가 없었을 텐데.

'혜제는 대체 어떤 사람이었습니까? 그가 당신께 어떤 희망을 심었기에 이토록 허황된 미래에 몸을 던지길 마다치 않으셨을까요.'

지나치게 눈부신 희망은 보는 이의 마음을 구멍 난 듯 시리게 만드는 법이다. 오성으로 하여금 새로운 초석을 만들겠다던 황제의 위험한 독. 그것을 바라보는 그녀의 눈에선 겨우 이런 것, 이라는 단상만이 스쳤다. 처량한 비웃음이 새어 나왔다.

시간을 재고 있던 마지막 촛불에 심지가 붙었다.

정윤은 어느덧 실록의 마지막 권만을 앞에 두고 있었다. 모든 것을 세밀하게 살펴볼 수는 없었지만 기록으로 남겨진 2년 3개월 간의 국정은 발상의 전복과도 비슷했다.

'사람들에게 오성이라는 살아 있는 가능성을 보여 주려고 했던 건가……'

전에 없던 새로운 지평을 연 것이니만큼 그건 사회에 분명한 자극점이 되었을 것이다. 사람들의 마음속에 강렬한 희망을 심어 줄 만도 했다. 정윤은 그 점에서는 이견을 달 생각이 없었다.

그러나 전에 없었다는 것은 질서에 대한 도전이라는 말과도 또한 다르지 않다.

'왕은 권위가 아닌 희망으로써 세상을 이롭게 할 수 있어야 한다, 라.'

책 속에서 혜제가 내내 되뇌고 있는 말이었다.

'그래, 인정해. 군왕이 되어선 스스로의 이로움을 고민했었다는 점. 훌륭하지. 바람직하고.'

인간은 마땅히 인간에게 이로워야 하는 법. 하지만 왕의 이로움은 그보다 더 막중하다고 느꼈던 것이다. 혜제는 그 막중함의 무게를 내내 고민했던 것 같았다. 군왕의 도리, 의무, 꿈같은 것들.

하지만 중요한 한 가지를 망각하지 않았나. 세상에는 그가 주는 희망 따위 필요로 하지 않는 사람들이 있다는 것을. 심지어 그들은 그 희망의 존재조차도 세상에 퍼트리고 싶어 하지 않다는 것을 말이다. 나아가자고 하면 이해하지 못하고 변혁하자고 하면 이상하게 바라보는 황제 주변의 사람들이었다.

그러니 이 꼴이 난 사유는 명징했다. 시대를 지나치게 앞서갔던 것. 그것이 혜제의 명줄을 끊은 도화선이었다.

정윤은 땀 때문에 자꾸만 말리는 비단 장갑을 무릎에 비벼 펴며 시간을 재는 촛농이 떨어지는 것을 보았다.

마지막 두 권은 어차피 챙겨갈 것이니 이것을 오래 눈에 담아 괜한 오해를 사는 일을 만들어선 안 된다.

'폐하께서 늦지 않게 도착해줘야 할 텐데.'

초조함이 묻은 손길이 빠르게 책장을 넘길 때였다.

"아, 드디어 찾았군."

아까와는 다르게 빠른 속도로 종이를 말려 넘기는 그녀의 머리 위로 긴 그림자가 늘어졌다. 두 개의 다리와 몸통. 사람의 것이었다.

심지어는 반가운 것이라도 발견했다는 듯한 들뜬 어투다. 의문의 상대가 더 가까이 오기 전에 정윤은 팔과 몸통을 이용해 방어하듯 아래의 책들을 감췄다.

"아아, 그리 예민하게 굴 것 없네. 볼 생각은 없으니."

단상 위에 있던 그 노인의 목소리였다. 태부.

그는 자신을 막기 위해 주변을 서성이는 이들에게도 재차 손댈 마음이 없다는 뜻을 밝히더니 완전히 접근하지 않고 몇 보 떨어진 곳에 서서 정윤에게 친절한 말을 건넸다.

"이미 몸소 겪어 다 아는 일, 무엇 하러 훔쳐보겠는가. 다만 걱정이 되어 학자께 당부를 드리고자 함이야."

이 자는 적군일까 아군일까.

이마를 땅에 박은 채 정윤은 얼룩진 그림자만을 노려보며 생각했다. 죽은 임금의 황후. 그녀 역시도 지금은 세상에 없다. 죽었다. 황제의 암살에 가려져 부각되지 않았지만 그 부부는 한날에 죽었다. 비탄에 잠긴 황후는 숨을 거둔 지아비를 뒤따라 자살해 버렸다. 정윤이 알고 있는 건 거기까지였다.

그러나 그 죽은 황후의 아버지까지는 고려를 해 본 적이 없다.

미지의 대상에게 자신을 관찰할 기회를 주지 않고자, 그녀가 더더욱 목의 각도를 숙였을 때였다. 회한에 젖은 한숨이 귀 옆으로 퍼졌다.

"혜제 폐하……."

노인의 시선이 어느 쪽에 있는지 알 것 같았다. 뚜껑을 열어 놓은 궤짝 위다. 정윤이 그것을 자각하고 가슴 아래의 책들을 더 끌어모으자 회한은 금세 자애로움으로 바뀌었다.

"하는 일은 없네만, 이 나라의 태부일세."

"도동사원 학자 김호영입니다."

"도동사원. 좋은 곳이지. 아, 그렇지. 내가 하려던 말은 다른 게 아닐세. 자네 손가락에 잡힌 그 종이, 조금만 살살 넘겨주면 어떨까 해서. 그러다 어디 한 군데 찢어지기라도 할까 보는 노인의 가슴이 졸여서 말이지."

"시간이 얼마 남지 않아 조급했습니다. 명심하겠습니다."

"짧게 머물다 가신 분, 양이 적으니 그리 조급하지 않아도 될 게야."

이건 애도인가. 아니면 조롱?

평화로운 당부가 이어졌다.

"잘 부탁하네. 한때나마 지존이셨던 분. 친밀하게는 내 사위이고. 여간 마음이 쓰여서 원."

문득 사위란 말에는 또 이상한 애정이 느껴졌다. 이제껏 그가 취한 인자함에 속이 거북했는데, 별안간 등장한 의외성에 추리가 뒤엉켰다.

정윤은 태부 또한 어떻게든 취군회와 연관이 있을 것이라고 생각했다. 연관이 없다 해도 적어도 청렴결백하진 않을 거라고.

그러나 한 인간적으로 따지고 보면 그저 딸과 사위를 한날에 떠나보낸 불쌍한 노인이 아니던가.

대체 누구지? 어떠한 방식으로, 어떠한 연유를 통해 과거에 얽혀들어 가 있을까. 아니면, 얽혀있지 않은 건가?

"유학자라니, 선대왕의 실록이 여간 거슬리는 게 아니겠지만."

"그렇지 않습니다."

혼란스러웠다. 그래서 이번에는 제대로 된 대답을 했다.

적중하게도 태부는 바로 반응해 왔다.

"그렇지 않다? 별나군. 유학자만큼이나 선대왕을 비난했던 무리가 또 없었을 텐데. 가장 앞줄에 서서 그 통치를 잘못된 정치라 손가락질하던 이들이, 바로 자네들 아니었던가."

"모두가 그렇겠습니까. 누군가는 업적이라 칭하는 자도 있을 테지요."

눈에 보이는 것은 바닥에 붙어 있는 어두운 그림자 덩어리뿐이다. 정윤은 그것만을 주시했다. 아무리 지켜보아도 변화라곤 없었지만 청각을 자극하는 소리는 등골을 서게 했다.

"그렇다면 그분의 신념이 옳았는가?"

"소인, 그렇다고 말씀드리진 않았습니다만."

"해도 이상을 높게 평가하는 듯한데. 아니면 과거의 정취에 너무 심취했던가."

도발적으로 대답한 정윤의 덫에 걸린 걸까. 그림자에는 여전히 미동이 없었지만 태부는 말하는 데에 전보다 적극성을 띠었다.

"사람이 부질없는 목표에 인생을 쏟게 되면 무리하게 토산을 지으려 하지. 그러다 홍수라도 만나면 그 흙더미에 깔려 저승까지 휩쓸려 가는 줄도 모르고 말일세. 그런 자들의 말로가 어떠했는지 선대왕의 사례를 보고 배우도록 하시게."

확실히 그의 태도는 적극적이고 날렵해졌다. 정윤은 이전과 달라진 그의 예리함 이면에 성마른 자기 위로와 자기방어가 있다는 것을 느꼈다. 그게 아니라면 그녀가 이해하지 못하는 어떤 특정한 감정일 수도 있었다.

"……."

그리고 그 모든 것과 상관없이 노인의 가르침은 내면의 부아를 치밀게 했다.

애석하게도 포쇄의 막바지에 다다른 정윤은 혜제의 들끓는 열정에 얼마쯤 감화가 되어 있는 상태였다. 문제의 지도자는 여전히 싫었지만 그럼에도 그를 헐뜯는 얘기에는 화가 나는 상태.

왜일까, 이유는 잘 몰랐다.

"이상의 문제가 아닙니다."

그냥 울컥함이 일었다.

"선대왕께서 실수하셨던 건 정치 역학에 대한 오판입니다. 그것만 제대로 고려하셨다면 그 후의 일이야 모르는 것 아니겠습니까."

"어떻게 짓는다 해도 토산은 무너지는 것이 주어진 운명일세."

"가벼운 열정으로 쌓은 것이 아니었다면 무너져도 잔재는 남을 겁니다."

"우습군. 잔재만으로 무얼 할 수 있는가?"

"적어도 그것을 가리켜 희망이라고는 이름 붙일 수 있을 겁니다. 선대왕께서도 항상 그리 말씀하시지 않았습니까. 희망. 왕은 희망으로써 세상을 이롭게 할 수 있어야 한다고요."

"그래서 옳았다?"

"소인, 앞서도 밝혔지만 그래서 옳았다고 말씀드리려는 게 아닙니다. 지도자에 대한 평가란 시절과 사람에 따라 매 순간 치열하게 달라지는 법이니까요. 다만 그분을 폭군으로 분류하기에는 지금의 시대에서는 아니라고 생각할 따름입니다."

이후 고요와 함께 칼날 같은 기운이 정수리를 쪼개는 것이 느껴졌다. 된서리에 이를 사려 물면서도 정윤은 끝까지 버텨 냈다.

다시 침묵을 깬 건, 가래가 낀 것처럼 낮게 잠긴 늙은이의 음성이었다.

"그곳에는 없었는가?"

"예?"

"아니, 있었어도 눈에 담지는 못했겠군. 허면 내가 제대로 들려 주지. 왕은 희망으로써 세상을 이롭게 할 수 있어야 한다. 부국강 병의 토대는 미래를 기대하는 사람들의 희망에 있다. 그 순간이 오기까지 군주의 소임은 끝나지 않는다. 정확히는 이렇게 말씀하 셨었다네."

장장 십 년이나 지났을 일이다. 그러나 노인은 바로 어제 일처 럼 생생하게 선황의 뜻을 읊었다.

"그런데 말일세. 이 늙은이는 아직도 잘 모르겠어서."

"무엇……을."

"희망이 그렇게나 대단한 건가?"

"……."

"죽은 자가 저승에서 살아 돌아올 만큼?"

마침내 그림자에 변화가 일었다. 꼿꼿했던 어깨가 아래로 툭 떨어지는 움직임이었다. 더불어 정윤의 가슴에도 섬뜩한 기운이 묵직하게 가라앉았다.

손끝이 바르르 경련한다. 턱은 미세한 떨림을 입술에까지 전달 했다. 말을 뗀 순간 이 알 수 없는 진동이 목소리에 실릴 것이다. 그녀는 방어적으로 입을 다물었다.

내가 대체 왜. 이건…… 무서워서? 두려워서? 그가? 아니면 나 의 대답이?

망설이게 하고 침묵을 강요하게 하는 수많은 고비들이 지나갔 다. 굽힐 것인가 아니면 버틸 것인가. 고민했으나 정윤은 멈춰버린 입을 안간힘으로 벌려 노인의 의심에 끝까지 굴복하지 않았다.

"예, 틀림없이."

놀랍게도 참으로 대단한 기백이다. 노인은 목청 높이 웃음을 터트렸다. 김호영. 정윤의 가짜 이름을 읊은 그가 원래의 위치로 뚜벅뚜벅 걸어 멀어져 갔다.

* * *

불타오르던 촛불이 모두 식었다.

포쇄가 끝나고 이상 유무를 점검하는 절차가 이어졌다. 책이 혹시라도 상했거나 도난당할 위험을 미연에 방지하려는 절차였다.

"창포 주머니를 넣고 궤를 봉하십시오!"

최종 점검을 마친 사관의 호령에 학자들의 손길이 일사불란해졌다. 창포 가루가 담긴 주머니를 네 귀퉁이에 넣고 꺼내기 전의 모습 그대로 책들은 초주지 사이사이에 끼워져 붉은색 보자기에 씌워졌다.

"아, 왜 안 오셔! 이러다가 다 된 밥에 재 뿌리겠네."

남들보다 미묘하게 늑장을 부리며 해경은 엉덩이를 들썩거리며 정문을 흘긋거린다. 제발 저 문이 열리길 고대하는 건 굳은 얼굴의 정윤도 마찬가지였다.

정녕 자신이 남기고 온 뜻이 황제에게 닿지 않았단 말인가. 역시 손발이 맞는 상대가 아니다, 그 인간은 정말 최악이다, 그런 낭패감을 곱씹으며 그녀가 차선책을 준비할 때였다.

땅 울림이 도달하는 동시에 절대 열리지 않을 것 같았던 붉은 대문이 고래의 입처럼 쩌억- 벌어졌다.

"황제 폐하 납시오!"

때아닌 황제의 행차에 현장은 순식간에 혼란스러워졌다. 누가 장난치는 거 아니야? 하는 반응도 있었다. 이제껏 포쇄를 하는 곳에 황제가 등장한 경우는 단 한 번도 없었으니 당연했다.

그러나 곧이어 창칼을 세운 수십의 금의위군이 들이닥치자 전부 경악으로 물들었다. 병사들이 낸 길을 따라 진짜 뒷짐을 진 황제가 걸어 들어왔다. 시무복 대신 외출복을 입고 있긴 했으나 의복에 쓰인 금색 비단으로 그는 자신의 위치를 증명했다.

갑작스러운 황제의 등장에 어찌할 바를 모르고 사람들이 제각각 중구난방으로 움직이는데, 별안간 귀를 때리는 매서운 호통이 몰아쳤다.

"감히 누가 짐의 얼굴을 함부로 보라 했느냐! 당장 머리를 박지 못할까!"

쿵!

그 말에 모든 머리통이 일시에 땅을 향했다. 속도조차 칼 같았지만 격노한 황제의 역정은 거기서 더 나아갔다.

"그냥 다 꿇어라, 꿇어. 거기 네 놈! 짐이 우습더냐? 고개를 더 박아라! 땅에 닿도록 아주 꽉 박으란 말이야!"

이번에야말로 더 큰 울림이 땅을 쳤다. 전부 시커먼 뒤통수밖에 보이지 않는 광경이 되어서야 황제는 만족한 듯했고, 이어서 자신의 병사들마저 마음에 안 든다며 죄다 바닥으로 꿇려 버렸다.

엄명에 살얼음이 끼어서야 비로소 정지해 버린 세계. 그 틈으로 머리통 두 개가 슬며시 올라온다.

두 사람은 간단히 목을 숙여 황제에게 감사함을 표했다. 모두의 눈동자가 어두컴컴한 바닥에 쏠린 그 짧은 사이, 두 권의 책이 순식간에 바꿔치기 당했다.

수백 개의 상자들이 서고 안으로 돌아간 뒤, 북소리에 맞춰 유학자들은 처음과 똑같은 절을 올렸다. 태왕들의 편안한 안식과 나라의 복을 기원하는 축사를 바치는 것으로 길고 긴 포쇄는 그렇게 끝이 났다.

그러나 포쇄가 끝났음에도 아무도 엉덩이를 떼지 못했다. 한참 전부터 흔들의자에 파묻힌 황제가 이 모든 것들을 관찰하고 있기 때문이었다. 그가 일어나지 않으니 아무도 함부로 일어설 수 없었다.

이 자리에 있어서는 제일 안 될 인사가 떡하니 앉아서 버틴다. 기가 찰 노릇이지만 감히 태양을 쫓아낼 수 있는 용기 있는 인물은 없었다. 사관들이 안절부절못하며 어떻게든 황제에게 다가가려 했지만, 황제는 의도적으로 무시하며 상황을 즐겼다.

'오길 잘했군.'

황제는 만족감이 차올랐다. 낮까지만 해도 그도 자신이 이곳에 오게 될 줄은 몰랐다. 그저 일정대로 글 선생과의 다과를 들러 갔다가 아무런 준비가 되어 있지 않은 텅 빈 방을 마주했을 뿐이었다.

- 뭐냐, 왜 아무것도 없냐?

급히 궁녀를 잡아다가 캐물었다. 토끼 눈이 된 궁녀는 '해 급사'라는 관원에게 오늘 일정이 취소되었다는 통보를 받아 그리 했다고 답했다.

- 뭐?

이 또라이 녀석이 미친 거 아닌가. 무슨 벌을 받으려고 본인이 사고 쳤다고 이실직고까지 떠드니…… 황망함이 목구멍까지 튀어 올랐다가 가만? 하고 갸웃한 것은 그때였다.

녀석은 지금쯤 선원사고에 들어가 있을 터, 그런데 그와 같은 시간대를 비워줬다는 건.

- 설마 따라오라고?

이, 이 겁도 없는 자식. 제대로 미친 것. 경악에 찼었다. 그런데도 옳거니, 하는 생각이 들었다.

그들에게 있어서 가장 확실한 방패는 바로 황제 그 자신이었다. 여태껏 그걸 몰라서 못 쓴 게 아니다. 단지 그의 집무실에 감시하는 눈들이 너무 많아서 행동할 수 있는 폭이 좁았다.

- 이렇게 뒤통수를 친단 말이지?

그런데 기정사실화되어 있던 일정을 바꿔 버렸다. 그것도 일 벌이기 바로 직전에, 내부도 아닌 외부에서. 아무것도 모른 채로 황제는 뒤통수를 맞았지만 웃기게도 그건 감시하던 쪽도 마찬가지였다. 아군을 속여 넘겼는데 적군이라고 왜 못 속이겠나.

그리하여 예기치 못한 여가 시간이 생겨버렸다.

- 기왕 갖게 된 휴식, 밖에 나가서 바람이라도 쐬고 오겠다!

별안간 출궁 선언을 했을 때 굳어버린 조 내관의 표정이란.

황제는 지금도 불편한 기색으로 뒤를 지키는 감시자를 흘겨보곤 작게 키득거렸다.

발아래에는 전부 그의 동태만을 살피고 있다. 가고 싶은데 너 때문에 못 가고 있다는 원망 어린 정수리들이 마냥 귀여웠다.

'짐의 눈치가 조금만 부족했어도 이 귀한 풍물을 놓칠 뻔했지.'

황제가 즐거운 목소리를 냈다.

"짐이 이곳에 있는 게 다들 마음에 안 드나 보군."

"그럴 리가 있겠사옵니까!"

발을 동동 구르던 관원들은 화들짝 놀라며 부정했다. 직언을 올려야 한다는 압박감보다 하늘 같은 신분이 머릿속에 더 앞섰다.

"오, 그래? 그럼 더 있어 볼까?"

그러면 황제는 또 못 이기는 척 엉덩이를 의자에 파묻는다.

어느 쥐가 저 밉살맞은 고양이의 목에 방울을 달 수 있을지, 모든 눈초리가 죄 없는 사관들에게로 쏟아진 사이 느린 발걸음이 정중앙으로 나섰다.

"노구가 태양 같은 황제 폐하를 뵙사옵니다."

드디어 방울을 매달 자가 나타났다.

"호오, 이게 누구신가."

"태부 안융경, 인사 올리겠사옵니다."

느닷없는 등장이었지만 부복하는 자세에는 흐트러짐 하나 없었다. 노인이 지팡이를 내려놓고 천천히 엎드렸다가 다시 일어서는 과정을 황제는 흥미로운 눈길로 쳐다보았다.

"궁에서도 보기 힘든 인사를 여기서 만나게 되는구려."

마치 이건 또 무슨 재미있는 상황이지? 하는 것 같았다.

"소신의 몸이 노쇠하여 자주 문안드리지 못했나이다."

"저런, 나라의 큰 버팀목이 그래서야 되겠소. 짐이 보약이라도 하사해야겠구려."

"황송하옵니다. 언제나 이 노구에게 관대하시군요."

"암, 둘도 아니고 하나뿐인 태부인데 당연히 그 정도는 대접해야지."

"분에 넘치는 벼슬이옵니다. 속히 거둬가 주시옵소서."

"어허. 그럴 수야 있겠소. 태부의 입궐이 드물어도 신료들은 누구하나 불만 없이 받아들이고 있소이다. 짐이 구태여 불협화음을 일으킬 필요가 무엇이오."

살뜰한 대화였지만 목격한 이들이라면 느꼈을 것이다. 대립각을 세운 두 눈이 불꽃을 튀기며 부딪치기 시작했다.

허리를 반쯤 굽히고 있던 태부가 목을 치켜들어 능글거리는 황제의 눈가를 직시했다.

"그리 좌중을 헤아리시는 분이 어이하여 조정을 이끄는 승상의 재목에는 여태 아무도 들이지 않으시옵니까? 노구의 이 쓸모없는 자리에는 그다지 고집 두지 마십시오. 하사하시는 보약도 훗날의 승상을 위해 남겨 두시지요."

"허허, 태부가 겸양이 심하구려."

"약까지 먹어가며 움직여야 할 정도는 아니옵니다."

"아, 그렇소?"

가식적인 덕담을 먼저 끊어 버린 건 황제 쪽이었다. 그가 앞으로 얼굴을 쑤욱 빼냈다.

"그리 거동할 만했으면…… 그랬으면 신하 된 도리를 먼저 따랐어야지. 이런 곳에나 얼굴을 비추고."

"너그러이 이해해 주시지요. 부모 된 자로서의 도리가 먼저였던지라."

그러나 본래부터 제게 호의가 없었다는 걸 알고 있다는 듯, 태부는 태연자약하게 대꾸했다.

즉시 비웃음이 날아갔다.

"부모? 여기 어디 태부의 핏덩이가 있었던가? 설마 내 형님을 친자식처럼 생각했었다 그리 건방을 떨려는 것은 아니겠지."

"송구하옵니다. 소신이 어찌 폐하를 능멸코자 하겠습니까. 끈 떨어진 박이 되긴 했으나 폐하와 소신, 사정이야 어떻든 서로 가족이란 이름으로 묶여진 사람들이 아니옵니까."

"아아, 그렇지. 별로 친밀감이 안 들어서 그런가, 짐이 종종 그런 걸 까먹곤 하오."

풍속에 비춰 본다면 황제와 태부는 사돈지간으로 유지될 수 있는 관계이기는 했다. 비록 그들의 연결고리가 되었던 황제의 형도, 태부의 딸도 모두 죽어 버렸지만 말이다.

속을 알 수 없는 웃음을 지은 노인이 공손하게 두 손을 모아 청했다.

"그러니 옛 가족의 정이라 여기시어 한 가지 청을 들어주시지요. 오늘 하루 큰일을 치르느라 수고했을 학자들을 이만 보내 주심이 어떠하시옵니까? 저들의 얼굴에 내려앉은 피곤이 보기 딱하옵니다."

황제의 눈썹이 꿈틀거렸다. 눈동자가 뒤로 넘어가 누군가를 찾는 듯 서성거렸다. 잠시 인파 사이를 헤맸던 동공이 제자리로 돌아오면서 섬뜩한 부름이 하얀 정수리를 때렸다.

"태부."

주름진 손등이 움찔했다. 서서히 긴장감이 차오르려는 찰나, 위협적으로 굳어 있던 용안이 점차 풀어지기 시작했다.

손바닥 뒤집듯 달라진 편안한 분위기였다.

"그리하도록."

황제가 흔쾌히 화답했다.

* * *

퇴장 허가가 떨어지자마자 도처에 흰옷을 입은 무리들로 가득 찼다. 다들 서둘러 자리를 뜨고팠는지 한꺼번에 몰려드는 통에 질서가 무너졌다.

해경과 정윤은 일부러 그 혼잡한 사이로 끼어들어 위화감 없이 그들 사이로 녹아들었다.

몇 번이나 발을 헛디디며 깔릴 위기를 넘긴 뒤, 둘은 사람이 잘 나다니지 않는 길로 들어섰다.

"여어, 잘 있는 것 같다."

"나도."

범죄현장에서 빠져나와 제일 먼저 한 일은 판판한 제 가슴께를 쓰다듬는 일. 모르고 보면 숨을 돌리는 듯한 동작이었다. 정윤이 씩 웃으며 내미는 손바닥에 해경이 제 것을 짝 소리 내며 부딪쳤다.

"좋아. 이제 이대로 도주하기만 하면 되는 건가."

"여기서 최대한 빨리 멀어지자."

인적이 드문 만큼 갈림길 하나 없이 좁은 일직선으로만 뻗은 골목이었다. 이대로 직진하면 키 작은 야산이 있고, 그 산을 곧게 주파하면 나루터가 몰려 있는 도성의 남쪽에 닿게 되어 있었다.

미리 머릿속으로 계획하고 온 퇴로는 그곳이었다. 남쪽으로 내려가 흔적을 지운 다음 빙 둘러 복귀할 예정이었다.

'거긴 본가가 있는 곳이긴 하지만……'

상단의 근거지까지 접근하게 되긴 하지만 걸릴 일은 없을 것이다. 확실하게 변복한 상태인 데다가 코밑에는 수염까지 붙여 두었다.

정윤이 까슬까슬한 인조털을 꾹꾹 눌렀다. 순간 목 뒤에 소름이 돋을 정도로 섬뜩한 기운이 와 닿았다.

뭐지, 방금?

'거의 베일 것 같았는데.'

고개를 살짝 돌린 채 눈동자의 움직임으로만 힐끔 시선을 환기한다. 그녀가 수염을 만지던 손으로 해경의 손목을 덥석 쥐었다.

"야잇, 지저분하게!"

"뛰어."

"뭐?"

전속력으로 달리기 시작하자마자 곧이어 뒤편에서도 그와 똑같은 추격이 따라붙었다. 끌려가던 해경 역시 금세 심상찮은 낌새를 알아차렸는지 바람결에 그가 내뱉는 욕지거리가 들렸다.

"피해!"

손을 잡고 있는 정 가운데로 화살이 날아왔다. 서로를 보호하기 위해 반대편으로 몸을 밀쳐낸 둘은 동시에 길 양옆에서 몸을 굴렀다. 자리를 털고 일어서기가 무섭게 칼을 세운 두 명의 남자들이 포위하듯 바짝 좁혀 왔다.

'역시.'

얼굴을 확인하니 다시 한번 고개가 끄덕여졌다.

이들은 태부가 처음 밖으로 물려 냈었던 그의 수행원들이다. 심장박동이 잠잠해지기도 전에 정윤은 그들 중에 활을 쥔 놈이 있는지부터 훑었다.

'없다.'

그렇다는 건 지금 활을 쏜 사람은.

"쯧, 피했나? 그래도 포획은 성공한 것 같군."

본인이 예상한 광경을 기다리고 오는 듯한 느린 말발굽 소리.

여유작작하고 속도를 내지 않는 움직임. 길을 잘 들인 활줄을 쓰다듬으며 활을 쏜 자가 모습을 드러냈다.

묵직한 다리를 땅에 내딛더니 하인에게서 지팡이를 건네받는다. 땅을 짓누른 지팡이를 지지대로 삼아 그 인물이 등줄기를 꼿꼿하게 폈다.

"이게 무슨 짓이십니까? 태부 어른."

"무슨 짓이랄 것은 없네. 굳이 이유를 묻는다면 자네가 했던 말이 마음에 걸려서라고 해야 할까. 아까도 얘기했지만 유학자들은 본래 그러한 생각을 하지 못하거든."

이 망할 놈의 입이 문제였나. 무엇에 화근을 남겼는지 알 것 같았다. 그럼에도 겉으로는 낭패감 어린 표정 하나 새 나오게 하지 않았다.

제법 날카로운 언쟁을 벌였던 상대이지만 제대로 얼굴을 마주하는 것은 그도, 그녀도 지금이 처음이다. 정윤은 노인의 잘 정돈된 하얀 눈썹 사이를 노려보았다. 그런 그녀의 노력을 높이 치는지 태부는 눈가를 좁혀 작위적으로 웃었다.

"해서 이 늙은이가 인상 깊은 마음에 그 길로 알아보았네. 도동 사원에 김호영이란 학자가 있는가 하고."

"……."

"결과는 얘기하지 않아도 스스로 알고 있겠지? 옆의 동료도 마찬가지일 것이고."

제길. 해경이 또 한 번 욕했다.

"상아패는 진짜고 신분은 가짜라. 상아를 구하기가 여간 어려운 일이 아니었을 테니, 어설픈 벌레가 아니라는 것은 알겠고. 대체 뭐 하는 작자들인가?"

빠르기도 하지, 그걸 벌써 알아보다니. 눈썰미 좋은 노인 탓에 신분이 탄로 나 버렸다.

정윤은 대답하지 않고 주변을 감싸고 있는 두 명의 호위무사를 훑어보았다.

날붙이를 들고 있긴 하지만 자신이 한 명을 기습한다면 나머지 한 놈 정도는 해경이 처리해 줄 수 있지 않을까.

'아니지, 아니야.'

잘못 계산했다. 처리해야 할 건 둘이 아니다. 짜증 나게도 셋이다. 병약한 노인의 손에도 장거리용 무기가 들려 있었다.

아, 이 실수를 어떻게 만회해야 할까.

공든 탑이 전복될 위기 앞에 정윤은 복화술로 얘기했다.

"야, 너 혹시 인질 할래?"

물론 기술이 어설프기 때문에 바로 옆에 붙어 있는 해경만이 들을 수 있는 말이었다. 바로 똥 씹은 표정이 돼버리는 그를 확인하곤 그녀가 그럴 줄 알았다는 듯이 끄덕였다.

"그래, 싫지. 내가 할게."

그러곤 겁 없이 태부가 있는 방향으로 전진했다. 갑작스러운 변화에 온 눈과 칼끝이 쏠렸다.

"으차."

그 와중에 허리를 숙여 바닥에 돌멩이를 줍는 여유까지. 그녀는 자그마한 돌멩이를 손안에서 굴리며 더 나아갔고 무사들은 예민하게 주시하다가 결국 그 앞을 가로막았다.

인간 장벽을 두고 태부와 정면으로 대치한 셈이었다.

정윤은 최대한 변조된 음성으로 이야기했다.

"짧은 시간 안에 그 정도 판단과 조치까지. 영민하십니다. 하지만 그렇다고 해서 제가 자백을 하진 않습니다."

들통 난 건 위조된 신분이지 정체가 아니다. 태부가 참, 거짓을 구분할 수 있는 건 그녀가 유학자가 아니라는 것까지다. 정윤은 쫄지 않기로 했다.

"무슨 의도냐? 누가 시켰지?"

"자백은 안 한다고 말씀 드렸는데요."

"해서?"

"그냥 보내주시지요. 더 이상 말썽 피우지 않겠습니다."

태부가 흰 수염을 떨며 웃었다.

"너희, 무엇을 아는 자들이냐?"

"설마요, 아무것도 모르는 자들입니다."

모른다. 아직 아무것도 알지 못했다. 그래서 알려고 들어간 거 아니겠는가. 정윤의 어깨가 으쓱했다. 그녀의 사소한 동작에도 무사들은 기민하게 칼끝을 치켜들었다.

"발 들이지 말아야 할 곳을 침범한 놈 치곤 배짱이 과하구나."

"피차일반입니다만. 들어가지 말아야 할 곳에 함부로 들어오신 건 어르신도 같은 입장이 아니신지요."

"네 이놈."

"아픈 척 지팡이 짚는 시늉까지 하시는 걸 보면, 확실히 이쪽보다 숨기시는 것도 많은 듯하고요."

"……!"

정윤은 비죽 올라가는 한쪽 눈썹으로 태부의 손에 들린 활을 가리켰다. 말 위에서 정확히 조준된 화살을 쏜 노인이 기운이 없어서 지팡이가 필요하다라? 그걸 믿으라니 누굴 바보 취급하는 건 아니겠지. 설사 그런 일이 가능한 기인이 있다곤 해도 눈앞의 이 노인이 거기에 해당될 거라곤 생각하지 않았다.

"그러니까 그냥 보내 주시면 제게 보여 주신 기행까지 더불어 전부 입 싹 닫도록 하겠습니다. 깨끗이요. 절대로 말썽 피우지 않아요."

과감하게도 협박이었는데 태부는 그만한 건방짐을 전처럼 그냥 웃어넘길 수가 없었다. 높은 직위의 인물을 대하는 젊은 학자의 태도에는 경외도, 두려움도 없었으니까.

패기, 호승심, 자신감.

그가 이맛살을 지그시 구겼다.

"그럴 필요까지 있나. 혀를 잘라 아무것도 발설하지 못하게 만들면 될 것을."

'그렇게 폭력적으로 나오신다면…….'

바로 다음 순간, 얌전히 가라앉아 있었던 학자의 흰 소매가 허공으로 떴다. 대답을 생략하고 터진 행동이었다.

나부끼는 흰 소매 틈으로 삐져나온 것은 이전에 주워 가지고 놀던 돌멩이. 정윤은 몸을 앞으로 튕기며 그것을 태부의 머리 쪽으로 던지려고 했고, 그녀를 둘러싸고 있던 두 명의 무사들은 그것을 제지하고자 제꺼덕 움직였다. 포위망이 그녀에게로 응축된 순간이었다.

'지금!'

지켜보고 있던 해경은 그 틈에 주저하지 않고 순식간에 앞으로 짓쳐 들었다. 그 순간 자신이 뭘 해야 하는지 본능적으로 알았다. 정윤이 인질이 되었으니 이쪽에서도 그만한 가치를 확보하지 않으면 안 된다는 걸.

"어르…… 커흑!"

말 고삐를 잡고 있던 하인의 어깨를 팔꿈치로 가격해 쓰러트리고 단숨에 태부의 목으로 달려든다. 그가 흡뜬 눈동자로 뒤늦게 화살을 시위에 걸려 했지만 이미 거리가 터무니없이 좁았다.

"크, 크흡! 이놈들!"

뒤에서 한 팔로 목을 감아 조이고 바싹 조여서 강하게 압박한다. 뒤틀린 신음이 성대를 긁으며 몸부림쳤다.

"어르신, 우리 공평하게 교환합시다. 저 녀석 풀어 주시오."

해경이 창백하게 질린 눈꺼풀을 내려다보며 말했다. 맞은편에는 비슷한 꼴의 정윤이 양팔이 옥죄인 상태로 억눌려 있었다.

"절대로 그놈을 놔주지 마라!"

태부는 거래를 무시했다.

"아니, 어르신."

"네놈이야말로 허튼 생각하지 마라! 내게 이런 만행을 부리고도 무사할 성싶으냐?"

살려거든 너 혼자 도망치든가 하라는 건가. 해경은 잠깐 느슨하게 해주었던 팔뚝에 힘을 실으며 고개를 절레절레했다. 그가 인질에게 위협을 가할 때마다 정윤을 붙잡고 있는 무사들의 얼굴에는 갈팡질팡하는 동요가 보였다.

"아무리 그래도 동료를 어떻게 버려. 그건 어르신 부하도 마찬가지일 거요."

해경은 강건한 다리를 올려 말의 허리를 있는 힘껏 걷어찼다. 긴 울음소리가 공기를 째고, 질주 신호를 받은 말이 들소처럼 정면을 향해 돌진하기 시작했다. 무사들은 억류하고 있던 정윤의 팔을 놓고 혼비백산하여 몸을 피신했다.

정윤은 그 즉시 날쌔게 몸을 굴려 말의 경로와 사내들의 포위망으로부터 가까스로 회피했다. 흙먼지를 뒤집어쓴 그녀가 안전하게 빠져나가 뚫긴 길로 도주하는 것을 확인한 해경은 죄송하다는 말을 중얼거린 뒤, 주먹으로 태부의 명치를 가격했다.

"으헉!"

"어르신!"

해경이 버리지 않을 거라고 장담했던 그대로, 태부의 수행원들은 도망간 정윤보다 주인의 안위부터 챙기기 위해 달려왔다. 그중의 한 사람의 턱을 발로 차 또 한 번 시간을 지체시키고 해경은 정윤을 따라 전속력으로 뛰었다.

"비켜라!"

흰자위에 핏발이 선 태부는 자신을 부축하려는 도움을 거세게 밀쳐내 버렸다. 미꾸라지 같은 놈들! 가슴께의 고통을 씹으며 바닥을 더듬는 손길이 괴수 같았다.

숨을 헐떡거리면서도 놓쳐 버린 활을 기어코 찾아 잡아당긴다. 이를 악물고 쏘아 올린 흰 깃대가 도망가는 자의 등을 매섭게 노렸다.

피융!

"……윽!"

도중에 달리던 몸 하나가 휘청거렸다. 옆으로 고꾸라질 듯이 위태로이 기우뚱. 하지만 독하게도 놈은 달리기를 멈추지 않는다. 피가 터진 옆구리를 부여잡고 끝까지 달려 나무와 풀이 무성한 숲길로 사라져 들어갔다.

* * *

아무것도 차려지지 않고 온기조차 없는 차가운 방 안에 앉아서 승학은 묵묵히 상대가 오기를 기다렸다. 거의 홀대에 가까운 손님 대접이었다. 불쾌할 법도 했지만 그의 표정은 한결 나아졌다는 기색을 띠고 있었다.

그래도 이렇게 방에 들여 준 것만 해도 그로서는 장족의 발전

이었으니까. 만남을 청하고 대문 밖에서 무한정 기다렸던 시간은
이보다 더 길었다.

시선이 어둑해진 창 너머로 향했다.

기다리는 것이야 얼마든지 할 수 있지만 밤이 가까워져 오는
것은 신경이 쓰였다. 무사히 다친 곳 없이 돌아왔는지 꼭 확인해
야 할 사람이 있기 때문이었다.

"음."

그가 닫힌 문 너머로 사람을 부르는 헛기침을 냈다.

분명히 간간이 발소리가 들리는데 아무도 대답을 하지 않는다.

'이것 참, 쉽지 않군.'

승학은 쓴 미소를 흐트러뜨리며 직접 일어나 문을 열었다. 때마침
걸레질을 하고 있던 소년이 그와 눈이 마주치곤 재빨리 고개를 숙였
다. 승학은 소년에게 다가가 눈높이를 낮춰 앉았다.

"얘야, 나는 이 댁의 작은 어른을 만나고자 온 손님이란다. 이
런 사람이 잠시 뵀으면 한다고, 대신 가서 좀 전해 주겠니?"

그가 다정한 어투로 자신의 이름과 신분이 적힌 명자를 꺼냈다.
대문 밖에서도 이미 한 번 내민 적이 있는 물건이었다. 물론 '관복을
입은 사람'이라는 차림새 하나로 간단히 무시당해 버리긴 했지만.

그가 응? 하고 물으며 또 한 번 상냥하게 건네자, 소년은 복도에
아무도 없는지를 확인하더니 이내 난처한 얼굴로 몰래 소곤거렸다.

"죄송해요. 그런 건 못 해요……. 원래는 나리랑 말도 하면 안
되는 건데……."

"음? 나는 나쁜 사람이 아닌데."

"아휴, 정말 아무것도 모르고 오셨어요?"

"무엇을 말이냐?"

승학은 선한 얼굴로 빙그레 웃었다. 그런 그가 안타까웠는지 소년은 또 눈치를 보며 속삭였다.

"저희 주인 어르신들은요, 정말 맘씨 좋은 분이셔서 누구라도 다 도와주시는데, 진짠데…… 근데 나리처럼 옷 입은 사람들을 세상에서 제일 싫어하신댔어요. 그래서 아저씨들이 절대 나리랑도 만나게 해 드리면 안 된댔어요. 어르신들이 화난다고요."

이미 짐작했던 사정이었다. 승학은 놀라지 않고 같은 미소를 지은 채 끄덕였다. 연유를 알려 주어 고맙다는 인사도 잊지 않았다.

"그렇구나."

"예, 그러니까 이만 돌아가셔요. 늦으면 밤길이 더 어두워져요."

"그럼 이것 말고 다른 것을 꺼내야겠다."

"예에?"

"첫 만남에 무례하게 비칠까, 이런 식으로는 쓰고 싶지 않았는데. 얘기를 들으니 내 사정이 그리 좋지가 못하구나."

매끄러운 입매가 잠시, 라고 말하더니 고루한 명패를 집어넣고 곧 품 안에서 다른 것을 꺼냈다. 청색과 홍색의 둥근 타래실이 꼬아진 비단 봉투였다.

"그럼 이번에는 이것을 주인 어르신께 가져다드리겠니? 답이 올 때까지 이곳에서 기다린다고 전해다오."

"이게 뭔데요?"

순진무구한 반문에 승학의 눈동자가 환하게 휘었다.

"청혼서와 사주가 담긴 납채(納采)란다."

어안이 벙벙해졌던 소년은 정신 돌아오자마자 펄쩍 뛰었다.

"납채를 보낸다고요? 누, 누가요?"

"내가."

"누구한테요?!"

"이 가문의 따님에게."

"나, 나, 나리가 우리 아가씨께 청혼을 하신다고요?!"

차근차근 아이를 이해시키고 승학은 눈매를 곱게 접었다. 그건 두말할 것도 없는 확고한 긍정으로 소년은 그 길로 부리나케 어디론가 뛰어갔다.

아마 이번에는 제대로 된 방문을 두드릴 것이다. 승학은 주인을 맞이하기에 앞서 이미 정갈한 의복을 몇 번이고 다시 점검하고 다듬었다.

그의 예상대로 방문이 벌컥 열리기까진 오랜 시간이 걸리지 않았다.

* * *

"영훤서의 비서교랑 이승학입니다."

코앞에서 자신의 멱살을 잡으려는 이에게 승학은 먼저 고개부터 숙여 인사했다.

"아직 봉투를 뜯지 않으셨을 듯하여."

그가 파르르 떨리는 손아귀 속, 구겨진 물건으로 시선을 내리며 덧댔다. 자신의 이름과 사주가 적혀있을 것이나 상대는 열어보지 않았을 터였다.

"날 보자 했다고. 내가 상단의 작은 주인이외만."

답변하는 태도가 거칠었지만 승학은 피하지 않고 응시했다. 오히려 드디어 뵙는다는 반가움마저 앞섰다.

해가의 작은 주인, 정윤의 아버지, 외팔이가 된 불운의 오성, 해진영, 그였다.

"내게 도저히 들어 올 물건이 아닌 것을 보냈더군. 대체 이게 무슨 무례인지 곡절을 들어 보고 싶소. 납득 할 수 있는 이유가 아니라면 젊은 관원께선 오늘 그만한 대가를 각오하시는 게 좋을 것이외다."

엄포가 떨어지며 진영이 안으로 들어가 자리를 잡았다. 어디 한 번 해보라는 식의 언짢은 자세. 평소에는 점잖을 인물이 적지 않게 분노를 참고 있는 듯했다. 좇아 예의 바르게 착석하며 승학은 차분한 말을 올렸다.

"매파의 의혼도 없이 바로 납채를 보내 놀라셨을 줄로 압니다. 변명하지 않고 사죄드리겠습니다. 제 마음이 급해 벌어진 일입니다."

"그렇다고 어찌 이런 경우 없는 짓을 하시오."

"직접 뵈니 듣던 대로 풍채가 수려한 분이시로군요."

"듣던 대로?"

"어릴 적 제 부친께 종종 이야기를 전해 들었습니다. 인품이 너그럽고 풍채가 수려한 분이시라고."

"누가⋯⋯."

말끝을 흐린 진영은 순간 강직하게 뻗어 오는 승학의 이목구비에 입을 다물었다. 설명할 수 없었지만 왜인지 그 맑은 얼굴에서 익숙한 누군가를 찾아낼 수도 있을 것 같았다.

너무도 갑작스럽게, 너무나도 아픈 곳을 찡하게 울리는 얼굴이었다. 설마.

"의젓한 벗이라 곁에 있으면 꾸중도 심심치 않게 듣는다 하셨지요."

눈을 감고 귀를 기울이니, 듣기 좋게 울리는 저음도 똑같았다.

"심각한 애처가라 밤늦게 술 한잔하기도 어려운 벗이라 했습니다."

말도 안 되는데, 정말 말도 안 되는데 목울대마저 뜨겁게 저리기 시작했다.

"또 성품이 어질어 어려움에 처한 자를 쉬이 지나치지 못하고."

"⋯⋯자네."

"충의와 학식이 깊어 존경한다고."

진영은 붉게 달아오른 눈시울을 떨었다.

"아비가 이 승상인가⋯⋯?"

부드럽고 온화하게 떨어지는 눈매, 높은 직선으로 깎여져 내려가는 코, 알맞게 다물린 입술과 굵고 날렵한 턱선까지. 구석구석

겹쳐지는 아련한 기억 속에서 진영은 끝내 그리운 친우의 잔상을 알아보았다. 다시는 볼 수 없어 저세상에서나 만날 수 있으리라 가슴에 묻어 놓은 친우였다.

"이가(家) 규현의 장자, 승학입니다. 다시 정식으로 인사 올리겠습니다."

또박또박 부친의 함자를 발음하는 것으로 승학은 그 그리움에 대한 답을 대신했다. 진영은 섣불리 말할 수 없었다. 더 이상 같은 하늘 아래에 없다고 믿었던 벗이었다. 그런 벗의 아들이 이리 장성해 자신을 찾아왔다.

납채.

그제야 진영은 넋이 나간 눈동자로 비단 봉투의 끈을 헤쳤다. 정성 들여 쓴 청혼서와 신랑의 사주가 적힌 종이가 나왔다.

기오년 시월 열아흐레 인시…… 승(承), 학(鶴).

따라 읽던 그의 입술이 공허한 바람을 내쉬었다. 그래, 떠올랐다. 낡고 오래된 추억 속에 담겨 있었던 것들이었다.

받들 승에, 백학의 학 자라. 처음 이 이름의 한자를 들었을 때에도 이렇게 웃었던 것 같았다. 남아의 이름을 왜 이런 백옥 같은 신선으로 지어 놓았느냐고 벗의 어깨를 치며 웃었던 적이.

뜻하지 않은 곳에서 마주친 따뜻한 반가움이었다.

진영의 메마른 입술이 움직였다.

"이 사주단자는 가져올 필요 없었네."

이미 오래전에 받아 둔 것이기에. 이미 오래전에 봐 둔 궁합이기에 그러했다.

"예전에 다 끝내 둔 일이니."

하지만 반가워도 그것은 옛일이다. 다 끝나 버린 옛날 일이었다.

"그리고 더 이상 유효하지 않은 약속이기도 하고."

이 혼약을 지킬 마음이 있었다면 진작에 이루어 주었을 터였다. 그러나 가문의 명예가 추락하면서 그 길로 약속 또한 산산조각 났다. 깨도록 하자, 서로 간에 그 한 마디 나눌 겨를조차도 없이 부지불식간에 뒤틀린 운명이었다. 이 인연은 이어지지 않는 것이 옳다고 세상이 일찍부터 그렇게 갈라놓았다.

진영은 일렁이는 눈동자를 속눈썹으로 감추며 화톳불에 불씨를 지펴 주전자를 올렸다. 냉골처럼 차가웠던 방에 뒤늦게 따뜻한 김이 피어올랐다. 가장 먼저 데워진 찻물을 그는 승학의 앞으로 밀어 주었다.

"어차피 부모끼리 멋대로 정해놓은 일이었지. 혹시라도 그것에 책임감을 느껴 여태껏 혼자였다면 괘념치 않아도 되네. 내 딸아이는 알지 못하는 일이기도 하고."

울지 않으려 아무 말이나 늘여놓는 사람처럼 중얼거리다가, 진영은 문득 승학의 얼굴에 어리는 온기 어린 빛을 보았다. 태생이 성숙하고 어른스러워 다정하게만 보이는 얼굴이었다.

어찌 저렇게 자랐을까. 요령이나 꾐 같은 것은 전혀 알지 못하고, 언제 어디서나 정석을 지키는 곧은 성격일 것만 같았다. 피식 실웃음이 삐져나왔다.

"보아하니 둘이 잘 어울리지도 않았을 듯하군. 미안하지만 내 딸은 꽤나 제멋대로인 구석이 있는 아이라. 종종 말썽을 부리기도 하고. 괄괄한 면이……."

자연스럽게 떠들다 보니 내 자식의 흉이라 진영은 도중에 말을 끊었다. 완성되지 못한 그의 말을 대신 이은 건 승학이었다.

"그렇지 않습니다. 저는 여리고 수줍음이 많은 사람으로만 느꼈습니다."

목소리에 깃든 포근함이 어디로 봐도 진심이었다.

"내 딸을 만난 적이 있는가?"

그러나 진영에게는 정신이 확 깨는 소리였다. 동시에 잠시 미뤄 두고 있었던 승학의 푸른 관복이 뒤늦게야 눈에 들어왔다.

딸아이가 종적을 감춘 것은 그 애가 궁으로 들어가고 난 후가 아니었던가. 진영의 의문이 닿자 승학은 이번에도 마찬가지로 회피하지 않고 그대로 받았다.

"제가 소저를 보호하고 있습니다."

그는 정확하게 사실을 말했다.

"소저와 함께 같은 곳에서 폐하를 모시고 있습니다."

들고 있던 주전자가 쾅 내리쳐지며 뚜껑이 들썩였다. 손등에 튄 물이 뜨거울 텐데 아픔도 느껴지지 않는지 진영은 성난 짐승으로 돌변해 이를 갈았다.

"누구를 모신다고?"

분위기는 삽시간에 뒤집혔다. 그 어디에도 아련하고 따뜻했던 기운이 없다. 승학은 흐트러진 그를 다잡듯이 감정을 실어 호소했다.

"어르신, 소저가 궐에서 하고자 하는 일이 있습니다."

"당장 내 딸에게서 손을 떼!"

추억은 아름다웠지만 애석하게도 증오가 불러일으키는 기억은 그보다 더 강렬한 법.

또, 또 그 황제라는 족속들인가! 그들이 이번에는 제 딸을 선택해 사지로 끌어들였는가! 진영은 잘린 팔을 들어 그만 이 피멍 든 가슴을 치고 싶었다.

"진심으로 정윤이를 아낀다면 지금 당장 돌려보내게."

"어르신."

"당장 이리로 돌려보내!"

"소저는 어르신과 가문의 명예를 회복하기 위해……"

"그런 이유라면 더더욱 그냥 놔둘 수가 없군! 나는 딸아이의 행동이 단순한 치기이기를, 어린 날의 유희이기를 바랐던 사람일세. 해서 적당히 놀고 지루해지면 알아서 돌아오리라 믿었지! 그따위 일에 목숨을 내다 버리라 애지중지 키운 자식이 아니란 말일세!"

타들어 가는 가슴을 애써 달래며 밤마다 자식을 기다린 것도 그래서였다. 제발, 그 돌발적인 행보가 부모의 복수라거나 가문의 위신과 같은 번듯한 이유가 아니기를. 그저 때때로 벌였던 수많은 장난 중에 하나로 끝나 주기를. 제발. 그렇게 빌고 또 빌었다.

"소저의 의지로 가는 길입니다."

"누구의 의지인지는 중요하지 않네. 그 길은 들어서면 파멸밖에는 남지 않아! 성한 꼴로 되돌아올 수 있을 것 같나?"

"지키겠습니다. 다치지 않도록, 상하지 않도록 제가 반드시 지켜서 무사히 돌아오겠습니다."

언어가 신념처럼 느껴지면 이러할까. 그런 약속 같은 것, 그런 용기 같은 것 내지 말라고 소리치고 싶었지만 진영은 애정이 맺힌 군건함 앞에서 저도 모르게 나무라려던 말을 그쳤다.

왜 이다지도…… 한결같아서.

미련하기도 하지. 십 년이나 지났는데 어째서 아무것도 변하지 않았는가. 시간이 흐르면 뭐든 다 변하기 마련인데. 바래고 변질되는 것이 정상인데.

그러나 청년은 푸르렀던 시절, 그의 아버지의 모습을 그대로 재현하고 있었다. 핏줄이 무섭다고 하기엔 그건 천성보다는 운명 같았다.

더 질책하지 못한 건 그래서였다. 여전히 동조할 수 없는데 한심하게도 마음을 주고 속아 넘어가 주고 싶어서. 무작정 믿음을 걸고 기대를 쏟고 싶게 만드는 목소리라서.

예전에도 그러했었지. 청년의 아버지도 그러했었다. 씁쓸한 입가를 타고 자조가 흘러내렸다.

"아비에게 내 얘기를 들었다 했었나. ……내게 있어서 그도 지금과 다르지 않았어."

누구보다도 강하고 신뢰할 수 있는 친구였다. 물러섬 따위 알지 못하는 거인 같았던 사람이라 그가 믿으라고 하면 무엇이든 믿을 수 있었다. 이 길이 옳다고 하면 의심 없이 걸을 수 있었다.

"황제를 보필하게 되었을 때 그가 내게 그랬었지."

그래서 떠올릴 때면 언제나 가슴이 아팠다.

"나아가는 동안 방패가 되어 주겠다고."

"……."

"자네 아버지만 그랬을 것 같나. 선황께서는 내게 그러지 않았을 것 같아?"

그리고 지금, 그들이 모두 어찌 되었는지를 보라. 자신이 사랑했던 그들. 신의를 나누고 충성을 받쳤던 그 순수하고 아름다웠던 자들의 비참함이 어떻게 끝났는지를.

지켜 준다던 약속은 영원히 미완성이 된 채로 지하를 구르고 있었다.

"노력하지 않았던 게 아니야. 자네 아버지는, 우리 모두는, 지키고자 최선을 다했었네. 서로를 지키기 위해서 최선을……"

"죄송합니다."

승학이 불현듯 참회하는 죄수처럼 고개를 숙인 건 그때였다. 벌을 받아 무거운 돌덩이를 짊어진 것처럼 그는 어깨부터 아래로 깊이 허물어졌다.

"아버지를 대신해 사죄드리겠습니다. 지켜드리지 못해서……
죄송합니다. 아버지께서도 틀림없이 죄스러워하고 계실 겁니다."

무엇에 대한 죄를 빌고 용서를 구하나 했는데. 청년은 다시 벗을 닮은 얼굴로, 그를 떠올리게 하는 목소리로 슬픈 눈을 하고 있었다.

그 바람에 상실의 슬픔이 한꺼번에 밀려와 진영은 하마터면 참지 못하고 목 놓아 흐느낄 뻔했다.

"어르신, 부디 간청 드립니다. 부친께서 지키지 못하고 떠나신 약속, 제가 마저 이룰 수 있도록 도와주십시오. 어르신께서 도와주지 않으시면 해낼 수 없습니다."

당신의 도움을 받아 산산조각이 난 부모의 약속을 완전히 매듭짓고자 한다.

그러니 부디 한 번만 더 기회를.

승학은 굳게 말아 쥔 입술로 몇 번이고 부탁했다.

간절함이 쌓일수록 진영은 흔들리는 자신을 주체하지 못했다. 내치고 싶은데, 무시하고 싶은데, 친우의 아들은 처음 보았던 그대로 한결같이 우직하게 굴었다.

이제 와 아이들이 무엇을 할 수 있으려고. 모른 척 눈 감고, 귀 닫고, 입을 봉해야 탈 없이 사는 것인데. 분명 그러할 텐데. 그것이 맞는데…….

"내게…… 무엇을 원하나?"

한 번만 더.

파문이 일기 시작한 기대감은 또다시 부질없는 희망을 외면하지 못했다.

"참극의 진실을 원합니다."

"왜, 내가 마지막 생존자니까?"

당시의 기억이 온전하게 보존된 유일무이한 산증인. 그러나 그 어디에서도 증언을 한 적이 없는 목격자. 그런 그에게 가장 먼저 확인하고 싶었던 것은.

승학이 고개를 들었다.

"아니요, 어르신을 의심하기 때문입니다."

그럴 리 없다고 마음으로는 확신하지만 그의 입으로 직접 아니라는 확인을 받아 두고 싶었다.

선황을 노렸던 것이 정말 오성이 아니었는지, 그들에게 씌워진 것이 정말 배신이 아니라 누명인지. 혹시 전부가 다 같이 사주를 받았던 것은 아닐까. 그렇게 한 패였던 것은 아니었나.

억만 겁의 하나라도 이 의심이 진실이라면 그는 정윤에게는 진실을 은폐할 각오까지 다지고 있었다. 그녀에게 알리지 않고 단독으로 이곳에 온 것은 그런 이유에서였다.

"어떻게 홀로 살아계십니까."

이것이 얼마나 잔인한 질문인지는 끔찍하리만치 잘 알고 있었다. 한 글자, 한 글자 내뱉을 때마다 얼굴이 참지 못하고 죄스럽게 일그러졌다.

진영이 빈껍데기 같은 커다란 웃음을 터트렸다.

"하긴 내가 제일 수상한가?"

"무례함을 용서하십시오."

"아닐세. 매정해도 사람은 현명하게 구는 편이 낫지. 전 부대가 궤멸했는데 그중에 살아남은 아군이 있다면 당연히 첩자가 아닐지 의심할 만해. 그런데 그걸 안다고 이미 패배한 전쟁터에서 자네가 수습할 수 있는 게 있을까."

내가 첩자냐 아니냐. 그러면 어떻고, 아니면 또 어떻겠는가. 그러한 시시비비에 열을 올리기엔 진영은 너무 일찍이 세상에 회의적인 사람이 되었다.

"그런 진실이 대체 무엇이 중요한가. 날조된 사실이 결국 이 나라의 운명을 갈랐네. 그때 퍼트린 거짓들은 이제 다 진실이 되었지. 참, 거짓을 구분할 줄 안다 해서 비극을 되돌려 놓을 힘이 생기는 게 아니야."

다행이다. 진영의 비관적인 회피에 승학은 지니고 있던 일말의 불안감을 내려놓았다. 그는 범인이 아니었다. 그저 아직 힘이 없는 자신이 괜한 진실을 알아, 감당할 수 없는 위험에 휘말리는 것을 걱정하고 있을 뿐이었다.

"어르신. 그렇다면 설 의원이 진실입니까?"

진영은 짚으려던 찻잔을 놓쳤다.

"설 의원. 오랜만에 듣는 이름이로군."

오성에는 상인도 있었고 농학자도 있었고, 예인도, 과학자도 있었지만 의학이라는 것을 업으로 삼던 의원도 껴 있었다.

저마다 하는 일이 경시 당했다곤 해도 넷은 모두 귀족이었으나, 그만큼은 완벽하게 평민의 신분이라 본명 대신 설 의원으로만 불렀던 자였다.

"설근호."

파르르 떨리는 입꼬리를 억지로 찻잔 속에 감추려 했다. 내장을 지피는 찻물이 목구멍을 타고 넘어갈 때였다.

쾅쾅!

대문을 부술 듯이 흔드는 굉음이 밤공기를 뚫고 방 안에 침입했다.

누가 또? 찻잔을 든 그의 시선이 밖으로 향했다. 예고도 없이 벌써 두 번째 손님이었다.

* * *

대문부터 방문턱에 이르기까지 뻘건 액체가 구멍 같은 자국을 뚝뚝 토해내 길을 만들어 놓았다.

놀란 누군가가 은밀히 의원을 부르러 나가고 헝겊과 대야를 진 여인들이 서둘러 흔적이 남은 핏자국을 지우기 위해 분주하게 움직인다. 고통과 신음이 뒤섞이는 공간의 한가운데에, 피 칠갑을 한 사내가 거친 숨을 헐떡이고 있었다. 옆구리에는 커다란 화살이 박혀 있고, 입고 있는 흰 무명천은 원래부터 적색이었는지를 의심케 할 정도로 붉은 핏물로 얼룩져 있었다.

"조금만 더 버텨 봐. 의원을 데리러 갔으니까 금방…… 너, 너 왜 그래? 정신 잃은 거 아니지? 대답해! 죽지 말라고!"

차가워지는 몸에 비해 흘리고 있는 피는 이질적으로 뜨거웠다. 그래서 더 믿기 힘들고 그래서 더 긴박했다. 정윤은 축 늘어진 몸을 안고 하얗게 질려 소리쳤다.

해경이 감기는 눈을 억지로 뜨며 목소리를 쥐어짜 냈다.

"여기…… 어딘데. 우리, 뒤…… 쿨럭! 밟히면, 큭, 안돼."

그러면서 자기 힘으로 떨치고 일어나려 했다.

"가만히 있어! 네가 무슨 불사신인 줄 알아?"

"걸리면, 안된다고……."

"안 걸려! 여긴 안전해. 우리 집이야, 우리 집에 왔어."

오지 않으려 했지만 다른 선택지가 떠오르지 않았다. 그녀에겐 당장 해경을 살릴 수 있는 장소가 필요했다. 외부에 발각되지 않고 안전을 도모하면서도 그의 상처를 치료할 수 있는 곳.

그래서 야산에서부터 나루터에 닿기까지 제 몸의 몇 배가 되는 사내를 등에 업고 악착같이 걸어왔다. 본가의 앞마당. 거기까지만 가면 상단의 누구에게라도 도움을 청할 수 있었으니까. 그녀의 부탁을 받은 일꾼들은 진작에 입단속과 흔적을 지우기 위해 사방으로 퍼져 나갔다.

"미안해……."

나 때문에. 피범벅이 된 해경 앞에 정윤은 눈물을 훔쳤다.

내가 입조심만 했었더라면. 태부를 자극하지 않고 조금 더 안전하게 행동했더라면.

전부 제 탓이었다.

"뭐래냐."

해경은 팔을 들어 위축되어 있는 그녀의 어깨를 잡으려 했다. 하지만 또 쿨럭이는 상체에 좌절되고 만다. 때마침 기도로 역류해 올라오는 핏덩이만 아니었어도 어깨를 펴, 정도의 간단한 뜻 정도는 전할 수 있었을지도 몰랐다.

"다친 분이 누굽니까!"

늦지 않게 도착한 의원이 허겁지겁 뛰어 들어오며 환자를 찾았다. 다리에 힘이 풀린 정윤은 사람들의 손에 이끌려 밖으로 떠밀렸다.

어떡하지, 어떻게 하면 좋지. 생사가 넘나드는 문 앞에 주저앉아 속절없이 눈물만 흘렸다.

그리고 위로처럼, 거친 숨을 몰아쉬고 달려온 남자가 떨고 있는 그녀의 어깨를 꽉 끌어안아 주었다.

"괜찮으니 울지 말고……. 아무 일도 없을 겁니다."

어떻게 당신이 여기에. 거짓말처럼 들려온 다정한 목소리였다. 불안한 마음을 안심시키는 호수 같은 사람. 정윤은 아이처럼 더 크게 울었다.

* * *

들썩이던 어깨가 넓은 품 안에서 조금씩 진정을 되찾아 갔다. 코를 크게 한 번 훌쩍 들이마시고 정윤은 든든한 장벽으로 이루어진 가슴속에 더 깊이 뺨을 묻었다. 귀를 두드리는 승학의 심장 소리가 규칙적인 다독임 같아서 더욱 위안이 되었다.

떨어지기 싫어. 더 안겨 있고 싶어. 그런 아이 같은 투정심도 생겼다. 그의 몸과 닿아 있는 감촉이 너무 포근해서 막무가내로 달려들게끔 만든다. 고여 있던 마지막 눈물을 그의 옷깃에 꾹 짜내며 허리에 두른 팔에 힘을 실었을 때였다.

"이그!"

협문 쪽에서 걸어오던 아낙이 그 광경을 적나라하게 목격하고 문턱에 걸려 넘어질 뻔했다. 아낙은 계속하라며 후다닥 빠져 줬지만 그 정도만으로도 서로에게 열중한 남녀를 현실로 끄집어내기에는 모자람이 없었다.

정윤이 황급히 떨어져 나왔다. 정신 차리고 나니 주변은 오며 가며 아무나 다 볼 수 있는 넓은 툇마루였다.

"누가 본다고 말이라도 해 주시지."

"말해야 했던 겁니까?"

안 하면 안 됩니까, 라고 말하는 것과도 같은 반문이었다. 아이 참. 정윤은 눈물과 땀, 피, 그리고 흙먼지가 골고루 뒤섞인 얼굴을 쑥스럽게 매만졌다. 거무죽죽한 와중에도 신기하게 발그레해진 볼이 눈에 띄었다.

"창피하잖아요."

승학이 젖은 수건을 가져와 살갗에 얹으며 소곤거렸다.

"이런 경우는 귀하니까 저는 아쉬워서."

물기를 머금은 손수건이 이마에 덮어져 눈을 폭 가렸다.

으아. 하얗게 먼 시야에 달짝지근한 목소리만 남아서 더 속을 간질였다. 그녀가 대꾸하지 못하고 눈을 감고 있는 사이, 승학은 그녀의 얼굴 구석구석을 누비며 얼룩진 것들을 부드럽게 닦아 냈다.

다 됐다는 말에 다시 눈을 떴을 땐 따스함만이 담긴 눈동자가 그녀를 기다리고 있었다.

"무사해서 다행입니다."

"전 괜찮아요."

"소저가 다친 줄 알고 얼마나 놀라서 뛰어 왔는지."

"제 뒤를 좇아오신 거예요?"

놀란 어투로 물었다. 꼭 처리해야 할 급한 볼일이 있다며 자신을 해경의 손에 넘긴 사람이 아니던가. 근데 좇아왔었어? 정윤이 의아함을 드러내자 승학은 서둘러 말을 얼버무렸다.

"그런 게 아니라."

"아니라고요? 그럼 어떻게 여기에 계세요?"

이성적으로 따지기 시작하니 그의 등장은 정말 납득이 안 가는 일이었다. 같이 따라온 것도 아닐 테고, 미리 기다렸다기엔 이곳은 그녀의 예상에도 없었던 목적지였다.

"제대로 설명을……."

진짜 뭐야. 그녀가 각 잡고 추궁하려던 찰나였다. 때마침 분주했던 방 안의 문이 쉰 소리를 일으키며 돌아갔다. 문고리를 잡은 의원이 피 칠갑이 된 헝겊을 쟁반에 모아 나오며 한숨을 돌렸다. 계피향이 뒤섞인 고약한 약 냄새가 진동했다.

"잘 마무리됐습니다. 출혈 부위가 깊지 않아서 다행이더군요. 상처 부위도 잘 봉합됐고요."

들어가도 괜찮다는 신호에 두 사람은 벌떡 일어서서 허겁지겁 뛰어 들어갔다. 내내 통증에 시달렸는지 맥 빠진 눈꺼풀이 기적적으로 그들을 반겼다.

"여어, 나 안 죽었다."

맷집이 좋다고 해야 할지 아니면 그냥 바보라고 해야 할지 해경은 그 상황에서도 허세 넘치는 미소를 입가에 끼워 넣었다. 창피하다느니 뭐니 하는 불평까지도 주절대더니 한껏 걱정스러운 낯으로 다가오는 승학을 보곤 자기가 더 놀라 경기를 일으켰다.

"야, 네가 형 불렀냐? 아니 뭘 고작 화살 한 대 맞은 거 가지고 동네방네 소문을 내고 난리야! 이거 가지고 사람이 죽나? 죽어?"

붕대로 칭칭 감겨서 똑바로 누워 있는 주제에 지껄이는 말이다. 자기는 끄떡없다며 방방 거리던 그는 도중에 쿡 쑤시는 간헐적인 고통이 왔는지, 인상을 찌푸리며 몸을 말았다. 식은땀이 나면서 눈알이 팽팽 돌았다.

"후, 후우, 혹시 나, 머리도 다쳤냐?"

"아니, 옆구리만인데."

"근데 왜 머리까지 아파. 혹시 나 내려놓을 때 막 바닥에 던진 거 아냐? 그래서 머리까지 아픈 거 아니냐고."

근심으로 창백해졌던 동료의 기분을 아주 효과적으로 평상시 수준으로 돌려놓는 말재주였다. 입술을 앙다무는 정윤을 대신해 승학이 머쓱하게 이불을 덮어 주며 말했다.

"이만하길 다행이지만 흉이 남겠구나."

"괜찮아. 옆구리 같은 거 누가 본다고."

"그나저나 태부가 이런 짓을 하다니. 생각지도 못했던 인물인데."

들킨 것에는 문제가 있었지만 둘을 제압하겠다는 태부의 대응은 충분히 과격했다. 그토록 서슴없이 사람을 공격하다니.

취군회, 오성, 혜제, 설 의원, 태부······. 딴짓하지 않고 한 길로만 쭉 따라 걸으며 주운 단어들인데도 이들을 취합해 연결할 수 있는 고리로는 마땅한 것이 없었다.

하물며 마지막 자리에는 지금껏 고려해 본 적도 없었던 새로운 인물의 등장이라니.

어둠 속에서 팔을 허우적거리면 기분이 이럴까. 심경이 반영돼 이불을 끌어올리는 승학의 손끝에도 막막함이 어렸다.

"별일······ 없을 거예요."

정윤은 말없이 그의 손등 위에 제 것을 포개는 것으로 기운을 보탰다. 신음을 끙끙대던 해경도 기력을 짜내 두 사람의 손을 동시에 움켜쥐었다.

이거 유치한데도 좀 의지가 된다며 그렇게 셋이서 같이 웃었는데, 시기적절하게도 등 뒤의 따끔한 시선이 그들의 겹쳐진 손등 위를 매섭게 쪼았다.

"움직일 수 있는 놈들은 따라오너라. 모두!"

문틈으로 떨어진 명령이었다.

이게 바로 오늘 밤 최대 위기.

아······ 망했어. 정윤은 절망적으로 입술을 깨물었다.

* * *

진영은 일부러 등불을 가장 환한 밝기로 밝혀, 나란히 앉은 아이들의 모습을 면밀하게 살폈다.

아까는 그도 소식을 듣고 놀라서 뛰쳐 나갔지만 딸의 무사함만을 확인한 후 뒤로 빠졌다. 아니, 사실은 그도 끼려고 했는데 자신보다 더 사색이 되어 정신 못 차리는 놈 때문에 도저히 낄 틈이 없었다. 서로 부둥켜안고 있는 것마저도 두 눈으로 확인하고 나니 하루 이틀 쌓은 정이 아니라는 것도 확신했다.

왜 하필 너희 둘일까.

마음이 긴 막대로 휘저어지는 기분이다.

나는 지금껏 너희를 서로 엮어 주지 않는 것을 운명으로 알고 살았는데.

"아버지……."

정윤이 먼저 짙은 침묵을 헤치고 머리를 숙였다.

"왜."

"제가 잘못했습니다."

"무엇을."

"전부 다요."

"그래서 뉘우치고 돌아올 테냐."

"그, 아…… 니요."

눈을 질끈 감고 고개를 젓는 것이, 벼락같은 호통이라도 각오하는 걸까. 오늘과 같은 난리를 겪고도 여전히 집에 들어올 마음이 없다니. 목적이 무엇이든 딸아이는 아직까지도 황제의 편에 서고 싶어 했다.

'하기야 그때에는 나도……'

진영은 한참이나 허공을 무의미하게 응시하다가 전혀 다른 물음을 꺼냈다.

"그분께 무슨 말을 들었느냐?"

"예?"

"너는 주군의 어떤 생각을 엿보았느냔 말이다."

"주군 아닌데……."

"가능성을 닫는 것은 희망을 닫는 것이다. 그러므로 모든 사람의 쓰임이란 차별 없이 존중받아야 한다. 군왕은 그 의무를 가장 위가 아닌 가장 앞에 서서 행할 줄 알아야 한다. 나는 이런 얘기들을 들었었지."

"……."

"십 년 전에 말이다."

금기어가 나왔다. 아버지 스스로가 내뱉은 단어에 정윤은 몸을 들썩거렸다.

"지금 떠올려도 하나같이 질서를 뒤흔들 위험한 발언들뿐이었다. 그때는 바보같이 희망에 눈이 멀어서 몰랐다. 그런 우리들에게 주군은 칭호마저 내리셨지. 세상을 밝혀줄 별이라고. 그게 얼마나 달콤한 꿈이었을지 짐작이 가느냐."

이상이 그리 먼 곳에 있지 않다고, 이루어지면, 이루어만 낸다면 나라의 밑그림이 달라질 것만 같았다. 모든 것이 다 희망에 가득 차 있었다. 뒤에는 청사진을 그리는 주인이 있고 곁에는 열성으로 반짝이던 동료들이 가득했었으니까.

"그리고 실제로 우린 혁명이라 불릴 만한 몇 가지를 해내기도 했었다. 내가 하던 일이 경상학이라 가치 있게 불렸던 것이 그 몇 해였었지."

그뿐일까. 일기(日氣)의 예측은 달마다 오차 범위를 줄여 갔고, 간단한 약재만으로도 급한 환자를 살릴 수 있는 방문(方文)이 정리된 한의서가 간행되었다. 예술이 풍류로 취급받기 시작했으며, 장정 서른의 노동력을 대신 할 새로운 기구가 나오는 수준에까지 도달했다.

열정에 취해서 그랬을까. 꿈과 희망은 그렇게 형태를 잡는 것조차도 빨랐다.

"서로 앞다퉈 머릿속에 있던 것들을 구현해 내기에 바빴지. 그 땐 뭐든 가능할 것만 같았거든."

한편으로는 그러했던 과거를 자랑스러워하듯이, 또 한편으로는 그런 부질없는 일에 인생을 쏟은 것을 후회하듯이 읊조리는 진영의 낯빛은 시시각각으로 달라졌다. 그가 알 수 없는 눈길을 승학에게 한 번, 정윤에게 한 번 주었다가 거두어 왔다.

"내 주군의 푸른 이야기는 그렇게 해서 점점 크기를 키워나갔던 거다. 사람이 갈 수 없는 길에 혼신을 다해 초석을 깔려 했었던 그 멍청한 신하들 덕분에. 되겠냐는 그분의 질문에 우리는 한 번도 안 된다고 말했던 적이 없었어. 해 보겠다, 해내 보이겠다.

그런 영광스러운 답변 말고는 아무것도."

자책하지 말아야 하는데. 헛된 꿈에 눈멀었던 과거의 자신을 돌이킬 때면 이렇게 목이 멨다.

"내가 그러지 않았다면."

너무 한탄스러워서.

"아니다, 안 된다, 불가하다, 그 정도 말이라도 제대로 올렸더라면."

그 어질고 현명했던 분을 그리 덧없이 땅속으로 보낸 것이 너무 고통스러워서.

"적어도 살아계시기는 하겠지."

몇 번이고 그날을 되씹으며 피눈물을 삼켰다. 제게 하늘을 열어주고 목표를 갖게 한 주인을 그런 식으로 망가트렸다. 그가 내민 손을 잡아 놓고는, 결국은 그를 돌아보지 않고 앞만 보고 내달렸다. 그리해도 괜찮을 줄 알았다.

"말도 안 돼. 그건 아버지의 잘못이 아니에요. 선황은…… 그냥 달변가였을 뿐이라고요."

"그래, 그분은 달변가셨지. 그리고 우리는 몽상가였다. 그러니 그건 내 잘못이 맞아. 신하라는 자리는 임금에게 꿈만 속삭이는 자리가 아니다. 나는 그분께 매혹당해 현실을 말하지 않았어. 우리도, 그분도 지나치게 무리하고 있다는 사실을."

비극이 일어나기 전부터 혜제는 아마 서서히 힘에 부치고 있었을 것이다. 주변은 그대로인데 별을 좇는 가신들의 속도는 너무 빠르기만 했다. 그런 열정은 서로에게 지치지 않는 가속을 제공했지만 세상 사람들에게는 변화에 대한 두려움만을 강렬하게 심어 주었다.

"괜찮을 줄 알았다. 설마 나쁜 일은 없을 거라고. 무슨 자신감으로 그리 믿었는지."

그때에는 그저 모든 것이 조금만 손을 뻗으면 다 잡을 수 있었을 것만 같아서, 그저 계획한 것을 실현해 내기에만 급급했다. 그래서 주군의 어깨에 무리하게 갈망을 얹고, 얹은 것에 더 거창하고 아름다운 것을 보태 쌓고……. 말 속에 처연함이 듬뿍 배어 나왔다.

항변하려 입을 달싹이는 정윤에게 고된 눈빛이 꽂혔다.

"너 또한 나와 마찬가지로 황제께 무엇인가를 들었겠지. 하지만 이 아비의 끝을 곁에서 보았잖느냐. 너무 뜨거운 희망은 쥐는 자의 손을 이리 다 타버리게 할 수도 있다. 그런데도 그것이 욕심이 나더냐. 그리 꼭 쥐어야만 하겠더냐."

십 년 전의 화마는 가담했던 전부를 삼키고 나서야 종결이 났다. 딸아이의 목표가 부모의 것과 다르지 않다면 이번에도 그와 같은 결말이 나지 않으리라 보장할 수 없을 것이다.

정윤은 듣자마자 질색하며 도리질을 쳤다.

"아버지, 전 지금의 폐하를 요만큼도 존경하지 않아요. 배울 점요? 하나도 없던데요?"

존경은 고사하고 인간적인 호감도 그렇게 크지 않다. 그녀가 답답하다는 듯이 한숨을 쉬었다.

"저는 아버지랑은 완전 딴판이라고요. 절절한 충심, 죄송하지만 없어요! 굳이 좋은 표현을 찾자면 협력? 동맹? 그런 거라고요. 폐하와의 접점이라곤 겨우 복수의 대상이 같다, 그게 전부란 말이에요."

"그래서 네 복수를 위해 그분을 이용하느냐."

"폐하께서 먼저 저를 이용하고 싶다고 하셨거든요!"

"서로를 망칠 게다."

"아니요! 전혀 그렇지 않을 거예요! 그분과 저는 최종적으로는 바라는 게 다르니까. 폐하께서는 사회의 정의구현, 저는 사사로운 원한 해결. 그러니까 상대방을 위해 나를 희생하는 보람찬 일 같은 건 절대, 절대 없을 겁니다. 볼일이 끝나면 제가 먼저 팽할 거예요."

팽이라 함은 다 쓰고 목적을 이루면 야박하게 버리겠다는 뜻 아닌가. 정윤의 노골적인 어휘 선택에 두 남자가 당황해서 뼈끔거렸다. 뒤늦게 표현을 수습하듯 그녀가 덧붙였다.

"그러니까 제 말은, 그만 제 걱정은 하지 마시라고요. 전 괜찮을 거니까. 과거의 실수는 되풀이하지 않을게요. 전 어차피 성격에도 안 맞아서 아버지처럼 폐하의 귀에 꿈 같은 거 속삭이지도 못해요. 정신 차리고 현실만 볼 겁니다. 그래도 폐하께 영 가망이 안 보인다 싶으면 바로 도망쳐야죠. 살아야 하니까요."

머릿속에 담아 둔 생각을 거르지 않고 그대로 얘기하는 것이 그녀가 얼마나 작금의 황제를 소중하게 여기지 않는지를 여실히 보여 준다, 진영은 '아버지도 참! 쓸데없는 걱정을!' 그런 티를 팍팍 내는 딸을 묵묵히 바라보다가 조용한 소리로 말했다.

"……옆의 공자는 다른 생각인 것 같은데."

뜨끔. 그리고 급히 방긋. 정윤은 태세를 전환했다.

"그래도 어음, 폐하를 조금 좋아하기는 해요! 그, 예전보다는요!"

예전에는 정말 혐오 수준이었으니까 거짓말을 한 것은 아니었다.

'녀석, 눈치를 보는 게로군.'

진영이 입가를 쓱 가리며 웃었다.

"딸아이의 말이 다소 과격했던 것을 이해해 주시게."

"아닙니다."

승학은 의외로 선선히 부정했다.

"제 생각도 소저와 크게 다르지 않습니다. 어르신과 같은 충의를 갖기에는 아직 폐하께 그만한 마음을 내어 드리지 않았습니다."

진영은 의외의 대답에 놀랐다. 아비를 닮아 필시 절개가 높을 거라고 생각했는데 예상외의 현실적인 면모였다.

"하지만 믿음도 없이 행동하기에는 걸어야 할 위험부담이 너무 크지 않은가?"

"믿음으로 폐하를 따르는 것은 아닙니다."

"허면."

"옳다고 생각했습니다. 폐하께서 하시려는 일이."

"……."

"그러니 저 역시 그리 맹목적이지는 않습니다. 소저와 크게 다르지 않은 이유입니다."

그리고 또한……. 그가 유연하게 나오던 말끝을 늘이더니 좀 더 진솔한 욕심을 털어놓았다.

"그냥 당해주고 참기에는 역시 분통이 터져서 말입니다. 속으로만 퍼붓는 저주는 효과가 없더군요."

그러곤 너무 솔직했는지를 의식하며 가볍게 웃는데 정윤은 바로 아, 하는 감탄사를 흘렸다.

전혀 그 부분을 망각하고 있었다. 복수는 나만 하는 거라는 착각.

가족을 잃거나 다친 것은 그녀만이 아니질 않던가. 그도 다르지 않았는데. 늘 의젓하고 바르기만 한 사람이라 개인적인 분풀이 같은 건 고려하지 않는 줄로만 알았다.

"……그래, 자네도 아비를 잃은 지 벌써 십 년이 되었지."

"말씀처럼 그냥 이대로 두고 사는 것도 크게 나쁜 선택지는 아니라는 것을 알고 있습니다. 그래도 어르신."

묻어 두고 모른 척해도 살 수는 있다. 평화롭게, 아무 일 없이. 그걸 아는데, 알지만 승학은 다른 선택지를 짚고자 했다.

"그래도 저희를 한 번만 도와주시지 않겠습니까."

그가 내뱉는 입김에 근처의 촛불이 일렁거렸다. 그 모양이 마치 무언가의 울림 같기도 해서 진영은 먹먹해지는 심정에 말문이 막혔다. 이제 제게 남겨진 것은 아무것도 없다고 생각했는데.

'신이시여, 이 아이들을 제게 보내시다니요.'

그게 아니었다면 간신히 부지한 이 목숨을 따로 살려두신 이유가 있었던 걸까.

그가 눈꺼풀을 아래로 내렸다.

"아까도 도와 달라고 말하더니."

거듭 반복해서 청했던 말이 단순한 심적 지지가 아니라는 것을 안다. 아마도 자신의 입을 통해 나오는 어떠한 진술을 원하고 있을 터였다.

"그렇다면 '그건' 목적이 아니라 구실이었군."

진영은 그가 가져왔던 청혼서에 대해 우회적으로 언급했다. 승학은 마찬가지로 내색하지 않고 웃음기 어린 목소리로 답했다.

"아닙니다. '그것'이 목적이었습니다. 다만 모든 일이 다 끝나면, 이라는 단서가 붙어 있어서 제가 마음이 좀 급합니다. 도와주십시오."

그것? 그게 뭔데? 정윤의 시선이 허공 사이를 신속하게 오가며 내막을 촉구한다. 승학은 그녀에게 소리 없이 입으로만 웃어 보였다.

'둘이서 벌써 거기까지 미래를 약속한 건가.'

진영은 승학의 말뜻을 이해했다. 엉망진창인 상황에서 제 욕심만을 내세워 성급히 아내로 맞이하고 싶진 않다는 소리였다. 더 고운 활옷과 더 아늑한 신방을 차려 놓고 싶다는 욕심인데 진영은 문득 그 언젠가를 기대하고 있는 자신을 발견하고 말았다.

모든 일이 다 끝나고 그런 날이 온다면……. 정말 더할 나위 없이 기쁠 것 같았다.

결심이 섰는지 그가 불쑥 품속으로 손을 뻗어 집어넣었다. 허락이나 거절 대신 내놓은 물건은 마개가 단단히 막혀 있는 작은 유리병이었다.

정윤은 먼저 익숙하게 알아보고 알은체했다.

"이걸 왜요?"

뚜껑을 뜨자 즉시 고약한 냄새가 코밑으로 밀어닥친다. 승학은 자극적인 후각에 잠시 숨을 참았다가 무언가 겹쳐지는 기억이 있어 서서히 그것에 초점을 맞췄다. 알 수 없는 것인데 이상하게도 맡아 본 적이 있는 냄새였다. 그것도 아주 최근의 기억이었다.

"이것은 마불산이라 이름 붙인 마취제일세. 통증이 심한 환자에게 먹이면 수월하게 치료가 가능하지. 감각을 마비시키는 데에 몹시 탁월한 효과가 있거든."

그래, 맞다. 생각났다. 부상당한 해경이 누워 있었던, 바로 그 방에서 맡았던 고약한 계피향이었다.

"시중의 것과는 성분이 달라서 우리 가문에서만 쓰고 있는 것일세."

"가문의 비기(秘器) 같은 것입니까?"

"지금은 그렇게 되었지."

"지금이라시면."

"나를 제외하면 제조법을 아는 자가 다 죽었으니."

다 죽었다. 그것이 내포하고 있는 바가 있어 머릿속이 차가워졌다.

의학 지식이 전무한 상인이 비기에 가까운 약의 제조 방법을 안다는 것. 그것은 죽은 이들 가운데에 전수자가 있었다는 뜻이다.

누구일지 예상한 승학의 입에서 낮은 신음이 흘러나왔다.

"마취는 설 의원의 특기였네. 그 인사가 이것저것 잡다한 약들을 참 많이도 만들어 냈지. 이건 개중에 하나고, 효과가 신통해 마불산이라 이름 붙인 건 선황 폐하셨네."

그리고 진영은 설명했다. 선황이 얼마나 아낌없이 설 의원의 연구를 지원했었는지. 중인으로 멸시받으며 살았던 그가 명성을 얻고 재능을 빛내기까지. 더불어 그가 주군에게 보인 충의지심이 얼마나 대단했는지도.

이야기를 듣던 정윤은 도중에 말을 더듬으며 흐름을 중단시켰다.

"아니, 잠깐, 잠깐만요, 아버지. 그…… 그 사람은, 그러니까 그 사람이 선황 폐하를 암살했잖아요……?"

감히 황제를 살인한 극악무도한 죄인. 그렇다고 전해지는 최초의 인물. 역설적이게도 그 역시도 동일 인물이었다.

진영은 턱을 당겼다.

"그래. 그렇지."

선황은 사인은 명백한 타살이었다.

"헌데 당시에 그가 어떻게 잡혔는지 아느냐? 설 의원 그 작자는 숨을 거둔 폐하의 시신 곁을 지키고 있었어."

어질고 덕망 높았던 황제의 붕어. 비보는 빠르게 궁궐을 장악했다. 살인자를 잡겠다고 전부가 눈에 불을 켰으나 범인을 끌고 오는 것은 믿기지 않을 만큼 손쉽게 이루어졌다. 죄인은 도망갈 생각조차 없는지 눈을 감은 주인의 곁을 처연하게 지키고 있었다.

"방 안에서 이 마불산의 냄새가 자욱했다고 들었다. 기실 자백이나 다름없는 짓인데 우스운 것은 그럼에도 그는 입을 열지 않았다는 것이다. 해서 다음 날에는 승용이 잡혀갔고, 그다음 날에는 석여가, 또 그다음에는 권씨 할멈이, 마지막 날에는 내게 오라가 채워졌지."

유력한 용의자가 입을 잠갔으니 당연한 수순으로 그와 관련된 사람들이 차례대로 끌려갔다. 피바람이 부는 장소에 제일 먼저 목을 들이밀게 된 것은 설 의원을 포함한 나머지 오성 전부. 우습게도 선황이 그토록 총애하던 가신들이었다.

"설 의원이 진실이냐 물었었나. 나도 그것이 궁금했네. 왜, 대체 그가 왜 그랬는지. 감옥에서 목숨이 절단 난다 해도 놈에게 그 이유만은 직접 듣고 싶었지."

그러나 듣지 못했다. 유일하게 들은 말이라곤 미안하다며 피눈물로 울부짖던 목소리. 그는 정작 했어야 할 중요한 말은 하지 않은 채 고문을 받다 제일 먼저 죽었다.

진영의 눈썹이 파르르 떨렸다.

"죽을 때가 되니 별이라는 찬사도 의미가 없더군. 하늘이 무너졌으니 그래, 당연히 별은 추락하기 마련이지. 그때 다 같이 반역이라는 오명을 쓰고……."

죽었다. 그 사실을 토해내려니 다시금 목이 부풀어 꽉 숨을 조인다. 그래도 진영은 끝까지 이야기를 마무리 지었다.

"고문실에 묶여 주군의 뒤를 따라갔네."

이후부터는 알려진 대로였다. 그 혼자 살아남았다.

"오성이 배후라는 아무런 증좌도 없지 않았습니까."

"증좌가 없었으니 심문을 하겠다 데려간 것이네. 다들 떳떳하니 두려울 것이 없었지만 설마하니 그런 식으로 사람을 죽일 것이라곤 생각하지 못했지. 우리가 어리석었던 거야."

만약 설 의원이 동조자로서 자신의 나머지 동료들을 지목했었다면 그나마 그 심문이라는 과정조차도 생략된 채 같은 결과가 났을 것이다. 아마도 배후에 있던 누군가는 그런 그림을 계획했었을 터였다.

하지만 설 의원이 거짓을 토설하지 않고 혼자 진실을 떠안았으므로 사건은 그 방향으로 풀리지 않았다.

해서 나온 것이 차선책. 놈들은 심문이라는 명목하에 인간이 버틸 수 없는 고신을 가했다. 후처리도 간단했다. 죽이려 한 것은 아니었으나 고신을 치르다 그리 숨을 거뒀으니 어쩔 수 없었노라, 그 한마디 하는 것으로 여러 목숨을 거둔 것에 대한 변명을 마련했다.

"그리고 내가 어찌 살았는가. 그걸 궁금해 했던가."

다시 돌아서 맨 처음의 질문이었다. 깊은 날숨 후에 진영의 입술이 열렸다.

"살아 나온 건 백성의 간청 덕이고, 실제로 구하신 건 지금의 황상 덕분이지."

"폐하께서 말입니까?"

"그분의 조치가 조금만 더 늦었더라면 나도 죽었을 걸세."

전혀 알지 못했던 사실이다. 어떻게, 무슨 방법으로? 연이은 물음이 두 사람의 얼굴에 떠올랐다.

"그때……."

진영은 침음을 삼키며 과거의 기억들을 헤집었다.

끔찍한 비명으로 며칠 밤이 지속되다가 닷새, 엿새째 되던 날에 동요하는 민심들이 거리로 몰려나왔다.

- 죄가 없는 사람들까지 너무 심하게 잡아두는 것 아니야?

누가 바람잡이 역할을 했는지는 몰라도 놀랍게도 그런 의구심이 사람들 사이에 퍼졌던 모양이었다. 맨 처음 거리로 나와 목소리를 높이기 시작했던 건 상단의 은덕을 입었던 이들. 그간 가문이 아낌없이 베풀었던 자비가 그런 식으로 되돌아오는 것이라고 입을 모았다.

- 죄 없는 해가(家)의 사람을 풀어 주시오!

성 밖에서 그리 호소하는 자가 수십에서 수천으로 불고 간청은 제법 영향력을 가지게 되었다.

그리고 그 기회를 놓치지 않고 잡았던 인물이 선황의 아우이자, 지금의 황제였다. 흉흉해진 민심을 수습한다는 명분하에 그는 전면에 나서서 위기에 처해 있던 진영을 구명해 주었다.

죽은 형의 뒤를 이어 보위에 오른 그가 가장 먼저 한 일이 바로……

"나를 살려 보내신 것. 천운이라고 해야 할 만큼 모든 것들이 시기적절했다."

알맞은 시점에 백성들의 공분이 일었고, 정확한 시점에 그가 황위를 이었다.

"그렇게 빠른 시일 내에 황좌가 채워질 것이라곤 아무도 몰랐던 것 같았지. 물론 나 또한 그랬고."

전혀 예상에도 없었는데, 그는 고문실에 황태제의 책봉서를 가지고 등장했다. 그런 것이 없었더라도 승계 1순위에 있었으니 장차 황제의 자리를 이었겠지만 그렇게나 신속하게 군주의 자리를 장악할 수 있었던 것은 확실히 그 책봉서의 힘이 컸다.

새로운 황제가 풀어 주라 '명령'했으니 진영도 목숨을 건질 수 있었던 것이었다.

"그날 왜 나를 살리셨는가, 내내 궁금했었는데 이제 보니 아주 속셈이 없지는 않으셨던 모양일세."

한 놈이라도 살아남아서 이 말을 전하라고 그날 목숨을 연명해 줬던 걸까. 과거를 돌이키던 진영은 참지 못하고 쓴 미소를 삼켰다. 정말 그게 사실이라면, 그분의 원한도 자그마치 십 년을 묵었다는 뜻이었다.

"잘…… 보필해드리거라. 그리고 아무도 다치지 말거라."

부디. 그가 기도하듯이 읊조리고 정윤과 승학은 동시에 무거운 머리를 떨어트렸다.

"뜨아아악!"

그리고 비명이 터졌다.

아아아, 저 자식. 괜찮다더니. 하나도 안 아프다더니. 대체 얼마나 아프다고 꽥꽥거리고 있으면. 누군지 알아보지 않아도 다른 건물의 먼 방에 누워 있는 해경의 신음 소리였다. 아주 독보적이다. 지그시 인상을 쓴 정윤이 양해를 구하며 일어섰다.

"아버지, 죄송한데 잠시만 다녀올게요. 쟤가 저랑 있다가 다친 거라서요."

"그래, 그리고 친구에게 이것도 가져다주도록 해라."

"아, 네, 그럴게요."

어차피 진통제니까. 열어 두었던 마불산의 뚜껑을 도로 꾹 눌러 닫고 정윤은 유리병을 챙겨 서둘러 방을 나갔다.

진영은 뒤따라 일어서고자 하는 승학에게도 그러라고 응해 주더니 아, 하며 품속에서 비단으로 봉해진 납채 봉투를 꺼냈다.

"이건 당분간 맡아 두는 것으로 하면 되겠는가. 해도 자네, 서두르는 게 좋을 거야. 알겠지만 옛날 일은 말로만 했었던 약속이라 더 괜찮은 혼처가 나오면 나는 뒤도 안 돌아볼 걸세."

반은 응원, 반은 협박. 그러나 듣는 놈은 제 원하는 대로 완전한 허락으로 알아들었는지 벌어지는 입을 주체하지 못하고 입을 찢어지게 귀에 걸었다.

"꼭 늦지 않게 오겠습니다."

그저 싱글벙글.

"금방 오겠습니다. 제가 서둘러서 열심히……"

"얼른 가기나 하게."

"올해가 가기 전에 어떻게든."

"빨리 가기나 하라고."

심지어 보기 드물게 덜떨어진 모습이었다. 억지로 몰아내서 보냈더니 멀어지는 등마저도 기뻐 보였다.

"뭘 그리 좋아하나. 날을 잡은 것도 아닌데."

문간에 기대서서 퉁명스러운 뒷말을 중얼거렸다. 진영으로서는 실로 오랜만에 맛보는 기대감이었다.

* * *

찜찜하다. 이 찜찜한 기분을 떨쳐버릴 수가 없다. 확실히 해두지 않으면 이 불쾌함이 사라질 것 같지 않다.

융경은 뻐근한 가슴께를 붙잡고 쉼 없이 후원을 서성거렸다. 이윽고 저편에서 자갈이 밟혀 뭉그러지는 소음이 일었다. 얼음장처럼 차가워져 있던 눈꼬리가 소리가 나는 방향으로 홱 돌아갔다.

"태부 어르신."

"용건부터."

수그려 인사부터 하려던 무사의 행동을 저지시킨다. 쓸모없으니 집어치우고 내가 원하는 것만. 심중을 이해한 무사는 부어터진 입술로 갔던 길을 보고했다.

"이번에도인가?"

"나루터 부근을 쥐 잡듯이 뒤졌지만 찾지 못했습니다. 목격자도 존재하지 않아서 아무래도 수색에 난항이……"

"제대로 뒤진 것이 확실하느냐!"

내내 눌러 참고 있던 격노가 서슬 퍼렇게 솟았다. 아직까지도 찾지 못했다니 부하가 가져온 제보를 믿을 수가 없었다. 눈에 띄는 복색에, 한 놈은 중상이라 멀리 갈 수도 없었을 텐데 이리도 깜깜무소식이라니 말이 되지가 않았다.

"아, 아무래도 아직 산에서 빠져나오지 않은 것 같습니다."

"이 시간까지 야산에서 버틴다? 비상약이라도 있지 않은 이상에야 장시간의 고립은 놈들에게 득이 될 것이 없다. 그런 위험을 감수할 리가 있느냐!"

"하지만 그렇지 않고서야……. 소인들이 나루터 전체를 뒤집다시피 엎어 놓았습니다. 목격자에게 사례금까지 걸었는데도 아무런 소식이 없사옵니다."

이쪽으로서는 동원할 수 있는 모든 그물망을 던져놓은 꼴이다. 억울함을 항변하는 사내의 정수리 위로 한기 어린 기운이 뻗쳐 나갔다. 나불거리던 사내는 겁에 질려 주절거리던 말을 그쳤다.

"가서 다시 처음부터 제대로 뒤지거라. 네놈의 추측대로 놈들이 아직 산에 숨어있다면 빛이 꺼진 지금, 야음을 틈타 내려오려 하겠지. 가서 내 앞으로 반드시 끌고 오도록 해."

끊어 내는 음절마다 핏발 선 듯한 분노가 스며 있었다. 육신은 늙었어도 겁박을 들이미는 기백만은 그렇지 않았다. 내리쬐는 안광을 차마 쳐다보지 못하고 무사는 벌벌 떨며 왔던 길을 기어 나갔다.

"보통내기들이 아니로군."

놈들의 주먹에 치받쳤던 명치가 아직까지도 무언가가 걸려 있는 듯이 불편했다. 필경 멍이 들었을 터, 융경은 어금니를 사려 물고 무거운 다리를 땅에 끌었다.

'움직임은 신출귀몰하고 정체는 알 수가 없다.'

선황에게 저주를 퍼붓고자 걸음 했던 길, 그곳에서 심상찮은 두 놈을 발견했다. 유학자가 아닌 것만은 확실한데 무슨 의도로, 어떤 것을 노리고 침입했는지 헤아릴 수가 없었다.

게다가 무려 십 년 만에 다시 혜제를 '칭송'하는 자가 아니었던 가. 그것에 대한 불쾌함이 가장 강렬하게 뼈에 스몄다.

"이제 와서 다시 그를 언급하는 자라."

역천이 있었던 그날로부터 열 번이나 되는 사계절을 지나오면 서 혜제의 이야기는 세상으로부터 서서히 지워졌다. 일 년이 지나고, 이 년이 지나고, 삼 년, 사 년…… 시간이 쌓이자 사람들은 어느 순간부터 그를 잊었다.

십 년 만에 깔끔히, 그 영광이 볼품없는 과거로 밀려난 것이 그리도 즐거웠는데 어찌하여 불현듯 다시 그에 대해 이야기하는 자가 나타난 것인가.

"우욱."

헛구역질이 역류했다. 흉통이 있는데도 쉬지 않고 계속 움직인 탓이었지만 자각하기로는 마치 창으로 명치가 쑤셔지는 듯한 착각이 일었다.

"뽑아내야 할 세 치 혀였지."

놈이 제 앞에서 혜제의 그것을 무엇이라 표현했던가. 업적? 희망? 흐, 융경은 비틀린 미소를 짜내며 젊은 학자와의 짤막한 토론을 끈질기게 상기했다.

아무것도 모르는 주제에. 잡히면 사지를 찢어 놓을 것이다.

부글거리는 속내를 잠재우기 위해 그는 의식적으로 낮에 한껏 눈에 담았던 혜제의 궤를 회상했다. 먼지가 쌓여 볼품없고 고루했던 황제의 상자. 그 차디찬 바닥 속에 혜제는 잠겨 있다. 그것이 그가 세상에 남긴 전부였다.

'가엾은 나의 따님, 당신께선 그토록 그를 살리고자 하셨지만.'

결국 부질없는 짓이었던 것이다.

살아 있을 때 그토록 설쳐대더니 죽어서 남긴 게 고작 궤 두 짝이라니. 비웃음이 차 융경은 그로부터 기분이 조금 나아졌다. 그런 추잡한 방식으로 그는 구덩이에 박힌 스스로를 끄집어 올렸다.

'죽은 자의 넋은 달이 인도하도록 되어 있던가.'

그렇다면 부디 오늘의 달빛이 황천길까지 닿기를 바란다. 그는 결코 이 저주를 멈추지 않을 작정이었다. 이 몸이 죽어서도 계속해서.

'선황께도, 그리고 나의 따님께도.'

뿌리 깊은 사념이 무시무시한 기세로 피어오르다 작은 인기척에 의해 깨졌다.

"아버지."

단홍색 치마가 바스락거리며 자그마한 돌들을 스쳤다. 노란 배자에 맑은 인상의 소녀가 약그릇을 얹은 쟁반을 들어 올렸다.

"몸은 좀 어떠셔요?"

얼굴만큼이나 깨끗하고 또랑또랑한 목소리다. 완전히 경직되어 있던 융경의 눈썹이 부드럽게 아래로 내려왔다.

"괜찮다. 걱정하지 않아도 된대도 그러는구나."

"말에 부딪혔다 하셔서 얼마나 놀랐는걸요. 들어가 쉬셔야지요."

"선화야."

"예."

"선화야."

"예에?"

왜 자꾸 부르신담. 소녀는 알쏭한 얼굴로 대답하며 탕약을 입 가까이에 대 준다. 주는 대로 쓴 물을 삼키면서도 융경은 흐뭇하게 웃었다. 이렇게 이름만 불러도 좋았다. 다시 이 이름을 부를 수 있다는 것이 좋았다.

선화.

내 딸은 죽지 않았다. 여기 이곳, 바로 내 곁에 있는 것이다.

"선화야, 절대 이 아비를 떠나면 안 된다."

"아버지도 참. 절 이리 감싸고 도셔서 나중에 시집은 어찌 보내시려고요?"

다정히 볼을 쓰다듬는 손길에 선화는 장난처럼 농을 걸었다.

가당치도 않은 말. 융경은 웃는 얼굴 뒤에 그와 정반대되는 완고한 속마음을 새긴다. 하지만 이리 고운 딸 앞에 그런 흉측한 진면목을 노출할 수는 없는 노릇. 그는 또 한 번 따스하게 눈꺼풀을 내리깔았다.

"그러게 말이구나. 그냥 시집가지 말고 이 아비 옆에 평생 있어 주련?"

까르르거리는 아이 같은 해맑은 미소가 쫄래쫄래 아비의 뒤를 따랐다. 아직은 키가 작고 나이가 어린 자그마한 소녀. 보기에 열다섯, 열여섯쯤 됐을까. 천진난만한 눈매에 부모의 모습이 겹쳐져 보였다.

그러나 그 모습이 융경을 닮지는 아니하였다.

7. 슌나흘 전 上

훅, 후욱, 거친 심호흡을 동반하는 걸음 소리에 모연은 서둘러 일어나 문을 열어 주었다.

"닫아! 빨리 닫아!"

열리자마자 해경이 밀어닥치듯이 들어왔다. 겉보기엔 아무렇지 않은 정상인 흉내를 내는 중. 그러나 밀실의 출입구가 완벽히 봉쇄되자 그는 곧장 바닥으로 허물어졌다.

동료들의 안쓰러운 시선이 쏠리고, 걸쇠를 잠근 모연이 허리를 접어 그의 늘어진 사지를 관찰했다.

"봐도 봐도 안타깝네요. 사내는 몸뚱이가 양식이고 재산인 건데.

남자가 몸 관리를 이렇게 못 해서야."

"시끄러워!"

은신을 위해 상처를 숨기기로 했다. 추적을 당한 이상, 만에 하나를 위해서라도 단서를 남기는 것은 위험하다. 그런 이유로 해경은 찢긴 생살이 너덜거림에도 평소와 다름없는 일상을 연기해야만 했다.

"아으! 아파 죽겠네!"

원래 이럴 때는 병가나 내고 한탕 늘어지게 쉬는 건데. 진통제를 콸콸 퍼부으며 그가 욱신거리는 옆구리를 한 손으로 감쌌다.

톡 쏘는 계피 향이 사방으로 뿜어졌다.

우웩. 모연은 한 손으로는 코를 막고 나머지 손으로만 어정쩡하게 해경의 팔을 지탱해 의자로 이동시켰다. 보다 못한 승학이 대신 일어나 부축했다.

"쪼꼬맹이야 제대로 안 잡을래?"

"어후, 죄송해요. 약 냄새 때문에 도저히."

"그래도 이 약이 없었으면 멀쩡히 걷는 흉내도 힘들었을 거다."

지금도 관모에 눌려 보이지 않아서 그렇지 해경의 이마에는 식은땀이 맺혀 있었다.

그렇다 해도 모연의 눈에는 그저 옆구리에 칼집 난 냄새나는 사람일 뿐. 아으 아으, 하며 궁상맞은 신음을 내는 해경을 힘겹게 의자에 앉힌 뒤, 그녀가 슬그머니 눈길의 방향을 바꿨다.

첫 시작점은 얌전히 증거물들을 살피고 있는 정윤의 얼굴.

눈동자는 금세 그 옆자리를 차지하고 앉는 승학의 콧등을 힐끗 댄다. 그러다가 샐쭉하고 눈 옆의 주름이 접혔다. 조금 음흉스러운 동작이었다.

"교랑님."

"음?"

"가셨던 일은 잘 해결되셨나요?"

모연은 어제 승학의 행보를 미리 알고 있던 사람이었다. 생존자의 증언을 확보하러 가는 것이라고 점잖은 변명을 듣긴 했지만 사실은 그게 다가 아니라는 걸 눈치 빠르게 알아차리고 있었다.

얼레리 꼴레리. 허락받으러 갔대요. 입을 가리고 웃음을 흘리자 정직했던 승학의 정직한 낯빛에 금세 당황하는 기색이 어렸다. 그만하라고 헛기침을 내도 짓궂은 막내는 맏이를 놀리는 일에 재미를 들렸다.

서류에 집중하고 있던 정윤이 머리를 들어 올리고 갸웃한다. 뜨끔한 승학은 후다닥 모연의 쪽으로 고개를 숙이며 뭉개진 발음을 속닥거렸다.

"내가 누구인지는 아셨다."

으응?

기껏 정인의 아버지를 보러 갔다 와선, 내가 누군지는 아시게 되었다고라? 하아? 황당하게 벌어진 입술이 기울어졌다. 말인즉슨 인사를 드리는 것 정도에는 성공했다는 뜻인데…….

'에게? 겨우? 겨우 인사말입니까?'

개방적인 막내의 기준으로는 처참한 성적이었다. 그렇게 심장을 졸이고 가선 정석대로 인사만 올리고 왔다니. 아니 뭔가 더 화끈하게 일을 치고 오셨어야지.

"저기, 제가 갑자기 궁금해서 그러는 건데 두 분 손은…… 잡아 보셨죠?"

이건 너무 올곧아서 좀 걱정되는 수준인데. 우려를 담아 사적인 질문을 들이밀었다. 그러나 '당연하지, 장난하냐?' 쯤의 야유를 기대했던 모연의 표정은 일관된 두 사람의 침묵에 싸하게 굳었다. 둘 다 시원스레 긍정하지 못했다.

그녀가 벌떡 책상을 치고 일어났다.

"아니, 대체 왜요?!"

뭐여, 이거! 당신들 대체 뭐가 문제여!

"모연아, 교제에는 무릇 순서라는 것이……."

"이건 교제가 아니라 연애죠! 정직한 남자가 꼭 매력적인 건 아니거든요?"

"법도가……."

"서로 더듬는다고 누가 방해하는 것도 아니잖아요. 마음이 통했으면 몸 정으로 가는 것이 순서인데!"

"꼬맹이 주제에 형한테 무슨 야한 소릴 하는 거야?!"

상처 때문에 큰 움직임도, 큰 소리도 버거우면서 해경은 시뻘건 얼굴로 길길이 날뛰었다. 순수한 감정을 육욕으로 모독한다나 뭐라나. 꼬맹이 녀석이 상상력이 더럽다나 뭐라나. 물론 모연은 그

와중에서도 꿋꿋하게 '사랑은 몸과 마음을 점령하는 것부터!'라고 외쳤다.

"와, 진짜 답답하다! 남녀 사이에는 몸으로 하는 대화라는 게 있는 건데!"

몇 번을 들어도 급진적이고 진취적이었다.

"본능을 따라요!"

짐승처럼! 덧붙은 가감 없는 명령에 승학의 붉은 뺨이 느릿하게 움직이는 것이 보였다.

"이제 그만…… 소저가 놀라고 계시잖느냐."

놀란다고요? 말도 안 돼, 우리 고양이 같은 언니는 그렇지 않을……

"적당히 해라, 꼬맹이. 쟤 놀라게 해서 좋을 게 있는 줄 알아? 급하면 어디로 튈지 모른다고. 어제도 말이야, 무슨 짓을 했는지 알아? 글쎄 적진 한가운데서 날 제물로 썼다니까? 내가 왜 이렇게 몸에 구멍이 빵빵 났겠냐고."

글쎄요, 그건 아마 제물이 아니라 고기 방패였을 확률이……

"어머, 그러고 보니까 제가 감사 인사를 잊었네요. 어제는 큰 신세를 졌어요. 신 주서에게 진심으로 고맙게 생각해요."

칙칙한 공기에 평소보다 한층 더 발전된 정윤의 싱그러움이 곁들여졌다.

아니, 저 화사한 눈웃음 어느 구석에 놀란 처녀의 가슴이 있는……

"당연하지. 평생 고마워해라. 어제는 정말 기가 막혔다니까."

그러게. 정말 기가 막힌다.

"아니, 두 분 너무 모르시는 거 아닙니까?"

저거 저거, 저 탈을 모른다고? 고양이 귀를 달고 요염하게 꼬리를 흔드는 저 예쁜 여우를?

"모연 아우님."

톡톡. 정윤의 길고 하얀 손가락이 모연의 손목을 가볍게 두 번 두드렸다. 언제 지척까지 다가와 있는 건지 모연은 식겁했다.

"잡담은 이 다음에. 우선 우리 훔쳐 온 보물 상자부터 빨리 열어 볼까요?"

남들이 보기에는 귀여운 시간 재촉이었다. 하지만 모연이 보기에 그건 틀림없이-

'쉿.' 입을 가로막는 함구령이었다.

……아, 아아, 아아.

"넵."

알겠습니다. 그러합죠, 입을 다물지요. 동조하겠습니다. 모연이 신실하게 고개를 끄덕였다.

* * *

밀폐된 내실에서 고도의 집중력이 두 권의 책으로 모여들었다.

이 속에 혜제의 생애가 종결된 마지막 지점이 있다. 그의 암살을 역 추적해 갈 수 있는 단서를 가운데에 펼쳐 둔 채였다.

"치료를 하겠다고 설 의원이 독극물에 가까운 탕약을 직접 가져다 올렸다. 이건 알려진 거랑 같네."

먼저 알고 있는 사실과 기록이 일치하는지부터 점검한다. 특별히 거짓으로 적어 넣은 것은 없어 보였지만 빠져 있는 사실이 군데군데 보였다.

"근데 그 탕약을 어떻게 드셨는지 대한 경위는 안 쓰여 있는데요. 아무리 치료 때문이라곤 해도 선황께서 아무거나 그냥 받아 마시진 않으셨을 것 같은데."

모연이 제기한 의문에 정윤이 답했다.

"이미 아는 약이라고 생각해서 의심 없이 받으셨을 거예요. 황제의 침실에서 설 의원을 검거했을 때 마취제의 향이 진동했다고 들었거든요. 여기서 말한 탕약은 그것이었을 확률이 커요."

그리고 그 마취제의 정체는 마불산. 선황이 이미 익숙하게 아는, 직접 이름까지 붙인 경계할 것도 없는 약이었다. 계피향이 강해서 눈살마저 찌푸리게 하는 독한 마취제. 향이 강했으니 불순물을 섞어 넣어도 후각만으론 알아차리기 힘들었을 것이다.

"그런데 기록에는 그 부분이 보이지 않습니다."

승학이 말했다. 마불산에 대한 제보는 정윤의 아버지로부터 온 것이었다. 사관들이 기록한 실록에는 없다. 그렇다는 것은 그 정보가 대외적으로 알려진 내용이 아니라는 뜻이었다.

"그러니까 나쁜 새끼들이 그 사실을 세상에 알리지 않았다는 거지?"

"그렇지 않을까요? 사관들을 매수할 수는 없었을 테니까. 아마 처음부터 그 사실을 자기들끼리만 알고 외부에는 감췄을 것 같아요."

실록의 내용은 위조되거나 날조되는 법 없이 정확히 진실만을 추려 엮인다. 하지만 여기 있는 진실을 모두 모아도 그림은 완성되지 않았다. 해경이 꼬집은 대로 진실의 전부가 아니라 진실의 일부이기 때문이었다.

"와씨, 영리하네. 있던 사실을 다른 걸로 꾸미는 게 아니라, 아예 있었다는 사실 자체를 지워버린 거 아니야, 이거."

"그러게요, 교란 작전으로는 훌륭하죠."

이걸 어떻게 훔쳐왔는데 여기서 다시 장벽이라니. 대화를 주거니 받거니 하던 해경과 모연은 동시에 한숨을 쉬며 무너졌다.

모두의 의욕이 바닥인 와중에 승학은 홀로 지면을 채운 활자의 숲을 손가락으로 짚어 가며 검토해 갔다. 어절의 단위에서 어구의 단위로 묶어서 점차 확장시킨다. 빈번히 반복되어 나오는 말들은 모두 혜제와 설 의원에 집중되어 있었다.

당연한 통계이기는 했다. 애당초 이 글은 혜제실록이기도 했고 작성한 역사가들은 혜제의 정치와 사상, 그의 삶과 죽음에 대해 중점적으로 집필하도록 되어 있었다.

그러니 만일 누군가가 사건의 파훼를 대비해 미리 이것에 손을 써두고자 했다면, 공들여 모양새를 매만진 것도 필시 그쪽.

"여기서 적들이 크게 관심 두지 않았을 법한 게 뭘까."

응? 나지막한 승학의 중얼거림에 다시 시선이 모아졌다.

"관심 두지 않는다는 게 어떤 의미에요?"

"적들의 신경에서 벗어난 것들 말입니다. 선황 폐하나 설 의원처럼 누가 봐도 주목할 만한 것들 말고, 중요하지 않은 아주 사소한 곁가지들."

다시 말하자면 굳이 수고를 들여 외부에 감추거나 숨기지 않아도 되는 사실들을 뜻한다. 사건의 중심으로부터 빗겨나 있기 때문에 있는 그대로 알려져 기록되었을 가능성이 높은 부분들 말이다.

"곁가지라면. 음, 여기서 주인공이 아닌 사람들?"

정윤이 말끝을 올리며 말했다.

"보통 조연에게까지 공을 들이는 집필가는 많지 않으니까요."

기록 속의 주인공은 혜제이고, 때문에 여기에선 그가 가장 중요하게 다루어지고 있다. 같은 이유로 주인공의 곁에 있어도 주변 인물들은 그만큼 염두의 대상이 되지 못한다.

"예를 들면 배우자라든가?"

"자안황후 말입니까?"

그녀의 시호(諡號: 왕비가 사후 공덕에 따라 받은 이름)가 자안인가? 몰랐다. 정윤이 선황후를 떠올린 건 특별한 사유가 있어서가 아니었다. 그냥 우연? 혹은 악연 탓에? 바로 어제 평생 볼일이라곤 없었을 그 황후의 아버지에게 공격을 당할 뻔했었으니까.

정윤의 단상을 모연이 잽싸게 이어받았다.

"오! 괜찮은 접근인데요? 그분은 정치적으로 세력이 있었던 분은 아니지만 선황 폐하와는 확실히 접점이 있을 거예요. 일단

결정적으로 선황을 따라 돌아가시기도 하셨으니까."

"진짜 따라 돌아가신 거 맞아요?"

"그래, 진짜야. 그래서 줄초상이었잖아."

"에, 뭐, 굉장히 금슬이 좋다고 소문난 부부셨으니까요. 혼자만 남았다는 외로움을 버티기 힘드셨던 거겠죠."

비화림의 연화정에서. 오직 그녀만을 위해 지어졌다고 알려진 정자의 서까래에 십 년 전 흰 무명천이 나부꼈다. 그로 인해 황후의 배 속에 잉태하고 있던 용종(龍種) 또한 빛을 보지 못하고 꺼졌다.

"그게 진짜 자살이었단 말이에요? 그냥 헛소문인 줄로만 알았죠."

충격받은 정윤이 그에 대해 자세히 캐묻는 동안, 승학은 서둘러 글자 속에서 자안을 찾기 시작했다. 과연 곁가지답게 그녀에 관해 언급된 부분은 지극히 적었다. 선황의 말년에 사이가 더욱 각별해 보였던 것, 그를 보필하던 황후의 정성이 극에 달했었고, 얼마 지나지 않아 선황이 승하하고 이어서 그날 새벽 밤에…….

'새벽에. 음?'

종이를 넘기는 손끝이 삐끗했다. 앞으로 되돌아 왔다가 다시 뒷장을 살피고, 띵한 머릿속을 이해하지 못해 도로 앞 장으로 되돌아간다.

승학의 안색이 딱딱하게 굳었다. 두런두런 떠들던 세 사람이 이상해진 분위기를 살피곤 잠잠해졌다.

"형, 왜 그래?"

"숭정전에서 비화림까지 거리가 얼마나 되지?"

"숭정전에서 비화림이면……. 정궁에서 서궁 끝까지?"

황제의 집무실인 숭정전은 정궁의 중앙에 있다. 그에 반해 황후의 전용 정원으로 내려오는 비화림은 서궁의 가장 끝을 차지하고 있었다.

"열심히 달려서 이각(二角: 30분)이면, 뭐."

"그보다 더 빠르게는 불가능한가."

여전히 눈길이 글자에 붙들린 채 승학은 또 하나의 단서를 달았다. 정윤은 서둘러 그가 살피던 문장들을 꼼꼼히 파헤쳤다.

실록의 거의 마지막에 달하는 그곳에는 황제의 죽음 직후의 긴박한 상황들이 담겨 있었다.

침전에 들었던 무리의 목록, 조정회의를 통해 임명된 수사관 누구누구와 그들이 제출한 조사서의 내용, 시신에 남은 흔적, 범행에 쓰인 것으로 추정된 도구, 사망 시점.

시점.

그의 눈길이 멎은 곳은 이쯤이었다.

"이게 문제가 되나요?"

"가능하지 않은 시간이라고 생각합니다."

"네?"

그럴 리가. 모두의 표정이 아연해졌다. 제가 확인해 보겠다며 해경이 끼어들어 책을 앗아갔다. 그가 보이는 대로 낭독했다.

"황제의 사망 시각은 삼경 이점으로 추정된다. 시신은 오경 삼점이 되어서야 발견되었고, 황후의 사망 시각은 삼경 삼점으로 추측해 보건대 비보를 접한 황후께서 잇달아 숨을 끊으신 것으로…… 아, 잠깐만."

마저 읽지 못하고 음성이 사그라들었다. 앞서 승학이 정확한 거리를 짚어 주지 않았다면 그냥 스쳐 지나갔겠지. 이제껏 알고 왔던 대로 뒤따라 목을 매었겠거니 넘어갔을 터다. 하지만.

"형이 아까 정궁에서 서궁까지라고 했었나……?"

새파랗게 질린 얼굴이 떠올랐다.

황제가 암살당했을 것으로 추정되는 시간은 삼경 이점이었다. 그의 죽음이 궁인들에게 발견된 것은 그를 훨씬 지난 오경을 넘어선 때였다. 시신의 발견과 사망 시각 사이에 이미 상당한 간격이 있었다.

그런데도.

"황후마마의 자살 시점과 황제 폐하의 사망 시점은 간격이 좁네요."

"정확하게는 일점(24분) 차이만……."

〈2권에 계속〉